有爱的青春陪伴者

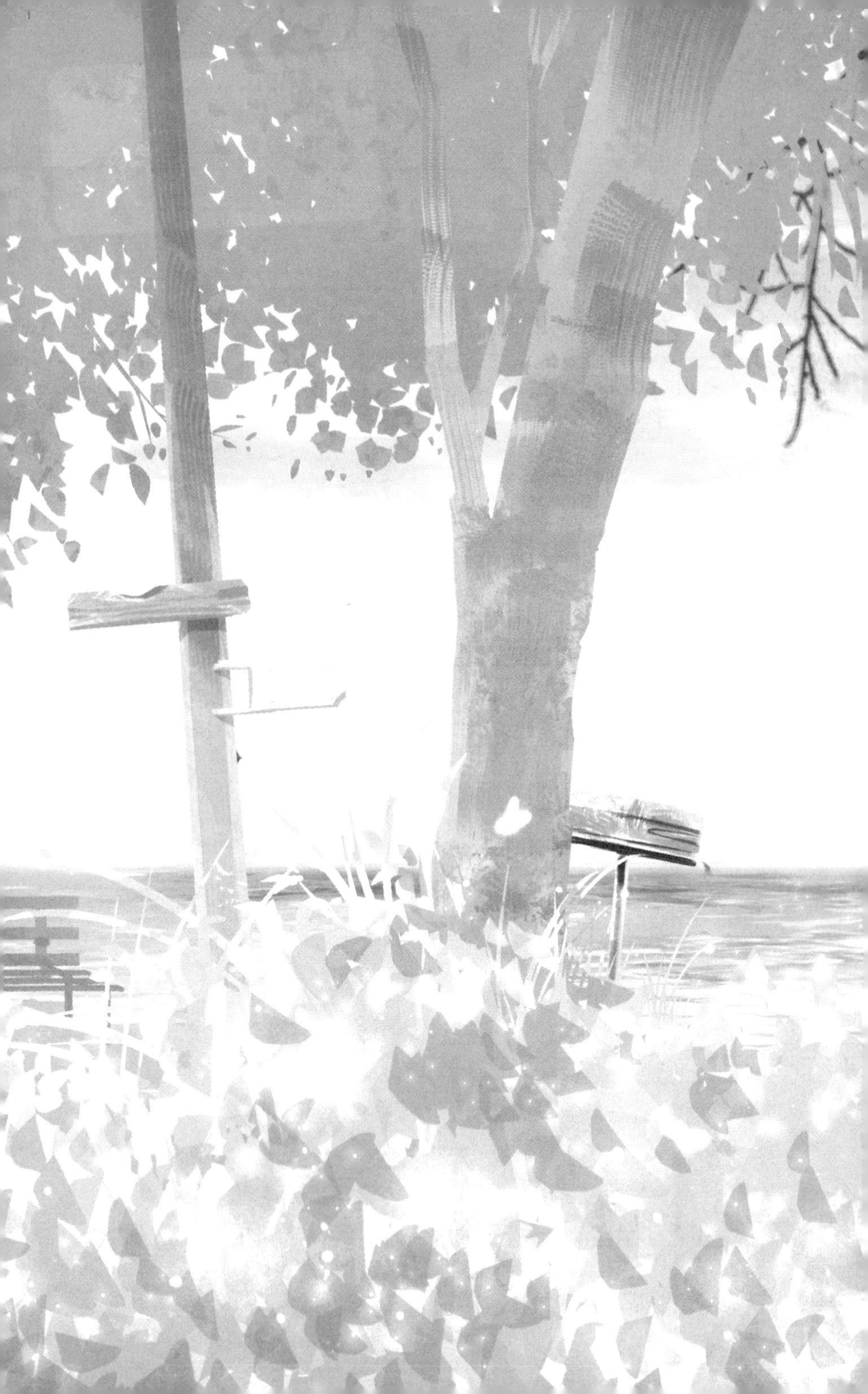

暗恋、回声

碗泱 著

江苏凤凰文艺出版社

图书在版编目（CIP）数据

暗恋回声 / 碗泱著. -- 南京：江苏凤凰文艺出版社，2023.10
 ISBN 978-7-5594-7952-5

Ⅰ.①暗… Ⅱ.①碗… Ⅲ.①长篇小说－中国－当代 Ⅳ.①I247.5

中国版本图书馆CIP数据核字(2023)第158577号

暗恋回声

碗泱 著

责任编辑	王昕宁
特约编辑	周丽萍
责任校对	言 一
出版发行	江苏凤凰文艺出版社
	南京市中央路165号，邮编：210009
网　　址	http://www.jswenyi.com
印　　刷	长沙鸿发印务实业有限公司
开　　本	880mm×1230mm 1/32
印　　张	10.5
字　　数	411千字
版　　次	2023年10月第1版
印　　次	2023年10月第1次印刷
书　　号	ISBN 978-7-5594-7952-5
定　　价	42.80元

江苏凤凰文艺版图书凡印刷、装订错误，可向出版社调换，联系电话025-83280257

目 录
contents

001 · **第一章**
　　静止的风声

012 · **第二章**
　　天时地利的迷信

026 · **第三章**
　　隐晦、举重若轻的秘密

039 · **第四章**
　　她的英雄

051 · **第五章**
　　开弓没有回头箭

069 · **第六章**
　　两个世界，两种悲欢

089 · **第七章**
　　偶尔痛苦，又倍感甜蜜

113 · **第八章**
　　小同桌，你真可爱

131 · **第九章**
　　最好的少年沈赐

150 · **第十章**
　　祝你永远耀眼

166 · **第十一章**
　　重逢

184 · **第十二章**
　　你可以永远相信我

195 · **第十三章**
　　肌肤微微滚烫

目录
contents

212 · 第十四章
是情难自禁

226 · 第十五章
宛若羽毛扫荡心间

237 · 第十六章
"多多指教，女朋友。"

248 · 第十七章
想亲你可以吗？

258 · 第十八章
心痒痒的

272 · 第十九章
嫁给我

288 · 第二十章
暗恋终有回声

302 · 番外一
那些遗憾

307 · 番外二
领证

311 · 番外三
怀孕

314 · 番外四
宝宝

318 · 暗恋回声
（短篇 BE）

328 · 后记
这份独一无二的喜欢

第一章
静止的风声

沈赐，我只能在你看不到的地方，一遍一遍地祝你前程似锦，岁岁无忧。
说好了，写完这个故事，我就把你忘掉。

睡不着觉的叶书辞在网上回答了一个热门话题——暗恋一个人是什么感受？

叶书辞深吸一口气，打下几行文字：大概就是想让他知道，又害怕他知道。你对他说的每句话，耗尽了全部的力气，每个字都要细细斟酌，每句话都要深深考量。你在心里默默为他搭了一座桥，日思夜想盼着他从桥上走过，后来他终于从桥上走过，却不曾为你停留一秒。

罕见地，叶书辞这晚又梦到了自己的十八岁。

那年夏天比往常都要燥热，梧桐树苍翠欲滴，老式空调制冷发出"嘎吱嘎吱"的噪声，纸张摩擦的"咔咔"声循环往复，学习氛围一如既往的浓厚。

她梦到了沈赐的背影。

大概是高考前夕，班主任老陈兴致很高地感慨了一节班会课，突然让沈赐上台写一句鼓舞大家的话。

少年从座位上慢慢站起来，身材颀长，步伐一如既往的沉稳坚定，肩线平直流畅，侧颜棱角分明，宽肩窄腰，身材是最好看的"倒三角"。

沈赐身上总是洋溢着满满的少年气，笑起来阳光俊朗。他睫毛不算很密，却很长，有点往下垂，从高挺的鼻梁往上看，有种莫名沉淀的温柔。

少年写字也好看，遒劲有力，落落大方——忠州且做三年计，种杏栽桃拟待花。

年少纯粹的岁月似乎都停留在了那一刻，停留在少年执笔书写诗句的刹那，广袤世界都为他一人沉淀。

叶书辞揉了揉眼睛，模模糊糊地想，好像沈赐还将这句话送给过她……

时间还早，不如再睡一会儿。

第二天清晨,她照照镜子,眼角竟然长了一条细纹,恍然发觉,她已经不年轻了。那些最具生命力的旧时光,原来已经过去了。

这一刻的叶书辞不知道,时光可以重来,过去那些因无奈而萌生的遗憾,或许还可以弥补。

或许,我是说或许,叶书辞的二十七岁,远比十七岁还要精彩。

二〇一三年九月,叶书辞念高三。

叶书辞从十七岁开始拥有一个属于自己的小秘密,于高二这年悄悄发酵,她在心底偷偷地酝酿着自己的小芽儿,如今已长成了小树苗。

"小辞,换物理老师了,你听说了吗?"

大课间,叶书辞正趴在桌子上闭眼假寐,同桌姜晓是个大嗓门,差点震破她的耳膜。

叶书辞原本也不太困,只是碍于物理老师太过严苛,平时打个哈欠都要被拎出来点名批评,所以趁着课间这点时间休息一会儿。

她揉了揉眼,因为好奇嘴巴微微张着:"怎么现在换老师?"

其实换老师没什么稀奇的,可如今他们已经高三了,适应全新的教学风格实在不是好的策略。

姜晓拿出一面小镜子,将头发整理利索,又慢条斯理地喝了口水:"我也不清楚。换老师这么大的事情老陈居然不提前告诉我们,还是我刚才去办公室交表,听到别的老师议论才知道的。"

两人还没聊完天,上课铃声响了。

铃声持续二十秒,还没响完,新来的物理老师王老师已经走进了教室,年龄三十岁上下,没化妆,看着不爱打扮,穿一条棕色长裙,一直覆盖到脚踝,脚上是一双中跟高跟鞋,将脚包裹得严严实实。她面无表情,冷硬严肃。

姜晓咽了咽口水,小声说:"怎么越换越'倒退'。"

实话说,大家也不喜欢之前的物理老师,不但喜欢占课,连课间十分钟的自由都不给他们,平时布置的作业多,稍微错点题就要挨罚。

王老师先是花了两分钟的时间介绍了一下自己,将光荣的履历一带而过,眉目之间有自豪浮现。

"我知道你们之前跟着孙老师上了两年物理课,可能习惯了之前的教学风格,初接触我肯定不太习惯,"王老师挑着眼睛笑了一声,"但是,我不会改变我的风格让你们适应,应该是你们来适应我。"

王老师言语有些张狂,叶书辞倒是没什么太大的感觉,姜晓这个家中娇惯着长大的小姑娘,已经撇起嘴来了。

"我的课,不允许迟到,不允许不带课本,更不允许上课讲话交头接耳,上课睡觉更是不允许!"王老师敲了敲桌子,话还没说完——

门突然被人敲响,传来一道清隽好听的男声:"报告。"

九月暑气还未散去,老式空调艰难地运转着,新老师性格强势霸道,教室里平白增了些许压抑沉闷。

少年动听的嗓音传来的时候,犹如一阵清凉的风吹过叶书辞的耳畔,扰乱了她的心跳。

沈赐站在教室门口,修长的手指拿着一沓文件。

少年面容英俊,盛大炫目的阳光折射进来,黑发被映照得有点发黄,模糊的光晕打在他周身,令人产生一种不真实的错觉,宛若幻梦。

沈赐穿着一身校服,干净利落,最上面一颗纽扣没系,衣领有点松松垮垮的,露出精致的锁骨,身材劲瘦,属于这个年龄段少年的朝气蓬勃欲出。

沈赐的好看,不是内里肤浅平庸只有一副好皮囊的那种好看,而在于举手投足之间的气质和张力,是一眼忘不掉,能惊艳未来许多许多年的好看。

可饶是沈赐这样好看,王老师看向他的眼神,跟对待其他同学也没任何区别:"这位同学,你怎么迟到了?"

沈赐永远是一副不急不躁的模样,他扯了扯唇,将手中的文件往上递了递,缓声说:"老师,我大课间……"

王老师性格也够急,压根儿没等沈赐说完,直接气呼呼地打断:"同学们,我是不是刚刚说过,我的课第一条规矩就是不能迟到?你们都高三了,还能有什么重要的事情至于迟到?

"你就不用找理由了。"王老师眼锋如刀,朝教室前面的角落指了指,"这位同学,念你是初犯,就罚站一节课吧!"

沈赐依旧没什么表情,可同学们如开了闸的洪水,纷纷爹了。

姜晓也掐了掐叶书辞的胳膊:"我的天哪,是沈赐站得不够高吗?王老师居然不认识沈赐,连沈赐这么优秀的学生也要罚,未免太狠了吧。"

眼看着课堂纪律越来越乱,王老师的脸色逐渐变得像调色盘一样精彩。

叶书辞笑了笑:"信不信再说下去就连我们一起罚?"

王老师:"大家有什么意见不如举手说,再乱下去今天就别想着下课了,反正下节课是你们班主任的课,我直接上就行。"

教室里立刻安静下来。

王老师拿起物理课本,却发现沈赐还没动:"怎么?"

"我今天是去……"

王老师冷哼:"还想解释?那我不如再说一遍规矩,不允许迟到,迟到就罚站。

这位同学，你是不是迟到了？"

沈赐抬眸，目光不卑不亢："是。"

"那你就给我站着。"

沈赐倒也没说什么，轻微皱了下眉，站到了王老师指定罚站的角落里。

少年站姿笔直，气质又好，哪怕被罚站，看起来也像是闲情逸致度假似的，有模有样，如一张明星海报般漂亮。

这一节课，大家都没怎么听进去，满脑子都是——沈赐也能被罚站？这个世界乱掉啦。

王老师简单梳理了一下以前学过的知识，然后拿出名单，开始提问。

叶书辞坐在第一排靠窗的位置，能看清王老师的点名单，不出意外，那是一张成绩单，按照开学摸底考试的排名来的。沈赐全年级第一，也是全班第一。叶书辞这次发挥得不错，全班第二。

他们两个人的名字挨着。

"刚才那个问题，找个同学回答。"王老师眯眯眼，"来，'叶书赐'，你来说。"

"哈哈哈……"

大家都乐个不停。

两个人成绩排名挨得近，名字也相似，以前英语老师总是叫错，过去那么久，英语老师总算不会搞混了，新来的物理老师又搞混了。

听到大家的笑声，王老师疑惑地看了眼点名单，抿了抿唇，更正了名字："不好意思啊，是叶书辞。"

叶书辞在大家的笑声中站了起来。

问题并不难，她物理成绩也好，在普通人中出类拔萃，只能说没法跟沈赐这种天赋级别的"大佬"相比。

沈赐的目光也看了过来，目光很平淡，没什么情绪。可当二人目光相接的那一刻，叶书辞呼吸困难，大脑犹如缺氧，攥着的试卷因为用力太猛而被捏出一道长长的痕迹。

不只是心跳被搅乱，连呼吸都仿佛要骤停。

对沈赐来说，她不过就是一个普通同学。

沈赐的目光很快就移开了，叶书辞发烫的脸颊逐渐恢复如常，她佯装镇定地回答完问题，就坐下了。

不知是不是她的错觉，王老师看向她的目光还挺友善。有的老师就是这样，格外优待成绩好的同学。

"来，下一个问题。"王老师打开PPT，"'沈辞'，你来说吧。"

"噗，哈哈哈！"

"我晕，梦回高二，哈哈哈！"

王老师重新看了眼点名单，敲了敲桌子："不对，是沈赐。来，沈赐呢？"

王老师严肃的目光巡视全班，还是没人站起来。

周子奇说："老师，沈赐站着呢！"

王老师愣愣地看向罚站的沈赐，目光由最初的呆滞、不可置信，转变为震惊。虽然在不同的校区，可沈赐的名头还有谁没听说过的？他尤其物理最为优秀，入学三年，就没有哪次不是满分，甚至比部分老师还要强。

教室里倒是安静下来了，大家都很好奇接下来会发生什么。

惩罚了一个最优秀的同学，王老师的脸有点发白："沈赐，你迟到是因为什么？"

少年不疾不徐的嗓音响起来："省物理竞赛的证书下来了，老陈让我们去多媒体教室开会。"

省物理竞赛，沈赐是第一名。

王老师的表情尴尬得不能更尴尬了，只能给自己找补："老师恭喜你，那你刚才得说，知道吗？"

沈赐扬了扬眉梢，蕴着星星点点的笑意："毕竟是我迟到了。"

沈赐并没多说什么，可从王老师复杂的表情中，能看出来她此刻非常尴尬。

少年胸怀博大，更能凸显出她的小气与急躁。

下课之后，王老师又找沈赐谈了话。

隔得太远，叶书辞也不知道他们聊了些什么。

下午最后一节是班会课。

班主任老陈端着保温杯进来了："大家的位置还是随便坐的，今天我打算给你们换一换位置。"

"别换了呗，这样多好！"有人提议。

现在的位置是开学那天随便坐的，大家都是挨着自己的好朋友，自由自在。这才刚刚开学没几天，大家还没真正进入到高三紧张的氛围中去。

"每次换位置你们意见都很大，可咱们的位置也不能一直这样坐。这次呢，我们就把运气交给上天吧。咱们一共五十个人，我准备了二十五组数学图案，就放在这个小盒子里，"老陈扬了扬手中的盒子，"一会儿我们随机抽签，你跟谁抽到同样的图案，那么你们就是同桌。"

姜晓说："小辞，这个方法有点意思，就是可惜我们不能继续当同桌了。"

叶书辞也舍不得姜晓："唉，希望能离得近一点吧。"

老陈又啰唆了半天，将规则告诉大家——这个位置一旦确定了，绝对不会动，下次换位置就是期中考试了。

同学们陆陆续续上去抽签。

全部同学拿到签之后就到了下午放学时间,老陈只让大家把签保存好,就宣布下课了,等到晚自习再来安排具体位置。

平时这个时间段,教室里早没人了,大家饿狼似的闯进食堂。可此刻,大家都举着手中的签,好奇新同桌会是谁。

姜晓拿到了一个"=",很快找到了新同桌,周子奇。

叶书辞也好奇自己的同桌是谁,她性格比较内向,拿着手中画着"△"的字条发呆。

姜晓的大嗓门此刻又派上用场了:"有没有抽到德尔塔的同学?"

"啊,这里这里!"周子奇又大声嚷嚷起来。

姜晓皱眉:"你凑什么热闹?"

周子奇愣了一下,赶紧扯上好兄弟的手,拉着一脸蒙的沈赐站了起来:"是沈赐啊!"

沈赐的校服袖口被扯乱揉皱,他偏头朝叶书辞看了过来。

傍晚吹拂的微风在这一刻停止。

小小的三角符号,老陈兴许画得有些着急,竟然有点像小小的心形。

叶书辞手心黏糊糊的,再次看向沈赐。

二人的目光再次相接,一个惊诧疑惑,一个平淡如水。

窗外有云霞浮现,弥漫了半边天,叶书辞心跳如擂鼓,久久不能停歇。

原来,她的新同桌是沈赐。

叶书辞恍惚了好一会儿,才惊觉刚才并不是一场梦。暗恋的第二年,老天竟然也会给她一点甜头。

"现在换座位吗?"班长施小蕾问。

有说换的,也有说不换的。大家都饿得不轻,想去食堂吃饭,但又一时新鲜,想早点换好位置。

施小蕾敲了敲桌子:"咱们要不统一七点吃完饭回来再换?"

"肯定是班长说了算啊!"

"就这么决定了。"

大家一哄而散。

叶书辞的心久久不能平息,恍然间,她觉得自己好像变成了另外一个人,手脚都不像是自己的了,四肢百骸都充斥着那种麻木又兴奋的感觉让她百般奇异,轻飘飘的,好像奔赴云层里。

或许此刻的叶书辞看起来和平时无异,可唇边淡淡掀起的弧度暴露了一切。好在无人知晓，这是叶书辞自己的小秘密。

苏城一中周五不上晚自习，周六有全天的自习，但是学生可以自由选择上或者不上。今天是周四，同学们吃了饭还得回来上晚自习。

叶书辞和姜晓下楼去食堂吃饭，后者突然拽了拽叶书辞的胳膊。

"刚才出来的时候，你有没有注意到，咱们班好多女生盯着你？"

叶书辞愣了愣："没注意。"

她光顾着沉醉在自己的小欢喜里，哪有工夫注意身边的人，刚才下楼的这一路，也都是嘴角含笑。

"她们干吗要盯着我啊？"

"还用说吗？羡慕你运气好，能和沈赐当同桌，咱们班应该大部分女生都想跟沈赐当同桌吧。"姜晓说，"你看周子奇这家伙，长相普通，学习也就那样，不知道沈赐怎么愿意跟他交朋友的。"

周子奇是沈赐最好的朋友，坦白地说，周子奇成绩也不差，考个普通大学没问题，只不过比起沈赐来就差远了。

姜晓又说："话说，小辞，你有崇拜的男生吗？"

这个问题让叶书辞呼吸一滞。她们是对彼此知根知底的好朋友，谈学习、谈家庭、谈生活，还真没涉及更深的层面。

这一刻，也不知道怎么的，叶书辞突然不想隐藏什么了，她笑着说："有。"

姜晓来精神了："那你说说，是什么样的人呀？"

叶书辞闭了闭眼，在心底早已将少年清俊挺拔的身姿描摹了千千万万遍。她嘴角含笑，一字一顿地开口："长得好看，白白净净，蛮高的，成绩要好，找不出来问题，很完美的存在。"

姜晓脚步顿住，"啊"了一声："完美啊？这个要求还挺难的，得达到沈赐那个级别吧。"

叶书辞张张嘴，犹豫了下才问："为什么是沈赐呢？"

姜晓迈开大步，冲着叶书辞一笑："我们身边的人，有谁比沈赐优秀？"

叶书辞品味了下姜晓的话，抿了抿嘴角，没忍住轻轻一笑。

是啊，她暗恋的少年，心上的月光，是全世界最好最好的人。

两人吃东西都不算挑，直接去一楼随便选了两个菜。

一中食堂有三层，第一层都是一些普通的家常菜，价格也便宜，二层是一些常见的小吃，而第三层，就相当于小型饭馆。家境殷实的同学懒得排队买饭，经常直接去三楼，家境普通的同学过生日也常常去三楼聚餐。

姜晓走在前面，叶书辞低着头跟在后面。

"那不是沈赐吗?"

"沈学长好帅啊。"

"听说沈学长家境很好,我还以为他得天天去三楼吃饭呢!"

"三楼饭菜虽然贵,但其实并不健康吧,多油多盐,学霸估计更注重养生,要不然脑子怎么那么聪明呢。"

周围的女生正窃窃私语。

听到熟悉的名字,叶书辞猛然抬起头来,嘴唇微微张着,手因为颤抖而差点端不稳餐盘。她回神,迅速使出力气,才使得菜的汤汁没有洒出来。

而此刻,沈赐恰恰经过她的身旁,与她仅仅隔了不到一米的距离。

沈赐也端着银色的餐盘,身材颀长清瘦,眉宇立体分明,睫毛微微垂着,在眼睑投下一小片阴影。

他周围似乎隔绝出一小片密闭的空间,对于女生们的议论充耳不闻。

沈赐并没看向叶书辞一秒,叶书辞的心还是重重地跳了跳,后知后觉的失落感弥漫开来,更像是乘坐摩天轮到达最高点的那一刻,失重感接踵而来,有一种不真实与不安全的错觉。

姜晓找了个靠窗的位置,叶书辞坐下才看到姜晓的嘴噘着,正烦躁地擦拭着衣服上的菜汁。

知道姜晓有点洁癖,叶书辞问:"怎么这么不小心啊?"

"可别提了,烦。周子奇那家伙非得踹我,这不就不小心弄上了嘛。"

姜晓和周子奇的关系比较微妙:有时候是很好的朋友,好得像是能穿同一条裤子的关系;有时候是冤家,吵得不可开交,如仇敌一般的关系。

他们两家父母认识,两人也算是青梅竹马。

以前他们俩的座位离得远,还算安生,但以后成了同桌,以他们俩这一会儿好一会儿吵的相处模式,还不知道会发生什么。

叶书辞叹口气:"是不是你先打了周子奇?"

姜晓抿抿唇,擦衣服的动作直接顿住了,哭笑不得道:"不愧是我家小辞,这都能猜对。"

叶书辞摸摸下巴:"那就不能怪人家周子奇喽。"

姜晓嗓门虽大,可外表也是十足美少女,肤白貌美,一米六的萌妹身高,小脸蛋,大眼睛,可以说跟"暴力"两个字毫无关系,可每次面对周子奇,她就像是变了个人似的,不是打就是揍。

许是衣服脏了的缘故,姜晓心情一般,匆匆吃了几口就将筷子一撂:"小辞,我要去买零食,只有狠狠地吃才能发泄我心中的不快。"

两人将餐盘放到回收处后,姜晓直奔超市的零食区,而叶书辞对这些不感兴趣,她迈着轻悠悠的步子走到饮料区。

突然，叶书辞望到一抹熟悉的身影——

白色的校服短袖穿在他身上似乎被赋予了不同寻常的色彩，少年双腿修长，脚上一双白色板鞋，清瘦的身姿伫立在货架前。

他正低头选着饮料。

超市里灯光明亮，映照得沈赐的皮肤愈加白皙。叶书辞望向他的脖颈，少年身材高大，锁骨分明，特别好看。他拿了几瓶饮料，丢到了购物筐里。

正当沈赐抬头的时候，叶书辞也不知怎么的，头顶一阵发麻，下意识地躲到了货架后面。

高高的货架掩藏住了女孩的身影，却掩饰不住呼之欲出的心动。

风声静止。

等沈赐走了之后，叶书辞才来到饮料区。她喜欢一切清爽的味道，因此最爱喝柠檬果茶，但扫视了一圈没找到。

售货员走过来："同学，你需要点什么？"

"柠檬果茶还有吗？"

售货员说："最后几瓶被刚才那个同学买了。"

于是，叶书辞随手拿了一瓶矿泉水。

姜晓又选了几分钟才选好，两人一同结了账。刚要出去时，售货员追上来："同学，你们等等！"

"怎么了？"姜晓回头。

售货员手上拿了两瓶柠檬果茶："这两瓶是刚才那个男同学请你们的。"

姜晓不明所以，却还是接了过来。

叶书辞抿紧嘴唇，汹涌而来的无措感包裹住了她，与此同时，她那张通透白皙的脸蛋瞬间红透了。

刚才那个男同学，又恰恰是柠檬果茶，那就只能是沈赐了。

也就是说，沈赐看到她了，对吗？

叶书辞无法形容此刻心里的滋味，先是酸酸涩涩，因为自己并不自然大方的举动。同班已经第三年了，大大方方打个招呼不就行了吗？何必躲起来？

如果当时姜晓在旁边，她肯定不会躲起来。

可她同时又觉得兴奋，眉眼染上一点笑意——为少年的慷慨与善意。大抵是沈赐听到了她问售货员还有没有柠檬果茶，然后好心给她留了两瓶。

虽然他们仅仅只是普通同学的关系，但沈赐能这么做，叶书辞很是欣喜。

姜晓拿着冒着冷气的柠檬果茶，圆圆的眼睛里仍带有疑惑："到底是谁给的啊？没看到有熟人啊。"

晚风吹起叶书辞的校服衣摆，有无边的欢喜在心头荡漾，开出一朵又一朵可爱的小花。

天色未晚，夕阳旖旎，晚霞红透半边天。

两人没着急回教室，又在操场上逛了逛。姜晓咒骂了周子奇无数次，耳尖红红的。

叶书辞无奈地笑着安抚她，可一颗心都在冰冰凉凉的柠檬果茶上。

这是不是代表着，她跟沈赐以后会有故事？

想到这里，叶书辞刚刚平静下来的心再次泛起涟漪。

当二人回到教室时，上课铃声也响了，教室里乱作一团。换好了座位后，叶书辞揪着的心却还没降落下来。

周子奇在教室里，沈赐却不在。

沈赐的书本摆放得特别整齐，课本、练习册都放在桌肚里，桌子锃亮如新，上面也没划痕。

她实在不是一个称职的朋友，刚才在操场闲逛的时间，姜晓有一搭没一搭地吐槽，可她满脑子都是一会儿怎么跟沈赐打招呼——都成同桌了，还喝了人家请的饮料，总不能等着人家主动跟她打招呼吧？

已经没礼貌了一次，不能再失礼下去。

她很想很想给沈赐留下一个好印象。

下第一节晚自习了，沈赐还没回来。

叶书辞不禁怀疑起自己，难不成刚才的两次相遇都是自己的臆想吗？

她也没了心思学习，草草做了半张试卷，还算错了最简单的计算步骤。她叹了口气，没来由地烦躁起来。

她打开窗户，初秋夜晚的风不冷不热，带着微微的潮湿感，向她扑来。

她闭上眼睛，趴在桌子上，这时身旁总算有了动静——"刺啦"，干脆利落拉开凳子的声音。

叶书辞悄悄撑开一点点眼皮，视线朝下观察着。

干净的裤脚，纤瘦的脚踝，白色的板鞋。

是他。

少女的心飞速跳动着，她的脸烫极了，像发了一场高烧，心飞悬至上空，抵达最高点。

"叶书辞，你能帮我个忙吗？"一道好听的男声落下来。

滚烫的心以最快的速度落了下来。

叶书辞整理好心情，坐直身子。

坐在她对面的是周子奇，周子奇一脸挫败：“跟你说啊，叶书辞，姜晓现在不理我了，我不就是不小心把她衣服弄脏了嘛，我也道歉了啊，而且是她先打我的，我就不小心撞了她一下，真不是故意的。

"我还给你们留了柠檬果茶。她刚才知道那是我留的，直接丢垃圾桶了，我这心拔凉拔凉的。"

叶书辞的心猛然被攥紧了。

她咬紧下唇："果茶是你留的？"

周子奇耸耸肩："我这不是想道歉嘛，就留了两瓶给你们。"

原来……那不是沈赐留的。

也是，就凭他们的关系，她有什么资格痴心妄想呢？

他们之间的距离，是天与地，隔着鸿沟与天堑。

他们相隔那样遥远。

只听到心头的弦轰然断裂，荒谬感铺天盖地传来，那是她无法衡量的悲戚。

第二章
天时地利的迷信

从天堂掉到地狱,也不过两三秒钟。

叶书辞迅速整理好情绪,答应了周子奇的请求,劝说一下姜晓。

姜晓倒是很好劝,似乎并没真的生气,只是故意摆个臭脸,警告一下周子奇。

叶书辞却明显闷闷不乐。

晚自习第三节课,叶书辞做完作业,拿出一本带着密码的本子,上面已经密密麻麻写了很多页了。

她掀开崭新的一页,写下两行字:

  2013.9.5
  暗恋你的感觉,像发了一场高烧。

叶书辞记得无比清楚,沈赐是下周一回的学校。

这周五他全天没来上课,周六也没来上自习。

周六这天,叶书辞冒着被妈妈唐笑批评的风险,在头上戴了一个水钻发卡。

叶书辞的长相属于端庄大气的类型,五官精致,很耐看,同时也缺了几分娇憨可爱。这发卡是一个姐姐送她的生日礼物,价格昂贵,她戴上给姜晓看过,姜晓说她戴上很萌,很少女。

高三这个阶段不太适合过度打扮,妈妈唐笑和爸爸叶青云又非常注重她的学习,她有什么地方做得不对,都会挨一阵猛烈的批评。

可叶书辞白白戴了一天,因为沈赐没来。

女孩子总是有各种各样的小心思。

她原本并不是个注重细节的人,可现在她总觉得自己的小白鞋不太白,校服衣领没折好、耳朵后面没清洗干净……

曾经她格外骄傲自己皮肤白，没瑕疵，现在又觉得自己眉毛不够精致，偷偷地修啊修，好不容易修出好看的形状，又觉得鼻子不够挺翘。

可她的鼻子几乎人人夸。

叶书辞倒是无意间听到过周子奇说沈赐为什么没来学校，好像是家里有什么急事让他回去，不过似乎也并不是特别着急，因为周子奇是用开玩笑的口吻讲的。

周一这天下了雨，升旗仪式取消。

因为下雨堵车，叶书辞急匆匆赶到学校时，预备铃已经响了。她快速脱掉雨衣，往楼上赶。

叶书辞几乎没看路，生怕老陈抓她个现行，动作急促极了。

熟悉的位置旁边，窗明几净，少年懒散地枕在桌面上，头发剃短了些，脖颈修长，肩胛骨微微凸起，有着少年的朝气。

晚了，已经晚了。

她头发有点乱，袖口也没整理好，就连校服的拉链都因为奔跑而偏到一旁去了。

教室里吵吵嚷嚷，班长、组长收着作业，负责晨读的英语老师还没到。

叶书辞深吸一口气，正准备将头发捋整齐，沈赐就已经听到她的动静，坐了起来。

少年眼睫浓密，似笼了一轮弯月。

自卑感像是十六的月亮，多一分都要溢出来。

可叶书辞还是在沈赐若有似无的注视下，将凌乱的头发捋整齐，纵使这动作百般尴尬，也总比乱着要好吧。

叶书辞和沈赐在之前并不是没有交集，虽然算不上熟悉，可毕竟同窗两年，是狭路相逢要打个招呼问好的关系。

可两人毕竟是第一次成为同桌，再者，面对心动的人，再自信的人都会心虚。

刺目的阳光铺天盖地袭来，为少年的头顶晕染上一层金黄，少年眉目清隽，像从童话里走出来的小王子。

"叶书辞。"沈赐垂下双眸，嘴角微微弯了弯，打量了下，打了个招呼。

少年温润的嗓音在叶书辞心头绕了个圈，轻盈地洒下一片涟漪，她的笑容有几分僵硬："沈赐。"

沈赐后来也没再说什么，将桌肚里的书稍微整理了下，交上作业之后，拿出英语课本。

叶书辞呆愣愣地交上作业，呼吸仍有些急促。

平时她也是机灵人，今天这是怎么了，什么都没准备好？！

明明昨夜都失眠了，就一心想着如果今天沈赐来学校了该怎么问好，可沈赐真的来了，她却因为突如其来的一场雨困住了步伐。

叶书辞悲哀地发现，英语课本居然没带。

她在心底叹气，忍着掐死自己的冲动。

同学们都已经开始早读了，叶书辞也不太好意思跟沈赐看同一本，干脆拿出练习册，从里面找了一些优秀作文来默读，这样一会儿老师来了也不至于说她。

叶书辞偷偷用余光打量了一下沈赐，少年正低头念着英文，微微卷舌，他发音向来标准好听。

她干脆也开始念出声。

不到一分钟，少年骨节分明的手伸了过来，一同递过来的，还有英语课本。沈赐的课本很平整，上面没有密密麻麻的笔记，像新书，可他的英语成绩基本都是满分。

"看这本吧。"少年略微平静的嗓音传递至她耳畔。

叶书辞有点发愣："好，谢谢。"

除了这个，她其实也不知道该说点什么了。

沈赐虽然气质略微清冷，可心底却是一等一的善良，这是叶书辞早就领教过的。

一本书横在课桌中间，二人的身体也因此难免会有点接触。

叶书辞莫名有点燥热，嗓音也有点轻微的颤抖，呼吸有些凌乱，嘴巴里念着单词，可实则一个都念不到心底。

现在天气还不冷，穿的都是夏季校服，胳膊碰到胳膊，冰凉凉的触感，心里似乎有莫名的暧昧在激荡。

尽管叶书辞在心底渴慕过无数次亲密接触，可现在真的有了点接触，又令她不知所措。

她叹了口气，心想晨读早点过去就好了。

不就是半个小时吗？

坚持坚持。

"叶书辞，你没带课本吗？"隔着走道的陈清润喊她的名字。

叶书辞点点头。

陈清润利索地从书包里拿出一本："我这儿多了一本，给你用吧，要不一会儿上课了也不太方便。"

叶书辞欣喜地接了过去，放到桌上，然后笑了笑，将沈赐的课本还给他："谢谢你啊。"

沈赐清淡地"嗯"了一声，脸色并无起伏，甚至比刚才还多了些冷淡。

"陈清润学习那么好，好像之前是他们班第一，为什么这个节骨眼转到我们班来啊？"

"我也没见过这样转班的。"

"校领导居然同意，真的很离谱。"

"可能校长对学霸要求低吧，如果沈赐想一天转一个班估计都没事，校长可能还嘻嘻哈哈等着他给大家当学习榜样呢！"

"我还挺好奇，他成绩那么好，还不得跟沈赐打起来，可有热闹看了。"

"瞧你这话说得，谁有那个资格跟沈赐比啊？"林蔚轻嗤一声，多少带了点骄傲劲。

学习委员林蔚和一个陌生的女生洗着手，正谈论陈清润转班的事情，恰巧被叶书辞撞上了。

叶书辞本来好奇心不强，对陈清润的事情并不关心，可林蔚这么一说，她的好奇心也调动起来了。

叶书辞洗手的时候，林蔚还没走，她留着利落的短发，五官明媚艳丽，气场十足，见到叶书辞微微笑了一下，算是打了招呼。

叶书辞羡慕这样的人，却成不了这样的人。

靠着陈清润的课本，叶书辞成功逃过了英语老师的法眼，一整天都没挨批。

吃过晚饭之后，叶书辞跟姜晓没在外面闲逛。

姜晓在教室里跟周子奇打打闹闹，沈赐安静地拿了本漫画书看，时不时嘴角轻掀，饶有兴致的模样。

叶书辞安静地写着试卷。

后排有男生跟女生开玩笑，其实男生也没恶意，这个年龄段的男孩多少有点幼稚，有时候把握不好尺度，有点过头。

姜晓仗义，直接走过去，将男生说了一顿。

叶书辞不自觉想起高二发生的一件事。

姜晓也想起来了，走了过来，直接坐到沈赐对面："大学霸，还记得吗？你之前还帮过我们小辞的闺密。"

少年抬眸，微微蹙眉思忖几秒。

晚风捎来草木的清新味道，叶书辞心跳如擂鼓，默默等待着沈赐的答案。

时至今日，叶书辞思考过无数次，自己究竟是哪个瞬间在意上沈赐的。她好胜心强，成绩总是被沈赐压着，总是差那么一点点，其实并不舒服。

可后来，发生了那件事。

一秒。

两秒。

三秒……

度秒如年。

叶书辞紧张得手心攥出汗意，脑海不受控制地涌出各种奇怪的想法。

沈赐放下手中的书,眼帘微微下垂,下颌线流畅清俊,他摇了摇头,淡声说:"不记得了。"

无尽的悲伤与沮丧在心底蔓延。

其实记得与否又有什么重要的呢?

她叶书辞对于沈赐来说,本来就不是特殊的存在,比起沈赐的众星捧月,叶书辞像是最黯淡的一颗星。

可那次经历,对于叶书辞来说,却难以忘怀。

其实原本叶书辞并不喜欢沈赐。

原因很简单,初中时代的叶书辞一直都是全班第一,考入苏城一中的成绩也名列前茅,人人夸她聪明,她更是兢兢业业认真学习,想要继续维持全班第一。

叶书辞的心底住了个骄傲的公主,戴着皇冠,缀着水晶,光芒永不陨灭。

事实上,高一上半学期,叶书辞两次考试都是全班第一。

可偏偏沈赐转学过来了。少年眉眼轮廓清俊干净,白衬衫穿在身上有模有样,像是从偶像剧里走出来的。

他的到来,几乎让全校女生沸腾了。

叶书辞充耳不闻,一心只读圣贤书,直到……沈赐抢走了她第一名的位置。

可后来,沈赐接连几次都是全班第一,再后来,直接空降年级第一。

叶书辞拼命刷题,玩命似的学习,可死活超越不了沈赐,她放弃了,想着高二分班兴许就好了。可他们依旧被分在一个班,叶书辞没等到重夺第一名,反而少女芳心被俘。

高二的一个晚自习之前,叶书辞文科班的闺密方悠然来找她玩。两人坐在教室里,恰好一个男生开起玩笑:"叶书辞,你闺密身材真好啊,啧啧啧。"

这个年龄段的男孩子总是对异性充满了好奇,兴许并没恶意,可这句话还是让方悠然的脸迅速变红了。

闺密在自己班教室受欺负,叶书辞自然要报复回去,她快速开动脑筋,想着怎样杠回去比较好。这时,一道淡淡的、略带清冷的声线响起来。

"卢新,你一顿饭三个汉堡都没吃饱吗?"少年的嗓音不怒自威。

无须转身,叶书辞也能感知这道嗓音的主人是沈赐。

每次物理课,老师遇到难一点的问题就会找成绩好一些的同学回答,假如他们回答不上来,老师便会点叶书辞。

倘若叶书辞也答不上来,老师便会叹口气,把期许的目光落到沈赐身上:"沈赐,你来说一说。"

沈赐起身之后,用最清淡的嗓音徐徐说完解题细节,便会迎接来自老师和同学多道艳羡又赞许的目光。

可他表情依旧是淡漠的，嘴角的弧度自始至终没扬起，仿佛那只是稀松平常的一道题。

他似乎不清楚自己有多么优秀，多么厉害，多么遥不可及。

叶书辞最熟悉他的声音。

成绩好、家世好，是十几岁少年最天然的保护屏障，何况沈赐也是出了名的人品好。

卢新不敢得罪沈赐，肩膀瑟缩了下："吃饱了。"

沈赐垂眸看他一眼，迈起长腿离开之前，冷飕飕地留下一句话："既然吃饱了，就给自己找点事做，别在别人身上找存在感。"

这是叶书辞第一次看到冷漠的沈赐。

也是这一天，她彻底沦陷了。

沈赐就像从天而降的英雄，十七岁的少女，对于英雄救美的故事，看过千遍也心动。

那天，沈赐走了之后，方悠然也说："沈赐真帅啊！"

"你知道他叫沈赐？"

方悠然弯了弯眼睛："他来到咱们学校，抢走的可不仅仅是年级第一的位置，还有校草的位置，咱们学校大概没有女生对他不感兴趣了吧？小辞，你对他不感兴趣吗？"

那一刻，不知为何，叶书辞有些失落——所有人都感兴趣的人是最遥不可及的远方星辰，怎么可能跌落她手中呢？

周三下午最后一节课。

苏城一中在大礼堂召开高三年级表彰大会。

这算是对高二学年的总结，也是激励学生在高三努力拼搏的一个方式。

校领导全部上阵，舞台上摆了一排长桌，上面摆着他们的发言稿，还有盖着红色丝绒布料的话筒。

经过好长的一段铺垫之后，总算到了令全体学生振奋的颁奖环节。文科和理科分开颁奖，先颁发的是理科生获的奖。

"接下来颁发的是高二学年优秀学生，下面由张瑶老师来为大家念获得优秀学生的名单！"

从一班念起，叶书辞在五班。

她的心脏紧紧地悬起来，会有自己吗？无论如何都会有沈赐，那剩下的一个名额，会是她的吗？

叶书辞一直努力学习,倒不是她功利,只是获奖是对一段时间学习努力程度的证明和肯定,而且,妈妈唐笑很喜欢收藏她从小到大获得的奖状和证书,倘若空手而归,妈妈不免会失望。

"徐志鹏……沈赐,叶书辞……"

叶书辞的大脑轰的一声,眼睛似乎什么都看不到了,只听到他们的名字排在一起,相似又亲密。

她嘴角悄然跃上一抹笑意。

老师站在台上,等待着点到名字的同学上台领奖。叶书辞眯起眼睛,下意识寻找起沈赐的位置。

沈赐已经站起来了,少年身量修长,与她对视之时,微勾了下唇。

本来沈赐走在前面,走到小楼梯前的时候,他停住脚步,让叶书辞先上,两人一前一后。想到沈赐就站在自己身后,叶书辞更是忘记该如何呼吸了。

台上,高瘦的少年笔直站在她身旁。

叶书辞用余光瞄身旁的人一眼,少年手臂清瘦修长,血管泛着点青色,站姿闲散,带了点漫不经心。

心跳"扑通、扑通",明明只是一个小小的颁奖,她却不知为何,身体更僵硬了。

"各位同学,我们合影留念,茄子——"

艺术班的老师拿着数码相机,站在台下。叶书辞捧着奖状,轻舒一口气,对着镜头的方向,展开笑颜。

下台之后,叶书辞回到自己的位置,姜晓笑着跟她咬耳朵:"恭喜你啊,小辞,咱们班才两个得奖的,你超厉害。"

叶书辞抿唇笑了笑。

姜晓嘟嘟嘴:"我也超想得奖,我妈常吐槽我自从上高中后就一张奖状都带不回去了。"

学习毕竟是一件需要天赋的事情,正如姜晓超越不了叶书辞,叶书辞超越不了沈赐。

姜晓凑过来,捏了捏叶书辞的脸颊:"突然发现,我们小辞居然这么害羞,脸颊都红红的。"

"有吗?"

叶书辞伸出手,摸了摸自己的脸颊,果真很烫。

她的性格算不上格外大胆,但也绝对不内向,她一直都很敢于展示自己。从小学开始,她就是老师常常表扬的,学习成绩好,综合能力还强的那类学生。

只是因为身旁站了沈赐,连领奖都变得不像领奖,而像某种静谧又庄严的仪式。

不知不觉,文科班的奖状都颁发结束了。

校长说:"最后一个奖项由我来颁发,这个是国家级的三好学生,咱们省只有三个学生获奖,恰好选中了咱们学校的沈赐同学,恭喜沈赐同学!"

"哇哇哇!牛啊!"台下响起了此起彼伏的掌声与欢呼声。

国家级三好学生,这得是多大的荣誉啊。

叶书辞想都不敢想,可沈赐能不费吹灰之力地得到。

"太牛了,我的天,我们五班的骄傲,断层式第一。"

"咱们只能在学校里逞逞能,真要跟全国高中生竞争,估计都得被甩到沙滩上。"

听到同学们的谈论,叶书辞闭了闭眼,她仿佛走在一条乌云蔽日、黄沙漫城的小道上,刚才的愉悦兴奋都化为了虚无。他们之间的距离,是她不敢想象、不敢逾越的。

她觉得自己很努力,很厉害,再认真一点就能通往罗马。

可是有些人,天生就在罗马。

沈赐再次上台领奖,少年嘴角稍微牵起了点弧度,迈着长腿走向领奖台。

"大家一定要学习沈赐同学敢于钻研的精神,沈赐同学的成绩是老天白送的吗?当然不是,是沈同学一直兢兢业业努力学习。你们在玩的时候,沈同学在努力,你们出门逛街的时候,沈同学在努力,你们打游戏的时候,沈同学还在努力……"

校长喋喋不休,唾沫星子横飞。

台下同学笑不停,稍微了解沈赐的人都知道,沈赐游戏级别特高,属于再多猪队友都能带动的那种。

况且,沈赐压根儿不爱学习啊。

他晚自习草草写点卷子,放了学不会碰任何学习资料。或许校长也知道,只是为了激励庸庸碌碌的普通人,只能将天分归结为努力。

少年举着奖杯,手拿荣誉证书。

老师在台下拍照。

叶书辞内心迸发出一阵一阵的力量。

曾经她想超越沈赐,可此刻只觉得与有荣焉。

她仰慕的少年,是全世界最耀眼瞩目的光。

大礼堂后排突然响起一阵喧闹声,叶书辞看过去。

乌泱泱的人群中,最后一排一个高个子女生站了起来,女孩戴着黑框眼镜,因为情绪激动,脸颊有点红。

"沈赐,谢谢这么优秀的你照亮了我的路……"

一遇到这种场景,全体学生必定兴奋,不约而同地喊起来:"加油,加油!"

就连姜晓也加入到加油的队伍中去。

白炽灯光变得刺眼,人影庞杂,耳畔似乎无限响动着聒噪的鼓点,叶书辞喉咙突然哽塞得说不出话。

她始终没有喊出"加油"。

最终,这场闹剧草草收场,女生的班主任将女生带走,据说对其进行了批评教育,以叫家长、写检讨收尾。

后来,叶书辞再次回忆起这天的情景。

她羡慕女生的勇气。

她总觉得自己不够好,想等自己好一点再将心意宣之于口。可怎样才叫好?好与不好究竟是怎样的标准?

沈赐两次上台,老师在台下拍了不少照片。这天晚上,叶书辞拿着手机,等着学校官网、公众号报道这次表彰大会。

她想,如果有相关的报道,那就一定会挂上今天颁奖的照片。

她很期待这张照片,这是他们的第一张合照。

哪怕有那么多同学作为衬托,但也实实在在是他们最亲密的照片,也是唯一一张照片。

叶书辞等了几天,都没等到。

她又不好意思去找班主任要照片,思来想去,她决定问问施小蕾。

大课间,同学们都出去玩了,施小蕾在桌前整理班主任布置给她的任务。

叶书辞屏住呼吸,朝她走了过去:"班长,你有那天表彰大会的照片吗?"

施小蕾有点惊讶:"你要那天的照片干什么?"

叶书辞绽开一个毫无破绽的笑容:"照片里不是有我吗?都快毕业了,想留着做个纪念。"

叶书辞到底很少撒谎,这话纵使在头脑中巡演无数次,呼吸还是慌乱了些,颤动的眼睫出卖了她的心跳。

"这样啊,"施小蕾说,"班务群里没发过,明天我问问吧。"

叶书辞道谢,点点头。

她余光看到身后有一道熟悉的身影走过,可一转身,什么都没抓住。

她在楼道里站了一会儿才回到教室里,这才发觉,刚才紧张得手心出了汗。

不知何时,沈赐已经回了座位。

叶书辞刚一落座,熟悉又清隽的嗓音响起。

"我有。"

叶书辞微微发愣。

原来,刚才从自己身后经过的人真是沈赐啊。

怪不得她莫名觉得身后的影子有点眼熟,她一心想着问施小蕾要照片,并没有将余光分给后面的人。

那么，沈赐听到她跟施小蕾的对话了？他会相信她那么拙劣的谎言吗？

沈赐不了解她的小秘密，并不知道她在想什么，可她想到自己的初衷，尴尬得想要找个地洞钻进去。

叶书辞移开目光，不敢跟沈赐对视，呼吸忽然加快。

其实她已经进步很大了。

原本的她，甚至不敢直视少年的瞳孔，到如今，她可以坦坦荡荡跟他讲话，不至于让自己的小心思被发现，已经是她努力良久的成果。

缓了几秒钟，她才意识到自己这样不太礼貌，赶紧说："沈赐，谢谢你。"

沈赐轻笑一声，照旧很温和："留作纪念确实蛮好的，马上就念大学了，仔细想想，我高中还没给自己留下几张照片。"

"你这个想法倒是给我提了个好建议。"

少年的笑容真诚明亮，叶书辞的心底却弥漫着心虚，还有一些不可言说的奇怪滋味。

"你怎么有照片的呀？"

"老陈空间里发的。"

"你居然加了老陈的QQ？"

沈赐笑着点点头："高二那会儿不是参加一个竞赛嘛，加了联系方式传资料。"

也是，高二他就拿到了物理单科竞赛全国一等奖的好成绩。

"真厉害。"想到这里，叶书辞的心底又是止不住的羡慕。

"你卷子快掉下去了。"沈赐淡淡的声调响起。

叶书辞满心都是跟沈赐说话，最开始因为紧张，她装作正经地收拾了下桌子，然而桌子并没有被她收拾得更加工整，丝毫没注意到自己桌上摆着的两张卷子已经被推拉到了边缘。

一条修长有力的手臂伸了过去，帮她把卷子够了上来。数学试卷，题目偏难，叶书辞用红笔改了错，字迹密密麻麻的。

窘迫感油然而生。

明明在别人眼中她已经很好了，可她也有不为人知的小自卑。譬如此刻，叶书辞抿了抿唇，耳根有点热，眼睫垂下去，态度有些不自然。

"叶书辞。"沈赐嗓音低低地叫出她的名字，"你是不是不太舒服？"

叶书辞摇了摇头，嗓音异常艰涩："没有。"

少年轻而易举的一句话就能在她心底掀起漫天海啸。

这样胆小的她，又如何才能走进他的世界？

叶书辞的父母是双职工,没办法照料她吃饭,于是她申请了在宿舍午休。

她中午习惯了做点题,或者背会儿书再睡觉,这天中午,她彻底没有了学习的心思。

她从回到宿舍就捧起手机,盯着QQ消息,期待着沈赐给他发照片。

从十二点等到下午一点半,眼看着下午上课的铃声都快响起了,手机那头的消息还没等来。

她最终实在撑不住,眼皮似乎顶着千斤重,勉强睡了十五分钟。

"小辞,小辞,预备铃响半天了!"她是被姜晓推醒的。

叶书辞慢吞吞地睁开眼睛,悠悠转醒后的第一件事就是看手机。她没看姜晓,只顾着寻找手机,明明睡前放到床边,怎么找不着了?

"找手机吗?"姜晓"啧"了一声,笑道,"我看你手机自动关机了,在给你充电呢。"

叶书辞赶紧起身,开机,仍旧没等来消息。

她失落地叹了口气。

幸好时间还不算晚,她们走到教室时,来的同学还不算多。叶书辞的目光下意识落到沈赐的位置上,他还没到。

陈清润叫住她:"叶书辞,刚才有几个女生在门口找你。"

透过宽敞明亮的玻璃窗,初秋蓬勃又燥热的阳光洒进来,郁郁葱葱的苍绿映照在叶书辞的瞳孔里。

她视野一片明亮,朝窗外看去。

不知是不是老天赋予她的赏赐,她看到了沈赐。

三五个少年走在一起,最中间的那位便是沈赐,少年迎着风,发丝微微凌乱,衬得头发蓬松而柔软,校服短袖被风吹得鼓成一面帆,是少年意气,是朝气满满。

沈赐脚步并不快,表情也闲适。她不敢再看,生怕一不小心跟人对视了,那么,第一个移开目光的肯定是她。

"你在看什么?"

不知什么时候,陈清润也来到了叶书辞身旁。

叶书辞这才发现,陈清润也很高,目测得有一米八五,戴着眼镜,皮肤苍白,散发着浓浓的书卷气。

耳畔猝不及防响起陈清润的声音,叶书辞吓了一跳,脸颊红了红:"没看什么。"

陈清润单手插着口袋,倒也没追问下去,他饱含深意的目光盯着沈赐的身影:"很多女生都想和沈赐交朋友。"

"是。"

闻言,陈清润幽幽的目光又移到叶书辞脸上,抵着舌尖笑了一声:"那你呢?

叶书辞,你也会这样想吗?"

这一刻,叶书辞的呼吸宛若突然被按下了暂停键,只剩脑海中闪烁着少年清隽温柔的模样。

哪怕她的心底已经紧张得犹如火山爆发,耳边像是油锅沸腾,可她还是故作平静地笑了笑,装作惊讶一般,甚至还轻微地皱了下眉:"你问这个做什么?"

陈清润点头:"我觉得,你跟别人不一样,有的人不值得多看几眼。"

叶书辞的心重重一跳。

叶书辞还以为自己听错了,抬起头,看到少年唇边的笑容干净温润,如秋天的雨,当得起他自己的名字。

"你刚才跟我说什么?"

陈清润说:"有几个外班女生找你。"

"可能是我文科班的朋友吧?"叶书辞朋友不多,在一中最好的朋友除了姜晓就是方悠然。

陈清润笃定地摇摇头:"不是。"

对上叶书辞疑惑的眼神,陈清润赶紧说:"我见过你跟你那个朋友一起走,刚才找你的女生不是她,我说我可以帮她们传话,她们没同意,估计以后还会来找你吧。"

这件事告一段落。

晚上放了学,叶书辞回家做了会儿题,也依旧沉不下心。她反复告诉自己,如果成绩退步了,爸妈估计会轮流轰炸,到时候只会更难堪。

头脑中有两个小人反复打架,她每过上五分钟就会打开手机,看看有没有沈赐的消息。

坦白说,她真的不知道自己在纠结什么。

等了一中午,没等到沈赐的照片,原本内心抑制不住的失落,又因为无意间听到沈赐跟周子奇聊天时说"中午手机没电了"而彻底烟消云散。

在学校还能勉强用功学习,回到家又开启了新一轮翘首以盼。

可她究竟期待什么?

沈赐大概只是将照片传给她,不会跟她闲聊。

晚上十一点,手机 QQ 的"嘀嘀"声终于响了。

沈赐发来几张图片。

叶书辞的心底宛若爆米花噼里啪啦炸裂,嘴角不可抑制地上扬,她敲打着字,还没发出去,沈赐的消息再度发了过来。

沈赐:中午在外面,手机没电了,不好意思,这才发给你。

叶书辞：没事没事。

叶书辞：能拿到这几张照片就非常好了。

简简单单的几个字删删改改，将近用掉了叶书辞三分钟的时间。

暗恋是字字琢磨，句句斟酌。

这一刻她突然明白，"暗恋者"三个字，就注定将自己摆放在卑微的位置。

她期待的只是一次网上跟沈赐说话的机会，一个小小的改变，一次不经意的邂逅，是否能换来一次又一次的回首？

叶书辞愣怔地望着对话框，沈赐没再回复她。

可能聊天就到这里了吧。

这可能是他们唯一一次聊天。

叶书辞想起最初的那段时光。

她侧面打听过，姜晓她们都加了沈赐好友，明明只是动动手指的事情，她却实打实犹豫了很久很久，她不敢，她胆怯。

他们在一个班，纵使沈赐不关注身边的同学，也会熟悉她的名字，说什么都会通过。

可叶书辞就是反反复复纠结。

她像个十足的胆小鬼，怯于展示自己，生怕泄露了心动，却又千次百次地幻想自己与众不同，奢望能在他心里留下不一样的位置。

若不展示，恐怕早如风烟飘过吧？

她是如此矛盾。

再后来到底加了，她在备注信息里简单写了一句：叶书辞。

通过的那一瞬间，QQ来了通知，她欣欣地望着对话框很久很久，可对面也没传来任何信息。

那一刻，她怅然地想，他们只是陌生人的关系。

倘若再深究一下，只是暗恋者与被暗恋的关系。

沈赐又发来两张图片：这两张你也留着吧。

叶书辞有点蒙地看着照片。

老陈不喜欢开班会，他将每周的班会当作学生的展示空间，每一期都由学生自拟主题。叶书辞开的那期班会，主题为"星空与土地"，探索的是当众青年毕业后的去留问题。

叶书辞记得当时老陈拿着手机拍了照片，却没想到沈赐居然连这个都翻到了。

叶书辞：这个都很古早了，现在也没这样的展示机会了。

沈赐：所以才要留作纪念，我想对你来说一定很有纪念意义。

屏幕的这一头,叶书辞不禁笑出了声。

——可是,可是,这张照片里没有你,就没有了意义。

——我只想要与你的合照,你才是我的一切意义。

叶书辞的心底仍然暖融融的。

沈赐消失的这几分钟,原来是为了帮她找照片。

她忽然想起欣赏他的日日夜夜。

为了顺理成章多看他一眼,绕位置扔垃圾、接水,抑或是进出教室,一次又一次侧眸、流连,即使他从未望她一眼。

她也会下意识模仿他的风格,把白色的杯子换成了黑色,将坚持了好些年的百乐换成了三菱,甚至校服扣扣子的风格都如出一辙——最上面那一颗不扣。

她开了黄钻,一遍一遍访问他的空间,纵使那空间只有寥寥三五条动态。

运动会时,她是班级里写加油稿最拼命的学生,只为让参加比赛的他听到她质朴又诚挚的心意。

也只有在加油时,才能把满腔爱意夹杂在呼喊声里,为他摇旗呐喊,才能将隐晦愿想说到尽兴。

仍记得高二那年的寒假,一个寒风呼啸的夜晚,她跑到他居住的小区,一层一层数着他房间所在的位置,看那房间亮着灯,就仿佛他们也在一起,手被冻伤也浑然不觉。

吃过苦头,放弃过无数次,却总有一个理由能重新拾起。

不会有人理解你的狂热。

也无须人理解。

因为暗恋,是千回百转,是百折不挠,是拼尽全力,是想自己不敢想,做自己不敢做。

是一个人的悲欢。

第三章
隐晦、举重若轻的秘密

王老师的物理课。

这节课之前,恰好是一个大课间,平日大多数学生都会去小卖部买点吃的喝的,或者去操场遛一遛。

虽然面临升学压力,但老陈仍然强调劳逸结合,经常主动招呼同学们出去玩。

可王老师实在是太严格了,在她课堂上稍微打个瞌睡就会迎来一顿猛批。

教室里倒下一大片学生,大家都补着觉,准备迎接痛批。

王老师刚到教室就开始了新一轮的训斥。

"你们这个松松散散的学习态度,迟早会后悔,等明年这个时候,你们看着其他人一个个就读理想的学校,而你们只能服从调剂时,就知道后悔了!"

大家你看看我,我看看你,耷拉着眼皮,纷纷不可理解。

坦白说,这已经是大家拿出来的最好状态了,毕竟这是高三冲刺阶段,白天有上不完的课,晚上有写不完的卷子,谁还能拿出初中生的生龙活虎劲来?

"这张卷子我没来得及改,现在随机发下去,大家拿到谁的就是谁的,对着黑板上的答案算一下成绩。"

大家依旧没精神,姜晓转头跟叶书辞咬耳朵:"她自己都不负责任,连个卷子都不改,还那么严格要求我们,凭什么啊?"

知道姜晓对王老师一直没好感,叶书辞只好附和:"是啊。"

说完这话后,她下意识看了眼旁边的少年。

沈赐脸庞英俊,双眸漆黑,正低着头看卷子,大概没留意她说了什么。

叶书辞拿到的是班里不太熟悉的女生的卷子,王老师用投影功能在黑板上投射出答案。

叶书辞对着答案改了几道。

"叶书辞。"陈清润小声叫她的名字。

她抬眸望过去:"怎么了?"

"我不太想改这一张,你能跟我换一下吗?"

叶书辞想也没想,赶紧将手中的卷子递了过去:"行。"

拿到之后,叶书辞才注意到,陈清润拿的那张卷子竟然是沈赐的——她一眼就能认出他的字迹。

沈赐的字体不大,端庄有力,每一处落笔都遒劲干脆,一看就是刻意练过的。

这时候,王老师朝着他们的方向瞪了一眼,若不是因为她对陈清润和叶书辞印象不错,这时候估计得开始唾沫大战了。

王老师的眼神也将叶书辞的疑惑压了下去。

光影明亮,沈赐干净清俊的脸庞格外明晰。叶书辞实在想不到,怎么会有人不愿意改沈赐的卷子。

他的卷子基本全对,对着答案走一下过场,打上满分,要多简单有多简单。

中午,叶书辞跟姜晓去食堂吃饭,谈论起此事。

姜晓说:"我大概知道为什么。"

叶书辞抿了下嘴角:"他们是发生过什么过节?"

姜晓侃侃而谈:"高二那时候吧,有一次全国物理竞赛,你应该记得,沈赐最后拿奖了。

"陈清润也最喜欢物理,但咱们学校只能选一个代表参加。据小道消息说,咱们学校内部比了好几轮,其实陈清润和沈赐最后分数相同,可老师依旧坚持让沈赐上场。

"你说这种事情,放谁身上能不生气?"

叶书辞仍旧觉得怪怪的:"可是沈赐最后为我们学校争光了。"

姜晓耸耸肩:"陈清润不这么想,他会觉得,如果他上场了,可能会拿到跟沈赐一样的名次。"

叶书辞点点头,从某种程度上,她能理解陈清润的想法。可她很排斥,只是因为,沈赐是光,光不需要照耀所有人,可所有人都应该渴求光。

下午放学时,学生都收拾着书包,物理课代表风风火火跑进了教室,手里抱着厚厚一沓文件。

"大家等一下,先把这个发下来再放学。"

周子奇跟后面几个男生想赶紧回家玩了,叹着气:"课代表大人,明天再发呗,还能有什么重要的东西,反正王老师作业都伽置完了。"

物理课代表没理会周子奇他们,干脆霸气地将门一关,将文件一份一份发给了同学们。

"这个是王老师给我们手写整理出来的物理例题，都是高二一年最常做错的，每个题目的解析方式、易错点都整理了，王老师这几天一直熬夜弄这个。"

"王老师说，最快三天，她会把高一的高频考点和易错题也整理出来。"

叶书辞拿到这份文件时，微微发愣。

原来，王老师没空改卷子，是为了整理这份资料。

不只是整理了资料，老师还自掏腰包将资料打印了出来。

叶书辞简单地看了看，这个资料对她来说很有帮助，更别提对于成绩一般，弄不清楚各类题型的学生了。

这可比改一份试卷付出的劳动要多得多。

最后一排的女生林雪原冷嗤一声："灭绝师太以为这样就能收买人心吗？不就是一份破资料，参考书都有附送，谁稀罕啊。"

再好的学校，再优秀的班级，也总有几个死活不学的学生，比如林雪原。她因为上课时不听课，直接趴桌上睡觉，被王老师狠狠修理过，因此怀恨在心。

莫名的，叶书辞脑海中浮现出王老师戴着黑框眼镜，一丝不苟、面无表情的刻板模样，又想起上午自己跟姜晓的对话，心中一波接着一波的愧疚感如潮水般翻涌而来。

"还不回去？"

沈赐淡淡的嗓音响起。

叶书辞咬咬唇，抬眸看向沈赐。少年嘴角的笑容浅淡，头顶的白炽灯灯光将他的眉眼映衬得越发温柔。

"马上就走了。"

说着，她匆忙背上书包，落荒而逃。

叶书辞发现，周六的自习课，沈赐基本没来过。

她总是盼望着，想等到周六的全天自习，她可以假借题目找沈赐讨论学习，这样子，交集应该会多一些。

然而，天不遂人愿。

对着空荡荡的桌子，叶书辞默默叹气。

姜晓跟周子奇天天斗嘴，一会画上"三八线"说谁也不理谁，一会儿又好得像是亲兄弟，叶书辞一天到晚跟着劝架。

到如今，她的心态已经平和到看到他们吵架不为所动了。

今天，姜晓跟周子奇又吵架了，好像因为姜晓接受了某个男生的小礼物。

姜晓气得直接收拾了一下课本，坐到沈赐的位置上。大课间，姜晓去超市买了一袋雪糕,分给周围的同学们,甚至还拿了一根让叶书辞分给陈清润,都没给周子奇。

周子奇气得脸都绿了。

不过叶书辞能猜到最后的结局,肯定是周子奇伏低做小跟姜晓道歉。

晚上,叶书辞收到了方悠然的消息。

方悠然:明天一起看电影吗?

叶书辞:上午还是下午啊?

方悠然:你决定就好。

叶书辞:晚上行不行?我白天得帮我奶奶看烤鸭店。

叶奶奶是退休的高中语文老师,今年六十几岁,每个月都领着不低的退休金,可老人家操劳了一辈子,退休反而适应不过来,成宿地失眠。

奶奶姓宋,祖祖辈辈都是做烤鸭的,到奶奶这里就断了,眼看着焖炉烤鸭越来越少,她不忍心手艺失传,赶紧开了一家小店。

中南路一带缺烤鸭店,于是叶奶奶的店就开起来了,转眼间已经干了五年多了,生意算不上特别好,但是老人家好歹有点寄托了。

叶奶奶勤快得很,每天早早起床,腌鸭子,烤鸭子,所有繁杂的工序都亲力亲为。叶书辞周日如果学习任务不重,就会帮着看店,让老人家在屋里面歇一歇。

第二天,叶书辞搬了张桌子,坐在门口,纱窗门放下,防止蚊虫进来叮咬。她低着头写卷子,小姑娘白白净净,身材纤细,远远看着有种岁月静好的气质。

"要一只烤鸭。"

少年清隽好听的嗓音响起时,叶书辞正跟一道很难的数学题斗智斗勇。

她有些恍然,声音的主人究竟是谁?

这会儿阳光正盛,沈赐大概是理了发,在强烈日光的照映下,少年的头发呈现出温柔的浅褐色,鬓角剃得短了些,眉骨偏高,英俊得出奇。

他上身是白色的短袖,左胸处有一处小小的蓝色Logo(商标),穿着黑色运动长裤,脚上是一双黑白相间的板鞋。

少年打扮得干净利落,却莫名有一种禁欲的吸引力。

叶书辞恍若大梦初醒一般,猛地站了起来。

却因为坐得太久,她一阵眩晕,不受控制地朝着少年的方向倒了过去。

叶书辞穿了件中款的棉白裙,长发挽起来,雪白的手臂挂在少年胳膊上,肌肤相贴,暗流涌动。

因为贴得太近,叶书辞敏锐地感觉到,沈赐的胸膛格外宽厚,又因为天气太热,微微发着烫,少年蓬勃的朝气向她袭来。

她整个人像过了电似的,酥麻感流水一般地传来。

叶书辞脸红透了。

当同桌两周，还未曾有过如此亲密的举动。

沈赐扶稳了她。

"这么紧张？"

叶书辞的手下意识往后缩："没有。"

见她站稳，沈赐也将手挪开了，兴许是感知到她的不好意思，清俊的脸庞晕染开一点笑意。

叶书辞问道："你怎么来这里了？"

少年扬扬眉梢，指了指"宋记烤鸭"红底白字的质朴风牌匾，笑着说："同桌，来买烤鸭不行？"

沈赐平日不苟言笑，为人偏淡漠一些，可少年声线格外好听，尤其说到"同桌"两个字时，让人像如沐春风一般。

像是酿造了几年的美酒入喉，叶书辞只觉得一阵微醺意味传来。

生怕沈赐看出自己的小心思，叶书辞只能尽量平静地跟沈赐对视，白净的小脸上添了点疏离，她慢吞吞地笑了笑："当然行呀。"

"我给你挑一只最大的。"

烤鸭都是按只算钱，叶书辞垂下头，认认真真地挑选起来。

叶奶奶卖烤鸭多年，叶书辞耳濡目染，自然知道哪样的烤得最入味。

小姑娘额角的碎发垂落下来，遮住清丽的眉眼，嘴角偏红，未施脂粉，却显得白皙莹润。

叶书辞拿着夹子，好不容易选中一只，手机却响了。

手机就放在桌子上，叶书辞依旧在夹烤鸭，只把视线分过去一点。

沈赐的目光也移了过去。

信息跳跃在屏幕上，字体很大很亮，是陈清润发来的消息。

陈清润：叶书辞，下午要一起去图书馆吗？

叶书辞下意识看向沈赐。

少年漂亮的下颌线深邃分明，站姿闲散，含着几分闲庭信步般的随意，可若细看，眉宇微蹙，碎发之下的眸子晦暗不明。

叶书辞熟练地将烤鸭装袋，双手递给了沈赐。

"你是买给自己吃吗？"

"我奶奶爱吃。"一瞬间的不自然转瞬即逝，沈赐懒散低笑一声。

叶书辞弯了弯唇："可是这鸭子有点肥，烤鸭嘛，大家都是爱吃酥皮，如果不肥的话还不香了。"

沈赐笑着"嗯"了一声。

"老人家的话，还是少吃为好。"叶书辞的心怦怦直跳。

面对他，真诚和质朴都是下意识流露出来的，一句虚言都不敢说，诚挚得……有点好笑。

"叶书辞。"沈赐嗓音温和如水，对上女孩清凌凌的目光。

她眼型偏圆，不笑的时候有点清冷，若是只看这双眼睛的话，会觉得带点娇憨意味。

少年的笑声中带了点揶揄意味："那你这样可赚不到钱。"

沈赐居然开始跟她开玩笑了。

少年不苟言笑，除了偶尔跟周子奇开玩笑，很少不正经。

叶书辞咬咬唇，不知如何是好。

她眨眨眼睛，只觉得莫名的兴奋感在大脑皮层蔓延开来，带来细细密密的神奇触感。

叶书辞佯装大方地笑了笑："你看我像那么世俗的人吗？"

说完这句话后，她又开始百般纠结，觉得自己似乎不够有趣，中规中矩。她很想在沈赐面前表现出不一样，可如果不这么说，她又不知道还能讲什么。

她幽默细胞本身就匮乏。

"对了，奶奶能吃辣吗？"

沈赐点点头："非常爱吃。"

叶书辞松开紧攥在一起的手："其实除了标配的蘸料，我奶奶还研制出来一种辣酱，我感觉跟烤鸭、春饼卷在一起，再配点白糖更好吃，你等我给你拿一点。"

女孩蹲下身，从旁边的橱柜中拿出来一大瓶辣酱，挖了几大勺，放到一个小盒子里。

辣酱红通通的，隔着很远就能闻到咸香醉人的味道，令人食欲大开。

沈赐接了过去："平时买烤鸭不送这个？"

"这个工序比较麻烦，奶奶做不了太多，只供我们自己家人使用。"

闻言，沈赐淡声笑笑。

少年将塑料袋往上提了提，嗓音低沉好听："谢了，同桌。"

他又叫她同桌了。

叶书辞喜不自胜。

她目送着沈赐的背影，直到少年高瘦的身影消失在街的尽头，她依旧处在恍恍惚惚的状态中。

不知是不是她的错觉，她总觉得今天的沈赐有点不太一样。

"吓我一跳。"叶书辞捂住胸口。

也不知道奶奶什么时候出现在身后的，老人家头发早白了，特地染了黑色，看起来精神矍铄，总是笑眯眯的，格外和善。

"那是我们家小辞的同学呀？"

叶书辞红着脸点点头。

叶奶奶若有所思道："那个孩子我见过。"

说到这个，叶书辞可就感兴趣了。

"前段时间奶奶去批发香料，是一个很大的批发市场，听说从那里进货便宜，我就去了一趟。那地方太大了，可把我绕迷糊了，顾客不多，我绕了两圈也不知道找谁帮忙，就是这孩子主动帮助的我，心肠可好了。"

叶奶奶口吻中是止不住的赞许和欣赏。

叶书辞能想象到沈赐帮助奶奶的场景，她晃晃脑袋，开心极了，束起的马尾晃晃悠悠，唇瓣的笑容挡也挡不住。

"沈赐在我们班是蛮好的，性格好，成绩也好，第一名呢。"

叶奶奶摸了摸叶书辞的脸蛋，开起了玩笑："那岂不是把我们小辞的第一名抢走了？"

"奶奶，"叶书辞撒娇道，"我跟人家比差了好多好多呢，十个小辞都比不过沈赐的。"

叶奶奶勾勾她的鼻梁："我们小辞性格骄傲得很，能这样服输，就知道那孩子得多么优秀了。"

叶书辞不好意思地笑了笑。

"这孩子不止性格好，成绩好，"叶奶奶说，"长得也好，估计有不少小姑娘觉得他好看吧？"

叶书辞闭了闭眼，脑海中映照出少年漆黑的眼瞳。

"那我们家小辞呢？"

闻言，叶书辞精神一凛，整个人瞬间站直了。奶奶的嗓音缓缓入耳，搅乱了她的心跳频率。

叶书辞抿抿唇，心像是坐了过山车似的，大脑一片空白，她快速思考起来要怎么才能不动声色地搪塞过去。

好在奶奶没纠结这个问题，奶奶笑了一下："小辞，你这个同学如果再来买烤鸭，一定要给他免单，也算是帮奶奶表达一下谢意了。"

叶奶奶又回里屋继续腌制鸭子，叶书辞坐了一会儿，面前的试题仿佛变成了天书。

她满脑子都是少年散漫笑着的侧颜，足够慵懒恣意。

手机提示音再次响起来。

陈清润：还在吗？

叶书辞挠挠头，这才想起刚才忘记回消息了。

叶书辞回复了消息：今天有安排啦。

即使没有，她也不太想去。

因为她直白地感觉到，陈清润不喜欢沈赐。

方悠然买好了电影票，叶书辞没回家，准备直接到电影院与方悠然会合。

唐笑打来电话，叶书辞内心一凛："妈妈。"

"小辞，你怎么还没回来啊？妈妈做好饭了，就等你回家了。"

叶书辞从妈妈的嗓音中听到了一丝疲惫感，她抿抿唇："今晚悠然约我看电影，我上午发了微信告诉您了。"

"噢，"唐笑的语调迅速降落至冰点，"小辞，不是妈妈给你泼冷水，悠然身体不好，她父母在她学业方面的期许不会太高，但是你不一样，妈妈的全部希望都压你身上了……"

"妈妈，我已经很努力了，成绩也一直都在进步。"叶书辞平淡地打断了唐笑的话，"今天一整天我都在学习，就晚上看两个小时的电影，很快就回家的。"

唐笑皱紧眉头，也知道孩子长大了，有了自己的想法："你们班主任今天刚在班级群发了通知，说下周进行月考。"

叶书辞走到信汇影城门口时，方悠然背着一个萌萌的小猪包已经在等她了。

"小辞，我在这儿！"

叶书辞却因为月考的事情有点心不在焉。

显然，因为叶书辞出门看电影，妈妈有点不太开心了，现在还隐而不发，可若是月考考砸了，妈妈肯定不会轻易放过她。

其实叶书辞心里也没有底。

这学期跟之前不太一样，她跟沈赐成了同桌，那颗曾经满心学习的心多少会分出去一部分。

烤串的香味徐徐飘了过来，香浓的孜然与辣椒混合在一起。

方悠然挽着叶书辞的胳膊，使劲吸了吸鼻子："小辞，我好想吃啊，我们去买几个串吧？"

叶书辞立刻拽住她，担忧地蹙起眉："我都答应阿姨了，监督你不能吃路边摊。"

方悠然叹口气，撇撇嘴，无奈道："好吧，那我们上去。"

两个人还没来得及上去，就见身后来了几个女生，在窃窃私语议论着什么。

没过几秒钟，两个穿着超短裙的女生走了过来："你是叶书辞对不对？"

叶书辞一脸蒙地点点头。

两个女生小心翼翼地看了眼身后化着浓妆的女孩，女孩一头黑色长发，高高束起，穿着双黑色皮靴，又酷又飒。

其中一个叫白欣欣的女孩小声说:"身后那个是我们然姐,你可以帮我们一个忙吗?"

叶书辞丈二和尚摸不着头脑:"什么忙?"

"我们然姐想跟你同桌交朋友,又是断食又是逃学的,你能不能帮然姐?"

叶书辞再次将目光落在薛未然身上。

她穿着短款背心,露出紧实的小腹,从小腹左侧隐约能看到野玫瑰的花纹蜿蜒曲折向下,神秘又蛊惑,铅笔裤包裹着又长又直的腿,黑靴子上镶嵌着一只硕大的蝴蝶。

重点是她神情高傲,很酷很飒,让人难以联想,这样的姑娘竟然会为了沈赐断食逃学。

叶书辞笃定地摇摇头:"不好意思,这个忙我帮不了。"

从礼貌的角度,她只是沈赐的同桌,甚至连朋友都算不上,帮这种忙多少有点逾矩了,从私心的角度,就更不可能了。

叶书辞或许比薛未然成绩好上很多,可薛未然明艳漂亮,性感多姿,叶书辞的好看属于小家碧玉类型,更像是蒙了尘的珍珠。

两个女生立刻拽住叶书辞的胳膊:"叶书辞求求你啦,你就帮我们然姐一下,如果真能成功,你要多少报酬我们都能给。"

"哎呀,求求你啦,叶书辞,我知道你最好了。"

白欣欣拿着一沓人民币,拼命往叶书辞包里塞:"这样好不好,你光负责每天帮然姐送一杯饮料怎么样?沈赐最爱喝悠加的绿茶,你每天帮忙买一杯,放他桌上,每天再帮忙写一张爱心小字条。"

"你们怎么不自己送?"

"教室不能随便进,而且沈赐再不开心,会适得其反,你帮我们神不知鬼不觉地放他桌上,时间久了,再告诉沈赐是然姐送的,这样的话,沈赐那边已经形成习惯了。"

叶书辞扯也扯不开她们,无助地看向方悠然。

方悠然慢悠悠走了过来:"我替小辞答应你们了。"

"悠然,你怎么就答应了啊?"等那几个女孩走后,叶书辞不解地问。

方悠然狡黠地笑了笑:"要不答应的话,她们能那么容易让我们走吗?"她撇撇嘴,"我看那个然姐更不好对付。

"你回头直接把钱送回去,也堵着她们非得把钱还给她们。"

叶书辞点点头,也只能这么办了。

看完了电影,两人去旁边商场买了份芋圆沙冰,一边吃一边聊天。

"小辞,你跟沈赐现在怎么样了呀?"

叶书辞帮方悠然将小料挑出来,只让她吃小料,又将沙冰堆在一起,一点也不给她碰。

方悠然身体虚弱,才康复不久,叶书辞很害怕再回到那样暗无天日的时候。

叶书辞的心思一直没瞒着方悠然,她下意识捂住了后者的嘴巴:"小声点。"

她很害怕,很害怕碰到沈赐。

还记得高二的时候,老师总是叫错他们的名字,有次她在背后跟姜晓吐槽:"名字有那么像吗?烦死了,每次都叫错。"

身后忽然响起一道淡淡的好听男声:"不像吗?我觉得挺像的。"

叶书辞当场被抓包,尴尬了很久。再后来,又因为方悠然的那件小事,她才真正对沈赐感觉到不一样。

最初成为同桌的日子,叶书辞很害怕沈赐对她印象不好——她那句无心的"烦死了",她害怕沈赐会因此觉得她是个没什么内涵的姑娘。

可后来她才发现,沈赐压根儿不会觉得。

她更失望了。

因为沈赐压根儿不记得那次小小的交集了。

比起误解,她更讨厌不被记住。

叶书辞托着下巴,巴掌大的小脸上多了几分怅然。

方悠然叹口气:"小辞,是没有进展吗?"

也不是。

今天在烤鸭店的对白,已经超出她的所求所想了,自己跟沈赐的距离,似乎没有想象中那么遥远。

叶书辞找了个机会,将钱还给薛未然的跟班。

白欣欣对她的行为表示不解,却因为在学校,不想把事情闹大,没多说什么。

接下来几天,叶书辞发现沈赐的桌上每天都会多上一杯悠加的绿茶。

悠加是苏城最火的饮品品牌,为了严格控制质量,仅仅开了四家直营店,每次买都需要排队。

沈赐不太开心,却也找不到究竟是谁送的,他一杯都没喝,直接放在窗台上,每天都被值日生倒掉了。

就这么持续了好几天。

这天早上醒来,疾风骤起,小区里的梧桐树被吹得枝叶乱颤,估计今天得有场大雨。

唐笑很早就把叶书辞叫醒,开车将叶书辞送到学校。

一路上畅通无阻，六点半就到了校园。校园里空荡荡的，叶书辞背着书包，走到五班教室的时候，听到里面有细碎的动静。

她没多想，恰好看到一个穿着校服的身影将一杯贴着小字条的悠加绿茶往沈赐桌上送。

叶书辞淡定地往位置上走。

她惊讶地发现，送绿茶的女孩竟然是同班同学陈晓芷。

陈晓芷成绩不错，但是不太爱说话，在班里没朋友，基本属于隐形人，听说她家庭条件也不太好。

听到叶书辞的脚步声，陈晓芷整个人一激灵，手抖了抖，差点将绿茶打翻，还好杯壁有层保护套。

这个时间原本应该天光大亮，可因为雨天，玻璃上结了一层薄薄的水雾，教室里昏暗一片，雾蒙蒙的。

陈晓芷闭了闭眼，嗓音很小，卑微地祈求道："你能别告诉沈赐是我帮忙送的吗？求求你了，叶书辞。"

叶书辞看了眼手表，估计马上有不少学生来教室了，再这么纠结下去，只会让别人看到。

陈晓芷妈妈摆着小摊，风吹日晒，陈晓芷每天中午也会去小摊帮忙，寒暑假亦是。陈晓芷之所以愿意帮忙送饮料，兴许是为了不菲的酬劳吧。

叶书辞动了恻隐之心，没想太多，点点头："好。"

当预备铃声响起的时候，沈赐踩着点进了教室。

少年穿着白色的板鞋，容貌清隽。

叶书辞往前挪了挪座位，让他进去。也是这时候，叶书辞才发现他脖颈左边有一颗黑色的小痣。

教室后门开着，凉风翻动起书页，如藤蔓似的缠绕着人的脚踝。

看到桌上放着的那杯饮料，沈赐皱皱眉。

周子奇转过头："到底是谁送的啊，这么扫兴？"

沈赐抿紧薄唇："不清楚。"

沈赐又将饮料放到了窗台上。

"要不，我们明天早来俩小时，看看到底是谁这么无聊，天天送这玩意儿。她们不知道吗？你早不爱喝这玩意儿了。"

沈赐默不作声地翻动了两页英语书，淡淡扫了一眼周子奇："没必要为不相干的人浪费时间。"

叶书辞下意识朝着陈晓芷的位置看去。

陈晓芷坐在最后一排，正低着头非常认真地抄写单词，头发乱蓬蓬的，皮肤干瘦发黄。在叶书辞的印象中,似乎没见过陈晓芷笑,感觉她像一只不易亲近的猫。

第二天,沈赐桌上没有饮料了。

第三天也没有了。

大课间,叶书辞和姜晓去上厕所,恰好看到了薛未然的身影。

叶书辞下意识将脚步放轻,随后又听到了陈晓芷抽抽噎噎的声音。

"对不起,我真的不是故意的,对不起……"

白欣欣充满嫌弃的嗓音响起来:"真不知道你居然这么笨,这点小事都做不好,哎呀,笨死了。"

"咱们走吧。"姜晓拉着叶书辞躲远了。

她俩回到教室时,周子奇跟沈赐也正在讨论这件事——班长意外发现陈晓芷给沈赐送饮料,将这件事告诉了沈赐。

"赐哥,这个陈晓芷是不是想跟你交朋友啊?"

"别胡说八道。"

沈赐微垂着眼,漆黑的眸子里浮动着疏离,将语文课本从书包里抽出来。

周子奇突然反应过来:"我知道了,是那个薛未然对不对?这段时间就她……"

沈赐皱皱眉,打断了他:"这件事到此为止。"

沈赐的话等于默认——他已经知道陈晓芷的背后是薛未然她们了。

"沈赐。"叶书辞小声叫他。

闻言,少年偏头。

窗户没关紧,雨季还未过去,风雨迢迢,校园里的梧桐树被浇灌得苍翠欲滴。

沈赐睫毛很长,双眼皮褶皱好看,微垂下头就会显露出几分温柔。

"怎么了?"

叶书辞抿抿唇:"其实,她们也找过我,但是我没答应。"

说完之后,叶书辞才意识到自己这话有点莫名其妙了。好在沈赐聪明,他反应了几秒钟,就知道她指的什么事情。

沈赐侧过头,或许是天色昏暗的缘故,衬得他的眸色有点深:"是觉得会给我带来困扰?"

——不是的。

——是因为我也会忌妒,薛未然太漂亮,怕你会心动。

——我也是有喜怒哀乐的。

叶书辞的心又酸又涩,她咽了一下干涩的嗓子,像烈酒入喉,辛辣刺痛。

叶书辞意想不到的是,周五放学之后,她竟然被薛未然堵住了。

她倒也不怕她们，本来这件事就跟她无关："找我干什么？"

白欣欣跟在薛未然身后，语气不善："叶书辞，你装什么啊？"

"然姐的计划只有你知道，沈赐怎么会知道背后送东西的是然姐？你跟沈赐是同桌，是你告的密吧？"

薛未然面无表情地抱臂站在一旁，冷嗤一声。

"这件事跟我一点关系都没有，"叶书辞毫不怯懦，轻笑一声，"你们自以为计划很有用吗？如果买杯茶写个小字条就能感动沈赐，让他形成习惯，是不是太廉价了？"

白欣欣一哽："你……"

叶书辞继续道："我劝你们还是放弃吧。"

薛未然心有不甘，抿紧嘴唇，死灰一般的眸子盯紧了叶书辞。

其实叶书辞多少有点害怕。

她用余光观察四周，想着三十六计，走为上计。

然而此时，白欣欣的手已经高高扬起来，意料之中的清脆耳光声却没传来——

身后传来一道低沉动听的嗓音："放开她。"

第四章
她的英雄

缠绵缭绕的雨雾中,沈赐立于光影晦暗之处,眉眼深邃,徐徐向她们走来。

白欣欣这才意识到沈赐居然出现了,顿时慌张得不行。

薛未然原本风雨不动安如山,眼看着沈赐的步伐逐渐迈大,她后背绷紧了:"我们怎么办?"

白欣欣也一脸蒙:"我也不知道,我看沈赐好像挺生气。"

两个人一紧张,便也松开了对叶书辞的钳制。

叶书辞终于重获自由。

她的目光紧紧注视着沈赐,心跳不由自主地加快了。

叶书辞永远都不会忘记,在卢新故意开方悠然的玩笑时,沈赐也是迈着步子这样走来,像极了天神,降临了一个世界的光。

叶书辞满心欢喜,沈赐是她的英雄。

白欣欣干巴巴地笑了笑,主动替薛未然开脱:"沈赐,这件事跟然姐没关系,我们就是想喊着叶书辞聊一聊,没别的意思。"

沈赐穿着黑色的T恤,下身是运动风格的黑色长裤,平底的帆布鞋,平平无奇的打扮,穿在他身上却像行走的海报似的。

叶书辞都佩服起自己来,这个节骨眼居然还有心思欣赏沈赐的美色。

或许在她心里,压根儿就不觉得这几个女生能对她做什么。

天气还未好转,街头寂静,初秋的晚风微凉,更是让叶书辞的大脑清醒了几分。

"不信你问问叶书辞,我们有对她做什么吗?"

说着,白欣欣拼命对叶书辞使眼色。

叶书辞丝毫不理会,移开视线。

沈赐轻嘲:"哪有人冷着一张脸聊天的?"

晚上七点多,一盏一盏暗黄色的灯光亮起,叶书辞望着脚下的几团身影,无边的感动蔓延开来。

其实今天并不愉快，她不喜欢跟太多人有牵扯，尤其是薛未然她们，自己跟她们不是一个世界的人。

可沈赐出现了。

她跟沈赐的交集，除了在学校那些不达心底的寒暄，又多了一点共同经历。

这是不是代表着他们的关系能更进一步？

白欣欣继续赔着笑："都是误会嘛，我们误会了叶书辞，我替然姐道个歉。"

薛未然依旧抿着唇，不肯低头，这几天降温接近十度，可她依旧穿着短T恤，衣服上黑色的玫瑰妖冶无双。

沈赐没看薛未然一眼，双眸漆黑，沉默着走到了叶书辞的身旁。

少年抿抿唇，正要说什么，旁边一直动也没动，保持着高傲姿态的薛未然眉眼终于有了松动，她走到沈赐身旁，嘴唇翕动着。叶书辞首次在她脸上看到了悲戚的神情。

"沈赐，我们能不能谈谈？"

月华漫天，微冷的风灌过来，吹得叶书辞的脖颈有点凉意。

心也凉。

她本以为沈赐会跟她说点什么，却被薛未然抢先了，要命的是，沈赐居然答应了。

沈赐又不喜欢薛未然，还能跟薛未然说什么？

叶书辞不禁脑补起来，薛未然这么漂亮，万一真把沈赐感动了怎么办？

她穿过萧疏的林荫小道，一路上步伐很慢，婆娑的树影与人影共舞，只有一轮弯月照旧挂在天际。

"叶书辞。"

当那道内心极度渴求的动听嗓音响起时，叶书辞还以为自己在梦中。

"沈赐，你怎么过来了？"她抬起眉梢，燃烧殆尽的心迅速死灰复燃。

沈赐一侧肩膀背着书包，眉骨硬朗，清隽好看，淡淡的笑如朗月入怀。

"我不太放心你，送你回家吧。"

"一会儿就到家了，我自己可以的。"

"这件事毕竟因为我。"

她继续推托："真没什么的，她们也吓不到我。"

说完后，她又开始后悔，其实她极度渴求沈赐能送她回家，骨子里的自尊心又鬼使神差地使她说出心口不一的话。

少年淡淡地笑了。

他并未在她眼中看到任何惊惧，更无所谓的惧怕，她依旧清丽、干脆、坦坦荡荡、如月皎洁。

"正好我也想买只烤鸭,我奶奶又嚷嚷着想吃呢。"

两人一同走着,叶书辞不禁有点感慨,明明之前还没什么关系的二人,竟然因为开学时命运的安排成为了同桌,关系在一点点亲近。

叶书辞小心翼翼地观察沈赐的神情,又不敢明目张胆去看,只能偶尔看一眼。她好奇刚才的几分钟里,沈赐跟薛未然究竟说了什么。

"薛未然刚刚哭了?"

沈赐"嗯"了一声:"我跟她说开了,她以后应该不会再骚扰你了。"

阵阵的欢喜弥漫开,如同爆米花"噼里啪啦"炸了满怀。

叶书辞发自内心地笑了:"我也不会任由她欺负的。"

"叶书辞,你一直这么勇敢的吗?"

叶书辞昂起脸笑了:"当然,要做自己的战士。"

不知不觉就到了熟悉的小道,宋记烤鸭就在转角处,几步路的距离。

叶书辞无数次希望这条路能远一点,她多么希望能在这样温柔的夜晚跟少年多讲几句话呀。

"我进去帮你装烤鸭。"叶书辞弯弯唇,迈进房间,从抽屉中拿出纸袋。

奶奶在里屋,他们声音不大,并没有惊动奶奶。

沈赐付钱之前,叶书辞突然想起一件重要的事情。

"对了,我奶奶专门交代的,她说她记得你,有一次她去买烤鸭的腌料,找不到路,是你好心指了路,说要送你一只最大的鸭子。"

少女眼睛亮晶晶的,神情格外认真,

沈赐想了一会儿才想起有这么一回事,他自然不肯同意,毕竟叶奶奶做的小本生意。

可叶书辞坚持,沈赐只好接过了烤鸭:"那就谢过奶奶了。"

"奶奶很喜欢做烤鸭吗?"少年突然问。

"嗯,这是奶奶的毕生所爱,所以奶奶做的烤鸭最好吃。"叶书辞说,"我们家祖上都是做焖炉烤鸭的,就那个很大的炉子,腌制好的鸭子在热炉子里烘烤,你都看不到明火的。"

"焖炉烤鸭是北京非物质文化遗产呢,"叶书辞叹口气,"还有奶奶祖传的酱汁,不是我吹,就算是最有名的烤鸭也未必比得过奶奶做的,不过可惜啊,现在也越来越少了,所以奶奶宁愿不赚钱也想守护这项技艺。"

沈赐由衷赞叹道:"奶奶真是个伟大的人。"

见少年深邃的眉眼晕染开丝丝缕缕的笑意,下颌线干净流畅,叶书辞的呼吸几乎顿住。

这一带不属于市中心,客流量一般,叶奶奶用的是节能灯,黯淡的光影扫下来,叶书辞低眸笑着的模样落入沈赐的眼底。

中马尾，巴掌大的小脸白白净净，皮肤好到没有瑕疵，脖颈修长，在月光的照射下呈现出奶白色的润泽感，眼睛大，看着很乖。

不对。

她温柔，不太爱说话，本以为她胆小，可后来发现并不是这样，实则倔强，勇敢，富有朝气。

车鸣笛声嘈杂，鸟虫鸣声入耳，路人的说话声与飒飒的风声混杂在一起。

后来，叶书辞始终没忘记这一晚——

轻如细纱的月，蜿蜒曲折的小路，漆黑的路口，还有全世界最好看最让人心动的沈赐……

沈赐笑了一声："叶书辞，跟我交朋友或许并不困难。"

叶书辞的脸颊如同火烧，脑海中反复回荡着跟她们的对白。

少女口气激昂，同时也有种初生牛犊不怕虎的莽撞。

——"想跟沈赐交朋友难得很啊，我劝你们还是放弃吧。"

——"或许并不困难。"

叶书辞从来不敢肖想她的月亮向她坠落，可那晚沈赐的话很难不让她多想。

那一夜，叶书辞没有睡着。她打开本子，虔诚地写下一篇日记。

2013.9.20

风陵渡口初相遇，一见杨过误终身。

曾以为，郭襄的一见钟情是所有喜欢的定义。

可我的喜欢，蕴藏于每一个瞬间，蕴藏于与他相处的分分秒秒，似风似雨又似雾。

风是甜的，云是软的，蓝天是镶嵌了金边的，白米饭是香喷喷的，飞过的燕子也是漂亮的。

我的他，是全世界最好的。

即使从未被记怀，可万项沧海，漫漫岁月，不曾记得缺憾。

第二天，叶书辞发现自己的眼睛肿了，冰敷了好久也没效果。生怕被唐笑叨叨，她直接上学去了。

周子奇跟姜晓笑了她很久，只有沈赐淡淡看了她一眼，什么话都没说，依旧是那个话不怎么多的、淡淡的沈赐。

沈赐那句暧昧的话似乎成了一场幻梦。

可那时的风与月都是真的。

中午，叶书辞回宿舍休息，突然想起一件重要的事情，赶紧给奶奶打了电话。

"小辞呀。"奶奶和蔼可亲的声音从听筒传了出来。

"奶奶，"叶书辞艰难地咬了下唇，"昨天有件事忘了告诉您。"

"什么呀？"

叶书辞不知道怎么开口，闭了闭眼，好半响才说："昨晚我那个同学沈赐来买烤鸭了，我听您的话，给他免了单。"

"应该的。"奶奶又问，"那孩子怎么那么晚来买烤鸭呀？"

"昨天我在学校有点事，沈赐送我回来的，他是我同桌。"叶书辞简单地交代完，犹豫着问，"奶奶，我跟他只是普通同学，但是我害怕妈妈说我，你能不能不要把沈赐送我回来的事情告诉妈妈？"

唐笑对她要求高，从小就跟她讲什么年龄就得做什么年龄的事情，千万不要越轨。

如果唐笑误会了她跟沈赐的关系，估计家里得爆发一次大争吵。

奶奶笑了一声，声音照旧很温柔："原来我们小辞纠结半天是因为这个。奶奶当然能答应，毕竟奶奶最疼孙女了。"

隔着电流，叶书辞似乎能感觉到奶奶温柔的双手在抚摸她，心中弥漫着一阵一阵的感动。

没想到，挂断电话没多久，叶奶奶又打来了电话。

"小辞啊，我刚才在你那个同学昨天待过的地方发现了五十块钱，是你同学留下的吗？"

叶书辞愣了愣："啊，奶奶，我没注意。"

叶奶奶若有所思："我估计是这样，我记忆力很好的，那个小箱子下面一般都不放东西的，要是有钱我早就收起来了。"

短暂的午休之后，叶书辞一进教室就迫不及待想要询问沈赐这件事情。

沈赐还没到。

沈赐也申请了宿舍午休，但是基本不怎么来，经常卡着点到学校。

预备铃响起的时候，少年的身影终于出现在了教室后方。沈赐似乎有点累，模样有点倦怠，步伐照旧迈得很大，午后的盛大光影将他的身影拉得很长。

他刚一落座，叶书辞就将问题宣之于口。

沈赐淡淡笑着看向她，少年的眼皮偏薄，双眼皮褶皱不深不浅，若扬起眸子，看着又有点内双，垂下头，褶皱变得很深很温柔。

叶书辞最喜欢看他低头的模样，仿佛全世界的温柔都落入眼底，与星月抱了满怀。

"这才发现？"少年淡淡的、略带揶揄意味的嗓音响起来。

叶书辞不禁红了脸："哎，都跟你说了奶奶要送你的，这次你不要，那下次再免单。"

沈赐抬了抬下巴："我也说了奶奶这是小本生意，不容易。"

少年眼底全是坚定与从容，叶书辞败下阵："可是你给多了，又怎么解释？"

烤鸭零售价三十元一只。

沈赐屈指轻叩桌面："烤鸭很好吃，应该的。"

可是奶奶既然定了这个价格，就应该按照这个价格来啊，面对少年揶揄的笑意，叶书辞莫名感觉到了一个不一样的沈赐——不太讲道理的、孩子气的沈赐。

也是让她惊喜的沈赐。

两人的关系似乎有了翻天覆地的变化，一切都在朝着好的方向前进，月考悄悄地到来了，月考之后，便是国庆节假期。

一连十天，二人都没有交集。

叶书辞被分到了文科楼考试，而沈赐在理科楼。

三天的考试时间，要说叶书辞完全没想沈赐，压根儿不可能，每当她上楼下楼，绕过楼梯，经过办公室，甚至上厕所的时候，她都会下意识寻找那道熟悉的身影。

可毕竟两个楼相距甚远，以至于三天时间里，叶书辞都没碰到沈赐。

考完最后一门，姜晓喊她去吃冰。叶书辞坐在铺子里软乎乎的沙发上，百无聊赖地往四周看，恰好看到了一道笔直瘦高的身影。

少年单肩背着书包，上身穿着紫色T恤，宽肩、窄腰、短发，身材颀长，线条流畅好看。

他走起路来脊背笔直，步伐矫健有力。

不是沈赐还能是谁？

叶书辞愣了愣神，沈赐明明是她同桌，比起旁人，她有很多的见面机会，可她就是看不够，少年哪一处都好看，哪一处都让人心动。

可当沈赐似乎要转头的时候，她又下意识将眼神移开了。

所谓暗恋，便是当他的视线迎过来，你通体接收到如遭雷击的电击感，可你始终怯懦又清高，卑微又漠然，惴惴不安，不敢向前。

月考之后，正式开始了国庆假期。

唐笑总觉得叶书辞不够优秀，想给她报个补习班，可她各科成绩都匀称，没出现明显的偏科，只是平庸的学科偏多，可若是每一科都补习，又会占用正常学习的时间，就有点得不偿失了。

整个国庆假期,叶书辞都没出去玩。

她对自己的月考成绩也不是非常有信心,数学最后一道大题因为看错数导致失去了十六分。

她每天认真学习,就为了不让唐笑觉得她贪玩。

不过这个假期家里也并不安生,叶青云和唐笑感情不和很久了,大大小小爆发了几次争吵。唐笑有意压制自己,可脾气这东西毕竟不好控制,叶书辞经常在半夜听到父母刻意压低的争吵声。

开学那天发了成绩,叶书辞的年级名次基本没发生变化,班级名次却退步了。

陈清润考了全班第二名,不过总分比沈赐足足低了四十多分。

叶书辞课间丢垃圾的时候,听到同学在小声议论这次的考试。

"哎,陈清润怎么考这么好啊?他高二时成绩也没这么好啊,怎么突然进步这么大?"

"没听说过吗?事出反常必有妖,我今早听我闺密说,陈清润考试作弊了。"

"不然为什么进步那么大,又不是每个人都是沈赐,可以次次考第一名。"

"不要不相信这些传言,我闺密从来不传谣言,说得有鼻子有眼的。"

流言在班级蔓延着,就连姜晓都跟叶书辞谈起此事:"小辞,你觉得陈清润作弊了吗?"

叶书辞想了想。

她一直不太喜欢陈清润,后来陈清润又约过她两次去图书馆,都被她拒绝了。

陈清润约她去图书馆这件事就莫名其妙,两人位置挨得近,可实际上也没什么很深的交集。

哪怕她不忙很闲,她都不会跟着去的。

唐笑在男女交往方面管她很严,她没必要冒这个风险。

姜晓托着下巴:"我感觉他应该是作弊了,俗话说得好,无风不起浪,肯定是有人看到了什么才这么说,不然怎么会大范围传播?"

周子奇问:"你们在谈什么?"

姜晓刻意压低声音:"最近大家都在说陈清润作弊了,我们就闲聊呗。"

周子奇撇撇嘴,一脸看热闹模样:"那家伙肯定作弊了啊,人品那么差,一猜就得作弊。"

周子奇对陈清润的讨厌更像是一种天然的蔑视,从骨子里散发出来的,很奇怪的恶意。

姜晓看向叶书辞:"小辞,你觉得呢?"

叶书辞若有所思地摇摇头:"我不太清楚。"

没人注意到旁边的陈清润伪装的平静外表下,翻涌而出的情绪。

下午放学后，叶书辞吃过晚饭，想到还有一份卷子没做完，这是唐笑从一个朋友那里要来的全国五大名校的押题卷。

她低着头写卷子，马尾扫在脖颈后面，露出一小截白皙的后颈。

操场人声鼎沸，教室里稀稀拉拉没坐几个人，姜晓跟着周子奇买零食去了。

"叶书辞。"

熟悉的温润男声传来，叶书辞放下笔，看到陈清润就坐在姜晓的位置上。

"你也觉得我作弊了吗？"

陈清润直直地看向叶书辞眼底，金边框架眼镜折射出光芒，黑眸深处有一片刺目的失落。

他用的是"也"这个字。

叶书辞慌了神，挠挠头，脊背绷直，不禁想：难不成今天姜晓讨论的时候被他听到了？

虽然她没说什么过分的话，但是多少参与了讨论，没什么比被抓包更尴尬的了。

"我没……"

叶书辞话还没说完，就被陈清润打断了，少年认真地问："叶书辞，如果有人说沈赐作弊呢？"

如果有人说沈赐作弊，那她一定会拼了命辩驳。

她欣赏的少年，是全世界最好最善良的人，怎么会干出作弊这种事情？

她不假思索，猛烈地摇摇头："不可能。"

陈清润和她只有咫尺之遥，他抬眼专注地看着她，将她的坚定与信任尽收眼底，苦笑一声："就这么相信沈赐啊？"

"我相信沈赐，比信我自己还要信他。"

说完这句话，叶书辞才意识到自己没有掩藏情绪。

假如陈清润没作弊，只能说他是个被大家冤枉的可怜人，在他的视角中，叶书辞也不相信他，拿出沈赐一对比，又被拉踩了一番。

最崩溃莫过于陈清润了。

叶书辞张了张嘴，猛烈的愧疚感如潮水一般袭来。她正想说点什么，陈清润表情有点愣怔，扶了扶眼镜，突然站了起来。

也是这时候，叶书辞才发觉，熟悉的气息在身后扩散，原来，沈赐回来了。

一波未平一波又起。

陈清润的情绪她还没来得及安抚，又被沈赐听到了她刚才的话，她越想越不对劲，强烈的羞耻感几乎淹没了她。

好在很快上课铃声响了，沈赐没再提这个事，叶书辞的心也逐渐平静了下来。

第二天来到学校，叶书辞发现姜晓的情绪不太对劲，噘着嘴趴在桌上，她一猜就是跟周子奇吵架了。

这几天是姜晓的生理期，痛经是家常便饭。

昨天，周子奇死活不允许姜晓买冰激凌，姜晓一口咬定自己的钱自己做主，非要买，最后买了，可周子奇夺走直接给她丢掉了。

又是因为芝麻大点的事情，叶书辞习以为常。

周子奇偷偷找叶书辞："叶书辞，我想跟姜晓吃顿饭道歉，但是她肯定不愿意，你帮我喊她呗。"

到了中午，叶书辞和姜晓来到食堂。

两人要了两个菜，刚一坐下，周子奇就跟沈赐朝着她们的方向走过来了。姜晓背对着他们，并没有看到。

叶书辞抿了抿唇。

沈赐今天没穿校服，穿了件印着少年与篮球图案的白色T恤，领口比较松，露出性感分明的锁骨。他步伐依旧迈得大，骨节分明的手端着餐盘，有种独属于少年的慵懒恣意。

不管他走到哪里，都能吸引大片女生的目光，永远高高在上，众星捧月。

餐厅桌子都是四人桌或是六人桌，叶书辞与姜晓并排坐，两个男生干脆坐到了对面。

姜晓诧异地盯着周子奇，惊讶不已的目光逡巡着。叶书辞佯装鸵鸟，干脆将脸埋到了饭里。

沈赐捕捉到叶书辞的举动，不由得失笑。

姜晓不想吃饭了，将餐盘一撂，站起来就要走。

叶书辞不禁感慨，总有人愿意全盘接收你的坏脾气。

小细节骗不了人，比如姜晓只要跟周子奇一起吃饭，就没收拾过自己的餐盘，吃完就像大小姐一样大摇大摆地走了，周子奇一脸无奈地帮忙收拾。

周子奇从身后拿出来一盒东西，轻轻放到桌上。

姜晓直接坐下，咽了咽口水。

周子奇宠溺地笑了下。

那盒东西是纸盒包装，有个硕大的Logo（标识），是一个网红甜品品牌，刚刚开了分店到苏城。

姜晓对吃最感兴趣，但是听说新店人挤人，需要排队两个小时以上就放弃了，还说等周末有时间了再去排队，没想到周子奇悄无声息买来了。

看着姜晓嘴角洋溢的笑容，周子奇伸手帮女孩打开包装盒，动作温柔又耐心。

叶书辞知道，二人又和好了。

仿佛盛夏时节的雨，说来就来，可晴天也随之而至。

"早知道该多买一点的，都不太够吃。"

姜晓"啧啧"道："谁叫你不多买一点的？"

周子奇挠头："姜晓，有点良心啊你，整整三个小时，排到我就只有这些了。"

两人插科打诨，叶书辞陪着他们笑笑，她的注意力全然在对面的少年身上，她眨眨眼睛，万般心绪涌上心头。

沈赐侧脸棱角分明，专心吃着饭，基本不参与聊天，偶尔投来漫不经心的目光。

周子奇又谈论起陈清润作弊的事情。

"陈清润作弊的事情波及范围够广啊，我今天买甜品，看到几个女生也在讨论陈清润，还说校领导凭什么包庇好学生……"

沈赐心不在焉地夹了口菜。

周子奇看向沈赐："赐哥，你说呢？"

沈赐掀起薄薄的眼皮，眉头微微蹙起："跟我有关系吗？"

叶书辞心中的鼓密集地鼓动着，看样子沈赐不太喜欢多管闲事。

好像也不对，若不是因为沈赐善良，主动教育了乱说话的卢新，她也不会心动，大抵沈赐不太喜欢背后讲别人的坏话吧？

周子奇吃了瘪，眼睛怏怏地垂下，搅拌餐盘里的米饭，低低地"哦"了声。

考完试已经好几天了，可陈清润作弊的事情依旧在校园里酝酿，成了一片浓黑的积雨云。

"人还是要有辨别能力的，万一陈清润是被冤枉的，那可真惨。哎，大学霸，"姜晓挖了一勺水晶晶冻，看向了沈赐，"要是有人冤枉你作弊怎么办？"

沈赐掀起薄薄的眼皮看姜晓一眼，淡声说："不在乎。"

姜晓点点头。

沈赐勾了勾唇笑了："因为有人永远相信我。"

窗外大片深橘色的阳光正缓缓下移，盛大的日落景象即将到来。

叶书辞整个人如遭雷击一般，全身染上一层弥漫不尽的酥酥麻麻的感觉。

姜晓奇怪道："啊，谁啊？"

沈赐笑而不语，默默吃着饭。

这个话题就这么一带而过，像是天边的云烟，快速消散，像没有来过。

沈赐始终没看向叶书辞，可叶书辞的脸颊已经红透了。

她不敢看他，只将视线稍微挪过去一点，瞥见少年脖颈侧面的淡青色血管。

食堂里有点热，暧昧在燃烧，叶书辞脸颊上泛着一层淡淡的水光，像敷了一层妆。

女孩五官灵秀，弯眉，薄唇殷红，橙红的夕阳透过来，为她增加了不少少女感，显得更加生动可爱。

关于陈清润考试作弊的事情，叶书辞本以为只是流言一场，时间久了便会过去，没想到，澄清来得如此之快。

这天晚自习，大家都安安静静写着作业，班主任老陈突然走了进来，面色严肃："最近我听到一些同学在背后传一些谣言，这严重影响了好学生的信誉，所以，我这边接到消息之后，严肃处理了这件事情。"

同学们都向外看去，门口站着六位老师，有陌生的面孔，也有熟悉的。

"陈清润同学所在的考场是高三十一场，这些是十一场的监考老师，他们来为陈同学做证明。"

一个微胖的女老师站到讲台上："大家好，我是高二（3）班和高二（4）班的化学老师，监考了第一场语文。陈清润同学的位置在东边第二位，我是记得这位同学的，我监考的全程他都很认真，毫不松懈，的确没出现作弊行为。"

台下议论纷纷。

"天啊，阵仗太大了吧，老师们都这么忙，居然能请这么多老师过来。"

就连姜晓也转过头来，小心翼翼地捂着嘴巴："陈清润这么较真，该不会真被误会了吧？"

老陈的目光恰好投射过来，叶书辞没敢出声。

沈赐淡淡嗤笑一声。

六位老师帮助陈清润证实的事情很快在校园里传开了，谣言不攻自破。

对此，叶书辞再不发表任何看法。

第二节晚自习。

叶书辞帮化学老师去办公室拿试卷，下到二楼转角的时候，被陈清润堵住了。

楼梯转角的电灯坏掉了，借着月影，她能看到少年白皙的脸庞，戴着金丝边眼镜，显得很有书卷气，可眼角眉梢多了点疲惫。

陈清润很瘦，下巴瘦削，有种病态的苍白。

"叶书辞，你看到了吗？"陈清润说，"我没有作弊。"

叶书辞认真听他讲话，不知道陈清润对她说这话什么意思。

"我一直都没觉得你作弊啊，你成绩很好，犯不着搞这些小动作。"

叶书辞眨眨眼睛，一脸泰然自若。

很显然，陈清润没将她的话放心里，他眼神深沉，嗓音带着摩挲的质感："可能在你眼里，只有沈赐最好吧。"

陈清润这话说得就有点赌气的成分了，不过叶书辞不懂他赌气的点在哪里。

但沈赐就是最与众不同的少年。

不光在她眼中，在很多人眼中，他就是最独一无二的、光一样的存在。

或许陈清润这么别扭，是因为高二那次竞赛失利，导致一碰到沈赐的事情就容易焦虑？

叶书辞只能安抚他："陈清润，其实，一次竞赛算不上什么，你也可以去争取，人生又不是只有一次机会。"

陈清润愣了一下。

紧接着，他黑眸深处最后一点光也熄灭了，颓然道："你觉得，我讨厌沈赐是因为那次竞赛？"

叶书辞哑口无言。

陈清润继续道："我不会忌妒任何人。"

叶书辞觉得自己好像真的说错话了，刚才没想太多，心里有什么就直接说了出来，没顾及陈清润的感受。

她叹口气，时间也差不多了，再不回去化学老师该着急了，她正想说什么，偏头一看，熟悉的身影就在身后。

影影绰绰的光影下，少年的五官被衬托得利落分明，嘴唇薄削，有点冷寂的意味。

"叶书辞，老陈喊我们去办公室。"

第五章
开弓没有回头箭

好像从来没有过如此安静的时刻。

沈赐走在前方,叶书辞走在后方。

沈赐是最斯文有礼的少年,脸色基本没有臭过,也没有过冷冰冰的情况。

可刚才,他喊她去办公室的时候,脸色差到谷底,那张英俊的脸上明晃晃写着"不悦"两个字。

沈赐步伐比较快,叶书辞需要刻意加快步伐才能跟上他。

少年背影清隽修长,叶书辞小心翼翼跟在他身后,踩着他的影子,才使得他们的身影叠在一起。

他们进办公室的时候,学习委员林蔚抱着一摞本子出来,女孩面容侬丽,艳若桃花,笑着跟沈赐打了招呼。

"老班等你们半天了呢,快点进去吧。"

老陈喊他们是为了竞赛的事情。

"你们应该知道,咱们省里往年都有竞赛的传统,去年呢,沈赐也取得了很好的成绩,但那毕竟是高二,如果想要进国家一流大学的话,尽量拿几个证书作为保底。"

老陈看向沈赐,继续说:"当然,我知道你不管怎么发挥都可以考到很好,只是在学有余力的情况下,参加竞赛锻炼自己是个不错的选择。"

沈赐点头。

老陈喝了口水:"叶书辞,你跟着我也上了三年学了,你这个姑娘呢,优点是成绩稳,性格稳,每一步都很踏实,可是缺点也很明显,就是太稳了,缺乏一股冲劲儿,所以老师想着,要不要给你死水一样没有波澜的高三,加一点挑战?"

老陈的话重重敲击着叶书辞的脑袋。

坦白说,竞赛的事情她从未考虑过。

高一是她成绩最风光的一年，可高一学生没资格参加省级竞赛，再后来到了高二，被沈赐的成绩死死压着，她纵使再努力，似乎都不得窥见天光。

她化学成绩很好，全年级前三的水平，也拿过第一的好成绩。

老陈建议她参加化学竞赛，至于沈赐，大概率参加物理，沈赐的物理成绩断层式第一，已经达到了登峰造极的地步。

这一晚，其他学生都放学离开了，叶书辞仍旧没有走。

老陈的话一直在她脑海中回荡，她认真思考了很久很久，到底要不要给自己一次机会。

静坐了半个小时，叶书辞心中大概有了答案。

锁好门，离开了教室。

回家的路上，她收到了陈清润发来的消息。

陈清润：思来想去，想跟你说声对不起，我晚上情绪有点激动，太想证明自己了，不好意思哈。

叶书辞想了想，回复道：没关系的，你真的很优秀，我们一起继续努力。

聊天到此结束，陈清润没再发消息过来。

对叶书辞的情感问题，最关心的莫过于方悠然。

叶书辞将最近发生的事情告诉了方悠然，没添油加醋，更不会有任何的主观成分，全以旁观者的身份冷静叙述。

方悠然摸了摸自己的额头："你同桌对你不太一样，我现在就感觉非常不可思议呢！"

叶书辞的脸迅速充血，从耳根红到脖子。

女孩皮肤皎洁，像是被月光淋过，浮现出奶白的色泽，干净又灵秀，红起来，又加了一层少女的娇嗔。

"朦胧的感情是最美好的……"方悠然笑着，悬在半空的话戛然而止，紧张地捂住嘴巴。

根据以往的经验，叶书辞不难推断出，沈赐回来了。

沈赐平常接近上课才回来，今天这算是很反常了。

熟悉的清淡气息袭来时，叶书辞心中慌乱到不可诉说，宛若飞蛾做好了扑火的准备，可在触碰到滚烫的那一瞬间，还是下意识会逃离。

不知道沈赐听没听见。

方悠然不管三七二十一，像风一样跑开了，只剩下一脸凌乱的叶书辞。

周子奇拧开一瓶冰饮料，大刺刺地坐下："叶书辞，你跟你朋友在谈什么啊？"

叶书辞佯装镇定打开课本："没聊什么。"

"是吗?"周子奇挠挠头,"我好像听见沈赐的名字了,你们在聊沈赐吗?"

叶书辞的头猛然抬起来。

恰好,她的视线撞上了沈赐的。

少年穿着黑T恤,目光干净纯粹,睫毛微微下垂,眼神疏离而温柔。

大概周子奇听到她们谈到沈赐了,可是具体谈了什么不知道,叶书辞的心放下一点,浅浅地"嗯"了一声。

周子奇继续问:"聊的什么啊?"

"你不会好奇的。"

谁能想到,沈赐抬起眸,似笑非笑地看向她,嗓音慵懒散漫:"如果我好奇呢?"

叶书辞咽了咽口水。

从她的角度,能看见少年深邃的眸子和纤长的睫毛,眼底浮现出揶揄的笑意。

沈赐为人一向冷淡,话不多,可今天居然有了探知的欲望。

叶书辞的心扑通扑通直跳,心里冒出甜滋滋的泡泡。她强行压制住内心的紧张,笑着说:"夸你好看行不行?"

"叶书辞,"沈赐偏头笑了下,"夸人得当面夸。"

少年的嗓音很好听,咬字清楚,如玉器相碰,清脆清冷,垂眸一笑又显得莫名温柔。

叶书辞只觉得胸腔里似乎有烟花炸开了,噼里啪啦全都是甜蜜蜜的味道。

少女弯弯唇,唇边酒窝浮现:"那以后就当面夸吧。"

与此同时,上课铃声响了,同学们陆陆续续进了教室,周子奇和姜晓也转了回去,认真写起作业。

沈赐没再继续说话。

叶书辞怅然地望着平铺在桌上的试卷,只觉得好像做了一场梦,有种意犹未尽的感觉。

思来想去,叶书辞还是很想参加竞赛,拼搏一把。

这久,放了学,她回到家中,唐笑在客厅看电视,叶青云加班还没回来。

这两年不知道怎么回事,叶青云在公司加班的频率越来越高了。

"妈妈,我有个事想跟您商量。"

叶书辞口气沉静地将老陈跟她讲的话和盘托出,没想到唐笑立刻投了反对票。

"小辞,这个事情你想都不要想了,如果现在你念高二,妈妈可以由着你折腾,可是你输不起了,现在都已经高三了,我们也不是富二代家庭,赌输了那就是满盘皆输。"

叶书辞张了张嘴,无奈的情绪在心底蔓延。

其实比起化学，叶书辞更喜欢物理，可奈何物理差了一截，现在唐笑连化学竞赛都不同意，就更别提物理了。

"妈妈，就是每个周六自习课的时间去上一下竞赛课，其他的时间都不会占用，而且寒假就比完了。"

唐笑嗤笑一声："你就这么有把握能获奖？你觉得靠着竞赛参加自主招生是所有人都可以吗？"

"我们班也不是我一个人参加……"

唐笑打断她："你们班那个第一参加竞赛就参加了，人家是第一啊，小辞，咱跟人家比不了。"

唐笑开过几次家长会，听到老师们对沈赐赞不绝口，她知道沈赐是断层式第一的存在。

叶书辞咬了咬唇，明亮的灯光照进眼底，浮现出一层淡淡的倔强。

"妈妈，我是没有沈赐优秀，可并不代表我得不到属于自己的一片天。"她目光笃定，"您也不能完全否决我。"

唐笑仿佛觉得有什么抓不住了一样，眉头皱起，声音也拔高了几度："叶书辞，我这话就放这里了，我不同意。"

叶书辞原来以为这事情还有得商量，可没想到唐笑竟然如此倔强，竟隐隐有拿大人威严压迫她的预兆，心怦怦跳起来，口气也有些急："妈妈，你不能限制我。"

"就凭我是你妈妈，就凭我辛辛苦苦把你养大。你看看，你表姐读的是海大，妈妈怎么输得起？"

闻言，叶书辞闭了闭眼，不想继续理论。

仿佛一锤子打在了棉花上，心脏泛起细细密密的酸胀感。

她从来都不想当大人攀比的工具。

叶书辞决定以沉默结束这次争吵，刚一站起来，就听到"嘶"的一声。

唐笑捂着胳膊，脸皱成一团，痛苦不已。

叶书辞觉得自己似乎忽略了什么。

平时很爱讲究打扮的唐笑，最近穿的都是肥大宽松的长袖，她做饭的时候，动作似乎也不太对劲，像是出了问题。

可叶书辞一门心思沉浸在自己的心思中，从未去关怀自己的母亲。

唐笑受伤了。

"小辞，这是上星期出的事了，公司里有个顾客跟我们的员工吵起来了，顾客直接拿起刀，我过去劝架，受了点伤。妈妈不告诉你是不想你担心，过段时间就会好起来的。"

叶书辞皱着眉头为唐笑上药，心情格外复杂。

因为她高三的缘故，家里人其实忍让了许多，处处为她考虑，唐笑只要不忙，必然会为她精心准备营养餐，就连受伤这么大的事情都没告诉她。

额前的碎发敛住情绪，叶书辞抿紧嘴唇，只觉得眼眶一酸。

唐笑口气温和下来："以后你就会明白，妈妈不是逼你，全都是为了你好。"

唐笑虽有自己的考量，可叶书辞并不舍得放弃这次机会。

若是老陈没说也就罢了，既然老陈点醒了她，她就想争取下。

叶书辞思来想去，唐笑那边肯定没有转圜的余地了，只能求助于叶青云。

可这几天也不知道怎么回事，叶书辞每天晚上下了晚自习回去，叶青云都不在家，问唐笑，唐笑就说他忙着应酬。

叶书辞早上起床时，叶青云还在熟睡。

百般无奈之下，叶书辞趁着午休打电话给叶青云。

"嘟"声过后，叶青云接起电话。

听那头很安静，叶书辞尝试着叫了声："爸爸？"

叶青云"嗯"了一声。

叶书辞正准备说一下竞赛的事情，没想到，叶青云不耐烦的声音响起来："小辞，爸爸这边在应酬呢，先不跟你说了，等晚上到家再说吧。"

他不给叶书辞反应的时间，就把电话挂断了。

叶书辞闷闷地盯着手机好半晌，失落又沮丧。

沈赐和陈清润竞赛的申请表都已经交上去了，只剩下叶书辞了。老陈催了她一次，可她确实有难处，也不敢贸然交表。

"叶书辞，你还参加竞赛吗？"陈清润问她。

隔着走道，叶书辞笑了笑："还没想好呢。"

"参加吧。"陈清润说，"我很期待能有你这么个对手。"

叶书辞没再继续说话。

陈清润盯着叶书辞，视线顿在她脸上好半晌，似乎在想什么事情。

叶书辞朝着他摆了摆手："怎么了？"

陈清润舒了口气，轻轻问："叶书辞，你真不记得我了？"

这问题一抛出来，彻底把叶书辞问蒙了。

"我们好像之前不认识吧？"

陈清润眉头轻轻蹙起，从书包里拿出来一根红绳做成的手链，上面缀着一颗小小的白色陶瓷做成的叮当猫，格外可爱。

"这个东西，你还记得吗？"

叶书辞皱着眉头想了半天，依旧摇摇头："不记得。"

她不记得跟陈清润曾有过任何交集，更不记得这条手链。

陈清润眼底有一瞬间的失望闪过，但他很快整理好情绪："很多年了，你不记得也正常，我小学四年级时搬来这里，对什么都充满新鲜感，我想拉着我妈妈去沿江走钢丝桥，可是我妈妈恐高，那时候我年龄小不懂事，在入口处直接大哭一场。"

叶书辞脑中轰隆一声。

她想起来了。

的确是小学的时候，唐笑带她去沿江钢丝桥玩，她在入口处碰到了一个哭鼻子的男孩。

叶书辞不是爱管闲事的性格，但是那个男孩哭得实在是太大声了，不少人转过头来看他。她干脆拿出刚买的手链，送给了小男孩，不承想，小男孩收下手链之后，真的不哭了。

没想到那个男孩就是陈清润，转眼间这么多年过去了，兜兜转转还能相遇。

叶书辞惊讶不已："你是怎么认出我的呀？"

虽然她大致的轮廓不会变，可毕竟只有一面之缘。

陈清润双眸温柔，金丝镜片反射着光，嘴角轻轻勾起来："你从小到大都很漂亮，当然一眼就能认出来。"

叶书辞抿了抿唇。

"开玩笑的，"陈清润扬了扬眉，"那天我帮老陈整理旧资料，看到了你小时候的照片。"

叶书辞自然将这件事情告诉了姜晓，哪想到姜晓说："说真的啊小辞，这么点事情，陈清润就记住你的长相了，说明你真的在他心里留下了很深的印象。你觉得他怎么样？"

叶书辞心中一咯噔，下意识看向旁边看漫画书的沈赐。

少年专心沉醉在书里，像是没留意身边人的对话。

叶书辞不害怕被别人误会，唯独担心沈赐。

就连周子奇都参与进来这个聊天话题，沈赐却始终看着漫画，一言未发。

叶书辞生怕沈赐误会，可他真不说话她心里又难受得不行。她摇摇头，越发觉得自己在做梦。

前几天怎么就相信了方悠然的忽悠呢？

晚上放学，陈清润问叶书辞周末要不要一起去图书馆学习。

沈赐听见了，侧眸过来，淡淡地问她："你周末还有去图书馆的习惯？"

叶书辞没反应过来，懵懂地问："那你希望我去吗？"

灯光亮得刺眼，晕在少女周身，像加了一层暖融融的滤镜，她皮肤白皙细腻，鼻梁很高，脸蛋小巧精致。

沈赐双眸漆黑，眸色含着几分不解："我只是奇怪，你周日要帮奶奶看店，如果再去图书馆的话，时间会很赶。"

叶书辞弯唇笑了笑："所以我不去图书馆。"

这天晚上，叶书辞翻开了久违的日记本，在本子里留下了崭新娟秀的字迹。

2013.10.16
不喜欢图书馆，但是愿意跟你去。
只要是你，上刀山下火海我都不怕。

叶书辞没放弃找叶青云商量的念头，这个竞赛她必须参加，可叶青云一连几天都有应酬。

"笑笑，你别怀疑，你老公肯定没事的，老叶的人品我们都相信的。"

这天，叶书辞轻手轻脚地进了家门，还没来得及开灯，就听到母亲唐笑跟闺密正在视频通话，她越发放轻脚步。

唐笑说："可是，老人都说了，天下哪有不偷腥的猫，只是发现与没发现的区别罢了。"

闺密又说："毕竟你跟这男人过了几十年了，他什么人品你最知道。"

卧室的灯光倾泻出来，暖融融的，散落一地，叶书辞低眸看着自己的身影，无奈地叹了口气。

"不管老叶有没有出轨，反正我们俩这么个情况好些年了，你知道，他其实早就想跟我分房睡了，只是因为小辞……"

听完最后一句话，叶书辞叹着气关上了房门。

她一个十几岁的孩子都没能获得真正的自由，更遑论年近中年的成年人了。

后来，叶书辞又连续几天给叶青云打了电话，虽然每次通话持续的时间不长，可叶书辞大概知道了一些简单的情况，比如叶青云最近在忙的项目是什么，吃饭的地点又在哪里。

趁着中午有时间，叶书辞没回宿舍睡午觉，偷偷乘地铁去了趟叶青云吃饭的地方。

她其实不知道自己这一趟究竟想证明什么。

其实她从小就明白一个道理，父母感情上的事情子女少掺和，有时候自以为是，反而会将事情搞得更加糟糕。

可是她实在是忍不住了。

午后的阳光躁动得令人不安，叶书辞来到君如酒店的门厅，她本以为很难找到叶青云，哪想到刚走进餐厅，就看到了叶青云的身影。

叶青云对面坐着一个女人，两人共用西餐，女人长得很漂亮，重点是很年轻，而且跟年轻时候的唐笑有点像。

其实唐笑很漂亮，叶书辞也是遗传了唐笑的美貌。可惜唐笑结婚之后，一心扑在家庭上，与叶青云从最开始的一穷二白，到后来奋斗得有模有样，可唐笑衣着朴素，一心相夫教子。

她年轻时很爱做美甲，后来嫌浪费钱，干脆连长指甲都不留，舍弃了最喜欢的锦缎长裙，飘飘长发。

这几年日子好过一些，叶书辞也长大了，唐笑也终于有了闲钱打扮自己，可眼角的细纹、粗糙的肌肤令她频频叹气，终究是岁月不饶人。

叶青云和对面的女人聊得很开心，能看出来，叶青云很放松，非常自在。

女人穿着黑色的短裙，勾勒出清瘦的腰线，低胸款式，皮肤白得晃眼。

有点眼熟。

叶书辞仔细看了又看，才确定对面这个人她认识。

沈赐的小姨。

居然是沈赐的小姨！

她之所以记得那么清楚，是因为有一次周子奇翻看沈赐的手机相册，翻看到沈赐的全家福时，周子奇感叹道："这人这么漂亮啊！"

沈赐淡淡介绍，这是他小姨，跟他妈妈关系特别好。

出于好奇，叶书辞也凑过去瞄了一眼。

没想到，这个女人竟然跟叶青云产生了关系。

翻江倒海的委屈与难过一同涌来，叶书辞那颗本来就装不下什么的心更是承受不住。

她知道夫妻二人相敬如宾的背景之下，藏着多深的隔阂和冷漠。

只是她不问，他们不提，就好像能维持住完美家庭的原貌。

这一刻，她幻想的、安于栖身的肥皂泡终于破灭了。

叶书辞几乎是逃也似的出了君如酒店。

她一路上迷迷糊糊，甚至不知道自己怎么回的学校。

她没面对过这样的事情，也不知道该如何处理。她很想将这件事告诉唐笑，可一想到唐笑的性格，就不想给这个并不和美的家庭雪上加霜，可若不告诉唐笑，就又有些对不住妈妈……

还有沈赐。

叶青云跟谁搅在一起不好，非要和沈赐的小姨，那是沈赐的家人啊，为什么偏偏是沈赐的家人？

未来,在沈赐面前,她甚至不知道如何自处。

也或许,她跟沈赐都没有以后。

一下午,叶书辞恍恍惚惚,像是陷入了抽空氧气的空间,五感尽失。好在下午的课被化学老师拿来考试,她强忍着做完试卷。

夜风骤起。

叶书辞没吃晚饭,她第一次感觉到度秒如年的滋味,好在这晚姜晓和周子奇偷偷溜出去看电影了,没人跟她说话,不然她真的害怕自己情绪绷不住,会影响到他人。

直到晚自习的放学铃声响起,叶书辞恍然惊觉,原来放学了。

因为下午考试,大家都非常疲惫,几乎鱼贯而出,等到叶书辞简单收拾好东西时,教室里已经只剩她一人。

也是这时候,她摸了下自己的脸,发现已被眼泪覆盖。

当沈赐来到教室里拿忘带走的漫画书时,看到少女纤薄的脊背正轻微颤抖着,是压抑的、哭泣的频率。

晚风不温柔,却捎来花的清香。少年扯了扯双肩包的背带,蹙眉,莫名感觉到一股悲凉。

"叶书辞,你怎么了?"

初一听到这道声线,叶书辞的肩膀抖动得更厉害了。

她心里难过,又不能回家哭,生怕唐笑发现不对劲。可情绪积压久了,若是不发泄出来,自己也难受得厉害。

放学了,教室里没其他人了,深入骨髓的寂寥与空旷感刚一入心,眼泪便不受控制了。

不过很好,她知道,情绪总要发泄。

反正教室里没人,她哭起来也没动静。

清淡的男声入耳时,叶书辞迅速警觉起来,竟然察觉到微微的关切。

第一反应,她的错觉?

沈赐不该出现在这里的,今晚他代表一中去参加市教育局的优秀学生颁奖仪式,回来的时候应该放学了,她以为他不会来学校了。

叶书辞昂起脸,怯懦与尴尬团团包围着她,她不敢往后看,先擦了一把被眼泪糊湿的脸,抿了抿唇,强装镇定,轻声叫出他的名字:"沈赐,你不是去领奖了吗?"

沈赐皱皱眉:"我来学校拿点东西。"

少年虽然这么说,却没做半个拿东西的动作,反而直接坐在了姜晓的位置上,然后撩起眼皮,用担忧的目光看着叶书辞。

少女脸色苍白,眼眶通红,因为趴下太久,额前碎发有些凌乱,清澈的鹿眼却明亮得不像话。

　　沈赐安静地看着她，半晌才问了一句："哭什么？"

　　他不问还好，一问，叶书辞就更难受了。

　　想起白天看到的那一幕，她越发崩溃起来，叶青云跟什么人在一起不好，偏偏是沈赐的家人。

　　叶书辞只觉得无法面对沈赐，肩膀抖动着，将视线挪开。

　　少年伸出骨节分明的手，直接将她的肩膀按住，他微微皱着眉，力气并不大。叶书辞被这道力度一压，深吸一口气，没再有动静。

　　见她不再逃避，沈赐冷白修长的指尖移开，有一搭没一搭地敲击着桌面，用略带审视的目光看着她。

　　怎么还不走啊？

　　不是来拿东西的吗？

　　可看沈赐这架势，好像叶书辞不说出点什么，就绝对不会动似的。

　　她该怎么告诉他，她看到自己的爸爸跟他的小姨在一起？

　　他能将小姨的照片保存在自己的手机上，对方对他来说应该很重要吧。

　　叶书辞对自己的两个姨妈印象很深刻，两个姨妈都比唐笑嫁得好，年轻的时候就过得像富太太，每次过年回姥姥家，就能听到姨用那种炫耀又高高在上的语气跟唐笑说话。

　　她们攀比生活，攀比首饰，攀比阅历，也攀比孩子。

　　前三项唐笑已经输掉了，叶书辞是唐笑手中的唯一筹码。

　　叶书辞硬生生将翻涌而上的记忆咽了下去，喉咙有点哽咽，好半天才说："没什么，只是发生了一点事情。"

　　沈赐定定地看着她。

　　"你可以告诉我，"少年清越的嗓音响起，"如果你信任我的话。"

　　——当然信任啊。

　　——比信任任何人都要信任。

　　叶书辞愣了一下，然后说道："我想参加竞赛，物理竞赛，而不是化学，我喜欢物理。

　　"可我妈妈不同意，她觉得是浪费时间。我很崩溃，高中没多少时间了，我想挑战一下，试试看能不能做成自己喜欢的事情。"

　　她也想得到省级甚至国家级的荣耀证书，像她羡慕的少年一样，接受很多人的夸赞。

　　如果不可以也没关系，至少她曾经尝试过站在他身边，即使不能成为月光，也想被照亮。

沈赐轻轻地笑了一声:"现在为难你的事情,十年过后,你会觉得非常简单。
"走吧。"
叶书辞还愣愣地看着他,完全没跟上节奏。
然而少年已经拿起了她的书包。
"去哪里?"
沈赐扬扬眉:"不回家,你想留宿学校?"
说完,他轻松提着她的书包,迈起大长腿。
叶书辞跟在他身后。
两个人下着楼,叶书辞问:"你觉得我该参加竞赛吗?"
"是谁!是谁在那儿!"空旷的黑暗中,一道粗犷、高亢的男声陡然响起。
是学校那位最严苛的保安。
两个人在教室里耽误了一会儿,按理说现在教学楼应该没人了,所以保安在听到动静的时候才会大声发问。
许是保安的声音太过洪亮,让叶书辞孱弱的神经更加不堪一击。
她下意识扯过沈赐的手腕,动作猛烈地拉着沈赐往楼道里躲。
也不知道究竟在躲什么。
到底是女孩,力气有限,若不是沈赐有意配合,也不会如此顺利。两人躲在拐角处,叶书辞喘着粗气,这才意识到,她竟然扯住了少年的手腕。
她只感觉手心滚烫,立刻将手松开,都不敢抬头看沈赐一眼,扶着膝盖微微喘着气,掩盖内心的赧然与不安。
倒是沈赐轻笑一声。
楼道的灯光都已经关掉了,有月光倾泻进来,洒落一地。天气渐冷,冷风吹进窗户,叶书辞脖颈处裸露的肌肤有些战栗。
两人继续慢慢地下楼。
"刚才你那架势,还以为要把我卖了。"
沈赐嗓音平易近人,带了点若有似无的慵懒。
叶书辞内心的慌乱散去了些,随口道:"真要卖的话,得卖个好价钱吧。"
"怎么说?"
他们来到校门口,进了拐角的一条小道,最繁华的城区弯弯绕绕,方格子店铺都还亮着灯,顾客不多,老板颠着铁勺翻炒,饭菜的香味飘入鼻息。
叶书辞想了想,一板一眼地回答:"成绩好,长得还好。"
沈赐顿住脚步,偏头看她。少年穿着白衬衫和黑色长裤,明明一副光风霁月、好好少年的模样,唇边的笑容却带了点揶揄意味:"叶书辞,你认真的吗?"
叶书辞咬咬唇。

原本还以为自己的回答没什么，沈赐一深究，她突然不知道如何是好了。

沈赐漆黑的双眸晶亮，像是等她夸他。

再说下去，叶书辞害怕暴露自己，干巴巴地来了句："不知道，就……"

"沈赐！"一道惊喜的、轻灵的女声插了进来。

叶书辞眉头下意识蹙起，唇边弧度绷直，这声音她很熟，是班里的学习委员林蔚。

沈赐淡淡打了招呼，笑容清淡而疏离："林蔚。"

相比沈赐，林蔚热情很多："我妈妈今天还说，要我喊你去家里做客呢。"

沈赐点头："替我向阿姨问个好。"

林蔚长相明艳大方，长发用发带系起，风一吹，发带飘动的样子就像只展翅欲飞的蝴蝶。她疑惑地看向叶书辞："哎，你没跟陈清润一起走？"

叶书辞满脸不解。

她为什么要跟陈清润一起走？

林蔚解释道："我见陈清润经常喊你去图书馆，就以为你经常跟陈清润一起回家呢。"

有点无语，明明风马牛不相及。

她从林蔚眼底看到了审视和敌意，估计林蔚把她当成假想敌了。

林蔚跟几个朋友一起在这边吃夜宵，只是看到了沈赐的身影出来问个好，很快就走了。

叶书辞推起自行车，也跟沈赐告别。

她没想到，沈赐清隽的声音从身后响起，如潺潺溪流，在夜色中格外清晰："做自己想做的事情，与其遗憾，不如放手一搏。"

她以为保安打断了她的话，却没想到少年已经将她的问题放在心底。

这一刻给了她答案。

叶书辞心中悠远的钟声被叩响，长鸣不绝，她重重点头。

沈赐又说："叶书辞，我相信你不会输。"

——你不会输。

——所以我相信你。

叶书辞觉得，沈赐就像一轮太阳。

太阳一般的光芒，太阳一般的自信，高悬在天，万众瞩目，永不陨灭。

后来的叶书辞，再回想起那一晚，只觉得温暖非常，冰冷的肺腑都被少年治愈和熨帖。

"小辞回来了啊。"

叶青云坐在沙发上抽着烟，电视没开，烟灰缸落满烟灰，他皱着眉头，川字纹很深。

唐笑在卧室，房门紧闭，家里安静得落针可闻。

叶书辞简单扫视一眼，就猜到发生了什么。

她抿抿唇："爸爸。"

"小辞，最近爸爸忙，没空接你电话，不好意思啊，"叶青云拍了拍旁边的位置，让叶书辞坐过去，眼底写满歉意，"给你说个好消息，订单谈下来了，估计能赚一笔大的，到时候你高考完了，送你出国旅游一个月怎么样？"

叶书辞点点头。

叶青云的手机屏幕还亮着，恰好是他工作群的页面，里头发了几张庆祝新项目签约成功的照片。

叶书辞瞳孔骤然紧缩。

沈赐的小姨竟然是甲方的代表人。

她的心扑通扑通跳动着，咬咬唇，问道："爸爸，这是你们的合作对象？这么年轻？"

"人家只是保养得好，实际年龄不小了，外国镀过金的就是不一样。"叶青云叹口气，"爸爸都到人家的酒店堵门等机会了，要不是爸爸脸皮厚，这个单子又吹了。小辞，你可得好好学习，辛苦打工的哪有一个容易的？"

叶书辞头脑中有什么东西轰然炸开。

原来是这么回事。

她唇边情不自禁绽开一个大大的笑容，胸腔中积压的包袱终于卸下。爸爸还是好爸爸，而她也不欠沈赐什么了。

叶青云又问："你之前跟爸爸打电话是有什么事情吗？"

叶书辞考虑了下，将物理竞赛的事情说了出来，哪想到叶青云沉默了一会儿："小辞，你知道，爸爸没你妈妈有文化，这么大的事情，你得听妈妈的。"

原来，爸爸也不支持她。

她以为爸爸愿意支持她的。

见叶书辞嘴唇紧紧抿着，叶青云叹了口气，拍着女儿的肩膀问："你真那么想参加？"

叶书辞眼底重新焕发出光彩。

叶青云闭了闭眼，做了个决定："那就参加，爸爸支持你。"

对叶书辞而言，今天无疑是幸运的一天，自己的事情解决了。

叶书辞看了眼紧闭的房门，内心怅然，有种莫名的失重感。她喝了口水，冰凉的液体顺着喉咙往下流，小心翼翼地问："爸爸，你跟妈妈……"

叶青云脸上的笑容收敛住，摸了摸叶书辞的头，好半响才说："小辞，爸爸妈妈的事情你不要管，你只需要记得，爸爸妈妈是爱你的就够了。"

从那一晚开始，叶书辞发现，林蔚出现在她座位周围的频率高了很多，看向她的眼神也都充满警觉和审视。

这当然不是她的错觉。

也是后来，叶书辞才知道沈赐和林蔚的关系。

他们的母亲是老同学。

沈赐性格低调，很少提及自己家人，叶书辞也仅仅从周子奇的只言片语中，得知他的爸爸是个很厉害的角色，涉及房地产行业，生意做得很大，是全国赫赫有名的商人。

而且，沈赐的母亲和林蔚的母亲是老同学的事，也是林蔚最近提的，她借着这层关系来跟沈赐套近乎，周子奇在背后没少鄙视林蔚。

叶书辞将竞赛报名表一笔一画工工整整填好，小心拿在手里，往老陈办公室走，中途碰到了陈清润。

"叶书辞，你决定参加竞赛？"

叶书辞点点头，而后说："我参加的科目是物理。"

陈清润也是参加的物理竞赛。

其实陈清润的物理和生物成绩差不多，叶书辞见过老陈劝说陈清润将竞赛科目换成生物，可陈清润就好像赌一口气似的，眼底胜负欲满满，说什么都要报物理。

叶书辞原本以为陈清润听到自己报名物理竞赛会不开心，没想到陈清润笑容爽朗温柔，直达眼底，看起来很为她开心："真好，叶书辞，我们可以一起上周六的竞赛班了。"

一直以来，姜晓都吐槽陈清润忌妒心强，这样看上去还挺正常。

不过叶书辞很快就想明白了，她跟沈赐压根儿不是一个重量级的人物，或许陈清润压根儿没把她放在眼里。

老陈对于叶书辞的决定格外惊讶。

老师总是为学生好，他认为叶书辞参加化学学科胜算更大，可叶书辞真心喜欢物理，未来也想学这个方向，老陈手里名额也多，就没多加阻拦。

老陈又交代几句，告诉她物理学科对她来说有些薄弱，一定要准时参加每周六的竞赛培训。

叶书辞朝老陈鞠了一躬："谢谢老师。"

从办公室出来，叶书辞觉得全身舒畅，好像每个毛孔都被打开了，脚步轻盈得不像话。

蓝天流云，风朗气清。

叶书辞透过走廊的窗户看向热闹非凡的校园，男生女生打打闹闹，球场上的男生肆意挥洒着热血与汗水，这是少年的青春。

叶书辞看到了一道熟悉的身影，站在东南楼梯栏杆处，双臂平放在扶手上，身材颀长，穿着白色外套、黑色长裤、黑色板鞋，一如既往的干净利落，背影清瘦却令人感到温暖。

阳光灿然和煦，层云碎金，勾勒出恰到好处的剪影。

叶书辞想起冬日里晒得热腾腾的棉被，沐浴最极致的阳光，晒到最温柔、舒服。

耳畔重新响起沈赐鼓励她的声音——"叶书辞，我相信你不会输。"

嗯，那我就不输。

她浅浅地勾唇笑了。

不知是不是心灵感应，沈赐竟然转了身，恰好望见女孩修长白皙的脖颈。两人目光相接，少年脸庞英俊，双眸深邃漆黑，露出淡淡的鼓励和赞许。

他看到她刚才填好了报名表。

两人都没有说话，就这么站了十秒钟，十分美好。

叶书辞回到教室，发现魏天笑正趴在课桌上哭，抽抽噎噎，伤心到极致。

她跟魏天笑不太熟悉，魏天笑跟林雪原玩得好，这两个人虽然也没做过出格的事，但在苏城一中这个大环境里，则属于玩世不恭的角色。

叶书辞跟魏天笑属于点头之交的关系，可魏天笑哭得抽噎到极致，叶书辞也有点心疼，想着上前安慰一番，但最后脚步顿了顿，还是回到了自己的位置上。

多余的关心在别人眼中就成了多管闲事。

叶书辞坐在自己的位置上，看向魏天笑的方向，不知道发生了什么。

林雪原正为魏天笑打抱不平："真的烦死了！我们怎么这么倒霉啊，攒了半年的零花钱，就这么没了。

"早知道就应该放钱包里的，气死了。"

魏天笑总算抬起头来，眼睛通红，拳头攥在一起，凶狠得像头小狮子："到底是谁啊！"女孩低吼一声，"到底是谁偷走了我见面会的门票，给我还回来！"

闻言，大家惊诧地看过去，魏天笑的目光偏执得吓人，好像下一秒就要出去干架似的。

听到这里，叶书辞大概明白了。

魏天笑属于狂热的追星族，她跟林雪原迷上了一个大热歌手，那歌手很少开演唱会，平时也低调，好不容易有一场小型歌迷见面会，两个人省吃俭用买了两张门票，据说还是找黄牛买的，花了很多钱。

对于高中生来说，不是一个小数目。

门票丢失，就等同于近距离接触偶像的机会消失了，美好的梦境破裂了，她们不崩溃才怪。

叶书辞拿出一份试卷，正准备开始写，又听见魏天笑对着全班同学咋呼一声："到底是谁！能不能承认！"

"是谁拿走了我的门票……"

预备铃声响了，将魏天笑的声音截停。

老师还没来，姜晓转过头跟叶书辞吐槽："魏天笑牛什么啊，她自己的票弄丢了，凭什么对着我们发脾气？我们又不是小偷。"

叶书辞微弯下腰从书包里找这节课要用的课本和练习册。

书包里有不少东西，抽纸、试卷、课本混在一起，今早出发有点晚，还没来得及好好收拾。她动作过于猛烈，将书包倒了过来，内袋里的几块糖果掉在了地上。

是旺仔牛奶糖。

是唐笑从超市买的，好多天了，叶书辞顺手抓了一把放书包里，忘了拿出来分给朋友吃了。

老师马上就来了，叶书辞弯下腰赶紧捡起来。

一双修长、骨节分明的手捡起了最后一颗糖，放在了她的桌上。

有些人的背影、手她最为熟悉，只因偷偷在心底描摹了无数次。

叶书辞的心跳快了半拍。

她将椅子往前拉了拉，沈赐顺利回到了自己的位置上。

叶书辞的桌上摆着五六颗糖果，红色的小小包装袋折射着光，她看着少年清隽好看的脸，问道："沈赐，你要吃糖吗？"

好像不太合适？

这糖都掉地上了，人家好心帮忙捡起来，说声谢谢也就过去了，为什么把掉地上的糖给人家？

不给也不行，毕竟大家都是同学，都看到她的零食了。

沈赐微短的头发在灯光的照映下显得很柔软，他小幅度地耸耸肩，眼尾弯起来："小孩才吃糖。"

这还不算完。

"叶书辞，你吃吧。"沈赐扬扬眉梢，淡淡补充了这么一句。

沈赐这话的意思，她是小孩？

叶书辞被少年的话撩得脸皮发烫。

老师在这一刻进了教室，叶书辞憋在肚子里的话也没机会说出口。

她偷偷侧眸过去看了眼沈赐，少年跟没事人似的，坐姿挺拔，眸色平和，晕染着淡淡的笑容，在阳光的照耀下熠熠生辉。

沈赐一下课就跟周子奇出去玩了，周子奇很爱玩，课间很少坐在教室里。

林雪原和魏天笑时不时嚷嚷几句，门票的事情还没完。

下午有一节物理王老师的课，王老师随机提问到林雪原，可林雪原因为门票的事情浑身不爽，拒绝回答问题。王老师气坏了，下课后直接把她拎到老陈的办公室狠狠教育了一顿。

叶书辞没想到，门票的事情竟然还能跟她扯上关系。

晚自习之前，叶书辞正写着物理套题，笔尖"唰唰唰"在纸页跳动着。

不知道林雪原什么时候来到她面前的，目光沉沉，一脸恶意："叶书辞，我们出去谈谈。"

叶书辞眉头皱起来："有什么话在这里说吧。"

"出来吧。"

林雪原也没等她，直接抱着手臂往外走了。

叶书辞叹口气，只好放下笔，跟着她往外走。

她们到了拐角的楼梯口。一中的教学楼有三个楼梯口，她们在的这个楼梯口距离操场、食堂、车棚最远，因此只有稀稀拉拉的人从这里经过。

魏天笑也在楼梯口等着。

叶书辞实在想不到自己跟她们能有什么交集。

魏天笑单刀直入："昨天你走得最晚对吧？"

昨天叶书辞伤心于叶青云的事情，的确是走得最晚的一个，她点点头。

魏天笑又问："那昨天还有什么人跟你待在一起吗？"

她摇摇头。不知为什么，她非常不想将与沈赐独处的事情告诉她们。她跟沈赐，只是独属于她一个人的秘密。

"叶书辞，我就不跟你卖关子了，你讲实话吧，我的门票是不是你拿的？"

叶书辞丈二和尚摸不着头脑："我什么时候拿你的门票了？"

林雪原说道："有同学告诉我，你昨天最后走的，值日生都走了你还没走，鬼鬼祟祟肯定干了什么。即使没拿，你肯定也知道什么。"

"我是在教室多待了一会儿，但我可没碰你的东西。"叶书辞口气也算不上很好，"冤有头，债有主，就因为我晚走一会儿，你就赖到我头上，不太好吧？"

她甚至都不知道她们的门票放在哪里。

这种无妄之灾，叶书辞还是第一次碰到，可笑。

林雪原抱着手臂："你从来都没走过这么晚，这次走这么晚，我可觉得你别有用心。"

叶书辞嗤笑一声，越发觉得她们不可理喻，这是疯魔了吗？

"你们要不告诉老陈吧，让老陈为你们做主。"

一听到叶书辞把老陈搬出来,林雪原气炸了。

叶书辞看到她调色盘一样的脸,才想起她刚挨了一顿批评。

"你觉得你学习好,就这么牛吗?动不动把老师搬出来。"

叶书辞理解她们不想惊动老陈,一来在老陈眼里,她们原本就没好印象,再加上现在都高三了,她们还想偷偷去见偶像,再惊动家长,到时候只会更难堪。

叶书辞懒得理会,转身就想走。

两个女生合力将她扯住了,力度不轻:"你要觉得不是你也可以,那你提供证据给我们。"

叶书辞毫不在乎、高傲的态度惹恼了她们,这件事似乎更加难以收场。

凭什么要她证明?

她做错了什么?不应该谁主张谁举证吗?

叶书辞不想助长这种风气,笑了声:"我没证据,更懒得帮你们找证据,很遗憾呢,就是不是我。"

林雪原力气大,扯着叶书辞不肯放手。叶书辞不想被禁锢,使劲掰扯着。毕竟是二对一,叶书辞不占上风。突然,一条修长有力的手臂伸了过来,轻而易举将叶书辞解救了。

少年双眸漆黑,将她护在身后,语气玩味又带着强势:"叶书辞,跟她们讲实话,昨晚你就是跟我在一起。"

第六章
两个世界，两种悲欢

沈赐的出场在所有人的意料之外。

没有人敢惹沈赐。

倒不是因为沈赐在学校如何令人闻风丧胆，相反，少年温和有礼，性格疏淡。

只是因为他优秀到了一种让人望尘莫及的境界，这种优秀给少年添加了一层天然屏障，没人敢惹他。

不是害怕，而是发自内心的敬佩和崇拜。

魏天笑没敢看沈赐，眼神依旧看向叶书辞，口气弱了些：" 你刚才可说你没跟别人待一起。"

叶书辞抿抿唇，没说话。

魏天笑又说："沈赐，你没必要为她说话。"

林雪原说："沈学霸，我们都知道你是好人，知道你不会做坏事，但是别人我们保证不了，毕竟知人知面不知心。我们也没有说叶书辞是小偷，只是因为她是最后一个走的，想找她要一点线索。"

沈赐面无表情地点头，有种冷淡的戾气："线索就是我也在教室。"

林雪原叹了口气："沈赐，你没必要帮她说话吧？你们是同桌，距离再近，也不敢保证人品吧，你这样只会脏了你的名声。"

少年嗤笑一声，淡淡反驳："不帮她说话，难不成帮你说话？"

林雪原被沈赐的话弄得一激灵，看向魏天笑。两个人都不知如何是好了。

心情复杂的又何止她们，叶书辞愣愣地看着沈赐，沈赐在保护她吗？

原本他们并不熟悉，就连座位离得近都只是奢望，如今他们不只是空间上离得近，还成了关系不错的朋友。

沈赐的话让林雪原面子挂不住，她皱皱眉头，也十脆破罐子破摔，有什么就说什么了："沈赐，咱们教室的监控坏了，如果有监控，我们也不至于低声下气找叶书辞要线索了。

"你跟叶书辞是同桌,关系肯定比我们这些普通同学好,你偏心她也不奇怪,可是我们也不能相信你空口说吧,你说昨天晚上你在你就在?"

魏天笑和林雪原之所以找叶书辞出来,也是有确切证据证明叶书辞的确是最后一个离开教室的。

林雪原说:"据我所知,你昨天去参加教育局那个颁奖了吧,怎么会出现在教室呢?"

林雪原语气很慢,胸有成竹的模样。

叶书辞笑了声。

沈赐抬眸笑了笑,淡淡睨她一眼,眼神莫名多了几分冷厉:"魏天笑,你把林蔚喊出来。"

相对于林雪原,魏天笑胆小很多,立刻到教室把林蔚喊出来。

沈赐敛着眸,没再说话。

林雪原询问了林蔚,昨晚有没有看到沈赐和叶书辞单独待在一起。

林蔚点头:"昨天放学的时候,我在学校门口看到沈赐和叶书辞了,那时候几乎没什么人了。"

林雪原仍不死心:"那你有看到他们干什么吗?"

林蔚有点不太情愿,反问道:"普通同学还能干什么?就正常放了学,碰见了,一起走出来,难道不正常吗?"

林蔚说:"而且你觉得沈赐会随随便便跟人在一起吗?"

她好几个问题抛出来,口气也不善,倒是将大家都整蒙了。

叶书辞的心像是绑了小石块,止不住地往下坠落。

——随随便便跟人在一起。

也就是在林蔚心里,沈赐不是随便的人,那她叶书辞就是了?

心中的酸涩感像是翻涌的气泡,细细密密地往胸口的方向涌。

按理说,这个时候,被沈赐保护了,是不该难过的。可当她从第三人口中听到,她并不足以与沈赐相配时,还是难过到一塌糊涂。

林蔚是学习委员,人品大家都信得过,有了她做证,饶是林雪原再想找事,也不太可能了。

魏天笑跟叶书辞道了歉,叶书辞也就没继续纠结,毕竟没造成实质性伤害,即使闹到老陈那里,也没有一点好处。

"站住。"沈赐淡声叫住了正要走的林雪原,"你还没道歉。"

叶书辞下意识看了沈赐一眼。

少年眉头轻轻蹙起,眼睫微微垂着,眼角弧度好看,像是书法家刻意的顿笔。

林雪原"喊"了一声,耍赖到底,没道歉就进了教室。

叶书辞懒得跟她计较。

上课铃声很快响起,沈赐也没多说什么,几个人一起回了教室。进教室之前,林蔚似乎有话对沈赐说,叶书辞就先进去了。

不少同学知道了这场闹剧,纷纷来安慰叶书辞。

"别跟林雪原计较,咱们物理老师那么严苛,也就她敢硬碰硬。她快把咱们班同学得罪个遍了,那么社会的人,咱们离她远点。"

"是啊是啊,也就魏天笑愿意跟她玩,让她们抱团去吧。"

"小辞,没事的,我们都知道你不会做那种事情,不要放心上,可千万别影响了学习。"

陈清润也来安慰叶书辞:"叶书辞,别影响了你的心情啊。"

叶书辞笑了笑:"不会的。"

陈清润点头:"她们都是阴沟里的老鼠,不配跟你比。"

这个比喻听得叶书辞眉头一皱。

陈清润又说:"叶书辞,以后再遇到被误解的事情,别跟她们争,直接告诉老师就好。"

叶书辞想说她其实也没争,她还想说都十八岁了,告诉老师不是唯一解决问题的方法,人总要学着自己长大。

可陈清润也是好心,她这会儿也累了,不想跟陈清润争辩什么。

叶书辞拿出来一张卷子,算是给这场短暂的聊天画上句号。

也是这时候,她发现,陈清润竟然将她小时候送他的那条链子戴到了手上,红色的绳子,过时的款式,戴在充满书卷气的少年身上,有种违和感。

察觉到叶书辞的视线,陈清润说:"怎么样?是不是很好看?"

"还可以。"

既然送给人家,那就是人家的东西了。

陈清润抚摸着那条手链:"我挺喜欢的,想着去金铺做一条一模一样的。"

"……这没必要吧?"

陈清润弯弯眸子,笑得柔和:"只要是你送的,就都有意义。"

这条手链自然也被敏锐的姜晓发现了,姜晓以骑木马状骑在椅子上,笑哈哈地同叶书辞开玩笑:"小辞,你觉得陈清润怎么样啊?"

沈赐也在旁边写着作业。

少年戴着耳机,微微皱眉,像是在思考。

叶书辞收回视线:"还可以吧。"

周子奇上厕所去了，姜晓找不到人聊天，干脆将主意打到了沈赐身上："沈学霸，我感觉小辞跟陈清润关系还挺好的，你觉得呢？"

光影明明暗暗地在少年脸上跃动着，沈赐抬眸扫了叶书辞一眼，略微蹙眉，而后说："或许吧。"

或许……

叶书辞握笔的拇指不自觉加重力道，要说没有一点感觉当然是假的。

没过一会儿，她又想，沈赐一直戴着耳机，可能压根儿没听清姜晓说的什么吧？

暗恋更像一个人的独白，将心事写满纸页，在心底震耳欲聋，到最后只敢送给风声与海。

叶书辞以为魏天笑丢失门票的事情就这么过去了，可她没想到，竟然会撞见林雪原和魏天笑将陈晓芷堵在教室门口。

"陈晓芷，说实话吧，我们的门票是不是你偷的？"

"不用废话了，肯定是她，她都没去过明星见面会，好不容易有个机会，还不得拿走了我们的？"

"我听说陈晓芷也喜欢小A，所以想拿走我们的门票。"林雪原伸手在陈晓芷脑门上戳了戳。

魏天笑突然哈哈笑起来："我想起来了，开学那时候交报名表，我看到陈晓芷的梦想是出国。做梦吧，哈哈哈，出国那么贵。"

原来，魏天笑仍不死心，一口咬定门票是被同学偷走了，冷静下来想了想，觉得叶书辞家庭条件不差，也没必要偷门票。

而当天的值日生中，陈晓芷是最后走的，也是班里条件最差的，爸爸去世，靠妈妈养家。

魏天笑理所当然地说："你是值日组长，得为同学掉东西负责一下吧？"

陈晓芷的眼泪啪嗒啪嗒直掉，委屈得不行。

莫名的，叶书辞想起陈晓芷帮人给沈赐送饮料，恳求自己不告诉沈赐的卑微模样。

她也被人误解过，理解这种不好受的滋味。

何况，或许魏天笑和林雪原也知道门票找不回来了，却又不甘心钱白花了，才会将一腔戾气发泄到比自己可怜的人身上。

陈晓芷恰好是当天的值日组长，就这么被选中了。

叶书辞很想帮帮陈晓芷。

第二天，叶书辞愁容满面，身体紧绷，就连沈赐都看出她有心事。

沈赐拿出一瓶矿泉水，修长白皙的指尖搭在瓶身，喉结上下滚动着，一饮而尽："怎么了，同桌？"

这件事憋在心里也难受，叶书辞长话短说讲了下陈晓芷被误解的事情。

沈赐慢悠悠笑了一声。

少年穿了件长袖，将袖口往上推了推，明明还是那个光风霁月的少年，莫名的，却多了点痞气。

沈赐勾唇笑了："就这点事，包在我身上。"

不知道为什么，沈赐这话一出，叶书辞的心彻底放了下来。

其实沈赐再怎么厉害也只是个学生，她想不到沈赐能想到什么办法。

叶书辞想不到，沈赐解决得居然如此之快。

第二天一早，沈赐交给叶书辞一个U盘。

少年口气淡淡的："回去看看。"

"这是？"

沈赐言简意赅："三个楼梯口的监控。"

叶书辞恍然大悟。

教室里监控坏掉了，因此，魏天笑会怀疑班级出了内贼，可实际上，这个年龄段的学生，手脚不干净的少之又少。

沈赐从外面的监控入手，不失为一个好的办法。

叶书辞对他充满钦佩。

也是这时候，叶书辞发现，沈赐眼角有一小片乌青，整个人也显得不太有精神。

她小心翼翼问道："沈赐，你不会是熬夜弄的这个吧？"

叶书辞握着U盘，等待沈赐回答，心里沉甸甸的，一股亏欠感莫名其妙弥漫开来，似乎不仅仅是亏欠，更多的是一种天上掉馅饼的不真实感。

不是吧，那么多人珍视的沈赐，居然愿意为她熬一个夜？

除了受宠若惊，叶书辞还有点心疼。

沈赐淡声笑了笑："熬夜做了修复，不然天色太晚，看不清楚。"

刚才还是猜测，这一刻变成了事实，叶书辞大脑中轰隆一声："其实没必要这样的……"

她现在只觉得非常不好意思。

沈赐挑挑眉，揶揄道："这不是看某人着急嘛！"

一本正经的少年很少开玩笑，叶书辞的脸立刻红了。

晚上回到家，叶书辞做的第一件事就是将U盘插到电脑上。

沈赐将几个监控截取的片段集合在一起了。

一中是老校区，监控设备很陈旧了，因此视频非常不清楚。沈赐做了修复，虽然有修复痕迹，但好歹能看出来究竟是哪些人走过了。

监控显示，那天放学后其实有小偷来过。

其中一人年龄稍大，很明显不是学生，行动鬼鬼祟祟，叶书辞一眼就将目标锁定在了那人身上。

至于叶书辞为什么没发现那个人，是因为放学后，她去了趟厕所，估计那人就是那时候来到学校盗窃的。有没有偷走其他东西，她就不清楚了。

监控继续往后，还有个角度拍到了男人的手，手里紧紧攥着东西。

沈赐刻意将镜头拉近。

尽管对方手握成拳，可门票不小，还是能看出来门票的痕迹。

叶书辞冷笑一声，证据在此，看魏天笑她们还能狡辩什么。

第二天一早，叶书辞将U盘给了陈晓芷："你把这个给魏天笑，如果她们拿到之后再找你的麻烦，你就可以告诉老师了。"

陈晓芷诧异地看看U盘，再看看叶书辞，嘴逐渐张大，一脸不可思议："叶书辞，你为什么帮我？"

叶书辞笑了笑："第一个被误解的是我，不想看你继续被误会。"

陈晓芷盯着窗外看了几秒，抬起胳膊，细瘦的手臂像易折的花枝，小声说："谢谢你，我想请你吃顿饭，可以吗？"

"你不用谢我，"叶书辞老实说，"这监控是沈赐找的，如果你非要谢的话，就去谢他吧。"

陈晓芷更加不解。

她天天替别班的女生给沈赐送饮料、写字条，给沈赐造成了困扰，而如今，人家还愿意帮她。她非常愧疚，瘦弱的肩膀颤动着，声音弱了些："叶书辞，你可以帮我表达一下感谢吗？"

叶书辞挑挑眉："你还没看U盘里的东西，怎么就这么笃定沈赐能帮你？"

陈晓芷眼睛里迸发出光彩："因为他是沈赐啊。"

——因为他是沈赐。

——别人做不到的事情，他一定可以。

因为他是沈赐。

叶书辞弯唇一笑，只觉得与有荣焉："其实你可以亲自表达感谢的。"

陈晓芷静默了几秒钟，还是缓慢地摇摇头，似乎费了一番勇气才将这话说出口："我不敢，之前我做过对不起他的事情。"

"他长得好，成绩好，穿得好，气质也好，我不敢。"

女孩性格木讷，沉默内向，不善言辞，藏在心底的痛苦千千万万，自卑只是微不足道的一点。

陈晓芷看向叶书辞："真羡慕你，你学习好，还能跟沈赐当同桌。"

如同深海里两条鱼相遇，迎面走来，便知道对方是同样的暗恋者。

一样的喜欢。

一样的心境。

一样的喜欢而不得。

一样的习惯了沉默。

叶书辞看透陈晓芷眼中的深意，只淡淡说了句："你也很好，你有个伟大的爸爸，值得所有人尊敬。"

陈晓芷的爸爸是消防员，七年前去世，被授予烈士称号，可这项殊荣并不能给她带来什么，反而因为爸爸的去世，家庭越发贫困，母亲摆摊为生，她也在学校倍受欺负。

中午，沈赐跟周子奇找了家面馆吃饭，吃完之后，周子奇跑去买饮料了。沈赐结账时，看到老板娘桌上放了一大袋子旺仔牛奶糖，鲜红的包装纸。

老板娘抓了一把给他："帅哥，感谢光临，欢迎下次再来。"

沈赐不爱吃糖，若放在平时绝对不要了，莫名的，他脑中闪过一道熟悉的身影，然后接过糖，淡笑着说了声："谢谢。"

回到学校，他将糖果拿出来，分给了周子奇和姜晓，一人两颗。

周子奇直接转过身来了："哎哟，稀罕啊，我赐哥什么时候会去买糖了？"

沈赐淡笑一声，没说话。

叶书辞低头写着作业，笔尖沙沙作响。

她知道，沈赐马上也会分糖给她。女孩抿抿唇，不知为何，有点紧张，那么该说点什么呢？

姜晓喜欢甜食，周子奇将自己的两颗糖推到了她那边："最甜的糖给最美的人。"

最近两人也没吵架，这话说得姜晓脸都红了。

正巧这时，沈赐将糖往叶书辞那边推了推："剩下的都给你。"

叶书辞放下笔一看，竟然足足有五颗。

这么多？

看出叶书辞眼底的疑惑，沈赐黑眸深处渐渐浮现出淡淡的笑意："小孩不是爱吃这个糖吗？"

他还在拿之前的事情打趣她。

叶书辞脸颊发烫，说了声："谢谢。"

再聊关于糖的话题，叶书辞只会害羞得更加厉害，她干脆默默将糖收下，换了个话题："对了，陈晓芷让我帮她表达一下感谢。"

沈赐温声道："没事，只是举手之劳。"

叶书辞看了那糖很久都没说话。

如果不是她提陈晓芷的事情，沈赐还会帮忙吗？会不会沈赐是因为她才帮忙？

叶书辞思考了很久。

沈赐也会帮忙，他是个至善至美的少年。

2013.10.25

后来，后来。

他给我的五颗糖始终没舍得吃，放到锦盒里，直到过期。那糖纸鲜亮，熠熠闪光，像我对他不曾减少的喜欢。

时间很快流逝，十一月中旬迎来了期中考试。叶书辞在班级排名进步了，考到了第二名，不过陈清润也只比她低了几分。

陈清润说："恭喜你。"

叶书辞笑了笑："谢谢，还要继续加油呢。"

看到这一幕的姜晓露出一个笑容："我现在基本可以确定了，陈清润绝对不像谣传的爱忌妒，如果忌妒的话，看到你超过他，肯定讨厌你了，一个人的眼神最骗不了人。"

叶书辞心不在焉地点点头。

可如果不是忌妒，为什么陈清润那么讨厌沈赐呢？

看到叶书辞成绩进步，唐笑对她的管理松散不少。不过，叶书辞还是没找到机会将竞赛的事情告诉妈妈。

期中考试之后，就迎来了竞赛班的课程。

叶书辞精神格外抖擞，原因很简单，她终于可以在班级之外，跟沈赐有相处的机会了。

这是她曾经求也求不来的机会，如今的一切，更像是美好的梦。

学校将几间用不到的教室作为竞赛班教室，开课这天，叶书辞是最早到的一个。她找到最中间的位置，将书包放下，又小心整理了一下头发。

教室桌椅设置为两人一桌。

想了想，叶书辞将自己的课本放在了同桌的位置上，意为占位。沈赐经常掐点来上课，她身为同桌，帮他占个座位并不过分。

其他同学陆陆续续都到了，沈赐还没到。

陈清润也到了,指了指叶书辞旁边的位置:"我可以坐这里吗?"

叶书辞摇摇头:"这个位置是我帮沈赐占的,要不你坐我后面吧?"

陈清润眼底有一抹失望划过,然后直接坐在了叶书辞的后面。

距离上课时间越来越近,沈赐还没出现,依照叶书辞对他的了解,他很可能不来了。前排的位置都坐满了,只剩下叶书辞旁边空落落的。

叶书辞的心也空空的。

物理老师拿着竞赛课本进来,将书和卷子放到了桌上,然后出门倒水去了。

看着其他同学都有同桌,叶书辞莫名有点难堪。

她咬咬唇,想将内心的酸涩咽下去。

陈清润从身后轻拍了下她的脊背:"叶书辞,还是我坐过去吧?"

——你旁边没坐人的话,会很尴尬。

叶书辞抬眸看了眼温润的少年,越发觉得不好意思,又愧疚又难过,刚才还拒绝人家来着,可沈赐压根儿就没来,这下人家又主动替她解围。

陈清润将自己的书放到了叶书辞的旁边,淡淡开口:"天才是不需要上竞赛课的。"

听到这话,叶书辞的心震了震。

"叶书辞,你还不知道吗?"陈清润的语气依旧很清淡,"沈赐跟我们不是一个世界的人。"

"那我们呢?我们是?"

陈清润垂头"嗯"了一声:"因为我们同样努力。"

叶书辞缓慢地摇摇头,眸中有不甘,也有倔强:"不,我跟沈赐也是一个世界的人。"

同样的善良,同样的倔强。

周一课间接水,叶书辞听到几个女生小声议论:"哎,据可靠消息,周六沈赐去林蔚家里做客了。"

"天啊,真的吗?这么带劲?"一个女孩兴奋道,"这么久了,总算听到一点沈赐的新闻了。"

热水没过杯口,稀稀拉拉地淌下来,浇在叶书辞的手上,烫得她"啧"一声,眼泪不争气地落了下来,心中翻涌着酸涩的小泡泡。

她无力地趴在桌上,少女心事从酝酿,到现在逐渐成长,已经达到了覆水难收的地步。

叶书辞强撑着听完一节又一节课。

周六的她,面对陈清润的质疑,还尚且有勇气勉强:我跟他,就是一个世界的人。

怎么现在，就被打倒了呢？

叶书辞压根儿就不是有勇气的人。

碰到强劲的对手，偃旗息鼓得比谁都快。

前后课桌之间距离很窄，沈赐拍了拍她的肩膀，想要回自己的位置。

叶书辞很想控制好情绪，可复杂的感情潜藏许久，哪有那么容易控制的？

天气已经变冷，可阳光依旧明媚，洒在人身上暖洋洋的。

沈赐带了几瓶饮料，分给周子奇和他同桌之后，也分了叶书辞一瓶。

"谢谢，"叶书辞抿唇笑了笑，也借这个机会跟沈赐聊了几句，"周六竞赛课，你怎么没来啊？"

如果没听到其他同学的议论，她压根儿就不会问这个问题。

还能为什么不来？沈赐是天才，听不听竞赛课都不会影响发挥，即使老陈知道了都不会说什么。

她只是想知道，沈赐究竟有没有和林蔚在一起。

沈赐侧眸看她："你想我去？"

叶书辞挠挠头，有点不太好意思："我占了个好位置，想给你留来着……"

沈赐点头，清越的嗓音响起："家里有点事，所以没去。"

有点事。

指的是跟林蔚见面吗？

"这样啊，其实你去不去都没关系。"叶书辞虽然这么说，但心底失落得要命，却又不敢表现出来。

可叶书辞真的不想为难自己了。

如果不问清楚，她只会更加纠结，更加难受。

犹豫了几秒，叶书辞嘴唇张了张："是去林蔚家里做客了吗？"

像是听到了什么不可思议的事情，沈赐勾唇笑了，垂眸看她，有几分揶揄和玩味："小同桌，你又是听谁说的？"

叶书辞的嘴角，在不知不觉中浅浅地上扬，弧度越来越大。

沈赐这话的意思非常明显了。

——这是谣言。

叶书辞的开心从心底溢出来："我刚才接水……"生怕沈赐多想，又赶紧补充一句，"无意间听到的。"

沈赐慢悠悠地笑了声："我周六全天都在家。

"别人说的不一定对，知道吗？有什么不知道的，直接问我。

"我都会告诉你。"

明明只是一句很普通，甚至客套的话，一点暧昧旖旎的情思都没有，可叶书辞莫名听出了宠溺意味。

晚上是叶书辞所在的组值日，周子奇跟叶书辞一个组，但是周子奇晚上有事，所以沈赐代替他值日。

沈赐负责拖地，叶书辞负责摆桌子和倒垃圾，也就是善后工作。老陈这么安排，完全因为叶书辞平时做事情比较认真。

只要沈赐在，就能吸引叶书辞的目光，可只是一转身的工夫，沈赐居然不见了。

其他值日生都离开了，只剩下了叶书辞。

学习一天，叶书辞累得头昏脑涨，看着全班五十多张桌子，她有点眼花。

她一张一张地摆着桌椅，身后突然传来了推门的声音，叶书辞循声望去，看到了少年瘦高的身影——沈赐提着垃圾桶回来了。

皎如明月的少年，提着垃圾桶的动作怎么看都不太对劲，而且这是叶书辞的工作啊。

叶书辞还没从刚才震惊的表情中回神，愣愣地张大嘴巴："沈赐，你帮我倒垃圾去了？可这是我的工作啊。"

沈赐将垃圾桶放在后排，又帮着开窗通风，似笑非笑地扫她一眼："哪有让女孩倒垃圾的？"

叶书辞眨眨眼睛："可这是老陈安排的。"

"老陈安排的事情也不一定全对。对吧，叶书辞？"沈赐朝她一笑。

叶书辞脸颊一热："嗯。"

沈赐这么帮她，叶书辞不太好意思，更加想努力把自己分内的工作做好，可没想到，事与愿违。

她力气比较小，刚才一个人自由自在摆放桌子尚且可以，沈赐一回了教室，她满脑子都是沈赐在这儿，干活更得认真一点儿。

哪能想到手碰到桌子边缘，刚要开始发力，脚突然不听使唤，碰到了桌子腿。

叶书辞疼得"嘶"了一声。

她尽量压低了声音，可还是被沈赐听到了。

不等她往沈赐的方向看，少年已经接过了她手中的工作，主动帮她干起来："叶书辞，去旁边休息。"

叶书辞摇摇头："这是我的工作……"

她还想说自己没那么矫情，毕竟一直以来都是她一个人完成的，好像除了累一点，也没什么。

可一旦对上沈赐那双笃定的眼，叶书辞什么话都说不出口了。

先动心的人注定败北。

沈赐干活干净利落，手像是施展了什么魔力似的，轻轻松松将桌子摆好，叶书辞摆好一个的时间，他都能摆好一排了。

叶书辞想继续摆桌子。

沈赐扬扬眉，淡淡补充了句："听话。"

叶书辞的手立刻乖巧地顿住了。

她安静地坐到自己的位置上，静静等待着沈赐完成任务。

沈赐效率很高，没几分钟就摆放好了桌椅，然后拍了拍手："好了，回家。"

天气越来越冷，树梢上结了层冰霜，像是凭空添加了层冰壳子。

十二月一日是周子奇的生日，恰好周日。

按照原来的习惯，叶书辞帮着奶奶看烤鸭店。

叶奶奶的意思是她高三学业繁忙，就让她别看店了，可她觉得在店里也一样能学习，还可以多帮帮奶奶。

叶书辞帮奶奶看了许久的店铺，早练成了独当一面的能力，甚至烤鸭的制作流程也都知道。

她在小桌上安静学习，瓜子脸的少女皮肤白净通透，长相清丽，给人岁月静好之感。

一中午的工夫，叶书辞帮奶奶卖出去了二十只烤鸭。

饭点过后，生意稍微差了些，叶书辞也就匀出来不少时间写卷子，昨天在学校她就将家庭作业写完了，今天写的全都是竞赛题。

竞赛题和普通试卷的题目难度可以说一个天上一个地下。

"小辞，给你送点水果吃。"耳旁响起隔壁王奶奶慈祥的声音。

隔壁王奶奶跟叶奶奶是很好的邻居，退休之后也来到这条街开小店。王奶奶卖凉皮和卤味，有了好吃的总会给叶书辞送点。

叶书辞甜甜一笑："谢谢王奶奶！"

"小姑娘真爱学习，我孙子要有你一半听话就好了。"王奶奶夸了她一句才离开。

两个店铺只一墙之隔，王奶奶听戏的声音咿咿呀呀传来。

没一会儿，叶书辞听到了那头争吵的声音。

"我老婆在你们这儿买的卤味，现在上吐下泻的，你说这该怎么办吧？"

"什么时候买的呀？"

"昨天晚上买的，你看看，我拍了照片，这个包装袋就是你们家的。我老婆现在在医院上吐下泻，还不知道得花多少钱治病，你就说这可怎么负责吧？"

"这位先生，对不起啊！"王奶奶孤家寡人，不像叶奶奶好歹有儿子可以给她撑腰,因此态度格外弱。

"说对不起有什么用?赔钱吧!我老婆就在医院躺着呢,你去看看就知道了。"

王奶奶重重叹气:"还有个大客户下午来取货,这么着,先跟您说个抱歉,您这边需要多少钱?"

王奶奶的门店虽小,但是卫生都严格把关,王奶奶有严重的洁癖,连地板都蹲在地上擦,不擦干净不回家。

叶书辞更是吃着王奶奶的卤味长大,要说她做的卤味有卫生问题,简直太可笑。

"啪"的一声,叶书辞将笔一撂,冷笑一声。

男人得有二百斤重,眉间两道疤,凶神恶煞,一身腱子肉抖啊抖,报出一个不菲的数目。

果真不出她所料,王奶奶是被找碴了。

"王奶奶,先别。"叶书辞双臂环抱,漆黑的睫毛快速扇动几下,"这位先生,您说您太太生病了在医院,请问在哪个医院?"

"当然是第一人民医院。"

叶书辞笑了声:"我们这边卫生绝对能有保障,您这么说,我们也不能全信。当然,如果真是我们的责任,我们自然负责,绝不推脱,只是现在,您得证实一下您说的话的真实程度吧?"

男人脸上肥硕的肉颤了颤,怒瞪着叶书辞:"你这是哪里来的小姑娘,这家卤味店跟你有关系?"

叶书辞直接将手臂搭在王奶奶肩膀上:"这是我亲奶奶。"

男人看向王奶奶:"老太太,您是店主,还是我们大人谈赔偿比较合适吧?叫个乳臭未干的小毛孩子来算什么?"

叶书辞朝王奶奶眨眨眼,王奶奶瞬间动力十足,谁不知道叶书辞这小丫头古灵精怪,心思活络,鬼主意多得很。

"哎呀,我也没文化,我孙女厉害得很,我得听听我孙女的意见呀!"

两人一唱一和,格外配合。

叶书辞赶紧道:"首先,您得出具医院证明吧,五千块钱也不是小数目,这个钱具体怎么花,我们有权利知道。"

"你你你……"

见男人急得脸快红了,叶书辞心里就有底了。王奶奶没有子女,老伴去世,有人会觉得她好欺负,想趁着机会来讹一笔。

叶书辞拿出手机,佯装拨号的模样:"而且我觉得,这件事情还是告诉警察叔叔比较好,毕竟呢,我们都不是法官,谁能保证完全意义上的公平?"

她抿唇笑笑,自信满满。

男人指着她，骂了句脏话就跑开了。

王奶奶赶紧跟叶书辞道谢："小辞，谢谢你啊！"

"没事的。"叶书辞说，"王奶奶，您遇到事情都可以找我，我多少能为您出点主意的。"

叶书辞回到位置上，继续跟竞赛题斗智斗勇，恍然间一抬头，惊异地揉揉眼睛。

这人穿着黑色冲锋衣，领口拉到下巴处，修饰了少年本就棱角分明的侧颜，略微垂眸看着她，眸中氤氲着淡淡笑意。

不是朝思暮想的人又是谁？

叶书辞脸颊发热："沈赐。"

少年双眼皮褶皱好看，低下头时，眉眼又显得狭长。

叶书辞满脑子都是那道不会做的题，没等沈赐开口，便说："我有道题不会做，你可以帮我看看吗？"

好像不太好。

人家过来肯定是为了买东西。

她倒是主动问起题目了。

没想到少年扬眉一笑："哪个？"

沈赐迈进店里，清朗嗓音如汩汩清泉，流入少女的心田。

这道题很难，可被沈赐拆分了步骤，三言两语就分析得明明白白。沈赐还举一反三，在草稿纸上给她出了两个小题作为巩固。

叶书辞心满意足地笑了。

她莫名其妙很开心。

单单靠近他就能如此轻松愉悦，好像不管生活有多累、有多崩溃，只要看到他，心口就会像被温柔的春风拂过。

也是这时候，她才想起什么："沈赐，你来这边……"

少年黑眸深邃，温声道："当然是买烤鸭。"

也是，来烤鸭店不买烤鸭，还能是见她叶书辞？

叶书辞挠挠头："奶奶又想吃了啊？你等着，老规矩，我给你挑一只最大的。"

叶书辞戴上手套忙活起来，眼瞳亮晶晶的，像是湖水里洒满了星星："今天这烤鸭是我亲自烤的，保证好吃得很呢。"

沈赐勾唇笑了，声音上扬，轻轻"哦"了一声："小同桌，这么厉害，你还会什么？"

"我会的可多了去了。"

叶书辞将烤鸭装进袋子里，又放上蘸料和筋饼，正想好好吹自己一番，哪想到少年已经轻轻启唇——

"比如，伶牙俐齿，吓退坏人。可真让我佩服。"

啊？

刚才发生的事情，沈赐都看到了？

叶书辞愣愣地眨了眨眼，好半晌没说出话来。

沈赐懒散抬眼睨她："只是来买只烤鸭，没想到还有意外收获。"

叶书辞挠挠头，心想如果知道沈赐看到了，她该表现得再好一点呢，刚才太随意了点。

想到这里，她心头猛烈地跳动了下。

沈赐歪歪头笑了："跟我想的不太一样。"

她一愣："什么不太一样？"

"之前觉得你很温柔，是让人如沐春风的那种性格。"

叶书辞嘴唇一抽："现在不会觉得我很凶很暴力吧？"

沈赐扬扬眉："如果我说是呢？"

叶书辞欲哭无泪。她毕竟年龄还小，还不懂得掩藏情绪，此刻又羞又恼，也有股莫名的无力感，脸颊微微发烫。

看出叶书辞的反应，沈赐眉头微蹙，嘴角上扬着，心想：这姑娘怎么这么好逗？

"我在开玩笑，小同桌，没听出来吗？"

叶书辞哪有那么笨啊，只是因为对方是沈赐，才会变得小心翼翼，他说什么便是什么，甚至有时候脑子都不会转弯了。

"所以现在你对我的印象是什么？"

沈赐淡淡一笑："温柔有原则，善良有底线。"

叶书辞惊讶不已。

沈赐的优秀让人望尘莫及，也因为他的见识比普通学生要高很多，导致叶书辞很少见到沈赐夸人。

沈赐今天给叶书辞的评价，是她近期得到的最高的了。

她有点受宠若惊，心脏仿佛被一双温柔的手抚慰。

暖柔柔的。

烤鸭装好了，叶书辞双手递给沈赐："对了，沈赐，之前奶奶交代我好几次，说一定要给你免单，所以这次你别付钱了。"

哪想到沈赐点点头："好，替我谢谢奶奶。"

这么干脆就答应了？

之前说了很多次不收钱，可沈赐说什么都不答应，还偷偷把钱放到了小桌上那个放杂物的小箱子下面。

叶书辞的眼睛往下瞄了瞄，心想：会不会在她装烤鸭的时候，他已经将钱放到箱子下面了呢？"

沈赐捕捉到叶书辞灵活的小眼神，无奈地一笑："怎么，你觉得我会把钱放那里？"

被抓包的叶书辞浑身发寒，只好说："也没有啦……"

少年又淡淡接了句："我才不是这么不会变通的人。"他提了提烤鸭袋子，"先走了，同桌，下午见。"

叶书辞睫毛颤了颤："对了，周子奇爱吃烤鸭吗？我在想，下午要不要带两只过去？"

"他是吃货，带什么他都会喜欢的。"

黑起周子奇，沈赐也毫不嘴软。

告别之后，沈赐走了几步，复又回头，笑了笑，阳光又明亮："记得替我跟奶奶道个谢。"

周子奇的生日聚会定在苏城最火的一家KTV。

叶奶奶批发材料回来，叶书辞赶紧回家换了身衣服，上身是墨绿色大衣，下身是黑色长筒靴。

她个子高，身材匀称，无须施粉黛，也好看到不可方物。

小时候就有不少人说她是个美人胚子，不过唐笑这些年管她管得严，她的心也没分到打扮上。

像林蔚的好看是明晃晃的，不加质疑的。比起林蔚，叶书辞更像是一块未经雕琢的璞玉。

她照了会儿镜子，本来还信心满满，可一想到林蔚，又觉得自己似乎也没多好看了。

叶书辞抵达KTV时，还没到几个人。周子奇朋友多，不过如今高三了，他们也不想办得过于隆重，因此只喊了几个最好的朋友。

叶书辞意料之外的是，林蔚居然也在。

因为之前相处的一些小细节，叶书辞不太喜欢林蔚。也或许即使没有那些小事，她也不会喜欢。

"小辞，过来过来，这里坐！"叶书辞一进去，姜晓便十分热情地招待她。

落座之后，林蔚也跟她打了招呼："叶书辞，真巧呀，我还以为你不会来呢。"

姜晓性子直，看向林蔚："小辞为什么不来？"

"叶书辞要忙竞赛的事情啊，对不对？"林蔚笑得温柔，看向叶书辞，静静等待着叶书辞接她的话。

可姜晓挽上叶书辞的胳膊，默默给她力量。

叶书辞不卑不亢地笑了笑:"可是再忙,也得参加朋友的生日会吧。"

林蔚干巴巴笑了一声,没再说话。

周子奇点了不少果盘和饮料,姜晓也帮着买了各式零食,堆了满满一桌子。

见叶书辞还带了几只烤鸭过来,周子奇笑着说:"叶书辞你真好,我最喜欢吃烤鸭了。"

姜晓将嘴巴噘到天上。

周子奇又赶忙安抚她:"当然还是我们晓晓买的零食最香。"

这二人的关系,大家心照不宣,看破不说破。叶书辞笑了笑,也不在乎。

大家都将自己带的礼物放到了柜子上,其实这也不光是为周子奇过生日,也是繁忙高三生活的一次放松机会,一个小小的点缀。

姜晓偷偷对叶书辞说:"其实林蔚跟我们不熟的,我跟周子奇也不想她来,可是她主动问了,总不能拒绝吧。"

叶书辞没说什么。

她不想表现出对林蔚的排斥,同样也不想表现出对沈赐的心意。

"我想不明白,林蔚跟我们八竿子打不着,干吗非得参加周子奇的生日会?"

姜晓睁大眼睛,想了一会儿。

叶书辞抿抿唇,没说话。

林蔚正低着头帮忙切水果,里头暖气足,女孩散着长发,穿了件紧身黑毛衣,白皙的脖颈裸露着,两条腿又直又长。

她简单化了妆,红唇、深色眼影、卧蚕,显出几分成熟,可依旧好看得夺人心魄。

林蔚正跟周子奇几个兄弟聊得火热,看起来已经融入其中。

叶书辞也佩服林蔚的本事,走到哪里都能跟人聊起来。

姜晓一拍脑门,明白了:"林蔚这是醉翁之意不在酒啊,怪不得最近感觉她总在周子奇身边晃悠。"

闻言,叶书辞的心沉甸甸的。

霎时,喧嚣的包间沉默下来,几道目光同时朝门的方向望去,是沈赐过来了。

叶书辞缓慢转身,熟悉的人影映入眼帘。

清隽英俊的脸庞,修长的脖颈,性感的喉结,往下,是劲瘦有力的双腿。

"赐哥果然是我赐哥,参加个生日会都压轴过来。"周子奇没骨头似的躺在沙发上,丝毫没点正。

"别贫了,"沈赐淡笑,"你赐哥为给你取礼物,路上堵车。"

周子奇嗖一下站起来,目光紧紧锁在沈赐提着的礼袋上。

沈赐送的礼物是一个限量手办,也是周子奇梦寐已久的礼物,沈赐辗转良久才拿到,可把周子奇激动坏了。

从最开始的紧张,到后来渐渐平静,甚至沾了点冬季的寒凉,叶书辞全程都没说话。

林蔚正跟沈赐说着话,女孩的表情显得夸张激动,沈赐只是安静倾听,时不时垂眸一笑。

服务员推着蛋糕车进来了,周子奇跟姜晓站在中央。切蛋糕之前,周子奇开心地讲了几句:"首先谢谢大家来参加我的生日会!大家都是我亲兄弟,谢谢你们!

"今年我就不许什么生日愿望了,我把愿望分给大家,祝福大家高考都考个好成绩,兄弟们大学继续嗨!"

大家双手合十,围着蛋糕站了一圈,共同吹灭了蜡烛,掌声在这时响起。

林蔚始终站在沈赐的旁边。

影影绰绰的灯光下,少年依旧精致好看,唇色清淡,细碎的头发垂落,遮住微扬的眉,露出深邃如海的眸子。

他旁边的林蔚打扮得有点离经叛道,却有种嚣张炫目的美,奇异的登对。

叶书辞不想再往他们的方向看,可就在收回视线的这一刻,沈赐的目光猝不及防地撞了过来,她心中酸涩的泡泡遇到了风,遇到了强光,一刹那被灼烧掉。

痛到不能自已。

她移开目光,决定不再折磨自己。

周子奇招呼着大家:"大家随便玩,随便唱,自由点,咱们今天也不是为了过生日,就权当放松,今天都算我的!"

陆陆续续有人上去唱歌,姜晓也喊着叶书辞上去,可叶书辞的唱歌水平堪忧,就没上去,一直安安静静地坐在沙发上。

林蔚也上台唱歌去了,她唱了一首《孤单心事》。

叶书辞不喜欢她,但也必须承认她唱得是真不错,不愧是艺术生。

爱你是孤单的心事 / 不懂你微笑的意思
只能像一朵向日葵 / 在夜里默默地坚持
爱你是孤单的心事 / 多希望你对我诚实
一直爱着你 / 用我自己的方式……

不少大声聊天的人都下意识闭上了嘴,安静听林蔚唱歌,她的声音实在有感染力和穿透力,将少女暗恋的、爱而不得的心境展现得淋漓尽致。

叶书辞全程都看着林蔚,林蔚时不时看向沈赐,包厢内人不少,可林蔚也没觉得不好意思。

沈赐倒是只淡淡抬眸看了一眼,剩下的时间一直玩手机,没看林蔚。

姜晓小声说:"林蔚真聪明,借着周子奇的生日……啧啧啧,全世界都没她的算盘打得响。"

"起码她有勇气。"

叶书辞发自内心这么说。

她始终缺乏这份勇气。

她会害怕、会胆怯,怕失败、战战兢兢,害怕因此做不成朋友。

她不该难过。

可为什么,她还是难过得要命。

后来,林蔚又唱了几首歌,叶书辞借着上厕所出去了。

她一边洗手,一边想着刚才发生的事情。

"怎么这么沉默?"

听到声音,叶书辞身体一颤,立刻关掉了水龙头。

沈赐就站在她身后。

她还没来得及说话,少年淡淡的嗓音再次响起来:"心情不好吗?"

——是心情不好。

——非常不好。

可是又没资格心情不好。

沈赐也洗了把手,两人走出卫生间,在落地窗前站了一会儿。

时值夜晚,川流不息的车流形成一条条灯河,万千璀璨倒映,犹如灿灿星河。

叶书辞摇摇头:"我没事。"

她正要继续说下去,电话突然响了,是唐笑来电。

"小辞,你还在外面吗?"

叶书辞的心瑟缩了下:"妈妈,我跟您说了,我今天参加我同学的生日会。"

"小辞,妈妈现在很生气!"唐笑口气严肃,一副风雨欲来的架势,"我今天看你们学校公众号,老师拍的竞赛班上课的照片,妈妈看到你了。"

叶书辞心口一窒。

她至今还没想好该怎么告诉唐笑,却被唐笑发现了,她都能预料回家之后,会发生怎样的风波了。

叶书辞口气卑微,带了点祈求:"妈妈,我告诉爸爸了,怕您不同意,但是我真的很想参加竞赛。"

"我很想把握住这个机会,这也是我最后一次参加竞赛的机会了。"叶书辞压低了声音,但声音依旧清亮好听,"不管结果怎么样,我都不后悔,让我试试好吗?"

沈赐就站在窗前,往外看去。

少年有意回避,可此处安静得落针可闻,唐笑的声音还是无比清晰地传来。

"小辞，妈妈难道不是为了你好吗？"唐笑气呼呼地说，"哪有你这样不跟妈妈商量的孩子？小辞，妈妈就想让你安安稳稳考大学，而不是走歪门邪道。你看吧，到时候你什么也得不到，反而浪费了时间！"

叶书辞眼眶湿润，嘴唇张了张。

她不知道如何跟唐笑说了。

唐笑在那头说个不停，妙语连珠，几乎淹没了叶书辞。

沈赐面无表情地走过去，给了叶书辞一个眼神，接过电话。

"你好，阿姨，我是沈赐，叶书辞的同学。"

唐笑一下子蒙住了，她经常在家里夸奖沈赐，对这个天才少年印象很好，因此口气立刻软了几分："沈同学，你有什么事情吗？"

"阿姨，我想说，竞赛不是歪门邪道，而是拿到名次能加分，对个人能力的提升程度很大，年龄尚小的时候多参加这种比赛，经历多了，对叶书辞的成长、抗挫折能力，都会有提高。"

仿佛周围的空气被隔绝了。

叶书辞听不到唐笑那头温柔下来的声音，只能听到少年如汩汩清泉一样动听的声音。

眼前虚影重重，只剩下了为她辩驳的少年，她的脸颊红透了。

窗户开着，有冷风灌进来。

沈赐的语气不卑不亢，徐徐而来、慢悠悠的嗓音透过风声，传到叶书辞的耳朵里——

"叶书辞她很好。

"也许，比您想象的还要好。"

第七章
偶尔痛苦,又倍感甜蜜

后来,叶书辞忘记了沈赐是如何挂断的电话,只记得无数的感动在心底蔓延着,渐渐淹没了她。

她的少年就是最好的人。

叶书辞张张嘴,好半晌才说:"谢谢。"

沈赐笑了笑:"没事的。"

她本以为沈赐对她也有一些暧昧的情思,可看着他嘴角云淡风轻的笑意,那些暧昧的念头又从脑海中迅速抽离了。

沈赐只是一个善良的少年。

就像她第一次心动,人家也是顺手帮了她而已。

她不该肖想太多。

可是……

沈赐就站在叶书辞前面,她看着少年宽阔挺拔的身影,莫名的悲伤涌上心头,向前走了两步,他身上清淡好闻的味道传来。

应该不是香水,味道很淡,大概是好闻的沐浴露。

她闭上眼睛轻轻吸了一口,小声问:"沈赐,你也会有不得已吗?"

她有很多很多的不得已,父母给她的压力、自己不服输的性格,还有暗无天日的暗恋。

沈赐呢?天之骄子一般的沈赐呢?

少年转过头,沉思几秒,垂眸睨她一眼:"有很多。"

叶书辞没想到会是这样的答案。

少年收回眸,低沉的嗓音响起,不知道是说给她听还是说给自己听:"别人觉得我哪里都好,其实我倒是羡慕其他同学家庭简单。"

"简单快乐也是幸福。"

说完这句话，沈赐抬起头，慵懒地打量她，目光如有形质一般。

叶书辞的脸立刻烫起来。

她讨厌自己的没出息，想说点什么缓解尴尬，哪想到沈赐说："叶书辞，我们进去吧。"

包厢内外是两个截然不同的世界。

"怎么出去那么久呀？"姜晓凑过来问叶书辞。

"刚才……"叶书辞原本想说跟沈赐之间的事，话在喉间吞咽几番到底没说，"我妈妈给我打了个电话。"

就让这件事成为她跟沈赐之间的秘密吧。

"我都无语了，你知道吗？"姜晓瞥了一眼林蔚的方向，"有些人怎么那么讨厌啊，不是唱歌挺嗨的吗？怎么沈赐一出去了就不唱了？直接化成冰山脸，就像别人欠她八百万，都懒得应付周子奇那些朋友了。

"真是的，你如果不真心给周子奇过生日，可以不来。"

叶书辞笑了下，知道姜晓义愤填膺，说到底还是为周子奇鸣不平。

她伸手轻轻拍了拍姜晓的后背，安抚自己的朋友。

这家KTV也有酒店式服务，周子奇提前点好了菜，晚上七点多，服务生准时上了菜。

林蔚去了趟卫生间，回来的时候，已经没位置了。叶书辞挪了挪座位，从中间开辟出来一个小的位置。

周子奇时不时说几句笑话，妙语连珠，席间好不热闹。

吃饭的时候，叶书辞无意间发现，林蔚状似随意地玩着手机，其实打开了摄像头。

林蔚的对面，便是沈赐。

叶书辞嘴角抽了抽，没说话。她注意到，林蔚唇间不由自主地露出笑容，连续拍了好几张才默默将手机收起来。

沈赐在安静地夹菜。

少年吃东西的模样斯文干净，那种手拿的串串或者鱼排，他用卫生纸包起来吃，慢条斯理的，就像一幅静默的海报。

影影绰绰的灯光在他身上投下斑驳的光圈，他没坐主位，甚至没什么表情，却有种让人无法忽视的魅力。

"在看沈赐？"林蔚压低的嗓音在她耳畔响起。

叶书辞遽然抬眸："没，发呆呢。"

林蔚深深看她一眼："刚才我看到你们了，你们在卫生间门口聊天对吧？"

怪不得姜晓说沈赐走了之后她化成冰山脸，原来是这个原因。

叶书辞笑了笑："也没聊几句,沈赐帮了我一点忙。"

林蔚睨她,浅浅地抿了一口饮料,勾起一个嘲讽的笑,慢悠悠说道："沈赐这个人就是很善良,我妈妈之前跟我说,他小时候见到路边的乞丐都会忍不住帮一帮的。"

叶书辞嘴角的笑容顿住。

她也不是服输的性格,抬起下巴,嗤笑一声："什么都是妈妈说,看样子你跟沈赐不怎么熟呀。"

吃过饭之后,大家又换了地方玩去了。

叶书辞没去,她怕唐笑还会因为竞赛的事情生气,不如早点回去,安抚好妈妈的情绪。

叶书辞九点回到家,心中忐忑不安。

"小辞,"唐笑说,"刚才你王奶奶打电话夸你来着。"

叶书辞无奈,就举手之劳的事,还至于打电话专门夸啊。

"说你很成熟,很勇敢,还夸我把你教育得很好呢。"唐笑笑得眼角的皱纹都温柔起来,看得出来,她心情很不错。

"你王奶奶说你很优秀,比你表姐强多了,同样学习都好,可你表姐读书读傻了,不像你古灵精怪的。"

叶书辞这才明白,为什么王奶奶的夸奖能改变唐笑的心情,说到底还是攀比心作祟。

就因为嫁得不如姨妈,加上那时姨妈年轻不懂事,说了几句不太好听的话,唐笑记到现在,什么都和姨妈攀比。

表姐性格安静内向,对叶书辞却很不错。

叶书辞眉心蹙起,没说话。

唐笑表达完开心的心情之后,又正经下来,跟叶书辞说了下竞赛的事情："你那个同学说得挺有道理的,学霸就是学霸,有远见,妈妈考虑了下,你可以参加。"

叶书辞心中一喜："谢谢妈妈。"

虽然她已经开始备考竞赛,唐笑左右不了她的决定,可能得到妈妈的支持,她还是非常开心的。

"对了,你跟那个沈赐,很熟悉?"

从这话中,叶书辞听出了一点警觉的意味。

叶书辞一慌,但也告诉自己不能自乱阵脚,不然唐笑还没发现什么,倒是有可能自己先暴露了。

"我跟他是同桌呀,"叶书辞装作随意的模样,"今天过生日的同学,周子奇,是他最好的朋友，打电话的时候，他们都在旁边呢。"

唐笑没继续问下去，只说让她好好学习，争取以后像沈赐一样优秀。

也是这晚，叶书辞才意识到，她还不知道沈赐的生日。

她打开QQ，翻到沈赐主页的资料卡，发现他生日写的是一月一日，一看就是瞎填的。

要不要问问周子奇？

叶书辞打开周子奇的聊天框，犹豫了几分钟到底没发出去。

她退缩了。

她害怕周子奇会多想。

其实周子奇压根儿就不会多想，毕竟今天刚过完生日，几个人座位离得近，关系最好，她想起来问问沈赐的生日，一点都不奇怪。

可叶书辞就是不敢问。

多么矛盾啊，卑微到了尘埃里，也依旧心怀云彩。

第二天，她状似无意地问了一下姜晓，为了问出这句话，她先聊了聊周子奇的生日，后来自然而然过渡到了沈赐的。

叶书辞自认为表演能力还不错，也没有支支吾吾，非常自然，内心却很羞愧，为自己的不真诚而羞愧。

姜晓挠挠头："哎，我还真不知道呢。"想了想，她又说，"不过沈赐这种大佬跟我们不太一样吧，没听过周子奇提他生日，可能他不怎么过生日？"

叶书辞没放弃，又不想问沈赐，最后，她想到了一个办法。

大课间，她去找了老陈一趟："老师，我们竞赛的报名表您交了吗？"

"还没呢。"

"我想起来我基本信息填错了，现在还可以修改吗？"

"其实这个我都是交的电子版，已经提交了，你改改也可以。"老陈说着就从抽屉里找出来一沓报名表。

谢过老师之后，叶书辞拿着报名表走到旁边的位置，一页一页翻看起来，饶是内心紧张得不行，也不能在脸上表现出分毫。

翻找了一分钟，叶书辞找到了沈赐的那一张。

生日，12月27日。

她彻底松了口气，又拿出自己的那一页，低下头佯装修改的动作，又将报名表整理好，还给了老师。

出办公室门的时候，叶书辞浑身轻松，像是解决了一个大心思般。

距离沈赐的生日没多久时间了，到时候如果周子奇他们都准备了礼物，就她拿不出来，那该多尴尬！

不谈她对沈赐的心意，就说成为同桌以来，沈赐给了她多少帮助，她也应该送一份礼物。

这份礼物，应当很认真很认真地准备。

"叶书辞，笑什么呢？"沈赐淡淡的嗓音响起，含着半分调笑意味。

叶书辞猛然抬头，笑容尴尬地止住，露出洁白的牙齿。

女孩脸颊线条饱满柔和，满满的胶原蛋白，梨涡浅浅，生动可爱。

没经过大脑思考，叶书辞不假思索说道："笑你。"

教室里空调开着，沈赐穿了件黑色的宽松毛衣，袖口往上堆了堆，修长劲瘦的小臂显露出半截，看着格外有力。

少年的气质永远干干净净。

沈赐意味深长地笑了，定定的视线望进她眼底："我脸上有花？"

"没有，"她吐吐舌头，"是比花更好看的东西。"

"哦？"

叶书辞耳朵热热的："你学习好呀，性格也好，哪里都好，不就是比花更好看吗？"

沈赐垂眸笑了声："想不到叶书辞这么会夸人。"

叶书辞不仅耳朵热，脸颊也烫起来了。

她摸了下自己的嘴角，好像是没出息地上扬起来了。

下午，周子奇来到教室，经过沈赐的位置时，从口袋里掏出来一把东西，放到了沈赐桌上。

"赐哥，你不是爱吃这个吗？"周子奇大刺刺坐下，指了指旺仔牛奶糖，"今天我小表妹过来买了一堆这个糖，我专门给你拿来了一把。"

沈赐放下笔，将糖果原封不动地移动到叶书辞那边。

少年嘴角笑意揶揄，慢悠悠的嗓音有种懒散意味，低低的，只有他们能听见。

"是有人爱吃。"

叶书辞回到家，沙发歪了，地上全都是碎盘子碎碗，这些餐具很贵，还是两年前，叶青云拿下了一个大项目，花了接近五位数买下来的。

眼前这些破碎的瓷器，昭示着主人经历过一场剧烈的争吵。

以前，他们也吵架。

但是夫妻二人非常注重女儿的学习，就连吵架都压着情绪，有好几次，大半夜的，实在压不住，把叶书辞吵醒了。

叶书辞只能私下劝劝唐笑，再说说叶青云，可唐笑也不听劝，时间久了，她也不管了，他们爱吵就吵吧。

现在是叶书辞放学的时间，理论上，家里不该有争吵声。

可此刻，连绵不绝的争吵声让叶书辞想要捂住耳朵，逃离这个世界。

"不过就不过，谁怕谁，我倒是看看，还有哪个男人愿意跟你这种脾气缠！"

"啪啪啪——"卧室里又传来摔碎杯具的声音，还有翻箱倒柜找东西的"唰唰"声。

"叶青云，我是真不知道，你对我这么大意见，你天天不是出差就是加班的，有回过家几次？你是不是在外面乱来了？"

"唐笑，明天一早就离婚吧！"叶青云声音低下来，却依旧在叹气，"十年前就说过不下去了，那时候你说为了给孩子一个完整的家庭，让我们彼此忍让，我忍了，可是你呢？无休止地找事。"

"我也不想这样假惺惺生活下去了，我们这才步入中年，我真不想天天给自己罪受了。"

叶书辞一整夜都没睡着。

她撞见过父母很多次吵架，但都是刻意压制情绪的小吵，像这样不管不顾的大吵，还是第一次。

两人虽然每次都说过不下去了，要离婚，但这是第一次完全不顾双方情面，撕破脸地争吵。

叶书辞有种预感，他们真的会离婚。

她给自己打了很多次预防针，告诉自己，父母迟早会离婚，她已经长大了，不该干涉父母的决定，可想到她即将真的失去一个完整的家庭，还是崩溃地捂着被子大哭起来。

叶青云说，他们十年前就过不下去了。

十年前，叶书辞也才刚念小学啊。原来，那个时候他们就没感情了，她一直以为他们是这几年才开始争吵的。

第二天，叶书辞顶着个黑眼圈去上学。

早上，她观察到叶青云也有黑眼圈，唐笑眼眶通红。

叶青云没在家里吃早餐，唐笑随便给叶书辞准备了一点，自己也没吃下去，母女二人无话。

一整天，叶书辞都学不进去，满脑子都是父母的事情。

去年，父母还会在她面前伪装恩爱，营造出一个幸福的家庭形象，背地里也会吵，不过叶书辞可以麻痹自己。

如今，最后一层遮羞布也丢掉了。

下了课，老陈将叶书辞喊到了办公室。

"叶书辞，我看你今天状态似乎不太对？"

叶书辞不想将家里的事情带到学校来，干脆地说："没事，老师，昨天不小心睡晚了点，有点失眠，今晚我回去好好睡一会儿就好了。"

老陈也没多问，只说："我知道你现在压力不小，但是也得注意劳逸结合，如果为了学习把身体累垮了，也得不偿失。老师知道你是个聪明孩子，要学会调节情绪。"

叶书辞乖巧地点头，脸颊却臊得慌。

老陈又拿出来一沓打印好的资料："咱们学校有表演舞台剧的传统，本来说不允许高三学生参与了，但我想着，咱们也快毕业了，参加个活动，权当留作纪念吧。

参加活动也仅仅需要一个晚上的时间，不会占用太久，不会对成绩造成什么影响。

"这次咱们班的剧本是我亲自策划修改的，我自己感觉很好，"老陈笑哈哈的，有点不好意思地摸了摸下巴，"我想着呢，朱丽叶这个角色比较适合你。

"你的气质、形象、谈吐，老师都挺满意的，你想表演这个角色吗？"

受到了老师的赞许，叶书辞倍感荣幸。她当然想参加，纵使她不是很想出头的性格，但是在全校同学面前，站在舞台之上出演一个角色，当然是她梦寐以求的。

可是……

她想到了吵着说要离婚的父母。

还不知道今天会不会离婚。

她想到了不知结果如何的竞赛。

想到了沈赐……

竞赛成绩她不想太差，尤其是沈赐跟她参加同一场竞赛。

叶书辞咬咬唇，很快下了决心："老师，您知道，我现在还要忙竞赛，可能没办法分心参加演出。"

看出她的沮丧，老陈点点头："是老师考虑得不全面，现在你确实比较忙，比起参加这种节日，还是竞赛比较重要。好好准备吧，老师看好你。"

叶书辞没把这个小插曲当回事，回到教室之后，也没将这个事情告诉身边的同学。

她一心想着父母离婚的事情，中午屡次拿起手机，想着给家里打个电话问问情况，可到底没敢打电话。

初中那会儿，她同桌的父母闹离婚，同桌哭着找她，说父母离婚了自己该怎么办。

那时候她摸了摸同桌的头，说父辈的事情我们管不了，如果父母觉得这样幸福的话,就任他们去吧。

原来,当命运的大刀悬落到自己头上,才知道有多痛。

下午,叶书辞依旧恍恍惚惚的。

经过教室后门的时候,她听到林蔚跟几个女生在说话。

"恭喜蔚蔚啊!"女生惊呼着,"居然拿到了这次表演的机会。"

"我们蔚蔚这么漂亮,到那天,稍微打扮打扮还不得惊艳全场!"

林蔚心满意足地享受着大家的彩虹屁,眼睛眨啊眨,嘴角挂着自信的笑容:"只是一个演出,没什么的。"

"这还没什么?"女生满脸羡慕,"明明很牛好不好?对方可是沈赐啊!"

林蔚笑了笑,没再说什么。

听到这话,叶书辞只觉得自己好像置身于冰天雪地里,浑身的血液像是冻结了似的。

没有呼吸,五感尽失。

老天啊,她究竟失去了什么?

叶书辞回到座位上,深吸一口气。

沈赐没一会儿也到了教室。

少年正喝着水,叶书辞问道:"沈赐,你要演《罗密欧与朱丽叶》吗?"

"消息传这么快?"沈赐笑了声,"中午刚确定的事儿。"

得到了当事人的确定,叶书辞更加沮丧了。

"怎么?"沈赐垂眸,喉结上下滚动,慢悠悠的嗓音传来,"你想演朱丽叶吗?"

想。

非常想。

可我亲手拒绝掉了这个机会。

叶书辞抿了抿唇,顿觉眼眶一酸,眼泪差点儿就落下来。她忍住了,到底什么都没说。

周子奇转过头,听完两人的聊天,突然睁大眼睛,指着沈赐,说:"赐哥,你中午……"

沈赐扬了扬下巴,表情多了点严厉。周子奇也就将嘴里的话吞咽下去,用奇怪的目光逡巡着二人。

到下午放学,沈赐要表演罗密欧的消息传遍了全班,大家都在议论着,一向不爱参加课外活动的大学霸,到底是为何突然想要表演。

甚至还有其他班同学来他们班围观,都好奇这个消息的真假。

不过林蔚演朱丽叶的事情却没人讨论,林蔚也比叶书辞想象的要安静,没有到处炫耀,以至于叶书辞怀疑,自己听到她们的讨论是不是只是大梦一场。

晚上,叶书辞回到家,家里只有唐笑。

她倒了杯蜂蜜水,端到茶几上,坐在唐笑旁边,考虑好几番,才问出来:"妈妈,你跟爸爸真的离婚了吗?"

唐笑愣了一下,温柔地摸了摸叶书辞的脸颊:"爸爸妈妈怎么会离婚呢。"

没离婚就好,她依旧拥有幸福的家庭。

可这一夜,叶书辞依旧辗转反侧,没睡好觉,梦里不停闪现着沈赐和林蔚站在台上的情景,二人颜值出众,怎么看都搭配。

第二天一早,叶书辞来到学校,没去教室,直接去了老陈的办公室。

"老师,我想改变主意,"叶书辞说,"我想了想,我也没参加过这种活动,挺想试试看,是可以挤出时间来排练的。"

老陈幽幽叹了口气。

"现在已经定了林蔚了。林蔚主动请缨来演的,我想了想,她是文艺委员,倒是也合适。"

林蔚主动请缨来演的。

她不要的机会,林蔚踮起脚尖抢着要。

谢过老师之后,叶书辞都不知道自己怎么出的办公室门。

教室里,姜晓不在,周子奇转过头跟沈赐闲聊。

"赐哥,你怎么会同意表演啊?"周子奇百般不解,"你不是最讨厌参加这种活动了吗?"

"挺有意思的。"沈赐笑了笑。

周子奇小声说:"我可是听见了啊,老陈昨天中午问你有没有推荐的女主人选,你推荐了叶书辞。"

沈赐掀起眼皮淡淡睨他一眼。

周子奇又说:"之前我想说,你还不让我告诉叶书辞。"

"没必要告诉,"沈赐风轻云淡道,"老陈让我推荐,那我就推荐,可演不演,那就是叶书辞的自由了。"

"我不希望因为我的原因而给她添上枷锁,她是自由的。"

周子奇"啧啧"感叹:"赐哥真好,这一点我真需要跟赐哥学学……"

"对了赐哥,女主定的是林蔚,对吗?"

沈赐皱眉:"我早上也听林蔚这么说,不清楚是不是真的。"

"如果是真的呢,你想跟林蔚一起演吗?"

周子奇还想再说点什么,可看到从教室后门走进来的纤丽身影,及时将话语止住了，赶紧转过头去，留下一句："你同桌回来了。"

上课了。

喧闹的教室立刻安静，化学老师拿着一摞昨天的试卷走进来。

"昨天的卷子老师改了，最后一道题大家看一看，这道题有点超纲，比较难。

"我印象中只有沈赐一个同学做对了。

"大家先自由改改错，一会儿我再讲讲。"

沈赐先拿到的卷子，一张卷子上全部都是对号，上面用红笔写了个大大的"100"，字迹潇洒，能看出老师多么满意他的成绩。

叶书辞化学成绩也很出众，但是这次也仅仅才得了八十五分。

陈清润小声问叶书辞："你得了多少分啊？"

叶书辞实话实说。

陈清润直接将自己的成绩给她看："没关系，叶书辞，我比你还低，你考得非常好了。"

能用自己更差的成绩安慰对方，确实是下了血本，叶书辞笑了笑："其实没事的，我又没跟沈赐比。"

一提到这个名字，陈清润的脸下意识沉了沉。

这张卷子其实比较难，叶书辞研究了下错题，发现自己不是不会，就是有些小的环节当时没弄明白。

还有最后一个错题。

叶书辞瞄了眼沈赐的试卷，发现他的计算结果跟自己的一样，既然这样，为什么老师给她减掉了七分呢？

"怎么了？"沈赐见她看过来，问道。

叶书辞指了指自己的最后一题："这个咱俩计算结果好像一样的。"

少年侧颜英俊，往她的方向凑近了些："我帮你看看。"

沈赐低下头，双眼皮褶皱显得异常温柔，一本正经地看起题来，漆黑的眉，长长的睫，掩蔽着深邃的瞳。

他眼里是题，而她眼中是他。

叶书辞放轻呼吸，压制住嘴角扬起的弧度。

明明暗暗的光影里，叶书辞眼中只剩下这个认真看题的少年。

这个世界上独一无二的、能令她欢喜令她忧愁的少年。

"叶书辞。"陈清润叫她。

叶书辞一个激灵回过神："怎么了？"

陈清润似乎有些为难："我有个题不会，想请你看看，可以吗？"

他这话说得谦卑。

叶书辞跟他关系还算不错,便主动接过他的卷子,给他讲了讲。

不过这道题也实在简单了点,感觉陈清润应该是因为粗心才错的,以他的水平,还不至于这种简单的题目都弄不明白。

叶书辞回过头来,沈赐那边也看完了:"你这道题没错,老师不应该减分的,只是你用的方法不是最传统的。"

自由改错时间过去了,化学老师敲了敲黑板,拿着试卷站在讲台上,光挑了重点题和难题进行讲解。

讲到最后一道题时,老师说:"这道题呢,其实有两种解法,第一种解法比较常规,接下来我说一说第二种解法。"

化学老师将第二种解法写到了黑板上,便是叶书辞用的方法。

讲完之后,化学老师说:"这道题,我记得只有沈赐一个同学做对了,还有做对的同学吗?"

全班无一人举手。

叶书辞不是出头的性格,便没有将手举起来,沉默着改了改前面的错题。

兴许是今天纪律不太好的缘故,老师脾气也受了点影响,批评起大家:"你们看看,这最后一道题,它就是多加了一道小弯,就把你们难成这样了,至于吗?

"除了沈赐,全班同学都不合格。这样吧,每个人给我罚抄全书公式!"

叶书辞心里一抖。

在基础足够好的前提下,抄公式是最无效的学习方法,简直是浪费时间。她做对了,原本可以不需要罚抄的。

同学们不反抗还好,越反抗,化学老师就越生气:"一个个的这又生龙活虎了,你们都做对了吗?

"如果真做对了,就给我举起手,绝对不罚你。"

"老师,我同桌做对了。"一只修长有力的手轻轻抓起叶书辞的手腕,迫使她发力,将手举了起来。

沈赐清隽好听的嗓音在她耳畔回响。

放大,再放大,变成这辈子都难以忘却的声音。

在沈赐的助推下,叶书辞的手便高抬起来,吸引了全班同学的注意力。大家齐刷刷的目光看过来,叶书辞有点不太好意思。

同样,她也接收到了林蔚的目光,探寻、打量,还有点儿淡淡的质疑。

化学老师从台上走下来:"叶书辞,这道题你也做对了?"

叶书辞点点头。

化学老师拿起她的卷子看了看:"嗯,确实做对了,那么你也不需要抄写公式。

叶书辞，以后勇敢一点，要提前跟老师说。"

这天的课间比往日都要寂静，高三（5）班的走廊外面没有说话打闹的身影，就连林雪原这样玩世不恭的学生也在教室里安安静静罚抄。

化学老师看似温柔，可其实温柔背后是把刀，她布置的任务一旦做不好，就会第一时间传到父母耳朵里。

化学公式看似不多，可几个学年加一起，也积累了不少，何况又不是简单的抄一遍。

姜晓一边奋笔疾书，一边哭丧着脸说："呜呜呜，小辞你好险，差点就跟我们一起罚抄了，多亏了沈赐。"

周子奇直接回了句："那你得羡慕人家叶书辞学习好。"

叶书辞拿出物理竞赛的题册，安静看题。

姜晓撇撇嘴："小辞，你得好好谢谢沈赐。"

叶书辞放下笔，抿唇笑了："是应该谢谢。"

本来这个话题到这里就该结束了，没想到一旁静静看漫画书的沈赐竟然将视线移过来，淡淡地打量着她，揶揄道："你想怎么谢？"

这个叶书辞还真没想过。

她抬起头，看向窗外。女孩脸很小，轮廓莹润，白皙饱满，笑起来眉眼弯弯，少女感十足。

如同心湖投下无数颗石子，叶书辞的心跳扑通扑通加快了。

她始终没敢转过头看沈赐的反应。

距离元旦越来越近，老陈安排起排练。

自习课时，沈赐越来越少出现在教室，就连周子奇也被沈赐拉去表演神父这一角色。

吹吹冷风会让人心静许多。

笔尖沙沙声交织在一起的晚自习，叶书辞将全部的心都投入在学习中。

最近与沈赐的交集变少了许多，也是这时候，她才意识到，只是她自以为跟沈赐关系亲近，抛开同桌这层关系，他们之间或许压根儿就没有故事。

话本里书生与小姐的故事，也只是闲暇之余聊以自慰的童话。

姜晓实在觉得无聊，趁着下午体育课，拉着叶书辞去大礼堂看他们表演。

恰好演到高潮剧情。

罗密欧发现了死去的朱丽叶，温柔缱绻地望着朱丽叶香消玉殒的身影，对人世间毫无留恋，一口喝下准备好的毒药，毒发身亡。

毕竟只是排练，他们还穿着校服，沈赐身姿挺拔，气质出众，眼睛本就好看，将罗密欧的深情演绎得淋漓尽致。

台上是耀眼的少年。

叶书辞站在台下,张了张嘴,甚至有点怀疑,沈赐为什么能演绎得如此深情?

姜晓看了没一会儿,肚子有点疼,就跑去上厕所了,其他同学陆陆续续也走了,叶书辞依然认真地看着。

"叶书辞,你可以帮我们买点水吗?"

她全身心沉醉在暗恋的心事里,完全没注意到,化了淡妆的林蔚已经下了台,走到她身边。

林蔚拿出钱递给她:"一共十五人,农夫山泉就行。"

小卖部距离礼堂不远,她答应得挺好,可付完了钱,才发现矿泉水并不好拿。老板给她一个结实的大袋子,装了满满一袋子,像是有千斤重,她差点拎不起来。

叶书辞跟跟跄跄地走,几次想要找人帮忙,可想到大礼堂里除了表演的同学,只剩下她一个闲人,也难怪林蔚找她帮忙。

她的胳膊酸痛得差点举不起来,每走一步路都是折磨。

大家见有水来了,开心得不行,纷纷过来拿水。

林蔚拿了一瓶,笑了笑:"辛苦你了啊。"

叶书辞不喜欢计较太多,为同学服务也没意见,客气地笑了笑:"没事儿。"

沈赐是最后一个来的。

少年居高临下地看着她,俊秀的眉毛皱起来,说:"叶书辞,怎么没给自己买一瓶?"

现在是冬天,阳光再热烈,依然抵挡不住扑面而来的寒气。少女白皙的额头之上泛着细细密密的汗珠,微微喘着粗气,看上去累得不轻。

叶书辞蒙了一瞬,买水的时候,她不累也不口渴,自然也就忘了。

她摇摇头:"没事儿,你们是演员嘛。"

说罢,她笑意盈盈地拿出最后一瓶,想要递给沈赐。

可沈赐眉头依旧没松开,深邃的双眸有点沉,甚至声音也低下来,似乎带了点不满:"以后买水的工作交给男生做。"

"我那瓶,你喝吧。"沈赐抿抿唇,"我不渴。"

说罢,沈赐迈起长腿往后台方向去了。少年脊背宽阔,身影落拓,似乎与平时没有区别。

不知为何,叶书辞感觉到了沈赐淡淡的愠怒。

可这点愠怒,让她兴奋得要命,以至于眼眶微微发热。

叶书辞拧开瓶子,"咕咚咕咚"一饮而尽,疲惫与委屈一扫而光,她仰起脸笑了。

真好啊，这瓶水是真的甜，是她这辈子喝过的水中，最好喝的一瓶。

就像她不为人知的少女心事，偶尔痛苦，又在某些时刻倍感甜蜜。

后来，叶书辞再去看演出，都是周子奇买水。

"赐哥，你也真是奇怪，本来咱们剧组都说好了的这些勤务什么的，都让林蔚安排，你还管这闲事干吗？"

有一次，周子奇随意抱怨了句。

这个年纪的男孩子浑身都是力气，别说十五瓶了，就是三十几瓶，周子奇也能不费吹灰之力搬过来。

林蔚听到这话，表情变得格外难看，却还大方地说了句："没事啦，谁管都一样，反正你力气大，就搬一下嘛。"

沈赐掀起眼皮，淡淡睨她一眼，薄唇紧紧抿着，也不说什么。

"小辞，快期末考试了，你可得抓点紧啊！"唐笑在厨房忙碌，回荡着她喋喋不休的嗓音。

"小辞，要不这样，你看看你都高三了，要不周日别帮你奶奶看店了，在家学习吧，或者妈妈给你请个好的一对一老师，哪科弱点就补哪科。

"你王叔叔、张阿姨的孩子都上着补习班呢。"

唐笑这是自己给自己焦虑。

叶书辞的心重重一跳。

之前帮奶奶看店就仅仅是帮奶奶看店，可如今意义变了。

沈赐成了宋记烤鸭店的常客，虽然叶书辞没见过沈赐的奶奶，可想一想就知道，一定非常慈爱温柔。

"我还是想帮帮奶奶。"叶书辞挽着唐笑的胳膊，用撒娇的语气说，"在那儿又不是不能学习，那张小桌子，都跟我有感情了呢。"

唐笑笑着勾勾她的鼻子："你这小丫头。

"行吧，你先继续看店，要是期末成绩退步了，那妈妈可得采取点措施了哦。"

叶书辞乖巧地点点头。

看叶书辞吃得差不多了，唐笑收拾了餐盘，往厨房的方向走。

叶书辞犹豫了下，问道："妈妈，你跟爸爸不是和好了吗？怎么爸爸这几天都没在家里吃饭呢？"

兴许是厨房冲水的声音淹没了叶书辞的声音，唐笑没说话。

叶书辞抿抿唇，想要重新开口，却到底没说话。

周日,叶书辞带着作业去帮奶奶看店,如愿又碰到了沈赐。

这次沈赐要了两只烤鸭:"小同桌,之前你给我的辣酱还有吗?"

叶书辞笑着点头:"当然有。"

——只要你要,我就有。

说罢,叶书辞拿出那个装辣酱的大桶,又拿出来一个干净的玻璃杯,眉眼间有几分骄傲:"跟你说了吧,用这个卷春饼和白糖,超级好吃的,我从小吃到大。我奶奶有空就会做这个辣酱,我家就没断过这个。"

沈赐赞同:"确实好吃。

"哎,你不用装那么多……"

叶书辞眉眼弯弯地笑了:"奶奶爱吃,不得多给点啊。"

沈赐叹气:"有你这么帮奶奶做生意的吗?

"买两只烤鸭,恨不得把家底都送了。"

叶书辞笑了笑,小声说:"送给你,我乐意。

"对了,这次的鸭子有点肥,老人家少吃点。"

沈赐穿了件黑色的棉外套,帽子外围有一圈灰色的毛,看着就暖融融的,格外温柔,少年尾音拉长了些:"知道啦。"

叶书辞帮忙打包好,随口说道:"奶奶爱吃烤鸭,爷爷呢?"

沈赐抿了抿唇,笑容遽然止住:"不是亲奶奶。"

"啊?"

沈赐简单做了解释:"是邻居。"

感知到叶书辞诧异的目光,沈赐言简意赅道:"我奶奶早就去世了。"

后来,学校周一开展了一次关怀活动,关怀那些备战高考的独居学生。

叶书辞无意间看到了那张统计表,沈赐的名字赫然在列。

也是那一刻,叶书辞才明白,或许沈赐的家庭背后有点故事。

可沈赐不多说,叶书辞就不会多问。

天气越来越冷,距离元旦越来越近,也代表着,距离沈赐的生日越来越近了。

叶书辞决定帮沈赐买生日礼物。

跟他同桌几个月,看似越来越熟悉,可其实叶书辞对学校之外的他了解并不多。

而且好像沈赐也没有什么特别的兴趣爱好,家境又好,吃穿用度都是名牌,不见他缺乏什么。

"送男生的礼物,要注重品质吧,不像我们女孩子,喜欢花里胡哨的包装。"姜晓笑着说,"不过呢,沈赐过生日,我就不打算专门去买礼物了。"

叶书辞惊讶："为什么？"

姜晓说："我叔叔从国外给我带来一支派克钢笔，我去精品店包装一下，直接送给他。

"哎，小辞，我们要不要旁敲侧击问一问周子奇，看沈赐最近喜欢什么？"

叶书辞摇摇头。

问周子奇也没什么用，她每天在学校的时间都超过了在家的时间，基本沈赐做什么，看什么，玩什么，她都清楚。

何况送礼物就是讲究惊喜感，问多了也就没意思了。

说买就买，叶书辞没找姜晓陪同，一个人去了趟商场。

她每个月都有零花钱，攒下来了不少，奶奶也经常偷偷给她钱，她带了一千多块钱现金就出发了。

平白无故出门一趟，她给唐笑的理由是：买一件外套。

再好学的小姑娘也爱美，唐笑没意见，还说多给她几百块钱带着。

"妈妈，我的钱够啦，就一件外套，也就三五百块钱，没问题的。"

或许撒了谎的缘故，叶书辞脸颊有点红。本来目的就不单纯，叶书辞更不好意思要唐笑的钱了。

叶书辞压根儿没心思看衣服，逛了好几家精品店，包装五花八门，卖什么的都有，她每进一家，都皱着眉头走开了。

大多是华而不实的礼物，包装花里胡哨，其实里头没好东西，而且价格大都在几十到两百之间。

她总觉得，这样普通的东西配不上沈赐。

沈赐应该拥有最好的礼物。

到底买什么呢？

叶书辞叹着气又走了几家店。

她被一架小飞机吸引住了眼神，是一家乐高店，门厅格外明亮，招待小姐脸上挂着标志的笑容站在门口。

听同学说，乐高玩具好像还挺贵的，尤其那架仿真飞机，一看就很精致的样子。

叶书辞摸了摸自己的钱包，莫名有点心虚。

犹豫再三，她到底走了进去。

"您的眼光很好呢，这款乐高是最新出的发现号模型，经典的黑白配色，百看不厌，这款飞机最大的特点是高度还原了飞机驾驶舱，做工非常精细，有机组人员的座椅，还有仪表盘等仪器，顶部的舱门是可以控制的。"

售货员小姐将模型取下来，放在桌面，任叶书辞观摩。

"这款售价多少呢？"

售货小姐笑容甜美："现在我们这边有个打折活动，折后价是九百八十元。"

本以为已经带了足够多的钱，到这一刻才知道是如此的捉襟见肘。

叶书辞咽咽口水，感觉有些局促，脸涨得红红的。她带的钱倒是够，但是如果将模型买下来，就没法买衣服了。

不带衣服回家，还不知道怎么跟唐笑交代。

"好，谢谢。"

叶书辞失魂落魄走出了这家店，逛起其他的店铺，可人是种奇怪的生物，一旦有了中意的礼物，看其他的是怎么都不顺眼。

一转眼天都黑了，衣服没买，礼物也没挑中。

既然是送给沈赐，而且是第一件礼物，那就得送最好的。

叶书辞想到那款模型就心动。

她相信沈赐也会喜欢。

叶书辞咬咬牙，折身回了那家店，到底将模型买了下来。

衣服就不买了，这不重要。

未来还有很多买衣服的机会，可她送沈赐礼物的机会，又能有多少呢？

想到这里，叶书辞有些甜蜜，又有些苦涩。

2013.12.21

暗恋像举重若轻的秘密，在自己的世界震耳欲聋。

在自己的能力范围内，想给他最好的。

十二月二十六号晚上，莫名成了叶书辞有生以来最紧张的一天。

她跟姜晓约定好了，这天晚上放学之后，将礼物送给沈赐。

她其实想提前给，可沈赐每天除了正课时间，都出去排练了，自习课和晨读课都不在教室。

这天晚上下了雨，雨珠顺势而下，窗外滴滴答答，呼出的热气瞬间就变成了寒气。

叶书辞将礼物藏在自己的橱子里，整整一天。

趁着沈赐不在教室，她赶紧将礼物挪到了桌肚里，这些年来，她也不是没送过别人生日礼物，但这么紧张，还是第一次。

她跟姜晓说好，她送完，姜晓就送。

少年的身影出现在视野范围之内。

沈赐踱步走了进来。他皮肤白，穿了件宽松的黑色外套，身型挺拔落拓，眉头微微蹙起，看着有点微微的疲惫感。

叶书辞肩膀瑟缩了下："沈赐，明天就是你的生日了。"

沈赐眉头皱了皱。

叶书辞只顾着表达自己，没注意看他的神情，她将包装好的礼物小心翼翼从桌肚里拿出来，动作甚至有几分笨拙。

她眉眼弯弯地笑："祝你生日快乐。"

沈赐没伸手接礼物。

也是这时候，叶书辞发现沈赐的表情变了。

少年居高临下地注视她，嗓音比往日都要淡漠，也有些低沉："不用了，我不喜欢过生日。"

仿佛窗外的寒风齐齐向她袭来，吹得她心尖都要颤抖。

礼盒之下，有一封叶书辞手写的卡片。

除了礼物，自然要有一点表达真心的东西。

叶书辞想写很多话，写对他的感谢，跟他做同桌的快乐，还有她的少女心事。

她熬了几个夜，洋洋洒洒写下很多字，最后全部撕掉了。

他们只是最普通的朋友，写太多东西，哪怕只字不提爱意，多少会暴露。

最后，叶书辞只简单写了张卡片。

然而她没想过这张卡片也送不出去。

姜晓也被这阵势吓傻了。

叶书辞眼眶里逐渐浮现出涩意，身体积蓄的能量所剩无几，笑容凝固在脸上。再待下去，她生怕自己大哭出来，点点头，对沈赐说："好，那就不过。"

风肆意灌进来，女孩眼眶渐渐变红，她本就瘦，此刻更像是萧瑟的残荷，凉风将她最后一点活力都侵蚀掉。

叶书辞一只手拉着姜晓，另一只手抓着礼物和书包，以一种狼狈的姿态离开了教室。

沈赐在身后叫她，她没有停下脚步。

她只想逃离他的世界，越走越远。

下楼之后，姜晓气喘吁吁的，想和叶书辞说句话，可叶书辞整个人仿佛被抽干了力气。叶书辞摇摇头，嘴唇苍白："我有点不舒服，想回家。"

说完之后，她也不顾姜晓什么反应，骑上车子，几乎落荒而逃。

回家的一路，叶书辞只要闭上眼睛，就是沈赐居高临下、嗓音冰寒的情景。

她不清楚，到底是哪个环节错了，还是说怪自己太主动，人家从未提过生日，更没提过过生日，是她眼巴巴地送上礼物，人家还不稀罕。

寂静的黑夜中，月亮藏在云里，一望无际的漆黑中，模糊得像是信笺上眼泪的一小片晕湿。

叶书辞蹬车子的力度越来越大,她看着自己的身影,控制不住眼眶的涩意,泪水终于不争气地落下来,是灼伤皮肤的温度。

暗恋是什么啊?

是你倾心为他打下一束光,可你只看到了自己晦涩的身影。

好不容易撑到家里,叶书辞的情绪依然没好转。

不就是送的礼物被拒绝了吗?

有什么大不了的。

可对方是沈赐,她就是会这样难过。

叶书辞一边伤心难过,一边又告诉自己,沈赐是何等理智的人,他那样的态度,一定有他不为人知的原因。

她要学会理解,学会体谅。

或许这其中,真的有什么误会?

2013.12.26

是不是如果有一天不再喜欢,不再暗恋,就不会难过?

姜晓的电话打了过来:"小辞,你心情好点了没?"

叶书辞坚强地笑了笑:"心情一直还可以,就是刚才肚子不舒服,回到家就好多了。"

姜晓说:"刚才在学校我就看你脸色不太对劲呢!哎,你说你买这个礼物花了不少心思吧?"

"也没有,就随便挑了个。"

叶书辞状似随意地说道。

就好像只有这样,才能保全少女最后的一点自尊,将伤害值降到最低。

"咱们也不知道这个情况啊,我刚才打电话问周子奇了,"姜晓叹了口气,"其实沈赐他没妈妈了,这个事咱们都不知道,他妈妈就是在他生日那天自杀的,应该是初中那时候的事情,所以沈赐一到生日心情就会很差。"

"不知者无罪,这也不能怪我们的。"

叶书辞没想过原来事情是这个样子,更想不到,看上去阳光开朗、优越到不可一世的少年,竟然小小年纪就没有了妈妈。

挂断电话后,她过了好一会儿才勉强缓过来。

她可以理解沈赐心情不好,可这并不能成为沈赐冷漠的理由。

她只是一个什么都不知道、无辜的人,好心送礼物,又凭什么被那样对待呢?

可叶书辞又忍不住想到初中的沈赐。

那样的天之骄子,应该受不了如此之大的打击吧?他又是怎样挺过来,走过伤痛的?

他又独自舔舐过多少次伤口,才勉力撑过一个个难熬的夜?

叶书辞摇了摇头,反复告诉自己别再想下去了。

第二天是周五,任课老师像商量好了似的,上午考了两张卷子,同学们基本除了上厕所,就没休息的时间。

下午课不多,沈赐似乎想对叶书辞说点什么,可林蔚在门口喊:"沈赐,该去排练啦。"

沈赐转头深深看了叶书辞一眼才离去。

这次是全校参演节目的剧组一起彩排,直到放学,叶书辞都没看到沈赐的背影。

周六上午,叶书辞背着书包,按照往常和陈清润坐在一起上竞赛课。

她竟然看到了沈赐的身影。

沈赐居然来上竞赛课了。

少年在她身后找了个座位,随便坐下了。

这引起了一阵不小的喧哗。

一整节课,叶书辞听课都小心翼翼的,将脊背挺直。

她第一次觉得,原来沈赐坐在自己身后,是多么折磨人的事情。

陈清润跟她聊天,也会冷不丁讲个冷笑话,她侧过头去,也不敢开怀地笑,总觉得一旦露出八颗牙齿,就会不够淑女。

这节课,叶书辞也没怎么听进去,下课铃声响了,紧张暂时告一段落。

如果放在之前,她肯定转过头笑盈盈地跟沈赐打个招呼,问他怎么突然想起来上竞赛课了,可前天晚上的尴尬犹存,叶书辞不想当主动的那一个。

她去了趟厕所,刚一坐下,就看到周子奇大大咧咧地提着两杯奶茶到了教室。

周子奇将饮料放到沈赐桌子上,跟叶书辞打了个招呼就离开了。

"叶书辞。"

沈赐在身后叫她名字。

"怎么了?"她佯装平静,假装忘却了那天不愉快的经历。

沈赐淡淡笑着,将那杯印着好看 Logo 的奶茶交到她手里:"周子奇顺路带的,你尝尝好不好喝。"

叶书辞认识这个熟悉的 Logo,这是一个网红城市最出名的奶茶品牌,才刚刚开到苏城,排队的人特别多,也不知道周子奇排了多久的队伍才买到的。

她接过饮料,客气地说了声:"谢谢。"

如果她没记错的话,沈赐不爱吃甜,爱喝果茶,基本没见他喝过奶茶,也不知道今天怎么想起来喝奶茶的。

叶书辞浅浅地抿了一口,奶味很浓很香醇,又添加了茶的香,多了一点涩,回味无穷,不愧是最出名的奶茶品牌。

她平时倒是很喜欢喝奶茶。

没过一会儿,沈赐又敲了敲她。

少年递给她一个本子,很新,也很厚,封面上是可爱的蜡笔小新图案。

"这个是我整理的物理笔记,我问了学长,总结出的竞赛套路。你看一看能不能有什么帮助。"少年清隽好听的嗓音从耳畔响起。

叶书辞惊讶地看着那个本子。

她跟沈赐是同桌,沈赐用的本子她都知道,还从未见过这个。

"你刚弄好的吗?"叶书辞轻轻抬眸,"你最近这么忙。"

沈赐没回答这个问题,将本子放到她桌上,骨节分明的手指敲了敲她的桌子,笑着说:"再忙也得看是什么事。"

意思是愿意为了她浪费时间?

在如此忙碌、没有空闲的前提下,他牺牲了两个晚上的时间,整理出这些对她很有帮助的竞赛习题。

叶书辞说不清楚自己什么感觉。

明明心凉过、失望过、沮丧过,形成了一片燃烧殆尽的荒原,可这一刻,春风徐徐吹过,万物复苏,百草生长。

两人都没再提生日的事情,所有的不愉快悄悄掀过。

沈赐没亲口道歉,可他的每个行为都在道歉。

骄傲的少年也会低头。

十二月三十一日下午,舞台剧大赛正式掀开序幕。

每个班级都参加了比赛,然而获得全场喝彩最多的,还要数老陈亲自操刀改编的《罗密欧与朱丽叶》。

沈赐和林蔚都化了淡妆,换上演出服,高度还原了中世纪英国的场景,两人的演出惟妙惟肖。

隔壁班同学小声议论:"沈赐眼神好深情啊。"

罗密欧在葬礼上看到了死亡的朱丽叶,含恨哭泣,让天地都为之震动,就好像林蔚真的是沈赐爱极了的女孩。

叶书辞心里苦涩不已,起初只是一点点怪异情绪作祟,后来像是凭空丢了一颗泡腾片,缓慢地发酵开,整个人都染上苦楚与酸涩。

就连坐在叶书辞旁边的同学也感慨："两个人真的很配，你觉得呢？"

叶书辞咬着嘴唇不说话，似乎只要她不承认，那么最坏的结果就永远不会发生。

明明就是很配。

她又想起那天沈赐送她笔记和奶茶时，笑得真诚而温柔，她清楚，那只是少年的亏欠，无关其他。

最终《罗密欧与朱丽叶》得了第一名。

林蔚和沈赐站在舞台中心，老陈在下面欢呼不断，手高高地拍起来。

校领导亲自为他们颁奖，二人合力将奖杯举起来，下面快门声不断，少男少女笑容张扬明媚，眼角眉梢都闪着光。

叶书辞几乎要落泪。

年仅十八岁的叶书辞，第一次尝到了忌妒是何种滋味。

回到教室里，大家还在讨论这次表演，有同学夸奖林蔚漂亮，说她演得太棒了，很有当演员的天分。

林蔚眉眼弯弯地说谢谢。

还有一些大胆的女生直接来到五班的教室门口，偷看沈赐，小声议论着。

明天就是元旦假期，节日氛围浓厚，大家都不太想学习。

叶书辞拿起竞赛试卷写啊写，全身心投入，两耳不闻窗外事。

不知不觉就到了放学时间，她恍然发觉，教室里空无一人。

叶书辞看着满是错号的真题试卷，难过地叹口气。

她好像什么都做不好，暗恋的人不会看向她，优异的学习成绩也与她相隔甚远。

"压力很大？"

沈赐居然还没走。

"你怎么还没走啊？"

沈赐无所谓地笑笑："陪周子奇打了会儿球。"

除了那天竞赛班与沈赐有过短暂的交流，他们这几天其实都没怎么说话，他除了彩排就是彩排。

"收拾一下书包，出去走走。"

应该是打过球的缘故，沈赐额头上布着一层薄薄的汗，他皮肤很白很干净，眉眼也好看，少年的朝气喷薄欲出。

叶书辞快速收拾好书包，没问沈赐去哪里，直接跟着他往楼下走。走到校门口，她才想起来问："这是要去哪里？"

少年回头笑："不是压力大吗？"

沈赐抬了抬下巴，指了指前面。

校门外停了一辆车,崭新的银白色,造型帅气,见他们过来,司机徐徐降下车窗,朝着他们打了个招呼。

叶书辞不敢置信地看看那辆拥有嚣张外形的赛车,再看看沈赐,前者离经叛道,后者温润如玉,她似乎想从二者身上寻找到一些共同点,可惜失败了。

沈赐揶揄一笑:"叶书辞,上来吧。"

照旧是寒凉的东风,可少年的嗓音莫名多了些温软,叶书辞只觉得自己的心快要化掉了。

"你不好奇我是怎样解压的吗?"沈赐言简意赅,已经打开了车门,"上来试试。"

叶书辞坐到了副驾驶的位置,紧紧系上了安全带,她转过身小心翼翼地看了沈赐一眼,还没明白少年葫芦里究竟卖的什么药。然而车辆已经发动,速度越来越快,容不得她胡思乱想。

车窗还开着,叶书辞听到了"呼呼"的风声,她怕得不行,又觉得刺激得要命,身体的每一个细胞都张开了,满是舒爽。

风声更加猛烈,与她的肌肤负距离接触,她第一次如此清晰地感觉到风的形状。

车迅猛疾驰,像是最敏捷的猎豹。

飞驰的每一个瞬间,都让叶书辞过电般频频回忆起自己的人生。

她平凡又普通,乖巧长大,没叛逆过。

只是从十七岁开始,有了一个苦涩又甜蜜的心事。

司机车技很稳,叶书辞全身心逐渐放松,也渐渐睁开眼睛,纯黑的夜幕像是一个巨大的容器,整座城市被囊括其中。

星空像倒挂的海,似乎唾手可得。

有了月亮的衬托,星星显得无比黯淡。

就像她自己。

不多久,两个人下了车,她小声感叹道:"星星本来不会发光,是反射的恒星的光,导致我们以为星星会发光。"

少年的嗓音如清泉,在她耳边回荡。

风声在这一刻几乎静止。

"叶书辞,恒星的光似乎一成不变对不对?可恒星对于宇宙来说,也只是渺小的存在。

"所有恒星的命运都会是消亡,新的恒星重生于残余的恒星,到最后,宇宙回归到原始的状态。

"不管星星、太阳,或者是我们,没有不一样。"

少年嗓音凛冽,又有点孤独。

昏暗交织的光线下,他侧过头去,瘦削的脸庞白皙干净。

像是有一根温柔的羽毛轻轻扫动着叶书辞的心间,酥酥痒痒的。

"谢谢你。"

——我会选择相信自己,不再迷茫,我能做到的,就是最好的。

沈赐扬眉笑了笑:"开心一点了?"

她重重地点头:"嗯。"

叶书辞感受到自己胸腔中那颗小小的心脏,正以极其不寻常的节奏跳动着,是那样鲜活有力。

沈赐轻而缓慢地开口,满是真诚与歉意:"叶书辞,那天的事情,原谅我好吗?"

第八章
小同桌，你真可爱

叶书辞只觉得鼻子一酸，很想落泪。

好几天过去了，她当然看到了沈赐的诚意，知道少年在努力弥补，清楚他其实意识到了错误。

又有几个人不犯错的？

纵使天才沈赐，也一样会犯错。

叶书辞眼眶发热："那天，姜晓给我打了电话，我了解了情况之后其实就没怪你了。"

沈赐诚恳道："是我态度不好。"

像他这样的天之骄子，能低头承认错误，也是叶书辞没想到的。她本以为，那天的物理笔记和周子奇排队买来的奶茶，已经是他做出的最大让步了。

没想到，他能做的，比那要多得多。

"那份礼物……"叶书辞犹豫了下，有点不好意思地开口，"你还要吗？"

沈赐的喉咙发出轻而缓的笑声，荡漾开来，格外磨人。

"就问你要不要礼物，你笑什么？"叶书辞奇怪地问。

沈赐抱臂，眉目舒展开，笑着调侃："我之前都说不要了，怎么还问？"

叶书辞皱皱眉，无所谓地耸耸肩："那份礼物是我精挑细选的，你不要了我也不知道送谁，还蛮可惜的。"

如此赤诚直白，朴素得让他惊讶。

在已经被他冷言相对之后，还能如此坦荡不计较，沈赐佩服这个姑娘的勇气。

"小同桌，"少年淡淡笑了笑，笑容有点宠溺的意味，"你真可爱。"

月亮遥遥挂在上空，如萤火的光辉照进女孩眼底，叶书辞赧然地挠挠头。

之前看网上说，男生可以夸你漂亮，可以夸你善良，也可以夸你勇敢，就是不能夸你可爱。

可爱代表着你没其他优点，只是糊弄你才这么说。

叶书辞曾经对此深信不疑。

可现在不是了。

她相信沈赐是真的觉得她可爱，因为此刻少年的眼底，像藏了一片海般的深邃与蔚蓝。

进入一月之后，距离寒假越来越近。

期末考试的安排也出来了，一转眼，一个学期就这样过去。

兴许是缘分使然，叶书辞与沈赐分在同一栋楼考试，而姜晓和周子奇分在同一个考场。

一共安排了三天考试，前两天叶书辞都没碰到沈赐，难免有点失落。

她又安慰自己，有什么要紧的呢？

她获得的已经够多了，光是半年同桌朝夕相处，就已经超过她的渴求了，她不该贪婪，却忍不住贪婪。

让叶书辞没想到的是，沈赐的受欢迎程度竟然如此之大。

光是考试这两天，就有几个陌生女孩向她打听沈赐。

"你是沈赐的同桌对不对？"

她点点头。

"我想问问你，沈赐平时有什么明显的兴趣爱好吗？比如喜不喜欢魔方、唱歌，或者游戏厅之类的。"

叶书辞不想跟人讨论太多沈赐的私事，可女生还在问："对了，我听说沈赐跟林蔚走得挺近的，有这么回事吗？"

叶书辞的心脏往下坠，面上波澜不惊，依旧佯装不清楚的模样："没觉得。"

"真的呀，我之前见过他们两人走在一起……"

叶书辞头疼极了，像有一根细线一点一点切割着心脏。她也懒得再讲下去，干脆找了个机会接水去了，哪想到她一心钻到这事里面，不小心烫到了手。

考完最后一科，叶书辞收拾好东西，往熟悉的楼梯走，目光所及之处，站着一个熟悉的身影。

叶书辞停住了脚步。

一个女孩站在沈赐面前："我想跟你交个朋友，可以吗？"

女孩长相娇柔可爱，个子不算高，让人格外有保护欲，她戴着一顶白色的绒球帽，眼睛水灵灵的，很无辜。

叶书辞的手情不自禁绞在一起，心脏狂跳着。

沈赐的嗓音一如既往的平静："我现在不太想。"

沈赐将视线偏离，目睹到那道熟悉的身影，蓦地一笑，摆了摆手："叶书辞。"

比起刚才，他的嗓音温和许多。

少年如此温暖，也让叶书辞被抓包的尴尬消失得无影无踪。

可爱的女孩看看沈赐，再看看叶书辞，脸色大变，忌妒之火差点就从眼睛里冒出来了，小跑着下了楼。

叶书辞嘴角忍不住上扬儿许。

沈赐朝她走了过来："姜晓让我叫你一声，一会儿一起吃火锅吗？"

叶书辞歪头笑了笑："你们都去吗？"

——你会去吗？

如此卑微的愿想，她只想多见他。

沈赐点头："就咱们几个，没有别人。"

叶书辞甜甜地笑了，眼睛弯了弯："那行，我的书有点多，我放回家就过去。"

就在这时，周子奇也走了过来："赐哥，你也在啊？"

"嗯。"

"姜晓派我过来跟叶书辞说吃火锅的事。"

叶书辞心情莫名大好："当然去。"

"叶书辞，你的手怎么回事？"周子奇不经意看到她的手。

她下意识把手蜷缩起来，过了两个多小时了，当时还不觉得疼，此刻火辣辣的，好在烫伤面积不大，也不严重，就是中指肿起来了。

"刚才接水没注意，不小心烫了一下。"

叶书辞下意识看向沈赐。

少年眉头紧锁，目光下垂，也看向她的手，薄唇紧抿着，什么都没说。

"那你以后可得注意一下，"周子奇吐槽，"不是我说，咱们这学校也太破了，饮水机都舍不得安几台，天天上手接开水，不被烫到才怪呢。"

叶书辞想说到底怪自己不小心。

可陈清润不知道什么时候背着包走到她面前："叶书辞，我有几句话想说，你方便吗？"

她咬了下唇："对不起。"

叶书辞回家放下书包，打车到了火锅店，其他三个人都已经到了，就连菜也上齐了，火锅"咕噜咕噜"冒着热气，店里不少人在说话，沸反盈天。

周子奇看向沈赐："赐哥，这个林蔚对你有意思对吧？"

姜晓"啧啧"冷笑："这还用说。"

女生最能看透女生。

115

叶书辞抿抿唇，没有接话。

沈赐倒了几盘菜下锅，嗓音如泉水般宁静："应该不是，她母亲跟我母亲是故交。"

"周子奇，"姜晓向来大嗓门，疑惑的声音响起来，"你怎么就要了一份虾滑啊？"

周子奇挠挠头："我就点了火锅店的四人套餐，我看这个菜品还挺多的，应该够我们吃了。"

姜晓撇撇嘴："我们小辞喜欢吃虾滑。"

这时候，沈赐不动声色端起虾滑的盘子，用勺子将虾滑全部下到锅里。

火锅的香味溢满鼻腔，大家开开心心聊着天，周子奇突然问了一句："叶书辞，陈清润那家伙刚才喊你干什么啊？"

叶书辞眉心跳了跳，下意识看向沈赐。

沈赐正低着头吃菠菜，神色有些漫不经心。他似乎不怎么爱吃蘸料，调料碟只装了不到三分之一。

叶书辞还记得第一天上竞赛课，有谣言传沈赐跟林蔚单独在一起时，她百般试探，百般犹疑。

哪怕知道沈赐始终在八卦的旋涡，可她仍担心沈赐会属意别的女孩。

可八卦临到她身上，沈赐一点兴趣都没有，她自嘲地笑笑。

人只能仰望月亮，被月光照亮，却不能变成月亮。

月亮永远是月亮，照映人间离合，高不可攀。

叶书辞想保护陈清润的隐私，就随便找了个理由搪塞过去。

中途，沈赐去了趟洗手间，服务生又上了盘虾滑。

姜晓问："我们应该没点第二份吧？"

"我点的。"沈赐回来，微微倾身，用餐巾纸擦着手，淡声接了话，"同桌不是爱吃吗？"

其实大家吃了不少，已经差不多吃饱了。

沈赐将这盘虾滑放到锅里煮，不到两分钟就煮熟了，然后用漏勺捞了一些，轻轻放到叶书辞面前的小碟中。

姜晓托着下巴调笑："你怎么对我们小辞这么好啊？"

少年嘴角噙着散漫的笑容，薄唇轻启，淡淡吐出两个字："保密。"

周子奇和姜晓都大笑起来，叶书辞也牵唇笑了。

曾经无数次因为他酸涩、难过，可在受到他与众不同对待的这一刻，全部烟消云散。

她恨自己没出息，可她就是如此的没出息。

哪怕沈赐对她的好，只是因为生日那天的事，他有所亏欠。

她明白的，她都明白。

否则他怎么会不感兴趣陈清润找她私聊了什么？

叶书辞是这么想的，可她回到家，发现包里多出了一管烫伤膏。

叶书辞胸口微微发烫。

这烫伤膏，是沈赐给她的吗？

他到底是什么时候放到她包里的？她怎么浑然不觉？

叶书辞的嘴角弥漫开一抹笑意，犹豫了很久，才舍得打开这管烫伤膏，给伤口消毒之后，将清凉的膏体涂抹到伤处，舒适的沁凉感一路蔓延到心底。

用完之后，她打开对话框，想给沈赐发消息确定一下，到底是不是他送她的。

万一不是呢？

哪怕只有千分之一的可能不是，这么贸然发消息也挺尴尬。

叶书辞思前想后，打开他们四人的小群，将烫伤膏拍了个照片。

叶书辞：是你们送的吗？哪个好心人认领一下药膏？

没人回应。

叶书辞的心怎么都静不下来。

"小辞，出来喝鸡汤了。"唐笑在厨房里叫她。

"我知道了。"

叶书辞已经吃饱了，可唐笑觉得火锅没营养，再加上这段时间期末复习，叶书辞都瘦了，唐笑有机会就给她炖一些滋补的汤品。

"怎么出来这么慢？"唐笑皱着眉头，垫着厚纱布将砂锅端出来，给叶书辞盛了满满一大碗。

"妈妈，我吃不了太多……"

可唐笑充耳不闻，叶书辞面前的大碗里，鸡肉占据了大半。看着油亮亮的汤，她一点胃口都没有。

"刚才干什么呢？出来这么慢。"

叶书辞咬咬唇："在房间玩了一会儿。"

唐笑叹气："虽然期末考完了，但是你得知道，你面临的主战场是高考，而且开了学还有竞赛，时间不够的。"

叶书辞的目光紧紧盯着手机，手机仍旧黑着屏，群消息她没屏蔽。

屏幕突然亮了一下。

叶书辞忍不住弯起唇，想到唐笑在她面前，她赶紧收住笑容，可这个动作格外尴尬，到底被唐笑捕捉到了。

唐笑站起来，面容越发严肃："小辞，跟谁聊天呢？"

叶书辞犹豫了下："没谁。"

她心底一片冰凉，正思考该如何跟唐笑解释。唐笑已经皱着眉头上前一步，下颌线紧绷着，夺走了她的手机。

手机锁屏密码唐笑知道，她不费吹灰之力就打开了。

叶书辞：是你们送的吗？哪个好心人认领一下药膏？

周子奇：我从药店捎来的，好好用哈。

周子奇的消息格外刺目，叶书辞惊慌又失望，原来不是沈赐啊，白白开心那么久。

她嘴唇抿成一条线，心不停地往下坠。

唐笑并没有生气，叶书辞在家经常聊起姜晓和周子奇，唐笑知道他们的关系。

幸好，幸好。

幸好她没有私聊沈赐，否则不只是她尴尬，唐笑也一样会误会。

"你这同学对你还挺好的。"

叶书辞随口扯了个谎："估计是姜晓让周子奇给我买的。"

唐笑刚才的动作太过猛烈，就好像叶书辞真犯了十恶不赦的大罪，此刻一看什么事都没有，唐笑语气弱下来："你的手怎么样了？还疼吗？"

叶书辞眼底黯淡无光，轻轻地说："没事了。"

送药膏的人不是沈赐，她又有什么要紧的呢？

与此同时，沈赐转账给了周子奇，并发了条消息：药膏的钱，谢了。

三天后，他们到学校领取成绩单。

叶书辞一早就知道她考得应该不错，她比较细心，哪里做错了心里都有数，依旧是全班第二名。

她的物理成绩考到了九十六分，距离满分只差一点点了，老陈也夸奖了她。

"叶书辞，其实原本你参加物理竞赛，老师不太支持，但是没想到你这么争气，进步这么大，老师也替你开心。放了假再往这方面努努力，我相信你会得到想要的一切的。"

回到教室里，叶书辞发现自己的桌子都搬好了。

少年依旧坐在靠窗的位置，肩线平直，脊背挺拔，气质疏冷干净，永远是最瞩目的风景线。

几天不见，他依旧让人心动得不行。

叶书辞很喜欢靠近沈赐，感觉他的身体总是有一股暖融融的味道，像是冬日晒过的温暖棉被。

姜晓说："小辞，沈赐把你的桌子搬回来了，我本来想搬来着，没找到哪个是你的。"

沈赐扬扬眉："右下角有个小贴画那个，就是我同桌的。"

那个小贴画还是泡泡糖里面赠送的，叶书辞随便贴桌上的，没想到沈赐连这个都注意到了。

"谢谢你啊，沈赐。"

"客气什么，"少年温声笑，拉长尾音，嗓音里有种揶揄意味，"小同桌。"

过了一会儿，叶书辞被语文课代表喊着抱寒假作业去了，她顺便也叫上了姜晓。

走廊里，两三个女同学在讨论沈赐。

"哎，刚才沈赐主动帮叶书辞搬桌子了，你们看到了吗？"

"岂止看到这个了，还看到林蔚脸色臭得跟什么似的。"说完，这个女生咯咯咯笑起来。

"沈赐好像对叶书辞还挺好的……"

另一个女生神秘一笑，正想继续说什么，经过的陈清润打断了她们："同学之间互帮互助很正常，你们又在胡乱八卦什么？"

察觉到沈赐的目光，陈清润嘴角勾起一个嘲讽的弧度，提高了音量，对女生们说道："不要八卦叶书辞了，她对沈赐没兴趣，考完试那天，她亲口对我说的。"

寒假正式拉开了序幕。

叶书辞在家也是学习，不如去烤鸭店给奶奶帮忙，也能顺便学习，年前店里生意很好，她倒是帮了不少忙。

她不会告诉任何人，她之所以这么积极帮忙看店，其实是有私心。

叶书辞倒是碰到过沈赐一次，依旧是沈赐来买烤鸭。

叶书辞拿出提前准备好的题目，让沈赐教教她。

竞赛的题目做多了，叶书辞也摸到些门路——一开始不会做，哪怕看了解析也仍旧迷迷糊糊，可放置几天，换种思路，再大的困难也迎刃而解。

其实她已经会做了，只是卑微地想和沈赐多待一会儿，只能装作自己不会。

沈赐嗓音清淡，思路清晰，慢条斯理地将解题过程叙述完，而后慢悠悠地问："懂了吗？"

她当然懂，但依旧佯装懵懂地点点头："嗯，好像会了。"

盈盈的日光照下来，让这个冬日很温暖。女孩眼睛很大，双眼皮褶皱很深，皮肤白得仿佛要发光，懵懂的模样有点可爱。

到底是会了还是不会？

沈赐有点心软，无奈道："那这样，我再给你出两道类似的。"

叶书辞瞪大眼睛："竞赛题你也能出？"

沈赐视线淡淡地看她："举一反三，很简单的。"

"可能你天赋异禀吧，反正我没这个本事。"

她又乖又诚恳，沈赐笑了声也不说什么。等他出完题后，叶书辞也不再伪装，直接将题目都做对了，少年的眉眼染上几分笑意。

沈赐性子淡，夸赞她也不会用很夸张的言语，只淡淡地笑笑，说一声"很好"。

叶书辞的心快要炸裂了，她很清楚，他是真的为她开心。

这时候，她放在桌上的手机来了消息，是陈清润发来的。

叶书辞没点开，无意间抬头，发现沈赐的笑容收敛住了，脸色有点沉。

"你经常跟陈清润出去吗？"

叶书辞有点紧张，生怕沈赐误会了他们的关系，赶紧解释："一次都没出去过，你知道，我得帮着奶奶看店。"

她有种直觉——

沈赐之所以神情大变，并非因为吃醋，而是因为，沈赐和陈清润原本就有过节。

已经好多次了，她就是反应再迟钝，也能察觉到二人之间气场不太对。

叶书辞若有所思，犹豫了下，到底问了出来："你是不太喜欢陈清润吗？"

沈赐眼睫下垂，嗤笑一声："不喜欢。"

少年似乎不喜欢多谈这个话题，又迅速帮叶书辞讲完了最后几道她不会做的题，随后低咳了一声，问道："你最近有空吗？"

叶书辞眨眨眼睛："有什么事情吗？"

"想请你帮忙给我小妹妹挑个新年礼物。"

叶书辞压抑着内心的雀跃，嘴角掀起一个很小的弧度："好啊。"

距离新年越来越近，两人约好了时间。这天傍晚，叶书辞穿了件白色的羊羔毛外套，下身穿着藏青色的小皮靴，欢欢喜喜地出了门。

新年的气氛已经足够浓厚，商店张灯结彩，小道上人挤人，全都是卖窗花和年货的。

他们约好在广场集合。

沈赐实在是太好认了，少年面容清隽优越，气质出众，是人群中最耀眼的存在。

叶书辞见到沈赐还有点不好意思，好在少年足够大方，跟叶书辞随便聊了几句，她才逐渐变得大胆。

"最近竞赛题还有在做吗？"

"嗯，感觉进步还蛮大的，我越来越体会到物理思维的重要性，你给我的那个笔记真的很不错。"

沈赐轻笑:"是你自己足够努力。"

两人往前走着,风从很远的地方吹来,他们相视一笑。

少年发现她的脸颊有点红,皱皱眉:"很冷吗?"

叶书辞压抑着羞耻感,尴尬地摸了摸自己的脸。

不是很冷,是很害羞,有点发烫。

她摇摇头:"不冷的,刚才追公交车,跑了一会儿,可能被风吹的吧,没事的。"

沈赐也没再说什么,可叶书辞生怕少年再注意她的脸,她赶紧转移了话题:"对了,你不是要我出出主意,买什么礼物好吗?"

少女双眸晶亮,嗓音也清脆好听,缓慢地说着:"你告诉我妹妹如今读一年级,很喜欢打扮自己,我想了几天,倒是有个主意。

"我们可以买一个漂亮的收纳箱,那种贴满了公主贴纸,带亮晶晶的宝石的小箱子,装满小姑娘喜欢的发饰、小皮筋、发卡之类的,我相信她喜欢这种。"

哪个女生没有一个公主梦呢?

叶书辞兴奋地说完之后,发现沈赐眉眼微敛,只是耐心倾听着。她仰起头,诧异不已,难道这个主意不怎么样?

她自己还觉得很有创意呢。

叶书辞问道:"你觉得我这个主意怎么样?"

少年迈起长腿,背影宽阔,身形清瘦,修长好看,嗓音中透着点玩味:"都听军师的。"

沈赐这话弄得叶书辞更加不好意思了。

两人直奔二楼饰品区,那里有一个最大的饰品店铺,装修得富丽堂皇,叶书辞买饰品基本都来这边。

叶书辞拿了一个小筐子,看到适合小朋友的漂亮发饰就往筐里丢,她认认真真地挑选着,做好军师这一角色。

沈赐突然叫她的名字:"叶书辞。"

她转过头,还没反应过来,一条崭新的、暖融融的淡粉色围巾系在了她脖子上。

少年抿起薄唇,骨节分明的手不经意擦过她的脖颈,带起皮肤一阵战栗,他们从未靠得如此之近。

叶书辞悄悄红了脸,心脏不受控制地胡乱跳动着,就连手指也有点抖。

似乎过了很久,可其实并没过去几秒,时间的每一个鼓点都被她拉扯成一生的长度,她希望这一刻永远都不会结束。

沈赐清淡的嗓音响起来,带了几分若有似无的温柔:"这条围巾很适合你。"

"你要送围巾给我?"

沈赐扬扬眉："难道不是应该的吗？"

叶书辞被沈赐带领着来到镜子面前——少女手边拎着一个小筐，表情微微惊愕，一双杏眸圆圆的，像是黑色的纯净琉璃。

她今天穿着打扮偏可爱，再配上淡粉色的围巾，衬托得脸蛋更加小巧精致。

还别说，沈赐审美还不错，这条围巾很衬她的肤色。

叶书辞脸颊的热意还未消散，不自在地抿了抿唇："其实没什么是应该的。"

沈赐说道："来而不往非礼也。"

"你帮我忙，我送礼物给你。"

沈赐送她东西只是因为她帮了他忙，并不是真的觉得她戴这个可爱，或者别的原因。

叶书辞拍了拍自己的额头，天啊，她到底又在奢求些什么？

叶书辞将围巾取下来放在了筐子里，两个人又一起选了不少东西。沈赐提着筐子负责结账，付款的时候，收银员似乎跟沈赐说了点什么，少年朝着叶书辞走了过来。

叶书辞旁边恰好是文具货架。

少年迈起长腿，挑了几支三菱黑色中性笔放进去："叶书辞，你都是用三菱对吧？"

叶书辞嘴唇抿了抿，心想：我曾经最喜欢百乐，可后来，看你喜欢用三菱，我也改用三菱。

她点点头："买笔干什么？"

沈赐淡声说："满六百的话，可以免单一件最贵的，正好给你挑几支笔凑够六百。"

"那你今天都没有给自己买东西……"

少年回头一笑，笑容温润谦和，满满的少年气："我买不买都无所谓。"

结完账，获得了一个抽奖机会，沈赐喊叶书辞来抽。

叶书辞闭上眼，随便摸了一支签。

奖品是一支口红，还附带了一张祝福卡片。

沈赐笑了笑："送你了。"

叶书辞却有点不太好意思，跟着人家出来挑礼物，白拿了一条围巾、几支笔，这还得了支口红。

沈赐看出她的不自在，扬了扬眉，散漫地笑道："你如果不要的话，我送谁？"

"其实我平时也用不着口红，"叶书辞想了想，蓦地想到了一个名字，"要不你送林蔚？"

沈赐笑容敛住，皱皱眉："现在不用不代表以后不用，收下吧。"

叶书辞也就没说什么。

口红附送的卡片上写着：祝你美梦成真，平安顺遂。

叶书辞默念了一下这句话，嘴角抿起一个弧度，她在心里说：沈赐，那我们都要顺遂。

叶书辞新年过得不太开心。

临近年关，唐笑给叶书辞买了身新衣服，叶书辞想着搭配她以前买的一个蓝色发卡很合适，可她怎么都找不到，又想到有可能落在了唐笑的卧室，哪想到，她发现唐笑平时放杂物的抽屉上了锁。

顿时，叶书辞有种不妙的预感。

她想尽办法开了锁，发现了唐笑和叶青云的离婚证。

脑海中仿佛有一道白光闪过。

离婚日期，正是他们大吵那次。

原来，他们真的办理了离婚。

可这段时间，叶青云还时不时回家对她进行一些关怀，前几天，她从奶奶家回来，还看到叶青云给唐笑捶背……原来，这一切都是假象，那对曾经恩爱、无比疼爱她的父母早就分开了。

叶书辞浑身紧绷，大脑一片空白，手指轻轻颤动着，完全处于不知所措的状态。

她回到房间大哭了一场，算是发泄情绪。

既然父母处心积虑隐瞒这件事，那么她就继续装作不知道吧。

过年那天，一家三口都去了奶奶家。

爷爷早些年生病去世，理论上奶奶年纪大了，也该跟着儿子住，可奶奶这些年独立惯了，非说一起住不自由，便一直独居。

奶奶家住得不远，就在宋记烤鸭店紧邻的小道上，有个两层的小楼，院子里保留了一大片空地。奶奶平时最喜欢侍弄花花草草，比很多年轻人都要诗情画意。

大年三十晚上，一家人聚在一起吃了团圆饭，唐笑负责做饭，叶书辞陪着奶奶剪窗花、贴窗花，像小时候那样。

家人们其乐融融地笑，叶青云夹菜给叶书辞，唐笑还提醒叶青云少喝点酒，好像仍旧是之前的一家人。

叶书辞疑惑地看着大家，父母到底离婚了吗？

好像只是她一个人的错觉。

到了晚上，叶青云和唐笑回房间休息，只剩下爱熬夜的奶奶和叶书辞看春晚。

奶奶看出叶书辞的心思，摸了摸她的头："小辞，你有心事？"

叶书辞不解地看向奶奶，自从看到了唐笑和叶青云的离婚证，她的心情就一直处于低落状态。

可唐笑和叶青云完全注意不到她的异常,只有相处一天的奶奶感觉到了。

这并不代表奶奶的观察力有多么敏锐,只能说奶奶将更多的注意力放在了她的身上。

"奶奶,"叶书辞张了张嘴,想到自己失去了幸福的家庭,双眸中瞬间填满酸涩,"爸爸妈妈……"

她说不出来"离婚"两个字。

奶奶静默半晌,叹了口气:"你都知道了?"

叶书辞点点头。

像小时候那样,奶奶将她搂入怀中,用轻柔的、哄小孩一样的语气说:"小辞,一段婚姻不像过家家那样简单,既然已经确定了这个结局,我们就只能尊重并祝福他们。

"他们如今这样子,你该知道,全都是为了你,也请你多理解一下他们的良苦用心。"

在奶奶面前不需要掩藏情绪,叶书辞眼泪模糊:"可是我记得很清楚,年轻时候的爸爸妈妈也是相爱的……"

奶奶拿了张纸替她擦眼泪,轻轻顺着她的后背:"爱是真的,柴米油盐和矛盾把爱意磨灭也是真的。

"奶奶只希望你无论何时,无论遇到什么人,都能保持一颗冷静理智的心,任何时候,都不要丢失了自己。"

叶书辞抿了抿唇:"奶奶,他们会后悔吗?"

奶奶笑得温柔:"等你长大了,遇到喜欢的人,你就明白了。"

叶书辞愣了一下。

眼前的茫然仿佛被人掀去,拨云见日,她明白了——

就好比现在,她虽然未曾经历婚姻,可她也品尝过心动的苦涩和甜蜜。

可倘若时光倒流,她也依然会义无反顾喜欢那个勇敢的、天神一样的少年,把他驻扎在心底。热火燎原,荒野丛生为蓊郁绿意,以永恒亘古的姿势。

窗外,烟花朵朵升上天空,流星一般闪耀。

无数抹斑驳的光影洒下来,连成一场流金的雨幕,连绵不断的烟火与礼炮照亮了漆黑的夜空,整个世界恍如白昼。

这世界恢宏、盛大,有无数让人叹为观止的事物。

电视上主持人在倒数:"十,九,八,七……"

叶书辞打开手机,点开沈赐的对话框,莫名的感动在心底激荡,她打下一行字:

新年快乐。

沈赐回复很快：你也快乐，叶书辞。

她不敢暴露自己，只发了最简单的四个字，会让人误以为群发，可沈赐依然回复了她。

叶书辞捧着手机，放在心口的位置，甜甜地笑了。

最美的祝福只送你，每一个新年，每一天，每一秒，都想和你一起度过。

新年快乐，我最好的少年，沈赐。

唐笑所在的百货公司给唐笑放了年假，导致年后一段时间唐笑都没去上班，全身心在家里照顾叶书辞吃住。

也因此，叶书辞都没跟姜晓她们出去玩。

方悠然来家里找叶书辞，要叶书辞陪她去买点教辅材料，得到了唐笑同意，她们欣然前往。

叶书辞想不到，在这种情况下，居然碰到了沈赐和林蔚。

苏城最大的书城广场，教辅书架旁，沈赐站在林蔚旁边。少年侧脸清俊，一本一本地挑选着，耐心极了。

叶书辞站在不远处，心被刺痛，缓缓地，细细密密的痛感弥漫四肢百骸。

她不是没想过联系沈赐，也想过要不要继续装作题目不会，请教他。

林蔚说："你真好，要是没有你，我都不知道怎么提升成绩。"

沈赐脸上浮现出惯常的清淡笑容："没什么的，咱们是朋友。"

简单的"朋友"二字，明明撇清了暧昧关系，为什么她的心里还是那样难过？

叶书辞恨自己性格里的草木皆兵。

回去的时候，她买了九朵玫瑰花，回到家全部揪干净了，她看着散落一桌子的玫瑰花瓣，不争气地流下眼泪。

她真的好讨厌林蔚。

林蔚不是艺术生吗？这个时候理应准备艺考才对啊，缠着沈赐算什么？不怕考不好吗？

忌妒心像条凶猛的毒蛇，缠绕着叶书辞的心灵。叶书辞用凉水洗了脸，勉强平静了些，反思自己不够勇敢，凭什么怪林蔚？

这天，她在日历上将"正月十六"这个日期画上一个圈。

这是开学的日子，也就是见到沈赐的日子，她开始了新一轮的期盼。

开学这天，叶书辞套上过年新买的漂亮外套，穿上阔别一月的校服，欢天喜地地走出家门。

真好，马上就能见到沈赐了。

到了教学楼前,叶书辞攥紧书包带子,步伐越发有力地往楼上走。碰到老陈,她笑盈盈地跟老陈打招呼:"老师好!"

"好啊,叶书辞,精神饱满,很不错!"老陈朝她竖起大拇指。

老陈又叫住她:"哎,叶书辞,你上了楼先去我办公室,把《致家长的一封信》发下去,然后你告诉同学们一声,一会儿我过去给大家调换一下位置。"

叶书辞脸上的笑容顿时凝固住,心头狂跳着:"所有的位置都要变动吗?"

老陈看了眼手表:"嗯,座次表我等会儿贴黑板上。"

叶书辞大脑瞬间充血,眩晕得要命,好像马上要倒下。

她失魂落魄地回到教室,将换位置的事情告诉了施小蕾,班长负责通知大家。

姜晓说:"小辞,真棒耶,你说有没有可能我们又会变成同桌了?"

周子奇委屈巴巴坐在一旁。

叶书辞心情格外糟糕。

"我现在可讨厌周子奇了,他现在变得好烦人……"姜晓嘟囔起假期和周子奇外出旅游,周子奇怎么多管闲事的。

叶书辞一句话都听不进去,她满脑子都是"以后不跟沈赐当同桌了,该怎么办"。

距离沈赐越来越远了,她该怎么办?

叶书辞的心脏几乎骤停,姜晓捕捉到了她的不寻常:"小辞,你不会是不想跟我当同桌吧?"

叶书辞失笑:"怎么会呢?"

姜晓心大,也就没继续说什么。

这时候,班长从办公室出来,将崭新的座次表张贴在黑板上。

叶书辞的心怦怦跳起来。

姜晓蹦蹦跳跳拉着叶书辞往讲台上走:"来,我们去看座次表。"

站到讲台的那一瞬间,叶书辞几乎呼吸不过来,仿佛无形之中有一张网扼住了她的咽喉,脸都快红了。明明已经知道了结果,她还是害怕面对。

老陈将全班的同桌几乎都更换了。

叶书辞的同桌变成了林雪原。

因为先前被误会的事,叶书辞对这个嚣张跋扈的姑娘印象很差。

沈赐呢?沈赐的同桌是谁?

叶书辞屏住呼吸,这一刻,她心头的念头如此强烈——他的同桌是谁都可以,随便是谁,千万不要是林蔚。

求求老天了,不要是林蔚。

不是林蔚。

沈赐的同桌是陈清润。

但好在沈赐跟叶书辞是前后座，如今，沈赐在前，叶书辞在后，姜晓坐在叶书辞右边，与她相隔一个走道。

叶书辞不理解老陈为什么这么安排。

她回自己位置的时候，无意间听到林蔚的闺密正安慰林蔚："蔚蔚啊，别难受了，又不是所有人运气都那么好，你跟老陈申请和沈赐当同桌，老陈又没说一定会把这件事情办成，所以本来希望就不大嘛。"

林蔚脸色有点沉，又碍于形象，不敢爆发。

叶书辞回到自己位置上时，沈赐正将桌肚里的书收拾整齐，他们的位置挪动不大，只需要往前或者往后拉一下桌椅。

"以后继续好好学习，竞赛有什么不懂的，可以问我。"

沈赐淡淡看她一眼，抛下这么一句话。

少年的嗓音总是有种神奇的力量，将她原本失衡的心变得熨帖、温柔。

叶书辞浅浅地勾唇笑了，同他开玩笑："不是竞赛的就不能问吗？"

沈赐愣了一下，旋即笑了："当然可以。"

而后，沈赐帮叶书辞将桌子摆好。

他变成了她的前桌。

望着少年宽阔的背影，叶书辞的心中仍旧泛滥着说不清的难过。

桌子摩擦地面的声音一阵高过一阵，林雪原板着一张脸将桌子搬了过来。

她个子高，手劲大，搬东西弄得砰砰响。

叶书辞感觉自己最后半年的高中生活也无法安生了。

"叶书辞，之前的事情就过去了，既往不咎了，咱们好好相处。"林雪原笑了笑，看向叶书辞，"这样行吗？"

叶书辞将笔放下："我觉得我们之间本来就没什么事情。"

林雪原歪头笑："爽快。"

林雪原说："你知道我学习不好，我妈妈想让我有个成绩好的同桌带带我，专门给老陈打的电话，我也没想到会挨着你，真是缘分。"

她说完后还叹了口气。

叶书辞抿唇笑了笑："既然是缘分，那就好好珍惜呗。"

林雪原看着四周的同学，感叹一句："我这才发现，老陈真是给我安排了好位置，这四周都是学霸啊。"

林雪原话多，新鲜感作祟，再加上刚开学的缘故，其他同学也聊着天，班级吵吵嚷嚷，班长也没出来维持纪律。

陈清润冷着脸转过头："林雪原，你能不能少说几句话？"

他板着脸，平时也严肃，看着很不好惹，倒是把林雪原这个平时的刺头吓到了。

林雪原默默闭嘴。

还有一百多天就要高考了，老陈在教室里挂上了倒计时牌，用来激励大家。

大课间，陈清润转过头："叶书辞，你想不想换个座位？"

"换哪里？"

趁着林雪原不在，陈清润压低声音："林雪原这种人只会影响你学习，要不要我帮你找老师换个？"

叶书辞摇摇头："不用了，谁也影响不了我。"

既然没办法和沈赐当同桌，是谁都无所谓了。

"那你呢，你要找老师换位置吗？"

叶书辞发现，几个课间过去了，沈赐和陈清润零交流，两个人之间的氛围可以说是全班最尴尬。

她也不理解，二人成绩都很好，擅长的科目也差不多，为什么老陈偏偏要把这二人安排在一起？

中午下了课，姜晓喊叶书辞一起去食堂吃饭，周子奇拉着沈赐也一起过去了。

周子奇感慨着："感觉咱们几个好久没在一起吃过饭了。"

叶书辞笑笑说："这还能怪谁，你俩年后出去旅游了，怎么聚齐？"

沈赐嘴角噙着一抹淡淡的笑容，午后的阳光照进来，少年身材挺拔，脊背笔直，话不算多，可叶书辞时不时偷看他一眼。

少年无论坐着还是站着，笑着还是淡淡皱眉，都是一样好看。

"赐哥，我没吃饱，你上次说的请我吃菠萝咕咾肉！"周子奇摸了摸自己的肚皮，舔舔嘴唇。

沈赐无奈地站起来，拿起饭卡，迈起大步往食堂窗口走去。

叶书辞没敢一直盯着他的身影，生怕别人起疑。

她默默吃饭。

突然，映入眼帘的是一双骨节分明的手，随后放了份铁板炒虾滑。

沈赐又将另外一份菠萝咕咾肉给了周子奇，周子奇立刻将这份菜递给姜晓，笑得大大咧咧。

姜晓有点不好意思："我说你怎么突然要了一道甜菜呢。"

周子奇揉揉姜晓的头："还不是为了晓晓。"

叶书辞看着那盘香喷喷的铁板炒虾滑，心往上提了提：沈赐将这个放到自己面前干什么？他还记得自己爱吃虾滑吗？

"赐哥，你怎么还买了份虾滑？"

"看到食堂新出的，"沈赐无所谓地笑笑，"你们不是爱吃吗？"

姜晓伸手揽住叶书辞的肩膀，笑呵呵地道："不是我们爱吃，是我们小辞爱吃吧!"

沈赐牵了牵唇,并没否认。

莫名的,叶书辞的心像是吃了蜜一样甜。

她挖了一颗虾滑,小心翼翼抬眸,对上了少年的视线。

沈赐眼瞳深邃,像住了一汪蔚蓝的海。

虾滑很好吃,鲜嫩香醇,食物的香气一路传递,叶书辞心头狂跳着,像是被什么温柔的东西触碰了一下。

"沈赐,我现在距离我们小辞远了,如果小辞被同桌欺负,你可一定要挺身而出啊。"姜晓说。

周子奇这个大直男嘴角抽了抽,喃喃道:"都什么年代了,哪里还能被欺负啊?"

沈赐的回答几乎和周子奇的声音在同一时间响起:"当然。"

他答应得爽快又笃定,嗓音好听又清朗,像是理所应当一般。

叶书辞没忍住笑了笑,双眸里像是盛满了碎裂的星辰。

这天是叶书辞做值日,她倒完垃圾之后,教室里只剩下她一个人了。发现老陈的杯子和钥匙落在了教室里,她拿起东西往办公室走。

昏暗的路灯交叠,夜色静悄悄的,疏星躲在云层里。让叶书辞意想不到的是,站在门口的她,竟然会撞破一个秘密。

"沈赐,你得明白沈总的苦心,沈总家大业大,也就你们两个孩子,你们的关系搞好了,家庭才能和睦。沈总身体不好,专门跑一趟给我说了你们家的情况,我深受感动,所以,你的这个请求老师不能答应。"

老陈双手交叉站着,眉眼有几分疲惫。沈赐站在他对面,薄唇紧紧抿着,不卑不亢。

叶书辞站在门口,手贴在了门上,却又不知该不该打扰他们,到底没将门敲下去。

"沈赐啊,"老陈继续苦口婆心地劝告,"陈清润再怎么都是你哥哥,那些恩怨都是上一辈的事了,你们的家事老师也不做评价,但是如今都快高考了,你们得把心放在学习上,对吧?"

叶书辞如遭雷击。

怪不得沈赐和陈清润讨厌彼此。

原来他们是兄弟。

她听过的豪门秘密多了去了,却不曾想过会发生在离她这么近的人身上。

偷听毕竟没礼貌,何况这已经涉及到家族隐私,叶书辞咬了咬唇,不敢再听下去,也生怕沈赐看到她在这里觉得难堪。她又看了眼保温杯和钥匙,闭了闭眼,决定将它们放回原本的位置去。

老陈如果发现钥匙没了,应该能想到回教室找吧?

摇摇晃晃的夜色无边。

柔和的灯光亮着,办公室里的人对话不止,应该说是僵持不下,老陈做够了思想工作,可沈赐依旧坚持自己的想法。

"老师,我没办法坦然地跟陈清润坐一起,我相信他也一样。"沈赐漆黑的双眸微垂,深吸一口气,嗓音平淡却又笃定,"我还是想请您给我换位置,我想继续跟叶书辞当同桌。"

第九章
最好的少年沈赐

开学第一周,学校组织了一场中美联谊活动,美国的一些大学生和高中生乘车而来。

天气还散发着寒意,可这些外国人却不怕冷似的,穿着清凉,在舞台上跳着热辣的舞蹈。

节目种类很丰富,有美国人单独表演,也有苏城一中学生的单独表演,还有中美合作演出,气氛热闹活跃,舞台下尖叫声连连。

尤其是高三学生,格外兴奋。

"还以为学校不把咱们高三生当人看呢,没想到这么好玩的节目居然叫上我们了。"

"我听说二中比我们严格多了,从上高三开始,就没有参加活动的资格了。"

活动进行到最后一个环节,主持人穿着短裙,化着浓妆,在舞台上挥舞着双手:"接下来,我们抽取一位幸运观众上台,与我们的美国学生共同表演一个节目。"

"这哪叫幸运观众?"不少同学惊恐不已,"这叫倒霉观众吧?"

这次中美联谊活动不是强制参加,高三生自由选择参与。

大屏幕上滚动着学生的名字,速度之快让人看不清楚,主持人背对着大屏幕喊了"停",抽到的是一个戴眼镜的高三女生。

女生弱弱地说:"能不能换个人?"

主持人肯定不能为难人家,只好让她坐下了。第二次抽幸运观众,抽到了陈晓芷。

陈晓芷垂着眼睛,她也没见过这么大的阵仗,沉默了下:"我……我也没才艺,唱歌跳舞相声都不行。"

主持人只好让陈晓芷也坐下了。

场面一度陷入尴尬,台下的学生也在小声议论着。

"你看美国学生站在台上都不紧张,怎么我们的学生一个个都这么害羞呢?好尴尬啊。"

"明明我们中国人才是最棒的啊,现在明明在我们的地盘,怎么觉得要输给他们了?"

主持人站在台上,依旧保持着较好的风姿,可她不敢再随便抽人了,只好说:"有愿意主动上台表演的同学吗?只需要唱一首歌就可以。"

"美国学生非常喜欢跳舞哦,他们可以为我们伴舞的。"

姜晓说:"咱们学校那些艺术生呢?怎么现在一个个都哑巴了,平时不都能歌善舞吗?"

"我要是会唱歌就好了,"姜晓揪了揪叶书辞的衣服,"那我就和小辞一起上台。"

叶书辞笑了笑,没说话。

姜晓就这个直性子,平时很热心,不过她们五音不全,真上了台只会闹笑话。

林蔚举起了手。

主持人像是看到了救星,兴奋道:"我看到一个女生举手啦,来,接下来有请第三排那个长发女生。"

林蔚弯唇一笑,她从小就练习形体,脖颈修长,走姿漂亮,就像一只美丽的白天鹅,走路都带着风,那是从骨子里透出的自信与从容。

林蔚每天都坚持打扮,脸上略施淡妆,又特地涂了点口红,眸若弯月,站在台上的时候,不少同学都尖叫起来。

上次她演的《罗密欧与朱丽叶》给大家留下了深刻的印象,被不少高二学生奉为高颜值女神学姐。

林蔚上台之后只讲了一句话:"我想唱一首《明天会更好》,我可以邀请一个搭档吗?"

主持人笑盈盈道:"当然可以呀,你的搭档是谁呢?"

台下的同学异口同声地呼喊出一个名字:"沈赐,沈赐,沈赐!"

尖叫声几乎掀翻了屋顶,不少学生站了起来。

叶书辞的呼吸仿佛停顿了。

她不禁想,如果当初她参与了演出,那么如今令大家疯狂的会不会是她和沈赐?

不会。

她没有林蔚放得开,没有林蔚的舞台感染力,即使她能胜任朱丽叶这个角色,可以得奖,可她没有信心能在大家心中留下举足轻重的印象。

她不该羡慕林蔚,因为她缺乏林蔚身上的自信与朝气。

林蔚笑了笑,接过话筒,眨了眨漂亮的眸子:"沈赐同学,你愿意接受我的邀请吗?"

不等沈赐回答,台下的同学就齐齐尖叫,犹如排山倒海之势:"接受,接受,接受！"

姜晓凑到叶书辞面前，撇了撇嘴，不满道："一首歌自己唱不就完了，还非得道德绑架沈赐，这么多人面前，沈赐能不答应吗？"

叶书辞眼眶酸涩。

在众人的期待中，沈赐缓缓起身，走上舞台。

少年骨相优越，哪怕穿了身普通的校服，可气质干净，神色有点漫不经心的意味，英俊如常。

两人足够默契。

音乐的节奏响起的时候，两人看着对方，开始了对唱，悠扬的歌声传入耳畔，二人都没跑调。

掌声雷动，不绝于耳。

台下掌声如热浪，一阵高过一阵。

美国人的舞蹈非常开放热辣，本来也非常瞩目，可是沈赐和林蔚的配合可以说是天衣无缝，动人的舞蹈都成了他们的背景板。

"啊啊啊！今日份最佳！"

看着台上表演默契的二人，叶书辞眼眶无比酸涩。如果她勇敢一点就好了，她也想站在舞台之上，与少年一起表演。

可惜，她不擅长唱歌。

可惜，她不够勇敢。

可惜，她只是平凡的叶书辞。

这次中美联谊活动之后，最让人津津乐道的莫过于林蔚和沈赐演唱的《明天会更好》。

叶书辞也偶然看到过几次沈赐和林蔚走在一起，倒是没有过亲密的举动，但是看着两人好像很聊得来的样子。

好像自从他们不是同桌之后，沈赐离她越来越远了。

她也有几次想叫住沈赐，却都开不了口，只能看着少年缓缓走开，与她越来越远。

时间慢慢地向前推移，很快就进入了三月。

物理竞赛在即。

竞赛班的课程更加紧张，叶书辞更是将全身心都投入到竞赛之中去，写完了一张又一张试卷。

沈赐一连几天都没来上课，更别说竞赛课了。

恰好这几次竞赛课都非常重要，老师下发了一些很重要的题目，交代了一遍又一遍，让他们回去认真完成，每一道题都不能放过。

跟姜晓一起吃饭的时候，叶书辞状似无意地问过姜晓。

姜晓一脸蒙："我倒是听周子奇提过，好像是沈赐家里出了点事，不过听周子奇的意思，好像也不是特别严重。"

叶书辞的心重重一击。

回到家之后，她屡次打开 QQ 对话框，想问问沈赐最近怎么样了，可敲敲打打，最终她一个字也没发出去。

他们的对话还停留在过年时的祝福。

叶书辞看着对话框，只觉得好久远的时间就这样过去了。

再过几个月，或许他们只会离得越来越远，去往不同的学校，经历不同的人生，然后，再无交集，对彼此的印象逐渐模糊，最终成为头脑中最不明晰的一个点。

想到这里，叶书辞更加难受到无法自已。

自从开学以来，她的心情就没好过，坏消息一个接着一个。

方悠然旧疾复发，再次住院了。

她是初中那会儿检查出的白血病，花了好大一番功夫，当时说是治愈了，哪想到在这个节骨眼复发。

叶书辞担心朋友，实在等不到周末，找老陈请了一个晚自习的假，拎着牛奶和水果去医院看方悠然。

方悠然状态倒是还不错，照旧嘻嘻哈哈的，看不出身染重疾，可她越是这样，叶书辞就越难受。

正好，方悠然还没来得及吃饭，叶书辞之前也照顾过她，知道她的病得忌口，也知道食堂的方向，便轻车熟路地走了过去。

医院里人来人往，宁静却又热闹。

白炽灯光照映着悲欢离合。

没想到的是，走过 VIP 病房区的时候，她会碰到沈赐。少年坐在病房外的长椅上，下颌微抬，侧颜宁静，薄唇紧紧抿着。

有两个经过的护士小声说着话："8202 房间的家属好像坐这里一天了，还没吃饭。"

"哎，好像刚才跟他爸爸吵架了吧。"

"这个男生长得挺好看的。"

"再好看也得吃饭啊，他估计饿坏了吧，有个说话难听的爸爸真倒霉。"

沈赐没去学校，原来在这里。

叶书辞想走过去打个招呼，犹豫了下，到底没走过去。

她心事重重，担忧方悠然的病情，也担心沈赐的情况。

买完了方悠然的饭菜，她犹豫了下，对打饭的阿姨说："再给我加一份吧。"

叶书辞拎着另外一份饭菜，走到了VIP病房的走廊。

"沈赐。"

少女干净清脆的嗓音响起的时候，沈赐还恍若梦中，嗓音很沉，喉咙里仿佛积满了尘埃："小同桌，你怎么在这儿？"

叶书辞怅然地笑了笑："已经不是同桌了。"

沈赐也愣了一下，很快淡淡地笑了，有些不好意思："我都忘了。"

他总觉得这段时间过得很快，仿佛经历了很多事情，却又觉得自己似乎什么都没做。

很多事情不是他可以控制的，就像老陈死活不同意他的想法。

沈赐跟陈清润无话可说。

他们应该是全班最尴尬的同桌了吧。

叶书辞轻轻说道："你是不是还没吃饭？"

沈赐扬了扬眉，这才注意到叶书辞手里提了一个饭盒。

少年敛起眉眼间的几分惊讶："你吃了没？"

叶书辞抿了抿唇，刚想说自己吃过了，可哪里想到，肚子不争气地"咕"了一声，她浑身尴尬。

沈赐勾了勾唇，直接站了起来，眉眼间掠过几分无奈，轻笑一声："走吧，我领你去吃。"

叶书辞看了眼手里的饭盒，她买了一人的分量，确实不够两个人吃，何况她也想和沈赐多待一会儿，那就去外面吃吧。

她小心翼翼地跟在少年身后，心莫名地紧了紧。她将手抄进口袋，没一会儿，就感觉手心汗津津的。

明明他们之前那么熟悉了，她独自面对他时，紧张程度也消散了许多，可这段时间没怎么接触，似乎又回归到了原始状态。

她无奈地叹了口气。

晚上七八点钟，正是城市最热闹的时候，医院内外是两个不同的世界。外面车水马龙，霓虹闪烁，崛地而起的水泥大楼像是蛰伏在黑暗中的怪兽。

医院外有不少卖吃喝的小店，灯光暖融融的，像极了家的味道。

沈赐停在一家炸酱面店旁，问叶书辞："要不要吃这个？"

叶书辞太阳穴突突跳动着，不知道是不是她的错觉，她总觉得无形之中，沈赐好像记住了她很多东西。

他们四个人经常一起吃饭，叶书辞吃过最多的就是炸酱面，而她确实对各类拌面情有独钟。

叶书辞摇摇头，指着旁边那家小笼包店铺："我们吃小笼包好不好？"

沈赐点了两人份套餐，叶书辞在桌前坐好，坐姿端正，愣愣地看着街道对面，像是乖巧的小学生。

炸酱面的门面很大很亮，店里还有不少客人，有几个中年男人在高谈阔论。

"你不是喜欢吃炸酱面吗？"沈赐不知道什么时候回到了座位上，"怎么不去？"

"小笼包健康，小米粥养胃。"叶书辞弯唇笑了笑，眉眼亮晶晶的，仿佛洒满了星星，"你应该中午也没好好吃，想让你吃点健康的。"

沈赐一愣。

少年的心脏像是被一双温柔的手抚摸了下，中午的争吵、言不由衷的话语、中年男人的恶语相加，通通消失不见。

沈赐眼睫微垂着，紧绷的下颌放松了些，没说话。

过了一会儿，沈赐说："叶书辞，你不要事事都为别人考虑。"

他这话说得认真极了，目光望进她的眼底，令她的心狠狠跳动了下。叶书辞望着少年，他神色有几分疲惫，衣服穿得松松垮垮，可性感的锁骨、平直的肩线都漂亮得有点过分。

叶书辞睫毛颤了颤，小声道："可如果我只有这样做才是快乐的呢？"

因为你快乐，我才会快乐。

我所有的快乐都来自于你。

恰好有一个男人点餐声音很大，所有人的视线都被吸引了去。沈赐没听清叶书辞的话，也就没再问。

小笼包和小米粥很快就上来了，店主好心搭配了咸菜。最普通的饭食，却因为对面的人是沈赐，叶书辞也觉得幸福无比。

"你怎么出现在这里？"

"来看我一个朋友，"叶书辞说，"对了，最近咱们竞赛班发了几张联考试卷，还挺好的，需要我给你带来吗？"

沈赐轻笑一声。

叶书辞几乎一个激灵反应过来："哦，你是天才，不需要学习。"

沈赐都好几天没来上学了，老陈也没说什么，反正现在是总复习阶段。

沈赐抬眸睨叶书辞一眼，扬了扬眉，用慢条斯理又满带揶揄的口气说："谁说天才不需要学习的？"

叶书辞看着英俊的少年，脸不知不觉红透了。

"对了，沈赐，有件事我想跟你说一下。"犹豫了下，叶书辞掀起眼皮，"那天你去老陈办公室，我听到了……"

叶书辞本打算装作不知道的，可她又觉得，沈赐待她很好，真装下去也不是个事。

沈赐思考了下，皱皱眉："听到了哪些？"

叶书辞咬咬唇："关于你和陈清润的关系。"

沈赐看了她一眼，又问道："那么其他的呢，你也全听到了？"

——包括他跟老陈请求继续跟她做同桌。

叶书辞愣了一下，点点头："嗯。"

那天晚上老陈跟他谈了很多，她的确听到了不少内容。虽然她现在不能全部回忆起来，可她到底探听到了最大的秘密。

沈赐没说什么，轻咳一声，脸色微微涨红了些。

方悠然的最终检测结果出来了，医生说这次病情来势汹汹，但还好没造成特别大的影响，再治疗一段时间，就可以出院了。

叶书辞也开心地抱着方悠然，差点就直接朝她脸上亲几口了。

方悠然故作嫌弃地看她："跟你说了吧，我福大命大。"

也因为照顾方悠然的关系，叶书辞又去了几次医院，碰到了沈赐两次。

第一次，她顺手将试卷给了沈赐，少年勾唇笑："谢谢。"

第二次，她碰到了沈赐和陈清润争吵。

叶书辞没敢过去。

老实说，沈赐和陈清润在一个班这么久，这还是叶书辞第一次听到他们之间对话，哪想到是吵架。

比起沈赐，陈清润眸中的恨意和脸上的怒意明显更多，口气也更加焦急狠戾："沈赐，这也是你爸爸，是养育你十几年的爸爸，你凭什么那样对他？"

沈赐嗤笑："陈清润，你一个私生子，有什么资格这样对我说话？"

少年额前碎发低垂，冷笑的样子衬得侧颜有点锋利。

"爸爸也说了，我是你哥哥，"陈清润抱着手臂，"他的出发点一向都是好的，他只有我们两个孩子，希望我们好好相处，还特地让老陈给我们换了座位。"

沈赐比陈清润高一点，用眼神睥睨他，有种高傲的劲儿。沈赐抿了抿唇，一副懒得理会他的模样。

"沈赐，我比你早出生，我的妈妈比你妈妈早认识爸爸，要说冤枉，我比你还冤，可我从没恨过你。"

"但我不理解，你外婆住院了你去看，天天蹲医院里，可是你为什么不肯心平气和跟爸爸说话，他是你的亲爸爸啊。"

陈清润揉了揉眼，泫然欲泣，将亲情这出大戏演绎得淋漓尽致："爸爸难道不可怜吗？人到中年，就希望家庭幸福，可是你连这一点都要夺去。"

沈赐突然勾唇笑了，嗓音如风清淡："陈清润，害死我妈妈的凶手到底是谁，不需要我多说吧？"

沈赐的身后，是穿着病号服的沈父。沈父嘴唇苍白，手扶着门框，有些颤抖，咬着牙说："沈赐，你看看你哥哥多听话！"

要不是沈父做完手术没力气，估计都要上手扇沈赐巴掌了。

风从很远的地方吹来。

陈清润大步流星走过去将沈父扶好，沈赐"啧"一声，看他们继续上演父慈子孝。

毕竟是人家的家事，叶书辞也不好参与，更是不能多看。沈父看着病得不轻，应该也不好为难沈赐，叶书辞咬了咬唇，到底选择了离开。

即使她站在沈赐面前，也不知道能安慰些什么。

轻飘飘的言语安慰又是否真的可以抚慰少年的心？

可这晚的场景反复在叶书辞脑海中回放，两个少年之间的对话信息量太大，她用了很长时间才消化干净。

陈清润倒是每天都来学校，但是晚自习前都会背着书包离开，不过他成绩也好，老师们也没意见。

"怎么回事啊？沈赐这都一个多星期没来学校了，陈清润这也不来上晚自习了，"姜晓问，"小辞，你知道怎么回事吗？

"我总觉得陈清润和沈赐有某种说不出的关系。"

女生的直觉总是很准。

叶书辞当然知道。

沈赐之所以不来是为了照顾外婆，可陈清润不来是为了讨好沈父。

是的，讨好。

叶书辞很熟悉陈清润，她在陈清润眼中并没看到一丝真正的温情，反而是虚假的客套。

可叶书辞什么都没说，她选择为沈赐保密。

这晚，叶书辞打开许久没用的日记本，写下几行字。

> 2014.3.10
> 祈求上帝垂怜，怜惜我爱的少年——
> 外婆的病早点好，结束与爸爸的争吵。
> 更甚于，我愿意拿自己来换。

又过了几天，终于像叶书辞期盼的那样，沈赐回学校正常上课了，不知道跟她写的日记有没有关系。

三月底，便是市级物理竞赛的日子。

竞赛先由市级组织，推选出最优秀的学生到省里比赛，选拔出真正的人才，可以获得加分资格。

竞赛的地点在苏城一中郊湖校区，距离本部差不多半个小时的车程。

为了安全起见，学校组织了大巴车，负责将竞赛的学生一起带过去。

竞赛的大山压在心头，叶书辞一夜转辗反侧难以入眠，早上五点天刚刚明亮，她直接就起床了，温习了一会儿公式，早早来到学校。

教室里还没其他人，她只看到了一个熟悉的背影："陈清润？"

陈清润猛地转身，动作有几分不自然。

奇怪的是，陈清润坐到了沈赐的位置上。沈赐位置上书本不多，就一个水杯，一盒抽纸。

"叶书辞，你怎么来这么早？"

叶书辞于公于私对他都没好感，可他们在同一间教室上课，低头不见抬头见的，她也不想将关系闹得太僵："嗯，昨天没睡太好。"

晨光熹微，鸟鸣啁啾。

如此安静、充满朝气的校园，叶书辞第一次见到，忍不住舒服得伸了个懒腰。

"有信心吗？"陈清润扶了扶金丝眼镜的镜架。

"还行吧，尽力就好。"叶书辞笑笑，"你呢？"

陈清润认真地看着她，突然说："我有信心能打败他。"

他没明说是谁，可他们彼此都清楚，这个人是沈赐。

叶书辞不太信，可陈清润看起来胸有成竹，她不清楚，怎么突然间，陈清润居然有这么大的自信。

叶书辞不希望沈赐被人打败，她动了动唇，还没说什么，陈清润又一本正经地问："我如果比沈赐厉害，你会回头吗？"

叶书辞懒得理会他，讲了几句拒绝的话，抓起书包下楼等待大巴车。

时间一分一秒地流逝，竞赛的学生基本都到齐了，沈赐还没到。

叶书辞皱着眉头看表，她特别担心沈赐那边出现什么突发情况，如果他真的不参加，该有多可惜？

虽然少年成绩好到不需要竞赛加持。

可她私心也很喜欢看他挥斥方遒的模样。

叶书辞喜欢他永远骄傲。

也愿意守护他的骄傲。

带队的老师看了眼手表，点完名之后确定只有沈赐没到了，叹了口气："师傅，发车吧。"

啊，真的不来了吗？考试之前，她多么想看她的少年一眼！叶书辞眼底的光芒一寸一寸陨灭。

"等一下!"

熟悉的清朗的嗓音自窗外传来,还有一丝不真切,仿佛穿越了千万重山,渡海越水而来,扎根在她心底,成为最与众不同,难以忘却的存在。

太棒了。

一瞬间的工夫,叶书辞喜上眉梢,眼底泛滥着星星点点的笑意。她下意识地站起来,看着从教学楼奔跑而来的、像风一样的少年。

如疾风肆意,是最闪闪发光的星星。

沈赐终于到了,少年一只手提着书包,另一只手拿着水杯,脚步轻快地上了车,跟带队老师说了句"不好意思"。

只有最后一排有个空位,沈赐便坐了过去。经过叶书辞的位置时,他淡笑着朝她点点头,算是打过招呼。

趁别人不注意,叶书辞会偷偷看一眼少年的位置,只要他坐在那里,她就特别满足,特别开心。

靠窗的学生将窗帘拉上了,沈赐所在的位置光线昏暗,他笑着跟旁边的人说了些什么,嘴角笑容干净纯粹,昏暗中,那张线条分明的脸更显深邃英俊。

叶书辞的嘴角忍不住上扬几许。

莫名的,她的心怎么都静不下来。

好像有什么东西被忽略了一样。

等到叶书辞过了安检进了考场,监考老师开始发答题卡,考试在即,今早的经历一遍一遍在她脑海中放映,她才意识到自己到底错过了什么。

——"我有信心能打败他。"

——"我如果比沈赐厉害,你会回头吗?"

叶书辞大脑"轰"的一声,刺眼的白光浮现。

她顿时觉得手脚冰冷。

还记得进教室的那一瞬间,陈清润的动作在她脑海中重现。

陈清润动了沈赐的杯子。

沈赐刚才进教学楼就是为了拿常用的水杯。

沈赐的水杯被动了手脚。

叶书辞的心脏突突狂跳,脊背发凉,脸色越来越沉。她直接站了起来,嗓音发颤地说:"老师,我现在要出去一趟。"

似乎从没遇到过这样紧张的时刻。

紧张到呼吸绷紧,心脏似乎卡到了嗓了眼,叶书辞满脑子都是那个清隽优越的少年。

世界上最好的少年,应该永远骄傲,永远被人仰望,而不是摧毁他的骄傲。

监考老师皱皱眉:"马上就到发卷子的时间了,这位同学,现在不允许出去了。"

叶书辞几乎带着哭腔开了口:"老师,我真的很着急,两分钟就回来,行吗?"

"不能藐视考场纪律哦,"老师指了指准考证上印的考场须知,"你准考证上面应该写了吧,距离考试时间还剩十五分钟不允许离开考场。"

叶书辞咬了咬牙,说了声:"对不起。"

她几乎是奔跑着出了考场。

大家都不解地看着她,谁也不明白这个女孩如此疯狂是因为什么,可叶书辞却觉得自己是如此的自由。

像风一样自由。

她看过沈赐的准考证,知道他在五楼,可她在二楼。叶书辞顾不了那么多了,奋力地往楼上跑,用力过猛的缘故,没一会儿就累得大喘起气来。

叶书辞想起很多与沈赐的过往。

大脑如过电一般,她想起沈赐对她说过的每一句话,少年的每一个表情、每一个动作都如此清晰,清晰到让她心疼。

她舍不得他失去这次机会。

终于,终于,叶书辞跑到沈赐所在的考场。

监考老师正在挨个检查每个学生的文件袋和桌面。

很快就到沈赐了。

沈赐坐在教室中间的位置,穿着干净的衬衫,身形单薄挺拔,肩线平直,侧颜清俊,好看得一塌糊涂。

叶书辞呼吸一滞,害怕发生自己难以接受的事情,站在门口直接喊道:"沈赐,你的水杯可以借我一下吗?"

她不敢说太多,毕竟只是她的猜测,万一陈清润真的什么都没做呢?到时候她又该如何向沈赐解释?

沈赐惊讶地看向她。

陈清润也在这个考场,同样惊异地看过来,他目光很深,镜片折射着精光。

令叶书辞想到蠕动的毒蛇。

考场的同学都在小声议论。

"哎,这个女生怎么回事啊?不是我们考场的吧?这马上就要发卷子了,居然还敢跑出来。"

"关系不一般啊,居然找男生借水杯。"

几十道目光齐刷刷地打量她,叶书辞脸都臊红了,可她依然在门口站着,手虚握成拳,抿了抿唇,并未离开。

沈赐站了起来。

监考老师皱了皱眉,似乎对他的行为很不赞许。可沈赐将视线移开,他压根儿没理会身边人的目光,拿起水杯直接走了出来。

"怎么了?"少年低声问。

叶书辞摇了摇头:"有点口渴。"

她不知怎么向沈赐解释,完全不顾沈赐不解的目光,拿起水杯直接大步跑开了。

叶书辞直接跑到厕所,打开了水杯,里面只有白开水,她闻了闻味道,没发觉有什么异常。

杯子外面有个杯套,叶书辞皱皱眉,将杯套拆下来,果真发现了一张夹带的小字条,是缩印的物理公式。

幸好来得及,幸好阻止了悲剧发生。

可是她呢?她又该怎么办?

考试正式开始的铃声还没响起,叶书辞这才后知后觉地害怕起来。

考试对沈赐来说重要,难道对她就不重要吗?

那么多个日日夜夜的付出,她花了那么多功夫才说服唐笑,如今唐笑也对她考试抱有很大希望,如果真的不允许考试了,她怎么面对妈妈?

她对得起沈赐,却对不起自己。

叶书辞再次以百米冲刺的速度跑起来,刚才这么跑是为了别人,这次是为了自己。

她冲到自己的考场,敲了敲门。答题卡以及演算草稿纸已经下发完毕,同学们翘首以待考试开始。

叶书辞闭了闭眼,低下头,用非常认真又诚恳的嗓音开口:"老师,我可以进去吗?"

女孩长相乖巧,头发梳得一丝不苟,干净漂亮,何况能走到这个赛场,肯定是非常优秀的学生。

监考老师看看表,语气不悦:"我刚才给你说了,离开考场,后果自负。"

叶书辞胸腔"咚"的一声,赶紧祈求道:"老师对不起,我刚才身体不舒服,真的不好意思,让我进去考试行吗?"

她声音好听,认错态度又谦恭,监考老师也没为难她,就让她进去了。

"考得怎么样?"叶书辞回到家,唐笑迫不及待地问。

叶书辞的身体轻轻一颤,没说话。

"发挥得不行?"唐笑脸色冷下来。看着女儿的神情,她大概也了解了情况。

叶书辞点点头。

这套卷子和之前的模式还不太一样,第一道题就把叶书辞难住了,不过她仔细思考了好一会儿，也解答出来了。

或许是太紧张的缘故，叶书辞的脑子好像反应慢了半拍，有点难度的问题她都要思索好一会儿。

很多题型她都提前练过，多亏了沈赐的笔记，可她的心却像是怎么都静不下来似的。她反复给自己积极的心理暗示，可到最后，还是有两个大题没做完。

两个大题空白，这次的竞赛结果可想而知了。

沉默在二人之间蔓延着，唐笑叹了口气："小辞，妈妈知道你这段时间很努力，也知道你很喜欢物理，可是就像妈妈说的那样，很多事情不是你想做好就能做好的，你要接受这个结果。

"毕竟你努力过了，所以妈妈也就不多说什么了。"

叶书辞抱住唐笑，就像小时候那样，依偎在妈妈的怀抱里。她默不作声地掉着泪，突然觉得很对不起妈妈。

这天晚上，唐笑让她出去散散心，她到公园坐了会儿。

三四月份的天气正是最舒服的时候，叶书辞正准备离开，突然看到陈清润的身影。

陈清润走到她面前，笑了笑："你肯定有话想对我说吧？"

即使陈清润不出现在这里，她也要见面问问他，很多事情都需要一个结果。

叶书辞懒得跟他客套，单刀直入道："我看到你做的小动作了，陈清润，你真够卑鄙。"

陈清润笑了声，似乎一点都不为自己的行为感到羞耻："那你想怎么做？"

少女扬起头，眼底写满坚韧："我想报警。"

"你的行为已经违法了，我想交给警察处理。"

"那就去吧。"陈清润无所谓地笑笑，"叶书辞，你冒着那么大的风险阻拦，就那么在乎沈赐？"

可她不想在这种人面前承认，她抿紧嘴唇："我永远都看不惯卑鄙下流的手段，你想赢没问题，可至少要光明正大吧。"

"叶书辞，你不是最喜欢第一名了吗？"

"我不喜欢用不光彩手段得到的第一名。"叶书辞慢悠悠地笑了笑，她早就看破陈清润了，因此对他说话并不客气，"你的行为真配得上你的身份。"

像是被踩了尾巴的猫一样，陈清润眉头紧皱，呼吸都急促了些。

"你以为我是私生子？可是你知不知道，我的妈妈才是最早遇到爸爸的那个人，她这些年没名没分拉扯我长大，又做错了什么？沈赐才是不配的那个人，他偷走了我的人生。"

陈清润语气越来越急躁，表情彻底崩坏，过了几秒钟，突然嘲讽地笑了。

"叶书辞，"少年冷笑，"你知道吗？我在他面前说你承认对他没兴趣，可是他脸上没有丝毫松动。"

叶书辞心头一凛："什么时候说的？"

陈清润眼睛通红："不久之前。"

叶书辞反复告诉自己，陈清润的话不可信，他就是条毒蛇，见谁咬谁，已经失去了心智。

可她又觉得，陈清润在这件事情上没必要骗她——沈赐似乎真的对她没有半分其他的感情。

她反复纠结着心事，纠缠成了一团乱麻，扯不开，越来越乱。

叶书辞躺在自己的小床上，今天发生的一切反复在脑海中回放。

陈清润的行为虽然错误，可毕竟没造成实质性伤害，报警未必有用，而且教室监控坏掉了，她出来指认他也未必完全有效。

何况，陈清润跟沈赐复杂的关系，后者又会同意她这样处理问题吗？

她明天得问问沈赐的意见才行。

可她依然不后悔今天的所作所为。

叶书辞走到书桌前，打开日记本。

> 2014.3.28
> 今天做了一件大事，原来我也可以很勇敢。
> 我的少年，或许我们缘浅，可我祝你永远耀眼。

陈清润转学了，猝不及防地转学了。

大家只知道这个结果，没人知道他为什么转学。

竞赛之后，陈清润再也没来过学校。

姜晓也跟叶书辞谈论过几次陈清润转学的猜测，可叶书辞抿了抿唇，什么都没说。

陈清润转学就意味着他无声地举了白旗投降，就让这件事过去吧，彻底成为过往。

一周后，一个平凡的午后，叶书辞进校门的时候，被门卫叫住，说有她的一封信。

叶书辞没上楼，直接在梧桐树下拆开了。

没有寄件人的名字。

里面只有短短的一句话：叶书辞，对不起。

拆开这封信的一瞬间,叶书辞就觉得一定是陈清润写的,他想通了吗?真的明白自己行为有错了?

叶书辞熟悉陈清润的笔迹,她回想了一下,更加确定这封信是陈清润所写的。

不知怎么的,明明陈清润是那个罪大恶极的坏人,可她心里仍旧泛起了复杂的情绪,不像是同情、怜悯,更多的是无奈。

四月份,梧桐树伸展着绿色的枝丫,伸向蔚蓝的天空。

下午第一节课是体育课,距离上课时间还有一会儿,叶书辞坐在长椅上,闭目休息。

一个陌生的女生拍了拍她的肩膀:"同学,沈赐叫你去南教学楼203,他说他在那里等你。"

叶书辞立刻起身。

她大概能猜到沈赐叫她所为何事,竞赛已经过去一周,对于沈赐来说,她那天突然去找他要水杯的行为过于奇怪,他事后都没问她具体情况已经够让她惊讶的了。

这一周以来,两人就像普通的同学一般,她遇到不会的题目会问他,他会很有耐心地给她讲。

而同样的,周子奇经常过来找沈赐玩,时常插科打诨,叶书辞也跟着欢乐地笑。

不过,自从陈清润走了之后,沈赐脸上的笑容似乎真的多了很多。

南教学楼是一栋废弃的教学楼,顶层有老师办公室,其他一些教室都做成了活动教室,比如舞蹈教室、微机教室。

上课铃声响了。

叶书辞也不着急,反正是体育课,体育老师允许他们自由活动。也有不少同学直接不去上课,在教室里写卷子,老师也不会管。

203教室的门虚掩着,叶书辞犹豫了下,抬手敲了敲便进去了。

沈赐穿着白色的衬衫,将袖口挽到手肘处,手臂有力又流畅。少年侧颜干净俊朗,脸颊瘦削,青春的朝气喷薄欲出。

沈赐看向她,叶书辞抿了抿唇,有些不好意思地笑了笑。

他们很少单独相处,尤其是这样无人的空间。

沈赐站了起来,少年脖颈修长,喉结突出,皮肤非常白皙。

"叶书辞。"

风声摇摇晃晃,穿堂而过,少年眸色很深,气质好,身型格外显眼。

叶书辞轻轻启唇:"沈赐,你是想问我竞赛那天的事吗?"

这一天,早就该来了。

沈赐点点头:"我大概也能猜到那天的事情,陈清润动了手脚对吧?"

沈赐是何等聪明的少年,前因后果一联系便知道怎么回事了。

"我找了陈清润，"沈赐淡淡地说，"他承认了错误，向我道歉了。"

说到"道歉"二字，少年轻轻勾唇，笑容充满嘲讽。

叶书辞当然知道，这道歉必然不会发自真心。

她嗓音沉了沉："其实我原本想要报警来着，陈清润并不害怕，我想了想，这好像是你们的家事，你爸爸估计也不想把这件事闹大。

"闹大了也会影响你跟你爸爸的关系。

"后来，陈清润直接不来学校了，我就知道他什么态度了，而且幸好也没对你造成伤害。"

想到那天的情形，叶书辞神经不由得紧绷，她真的很害怕会出事。

沈赐目光沉静地看着她。女孩清丽好看，个子还算高，眼角泛着点红，双眼皮褶皱很深，杏眸很好看。

最重要的是，她提起那天的事情时，双眸深处泛起的担忧不是假的。

"叶书辞，你是对的，"沈赐说，"我也想让那家伙得到惩罚，可是我爸肯定不会同意，他引以为傲的儿子怎么能留有案底。"

叶书辞轻轻叹了口气。

这段时间，她明显感觉到了少年的心力交瘁。

"我之所以来到这里参加高考，其实是为了多陪陪姥姥，"沈赐双眸垂下，口气很轻，"姥姥她身体不好，我想你应该知道了。"

这一刻，时间都变得很慢很慢，叶书辞的眼中只剩下这个安静讲话的少年。

她有种预感，沈赐想说很多自己的秘密给她听——

"当年我爸之所以跟我妈妈结婚，就是看中了她的事业，可是我妈妈不知道，在他们婚前，他已经有了女朋友，甚至女朋友还怀了孕。

"再后来，他事业有成变了心，说什么都要把陈清润母子接过来。陈清润的妈妈恨我妈妈入骨，拿出证据告诉我妈妈，我爸从没爱过她。后来，我妈妈自杀了，就在我生日那天……"

说到这里，少年的嗓音有一丝哽咽："我到家晚了一步，那天我跟同学在外面过生日……所以从那之后，我再也没过过生日。"

沈赐眼角通红，少年无数次地想，如果他那天没出门，如果他一直在家，或者哪怕早回去一会儿，结果是不是不一样？

他是不是可以把他最爱的人留住？

是不是，可以一直睡个好觉，有美梦可做？

从那之后，他再也没过过生日。

叶书辞突然不知该说点什么安慰他。

她手臂颤了颤，眉头紧皱，上前一步，拍了拍少年的肩膀，试图给他一点力量。

沉默在二人之间无限蔓延。

沈赐昂头:"没事的,都过去了。"

"沈赐,未来都会是好日子的,有很多值得期待的事情,"女孩弯弯眼睛,清亮的声音充满力量,"你这么优秀,值得最好的一切的。"

沈赐轻笑了声:"其实我觉得现在就很好了。小同桌,那天马上就到考试时间了,可你非要跑去我考场找我,是不是下了很大的决心?"

叶书辞笃定地摇了摇头。

只要是与你有关的事,我从不犹豫,一腔孤勇,随时为你而动。

沈赐又说:"来到这里以后,看似有很多关心我的人,可其实褪去那层光环,又有几个人真心实意?"

"所以,叶书辞,谢谢你。"少年一本正经的嗓音响起,"但我希望,如果还有类似的事情,你不要这么做了,任何时候,都要以自己为重。"

感恩是真的,为她惋惜也是真的。

他也是真心希望,这个善良的姑娘能更爱自己一点。

少年发自内心地笑了,黑沉的双眸中噙满笑意。

沈赐突然伸手,在她的发顶轻轻揉了揉。

叶书辞全身几乎僵硬了,血液似乎在倒流,耳边巨大的轰鸣声响起,不眠不休。

她从未设想过,少年居然会做如此亲密的动作。

过了好一会儿,叶书辞的心才逐渐平缓过来,告诉自己,沈赐做那个动作,并没有任何旖旎的念头,只是出于这一刻的感动,她不该遐想太多。

"叶书辞,我想请你吃饭,这个周日晚上,可以吗?"

周围全部都是少年的气息,那般让人沉醉,如果可以,叶书辞希望这一秒永远都不要结束。

叶书辞有了新的期盼——

是她和沈赐仅仅两个人的饭局,或许会很浪漫,她一定一定会很开心,成为最美好、难以忘却的回忆。

每每想到这里,她的心都软得一塌糊涂,像是被温柔的茧包裹着,只觉得人间值得。

叶书辞提前洗好了最漂亮的衣服,搭配了漂亮的丝巾和头绳,将衣服挂在衣柜里,她每天都要兴冲冲地打开看一看,再看一眼时间。

距离周日晚上越来越近了。

周日这天,她照例帮奶奶看烤鸭店,她提前换好了衣服,本打算到了约定的时间直接过去的。

哪想到下午两点多，唐笑给她打了电话："叶书辞，你给我立刻回家。"

当时，叶书辞就有一种不妙的预感。

家里气压很低，唐笑嘴唇紧紧抿着坐在沙发上，灯也没开。

叶书辞小心翼翼地开了灯，问道："妈妈，怎么了？"

唐笑脸色很沉："小辞，你说实话，竞赛没考好到底因为什么？"

叶书辞心里一紧，唐笑好像真的知道了什么。

"妈妈，那张卷子有点难，我没发挥好……"

"是没发挥好吗？"唐笑猛然间拔高声调，"如果你不出考场，未必会发挥得这么差吧？"

"要不是我碰到了你隔壁班的同学，你同学告诉我，你临到考试时间了，还跑去别的考场找那个沈赐要东西，你会发挥得这么差？"

唐笑揪起叶书辞的胳膊，一点儿也不留情面："你说，你到底去要的什么东西？"

唐笑力气大极了，将叶书辞往书房的方向扯，女孩眼眶蓄满泪水。

叶书辞被她推到书柜边上，头磕到了书柜上。

那上面书多，书柜摇摇晃晃，最上面一层的书本噼里啪啦掉下来，砸到了叶书辞的额头。

她疼得"嗞"了一声，本以为唐笑会转身看看她伤得怎么样，哪想到唐笑依旧背对着她站立，气势很冷。

本就不温柔的母亲，在这一刻怒火达到了极致，她甚至都不认识面前的女人了。

"你找那个沈赐到底干什么？"

叶书辞被逼得没办法，只得在泪眼模糊中开了口："我看到一个同学想陷害沈赐作弊，沈赐是冤枉的，想阻止这件事……"

唐笑看她的眼神就像看陌生人："这跟你有什么关系？"

"你拿不到高分，考不上好的学校，沈赐会负责吗？"唐笑质问她，"叶书辞，你都高三了，到底想怎么样？"

叶书辞死死咬着嘴唇。

——妈妈，从小您教我做人要善良，要见义勇为，您忘了吗？

——妈妈，又是谁对我说，学习和赚钱都不重要，最重要的是人的品格和善良的灵魂。

为什么遇到了高考，一切都变了？

难道这些信条必须要为前途让路吗？

叶书辞哭，唐笑也哭，她在哭诉。

"叶书辞，你就不知道回头看看你可怜的妈妈吗？我什么都比不过你两个姨，最骄傲的就是生了你，如今你也开始叛逆，还有你爸爸……"

唐笑面容狰狞，一边生气一边哭诉，也因为怒火，她直接将叶书辞的手机摔碎了，还把家里的网线也拔掉了。

　　叶书辞张了张嘴，看着碎裂的手机，心底的大山遽然倒塌，她什么都不敢说，只能让唐笑默默发泄。

　　再后来，唐笑逼着叶书辞去房间反省。

　　叶书辞一边流泪，一边思考。

　　可是她真的不后悔。

　　为什么人事事都要考虑自己的权益？假如那不是沈赐，她也会那样做，她只是做了自己认为对的事情。

　　何况是为了沈赐，她舍不得他受一点苦。

　　再说了，她冒险跑去找他，可毕竟没影响考试，一分钟都没耽误，是她自己心理承受能力差，才导致时间分配有误，落了两个大题。

　　是她自己的错，凭什么怪到别人身上？

　　叶书辞脸色煞白，眼泪不止，她无意间抬头，才发现已经下午六点半了，距离他们约定的时间已经过去了半个小时。

　　可是怎么办啊？

　　手机没了，网线拔了，她失去了联系沈赐的办法。

第十章
祝你永远耀眼

这是叶书辞第一次如此清晰地感觉到时间的流逝。

还有如此清晰的、麻木的、刻在骨节的痛楚。

她却没有丝毫办法。

叶书辞走到窗边,能看到远方灯火与霓虹,能看到灰白的墙壁,还有老旧的屋顶,甚至远处的炊烟。

她只能看着时间一点一点走到八点、九点、十点……直到晚上十一点,她才听到门锁松动的声音。

她在房内已经呆滞,听到门锁声没有任何心理波动了。

叶书辞静默起身,像个机器人一样麻木,轻手轻脚走到书房,蹲下身看着四分五裂的手机。

屏幕碎裂,电池不知道丢到何处,找了半天才找到,勉强拼凑好之后,却无论如何都开不了机了。

几滴热热的东西掉到了手臂上,是她的眼泪,烫得几乎灼烧掉皮肤。

第二天早上,唐笑照例给叶书辞准备了早餐,却一句话都没说。

叶书辞哽在喉咙里的那声"妈妈"也怎么都没叫出来。

叶书辞背着书包来到学校。

她不知道该如何面对沈赐。

餐厅是沈赐提前订好的,是很难订的一家火锅店,她喜吃火锅,所以他请她吃火锅。

多好的计划,就这么被破坏掉了。

语文老师到得很早,同学们大声地朗读着,整个学校传遍了朗朗的读书声。

叶书辞怎么都学不进去,她屡次想伸出手,敲一敲沈赐的肩膀,跟他解释一下。

可她咬了咬唇,手怎么都没敲下去。

她有勇气弃考也要守护爱着的少年，却没有勇气解释昨天的事情。

明明是她受了委屈。

好不容易挨到下课，沈赐端着水杯去接水，叶书辞耗尽了全身力气才叫住了他："沈赐。"

沈赐转眸，淡淡笑了笑，像平时一样："怎么了？"

他没主动问她昨天失约的事情。

"对不起，昨天，我……"

做错了事情要自己承担后果，她最讨厌辩解的人，可这一刻，她竟然想着该如何狡辩。

干脆说实话吧。

可沈赐估计会很过意不去吧，无论重来多少次，她都不会后悔所做的决定。

沈赐无所谓地笑了："肯定有什么急事耽误了吧？没关系的。"

少年简单利落的一句话化解了她的尴尬。

叶书辞点点头，也就没多说什么。

可她再一想，更觉得自己对不起沈赐了。

再大的急事也不是放人鸽子的理由，现代社会联系个人这么方便，还能连手机都坏了？

不巧的是，她的手机的确坏掉了。

"小辞，我看到你妈妈了。"姜晓慌里慌张地找到叶书辞，"你学习那么好，老陈怎么也犯不着叫你家长啊，怎么回事？"

一个大胆的猜测浮上心头，叶书辞的心猛烈地跳动起来。

唐笑正坐在老陈对面的位置，桌上放了一杯茶。

"叶书辞妈妈，你的心情我非常理解，也明白身为家长，在孩子高三时候的急切心情，但是呢，您知道教育是具有连续性的，这马上就要高考了，让孩子转学真的意义不大，何况您有没有考虑过孩子的意见呢？"

叶书辞站在门外，听到这话，眼前闪过一道白光，脚下软绵绵的，几乎下一秒就要倒下。

唐笑居然想给她转学。

唐笑态度强硬："陈老师，我是小辞的妈妈，肯定任何事情都是从她的角度出发。最近孩子学习的劲头很不足，竞赛的事情我也给您说了。"

老陈不疾不徐道："可是我认为叶书辞同学的做法也没问题啊，何况也没耽误考试。

"这孩子我教了这么久，她的性格我也很清楚，看似温婉，其实很有自己的想法。

"我相信她不会走错路的。"

老陈的声音深沉又有力量，听得叶书辞鼻子一酸。

自己的妈妈不理解她，可是老师却可以理解，她何其不幸，又何其幸运。

"可是老师，我认为必须给她转学……"

"妈妈，我不同意转学，"叶书辞强行压下鼻腔的涩意，大步走了过去，眼底倔强，声音也倔强，脊背笔直，"这里有我喜欢的老师和同学，我不想去别的学校。"

唐笑没想到她会公然作对："你……"

叶书辞语气铿锵有力："妈妈，我不会去的，如果您非要我转学，对我高考成绩只会影响更大。"

这场闹剧草草收场。

下午放学的铃声打响之后，老陈突然来到叶书辞的位置旁，温声道："你们俩跟蒋大力同桌俩换一下位置。"

蒋大力的位置在教室的最南，叶书辞的位置在最北。

老师下的命令不得不听，林雪原也没什么意见，换好座位之后还奇怪地问叶书辞："怎么光给咱们俩换座位啊？"

叶书辞抿紧嘴唇，说不出话来。

她现在距离沈赐很远很远，两人一南一北，仿佛隔着一道天堑，乌泱泱的人头中，她需要抻长脖子才能看清少年。

叶书辞晚饭也没吃，直接去了老陈的办公室，眸色倔强："老师，我能问问您，为什么要给我换座位吗？"

老陈叹了口气，目光深深地看向叶书辞："叶书辞，你成绩稳，其实坐哪里都一样。"

老陈的目光中似乎带了一丝怜爱。

不需要多说，她立刻明白，这并不是老陈的主意，而是唐笑的授意。

叶书辞吸了吸鼻子，几乎颤抖着问："老师，我这样真的错了吗？"

老陈哀叹一声，拍了拍女孩瘦弱的肩膀："你没错。"

只是大家都有太多的无奈。

第二天中午，叶书辞主动约着姜晓、周子奇，还有沈赐吃了顿饭。

叶书辞请客。

几个人去了食堂三楼，要了几个小炒。

周子奇"啧啧"感叹着："叶书辞，怎么回事啊，这次这么大方了？"

叶书辞垂下眸，扒了一口米饭，侧眸过去，看到沈赐线条利落、鼻梁高挺的侧脸，眼角眉梢都是少年气，心口突然变得无比难受。

她故作轻松地抬起头，笑容有点勉强："我可能以后中午没办法跟你们一起吃饭了。"

沈赐夹菜的动作微微一顿，漆黑的眸猛然抬起。

姜晓最为激动："啊，小辞，怎么了呀！"

一直以来，只要没别的事，他们四个总会在一起吃饭。

叶书辞眨眨眼睛，努力将内心的酸涩压下去："我妈妈以后每天接送我，说为了让我吃好喝好，补充营养，备战高考，一天三顿饭都在家里吃。"

距离高考只剩下不到两个月的时间，唐笑是百货公司的老员工，这些年兢兢业业，因此请个长假也并不费劲。

叶书辞勾唇，嘲讽地笑了笑。

周子奇说："大人怎么那么固执呢？咱们学校高考食堂窗口的饭菜明明很健康营养。"

沈赐抿紧嘴唇，一言未发。

叶书辞耸了耸肩，安抚大家："妈妈肯定也是为了我好吧。"

姜晓说："没事啦，小辞，你妈妈手艺那么好，还车接车送，反正比你之前骑自行车舒服多了对吧，凡事要往好的方向想。"

叶书辞的眼中只看得到心爱的少年。

阳光透进窗户，照在少年英俊的脸庞上，他微短利落的头发泛着金光，像被镀了一层金边。

沈赐放下筷子，清越好听的声音响起，如泉水汩汩："叶书辞，那就拼尽全力学习，我相信你。"

少年眉目清隽，所在之处全部是阳光，嗓音带了点慵懒，让人全身心都开始酥麻。

叶书辞浑身仿佛也像是填满了力量，重重地点头。她喉咙干涩，想要说点什么，却说不出口了。

然而这时，林蔚跟好友从这边经过，笑着跟沈赐打招呼："沈赐，你别忘了周末来我家啊。"

沈赐点点头。

林蔚也没多说什么，轻飘飘地看了一眼叶书辞就走开了。

叶书辞被她的眼神弄得浑身不舒服。

像是心口凭空添了一颗柠檬，心酸得不成样子。

多讽刺啊，她被妈妈严格管束，可林蔚却在这个节骨眼拼命靠近，她无能为力。

沈赐看向叶书辞，无奈地说："林阿姨交代的，林蔚数学基础薄弱，我去帮忙补习补习。"

沈赐的嗓音听起来并没什么波澜，很清淡。

姜晓撇撇嘴："她怎么不去补习班啊？"

沈赐淡声说："林阿姨交代都交代了，总得给林阿姨这个面子。"

叶书辞低着头默默吃饭，不敢看沈赐，她实在是太过伤心，生怕暴露自己的心思，喉咙像是被什么东西黏住了，一句话也说不出口。

吃完饭后，周子奇陪着姜晓买文具，叶书辞的心实在太乱，找了个借口溜走了。

她去操场散了会儿步，上楼的时候，突然被沈赐叫住了。

少年单手插着口袋，歪头笑了笑，将一个塑料袋交给叶书辞："帮我把这个带给周子奇。"里面放了几听可乐。

她点点头。

沈赐目光深深地看着她，犹豫了下，仿佛想说什么，动了动唇："下面那瓶柠檬果茶，是给你的。"

"好。"

叶书辞压了压心口杂乱无章的念头，嘴角勉强勾起一个弧度，带了几分颓废。她没多说什么，赶紧跑开了，面无表情地擦肩而过都是装的。

她似乎在逃避什么，却又说不清楚。

明明该开心的，半年的同桌没白当，沈赐记得她爱吃虾滑，喜欢拌面，喜欢柠檬果茶，她还有什么不知足的？

可是为什么，怎么都开心不起来？

唐笑开始了每天接送叶书辞的生活，母女二人在车里大多无话，回到家，唐笑将准备好的饭菜摆出来，叶书辞默默吃完便进屋学习。

对于唐笑的做法，叶书辞无法苟同，觉得自己像是折断翅膀的鸟儿，却还要努力学习飞翔。

四月以后，全面断网，叶书辞唯一的快乐便是周日去找奶奶。

唐笑再怎么限制她，却不能阻断她跟奶奶的血肉亲情。

然而叶书辞想不到的是，有一天，她在去奶奶家的路上，经过了一家面馆，她无意间看到了叶青云的身影。

叶青云依旧拿工作忙为借口，很少回家。

叶书辞能理解父母的苦心，她想好了，等到高考结束之后，坦然告诉父母，她接受他们离婚，并且愿意祝福他们。

此刻——

叶青云正小心翼翼地为一个年轻的女人擦着嘴角，两人笑得开心，满脸幸福。

原来真像唐笑说的那样，爸爸真的有了新欢。

生活当真是糟糕透了。

竞赛结果很快就出来了，沈赐获得了省级一等奖，而叶书辞在第一轮就被淘汰了，这个结果在她预料之内。

好在叶书辞的二模成绩依旧很稳，并没退步。

唐笑找机会跟叶书辞谈了话，强势的女人软了态度。

"小辞，这段时间妈妈看出来你情绪不好了，可是你要理解妈妈，妈妈只有你一个孩子，现在妈妈什么都没有了，如果连你也不听妈妈的，那么妈妈该怎么办？"

莫名的，叶书辞想起爸爸和陌生女人的身影，嘴唇猛烈地颤动了下。

唐笑看出女儿眼底的情绪，颓废地笑了声："爸爸早就不要我们了，小辞，妈妈都知道，妈妈就只有你了。"

"小辞，你从来都不是任性的孩子，你理解妈妈的苦心对不对？"唐笑无奈的语气中带着哭腔，"你想一想，从小到大，是不是你要什么，妈妈就给你什么？可是你怎么回报妈妈的？

"你想参加竞赛，妈妈也同意了，可你不好好比，非要为了个男同学放弃自己的前途……"

"我没有为了任何人放弃前途。"叶书辞打断她。

静默两秒，唐笑说："小辞，你跑那一趟，肯定也是抱着视死如归的态度吧？"

的确如此，假如老师真不让她重新回到考场，她也无怨无悔。

或许这是她能为少年做的，最后的事情。

"小辞，妈妈也年轻过，妈妈明白你的心意，可是你的行为完全没有考虑妈妈的感受。妈妈花那么多钱把你培养出来，你就是妈妈的全部了。最后一段时间了，乖乖听话，把心都用到学习上，行吗？"

叶书辞流着眼泪，点点头。

她可怜，妈妈又何尝不可怜。

或许在某种程度上，妈妈真的把她当成了攀比的工具，可是妈妈又何尝不是真的爱她。

自从位置变动之后，叶书辞只觉得无形之中与沈赐的距离远了许多，两个人经常连续几天讲不到几句话。

学习氛围越来越紧张。

叶书辞身边的人都疯狂在学习，一点儿闲空都不给自己留，但同桌林雪原除外。

林雪原照旧我行我素，她拿到了好几个艺术类院校的合格证，更加无所畏惧。

可物理王老师要求严苛，屡次要求她到门外罚站。

林雪原愤恨地瞪着王老师，可王老师依旧对她严格管理，丝毫不松懈，甚至还较劲似的,将她带到自己的办公室学习。

"能不能不要管我了?我自愿放弃学习行不行?"林雪原满脸不服气,"老师,我物理成绩就是很差,就是学不会,世界上有学霸就有学渣,我就是物理不开窍。"

"你到底是物理不开窍还是自己不学,我想你比谁都清楚!"王老师扶了扶黑框眼镜,嘴唇抿得紧紧的,"只要你是我的学生,你就得听我的话。"

身为林雪原的同桌,叶书辞经常听到林雪原用一些难听的字眼辱骂老师。她虽然无语,却也没说什么,毕竟林雪原的暴脾气她领教过,一点儿都不好惹。

两个曾经针锋相对的人,如今当了同桌勉强能和平共处,已经非常不容易了。

沈赐也越来越多地请了晚自习的假。

不过他已经拿到了三所学校的保送资格,高考对他来说只是走个过场,何况少年的成绩本就出类拔萃,老师们也都睁一只眼闭一只眼。

班级里关于沈赐和林蔚的传言越来越多。

"你们知道沈赐晚自习都干什么去了吗?"

"我听说他去林蔚家里帮她补习功课了。"

"沈赐对林蔚可真好啊,羡慕哭了,他们是不是在一起了啊?"

"我估计是的,即使现在不在一起,那也快了。"

叶书辞每每听到这样的流言,都会强迫自己不要往心里去,流言毕竟只是流言,难证真假,只会影响心情。

"我那天经过林蔚的位置,看到她桌上的笔记本,就是沈赐写的,密密麻麻的,可认真了。"

"天啊,沈大佬也太好了吧,好羡慕林蔚啊。"

叶书辞的心酸涩得不成样,趁着中午教室没人,经过林蔚的位置时,她专门看了一眼,果真看到了一个崭新的本子。

温热的风透过窗户灌进来,掀开本子一角,她看到了熟悉干净的字迹。

沈赐给她的那本竞赛笔记她到现在都好好地收藏在抽屉里,每到夜深人静时总喜欢拿出来看一看。

原来,少年给她的好并不是独一无二的。

他为了道歉可以用一两个晚上帮她准备笔记,同样,也可以为别人写笔记。

并且,毫无缘由,只是心甘情愿这么做。

仅凭这一点,叶书辞就输得彻彻底底。

然而顶着唐笑的压力,叶书辞不敢轻举妄动,更不敢与沈赐有太多单独的相处。

唐笑只是给她保留了最后的情面,她的那点小心思唐笑早就看明白了。

时值盛夏,气温居高不下,教室里空调全天开放,却依旧驱散不了夏日的炎热。

距离高考只剩下一个月了。

然而所有人都没想到的是，这个节骨眼竟然出了事。

物理王老师是所有老师中最敬业的一个，对学生要求最为严苛，有自习课她就会过来，发上一套试卷，简单讲上几道题。

黑板上倒计时的数字越来越小，王老师的脾气也就越来越急躁。

王老师除去教学工作，还有个兼职，就是编纂各类物理练习册，她是某个名牌物理教辅的总主编。

然而不知道是谁将王老师审核的某页练习册草图放到了网上，那张图画的是关于力的分析，画了一个女孩蹲下的情景，屁股高高翘起，角度很不雅观。

看到这幅图，大家都眉头一皱。

网友纷纷说有辱女性，这种没有道德感的老师必须开除。

叶书辞也点开了那张设计图，网友的批判没问题，可她怎么也不敢相信这张设计图会是王老师审核通过的。

她经常去找王老师问问题，王老师桌子上有不少书，很多都是外国文学，关于女性意识觉醒。

叶书辞不相信，王老师会使用那样的图。

出事之后，学校为了减少负面新闻，第一时间让王老师暂时停职。据小道消息说，王老师的职业生涯可能就此结束了。

学校给高三(5)班安排了新的物理老师，很年轻，学历高，但就是不太会讲课。学生们纷纷抗议，想让王老师回来，可碍于舆论，学校也没办法。

"怎么办啊，我之前很讨厌王老师，觉得她太严格，现在一对比，王老师好强，三言两语就能把难题讲明白。"

"马上就高考了，物理那么重要，新老师这是耽误了我们一个班啊。"

大家都知道，新老师也很努力，可毕竟缺乏经验，心有余而力不足。

姜晓也说："小辞，你相信王老师会做那样的事情吗？"

叶书辞笃定地摇头："当然不信。"

别的不说，王老师的人品她还是非常相信的。

而且昨天晚上，她去找化学老师问问题，看到王老师趴在桌子上哭泣，那个强势的、任何时候都斗志十足的王老师委屈得像个孩子，无助地哭泣。

叶书辞只觉得心惊。

"我审核的设计图真的不是那一张，这种下流的图我怎么会用呢？"

"肯定是被人掉包了，到底是谁碰了我的电脑啊？"王老师无奈地哭诉，却找不到解决问题的办法。

姜晓说："感觉咱们整个班的物理成绩都要完了。"

叶书辞也默默叹气。

林雪原趴在桌上睡觉，听到她们的对话，冷笑一声："活该，那个女变态走了才好呢，走得越远越好，把她开除了才好。"

叶书辞的神经无端地跳动了一下。

出事以来，不管是喜欢王老师的还是讨厌王老师的同学，都为王老师感到可惜，像林雪原这样唱反调的，还是第一个。

叶书辞隐隐觉得，王老师出事或许和林雪原有关系。

后来，陈晓芷找到叶书辞。

陈晓芷找了个没人的地方，偷偷约见叶书辞，她单刀直入："叶书辞，王老师出事就是你同桌搞的鬼，她把王老师审核的图片掉包了。"

叶书辞猛地睁大了眼睛。

她能想到或多或少跟林雪原有关系，却想不到始作俑者就是她。

"你有证据吗？"

陈晓芷谨慎地往四周看了看，从口袋里拿出一张照片："那天我正好经过，偷拍到她碰王老师的电脑了。"

原来陈晓芷早就有证据了。

可是这件事已经发酵一周多了。

"你有证据怎么不早点拿出来？"

陈晓芷视线低垂，叹了口气："叶书辞，我跟你的人生不一样，我受够了冷眼，也害怕报复，只能把证据交给有勇气的人。"

能把证据拿出来，对于胆小的陈晓芷来说，也是一种进步了。

可是拿到了证据又能怎么样呢？

叶书辞如今自己也是困兽，困在唐笑的视线中，困在高考的囚笼中，经过这么多事，她又怎么还会像之前那样有勇气呢？

她只能想到一个人。

下了第二节课，纠结无数次之后，她来到沈赐面前，软声说："沈赐，我有点事想跟你说。"

两个人来到了天台上，天朗气清，云卷云舒，天台安静得落针可闻。

叶书辞没有犹豫，沈赐是她唯一想到的有能力帮她的人，她便将这件事告诉了沈赐。

少年扬了扬眉，唇边扯开一个淡淡的笑："这点事，我还能不帮吗？"

看着面前的少女面上多了几分赧然，担心她过意不去，沈赐又补充了句："帮助王老师，也是帮助全班同学，更是帮助我自己。"

可是你那么优秀，不学习也没关系啊。

哪怕不来学校，都没关系。

沈赐伸出手，拍了拍她的肩膀，眉眼之间掠过一丝无奈的笑意，嗓音一如既往的好听："以后有任何问题，直接找我，我看你犹犹豫豫在我座位前徘徊了好半天。"

叶书辞脸上一窘，没想到被他发现了。

毕竟林雪原背后的关系盘根错节，倘若这件事真牵扯到什么，只会连累他。

叶书辞害怕唐笑找事，不敢将这件事抖出去，可是王老师又该怎么办？她能想到有权威的人莫过于沈赐了。

可是，可是……

——我该以什么身份找你？

——我不好意思说出口，虽然我很想很想找你帮忙。

她费了好大一番勇气才说出口。

阳光掠过叶书辞清晰宁静的眉眼，她抿唇笑了笑："好。"

少年勾唇笑了："沈赐任何时候都愿意无条件帮助叶书辞。"

嗓音笃定，又似宣誓。

"那么林蔚呢？"

他也会无条件帮助林蔚吗？

叶书辞很小声地问了出来，可声音实在是太小了，沈赐没听清。

他皱皱眉，问她刚才说了什么。

叶书辞摇摇头，没说话。

把这件棘手的事交给沈赐后，叶书辞完全放下心，心情终于好转。她脚步轻盈地下着楼："沈赐，这件事我想谢谢你，请你吃饭可以吗？"

也想弥补上一顿缺失的饭局。

弥补我的亏欠。

沈赐走在前面，转了身，笑容风轻云淡："不用了，最后一段时间了，好好学习。

"加油，叶书辞。"

少年以学习为理由拒绝了，叶书辞的心底泛滥着酸涩的小泡泡。

后来，周子奇问过沈赐："赐哥，叶书辞请你吃饭你怎么不去啊？"

沈赐双手插在口袋里走在前面，眉头动了动，染上几分担忧："我怕她妈妈再给她压力。"

周子奇丈二和尚摸不着头脑："啊，什么意思？"

沈赐笑了笑，脚步迈得大了些，却没再解释。

周子奇挠挠头："对了，你最近晚自习都是给林蔚补习功课去了？"

"哪有，"少年垂眸，嗓音轻得似乎风都能吹散，"我爸病了。"

周子奇叹了口气，提了提书包的肩带："那林蔚呢，你为什么那么甘愿帮她补习啊？爱心泛滥可不是这样用的。"

沈赐也叹了口气："我妈妈欠下的，我总要帮忙还一还。"

说起来，这也是陈年旧事了。沈赐的母亲执意远嫁，嫁给沈父之后，又忙于事业，更是无暇分心照顾年迈的父母。

那些无法照顾父母的日子，多亏了她的同乡——林蔚的母亲。

林母一直不辞辛劳帮忙照顾，这份恩情她铭记在心，从小就教育沈赐，将来一定要多去看看林阿姨。

沈赐之所以选择苏城念高中，一是为了离姥姥近一点，二就是为了还林阿姨的恩情。他去过林阿姨家不少次，一直知道林阿姨有个女儿，却不知道就是同班同学，林蔚。这还是后来林蔚主动告诉他的。

所以，林阿姨对他提出的要求，只要他能做的都会做到，何况仅仅只是帮助林蔚补习功课。

高考之前，学校为了鼓舞人心，开了一场优秀毕业生宣讲大会，叶书辞恰好坐在沈赐旁边。

学长学姐在台上讲得眉飞色舞，意气风发，叶书辞却一点都听不进去，不时借着整理头发偷看沈赐几眼。

明明是当过同桌的人，怎么还会这么羞赧？

明明是看过无数次的人，怎么还看不够？

叶书辞恨自己没出息，可她就是这么没出息。

沈赐问她："你想考哪个学校啊？"

"海大吧。"

其实叶书辞对学校不算挑，她成绩好，可供选择的学校很多，也不是非海大不可，是唐笑成天在她耳边叨叨她表姐考上了海大，给大人挣了多少面子，导致她第一反应就是海大。

叶书辞又将这个问题抛给了他："你呢？"

沈赐思忖："还没想好。"

不过不少学校对沈赐抛出了橄榄枝，他想去哪里都可以。

简短的对话到此结束，叶书辞从未想过这对话的背后，又意味着什么。

六月一号那天，学校组织大家拍毕业照，拍完毕业照之后离校，直接参加高考。

校园却无比的安静。

往日的集体活动必定吵吵闹闹，你推我搡，可这次一反往常。

或许大家意识到，今天之后，就是真的结束了，高三（5）班在未来的岁月里再也没有聚齐的一天。

水北山南，大家各奔东西，高考过后，再也无缘相见。

叶书辞的心很沉，缀满乱七八糟的思绪。跟姜晓往操场上走的路上，她还是习惯用余光打量四周，看能否找到熟悉的少年身影。

她默默追随了他的身影两年，对他的背影比正脸还要熟悉。

她高中生涯最欣赏的人啊。

终究有分别的一天。

老师们摆好了座椅和鲜花，物理王老师洗清了冤屈，也过来拍照了，林雪原一言不发地站在最后。

王老师到底善良，愿意私下与林雪原和解。

叶书辞状似无意地观察着四周，她只是想知道，沈赐在哪里，她没找到沈赐。

姜晓站在叶书辞右边："周子奇那家伙去哪里了？"

施小蕾帮着老陈调整了一下大家的站位，叶书辞的心越来越紧张，沈赐到底去哪里了？他不会随性到毕业照都不拍了吧？

天高气爽，澄澈明朗。

"等一下。"两个如风的少年赶了过来，是沈赐和周子奇，后者嬉皮笑脸地吐吐舌头，"赐哥刚才等我上厕所，拉肚子。"

人群爆发出一阵大笑声。

班长说："你们俩个子高，要不就站到最右边吧。"

周子奇直接在最右边找了个空坐下了，沈赐却走到靠右的位置，也就是叶书辞的后面："这里可以吗？"

班长点点头。

这么一来，沈赐与叶书辞仅仅相隔几厘米。

列队浪费时间，可拍照仅仅用了不到一分钟，拍完之后，同学们作鸟兽散。

叶书辞上着楼，还听到林蔚的朋友说："林蔚，沈赐没站到最右边，是不是为了你啊？"

叶书辞的心重重往下坠落。

原本，她还抱有一丝侥幸，沈赐或许是为了靠近她。

她忘记了，林蔚站在她前面。

沈赐或许是为了靠近林蔚。

下午，各科老师轮流交代了考试注意事项，老陈将准考证发给了大家，不舍地叹了口气，宣布放学。

这也是高中生涯最后一次放学了。

困在高三的牢笼已久，老陈宣布解放的一瞬间，大家竟然丝毫自由的空间都感

161

觉不到。

隔着重重人海，叶书辞再次看向沈赐。

少年低着头，正在本子上写着什么，轮廓英俊好看，她喜欢他身上干净的味道，喜欢他的长相，喜欢他的一切一切。

只要他在她身边，她就内心平安，只觉岁月静好。

同学们离别愁绪高涨，班长带头到黑板上写下祝福语。

同学们陆陆续续上去，又陆陆续续下来，硕大的黑板很快被占满了。

> 祝我跨山越海，定不畏困难。
> 乘风破浪，道路不止在前方。
> 寒窗苦读十余载，立少年志，不甘为苇草。
> 宝剑锋从磨砺出，梅花香自苦寒来。
> 祝你一生如满月，所求皆可得。

叶书辞心底涌动着悲伤的情绪，深吸一口气。

夕阳西下，晚霞弥漫了半边天，将少女的脸颊涂抹得光洁漂亮。

叶书辞笑容恬静，眼底透着柔和，满黑板的祝福语印在她眼底，可这一刻，她的心底只有那个离她很远又很近的少年。

叶书辞拿起一支粉笔，离别的怅惘弥散在心口，在黑板的右下角，她一笔一画地写——

> 即使再也不见，也要岁岁平安。愿你前路顺遂，永远耀眼。

周子奇喊沈赐打了最后一场球，回到教室天已经黑了。周子奇平时大大咧咧，可看着空荡荡的教室，心也空落落的。

"赐哥，看什么呢？"

沈赐站在自己的位置旁，对着黑板右下角娟秀的笔迹出神。

教室的窗户被风吹开，夏风炎热，沈赐移开视线，背上书包，淡声说："没什么，走吧，周子奇。"

"好嘞，赐哥。"

这是最后一次放学，最后一次离开熟悉的校园，身材颀长的少年渐渐走远。

风渐渐吹，把往事吹得好远好远。高中三年，在这一刻尘埃落定。

高考假期这几天，唐笑没再逼叶书辞学习。

该学的也学得差不多了,倘若学不好,这几天拼了老命也照样考不好,可谁也没想到叶书辞发了一场高烧。

她头脑昏昏沉沉,分不清是梦境还是现实,只反复看到沈赐走向林蔚的场景,又或是沈赐一丝不苟地为林蔚补习功课,面容温柔到极致的画面。

少年身材笔直挺拔,皮肤比大多数女孩都要白,笑容总是勾着漫不经心的慵懒恣意。

可惜那满目的温柔不是给她的。

叶书辞伸直手臂,从梦中转醒,带着病躯参加了高考。

高考两天,天气阴沉沉的。

叶书辞考得并不理想,至少比她想象的要差很多,不过几乎所有考生都反应试卷过难,毕竟是跟全国考生竞争,她不知道自己能占到什么名次。

无论如何,这一遭她算是平安熬过来了,掉了她半条命。

窗外的雨淅淅沥沥,叶书辞提前准备了伞,心态平静地走下楼梯,哪想到恰好碰到了沈赐。

沈赐主动跟她打了招呼:"叶书辞。"

两人都没谈高考,她随口问道:"你怎么在这儿啊?"

沈赐在对面的教学楼考试,怎么到这边来了?

沈赐说:"我等林蔚,她没带伞。"

又是林蔚。

叶书辞抿了抿唇,无力感涌上心头,垂眸看向脚下湿漉漉的地面,沮丧地点点头:"好,那我走了啊。"

她撑着伞,一小步一小步,似乎要走到自己既定的命运里去。

"叶书辞!"沈赐拔高了声调,在她身后喊了一声。

她抱着还有一丝转机的念头看过去,哪想到林蔚已经下了楼。

林蔚站在沈赐身边,两人颜值高,郎才女貌,女孩高举着那把黑色的长柄伞,生怕淋到了沈赐,眉眼弯弯地笑着,刺痛了叶书辞的眼睛。

叶书辞移开了视线,加快脚步,眼眶越来越酸涩,往家的方向跑去。

"沈赐,"林蔚笑得格外惊喜和温柔,"你怎么会等我啊?"

女孩倾身过来,两人离得极近。沈赐往后退了退,礼貌地拉开一段距离,淡声说:"林阿姨让我等你的,我们走吧。"

林蔚双眸黯淡下来,沉默几秒,又问道:"今天考完试了,你陪我吃顿饭行吗?"

沈赐单手插着口袋,眉眼并无情绪:"下次吧,今晚我还有事。"

六月十二号晚上,班里举行了同学聚会。

叶书辞准备了一封信，准备在同学聚会结束时交给沈赐。

全班同学都到齐了。

最大的包厢里，坐了整整三桌人。大家都穿着自己的衣服，脸颊依旧稚嫩，却充满朝气。

十几个爱唱歌的同学主动站到了舞台上，列好队，合唱了首《北京东路的日子》。

> 开始的开始 / 我们都是孩子
> 最后的最后 / 渴望变成天使
> 歌谣的歌谣 / 藏着童话的影子……

叶书辞在台下也热泪盈眶，这些朝夕相处的同学，也构成了她热烈的青春。

同学们张开双臂，给了老陈一个大大的拥抱。

"老陈，你永远是我们最好的班主任！"

"呜呜呜，我好舍不得老陈，对不起老陈，我曾经在背后骂过你。"

如今高考已经结束，大家纷纷解放了天性，或许知道未来不会再见，说什么的都有，有的说起自己的小秘密，被提到的同学脸都红了。

突然，一个男生大喊了一声："还有沈赐和林蔚啊！"

沈赐的反应最为强烈，皱了皱眉："别胡说八道！"

叶书辞沉默着喝完了一杯又一杯果汁，更是偷偷攥紧了包，包里有她手写的那封信。她找借口去洗手间，却恰好碰到林蔚和林蔚的朋友。

叶书辞看了她们一眼，立刻移开了视线，关上门，坐到马桶上，任由眼泪倾落。

林蔚的朋友说："林蔚，你跟沈赐关系那么好，我好羡慕啊。"

林蔚嗓音里流淌着笑意："这有什么啊。"

叶书辞的眼泪大把大把地落下来，原来，在她看不到的地方，有人已经美梦成真。

高考于六月二十四号出成绩。

叶书辞考了六百四十分，可能对于普通人来说，这个成绩很高，可距离她的目标差之甚远。

她其实不想复读，一次高考说明不了什么，她可以考研考博，天高任鸟飞，未来还有很多证明自己的机会。

可唐笑发了好大一通脾气，训斥她一番，说必须复读。

不止如此，唐笑还将刚修复不久的网线再次拔掉，严格要求她认真学习，出成绩的那天晚上，唐笑就将她关在了家里，七月初就将她送到了寄宿制补习班。

叶书辞不知道，高考成绩出分的那晚，沈赐等在她家楼下许久。

可沈赐没等来叶书辞，等到了唐笑。

录取结果在七月份就出来了，叶书辞决定复读，压根儿没参与志愿填报。

姜晓和周子奇分差很小，两人原本打算念同一所学校，然而命运使然，周子奇以一分之差落榜，去了遥远的北方，二人一南一北，在地图上遥遥相望。

方悠然因为身体原因，勉强考过了本科线，只能在本地念一所普通的学校——苏城财经学院。

叶书辞从姜晓口里得到了沈赐和林蔚考上中海大学的消息，不过，林蔚是以艺术生身份念的海大。

沈赐是那年的高考状元，考到了七百三十四分，正常发挥，各科都接近满分。他接受了不少采访，享受无限荣光。

叶书辞每逢看到镜子里蓬头垢面的自己，都难受到不能自已，她的生活一团糟糕，又有什么资格靠近心爱的少年啊？

唐笑容不得叶书辞颓废，叶书辞也清楚自己悲伤下去没好结果，还不如一鼓作气努力学习。

八月，叶书辞剪掉了留了多年的长发，背起行囊来到偏僻的小镇复读。

走之前的晚上，她仍觉得心有不甘，可有一道清晰的声音一遍遍告诉自己，沈赐已经跟林蔚在一起了，自己只是最普通的女孩，有时笨拙，有时怯懦，需要努力才能拿到想要的东西，会因为说不好话而自卑，会因为退步的成绩睡不着觉，也会高考失利。

沈赐不一样，他是天之骄子，长相优越，智商高超，上帝似乎在造人之时，就已经将所有的美好都赋予了他。

他们没有可比性。

是啊，又有谁会因为追不上天才而难过的？

可叶书辞仍不甘心，也不愿意当插入别人感情的第三者，她去网上注册了一个邮箱，写了简短的几句话，没有署名：沈赐，暗恋一个人就好像走独木桥，我瑟瑟缩缩、怯懦又胆战心惊，将你奉为全世界，可我哭、我笑、我喜、我怒，你永远也不知道。毕业了，这场暗恋该结束了，愿你此后的岁岁年年，平安无虞。让我再偷偷喜欢你最后一秒。

叶书辞心一横，点击了发送。

纵有千般不舍，可这场暗恋该结束了。

——沈赐，我的少年，祝你永远耀眼，即使生生不见。

第十一章
重逢

Anlian Huixhong

  叶书辞从梦中醒来，窗外风雨大作，狂风拍打着窗户，呼啦作响，房内的气压降至冰点。她迷迷糊糊地起身，关好窗户，站在窗前看了好一会儿。
  她所租住的房子在市中心，租金高昂，胜在交通便利。
  红绿灯正跳转，透过玻璃，红绿灯的光芒有种虚幻的渺茫感，车灯与霓虹混在一起，光影像是被泡发了一般，如启明星一样明亮。
  雷声越发响亮，轰隆轰隆，世界仿佛要倾倒。
  叶书辞拉紧窗帘，没做梦的夜晚，内心格外宁静。
  这些年，她习惯了独居生活，也从一个普通的姑娘，变成了顶天立地的大人。

  叶书辞第二年参加高考考得还不错，提升了六十分，也算是正常发挥了。
  唐笑强烈建议她填报海大，可她想到沈赐和林蔚，打了退堂鼓。
  最终，她咬咬牙，第一志愿填报了海大。
  她想，就交给老天决定吧，能不能录取就看老天的意思了。
  海大每年的分数都很稳，但谁也想不到的是，就在那一年，海大录取分数线猛涨，本来稳进的叶书辞落档，被林宋大学新闻传播专业录取。
  好在林宋大学也是全国知名大学，唐笑那边也没意见。
  念大学的那几年，叶书辞很少听说沈赐的消息，也许是刻意封闭了自己的耳朵。
  大学毕业之后，叶书辞留在了宋城，一工作就是好几年。
  她租了个不错的房子，平时养养花遛遛狗，一个人的生活也有滋有味。
  虽然偶尔也会孤单，可大多数时候都是开心的。
  叶书辞在苏城只有一个牵挂，那就是奶奶。十年过去了，奶奶如今已经七十多岁，仍旧独居，经营着那家宋记烤鸭店。
  趁着中秋假期，叶书辞回了趟苏城，直奔奶奶的烤鸭店。

十年光阴厚积成土,什么都变了,宋记烤鸭店依然屹立在原本的小巷里,成为一代人的回忆。

烤鸭店的门牌已经换了好几个,这些年流行各种时尚的门牌,弄出小资情调的装修,里头的东西卖贵了都没人说什么,可奶奶依旧坚持原本的红白门牌,只是在四周加了圈彩灯。

或许有点土,却透着股真挚的淳朴。

一听说叶书辞回来,奶奶一大早起来,完成一天的腌制、烤制任务,在门口等啊等。

叶书辞从出租车下来,对着站在门口,身躯略微佝偻,却笑得慈祥的老人喊了声:"奶奶。"

奶奶揉了一下眼,赶紧迎过去,一把抱住了叶书辞,叹着气说:"我们小辞回来了啊!"

老人满脸的欢喜真实可见,叶书辞越发不好意思,自己假期少,也只有中秋和过年能回趟家。

她复读结束那一年,坦坦荡荡地跟叶青云和唐笑谈了话,告诉他们,她早就知道了他们离婚的事实。

她眉眼坚毅地说,她尊重他们的幸福,也不会抱怨什么,她已经是大孩子了。

夫妻二人纷纷掉了泪,嘴唇颤抖着想说什么,却没说出口。抱了抱叶书辞之后,叶青云收拾行李,头也不回地离开了这个家。

而唐笑也在两年之后跟一个姓张的叔叔再婚,如今生活还算美满,张叔叔带了一个还在念高中的儿子。

叶书辞被判给唐笑那边,不过叶书辞总觉得在一起生活怪怪的,所以大学毕业后没选择回到家乡。

叶书辞跟着奶奶进了烤鸭店,烤鸭鲜香肥美的香味刺激着她的味蕾,小店的桌子、机器、烤鸭的大炉子、白色毛巾,都一如当年。

好像什么都没变。

可一转眼,十年倏忽而逝。

店铺里摆了张大桌子,摆满了叶书辞爱吃的饭菜。

主食是面条,不过是拌的肉酱面,色泽鲜亮,酱香浓郁,棕褐色的肉汁看着就诱人,再配上奶奶特制的酸豆角,别提有多好吃了。

这些年,叶书辞的口味并没变,甚至她还有种错觉,自己还是当年那个十几岁的少女。

可容易疲惫的奶奶、眼角生满皱纹的妈妈都在用事实提醒她,时间是最不留情面的东西。

想到奶奶老了，忙着店里生意，还做了这么一桌子菜，叶书辞眼角湿润了。

"最近工作累不累呀？"奶奶用长满皱纹、黢黑的手一遍一遍温柔地抚摸叶书辞柔白的手，像小时候那样。

叶书辞突然觉得很难过，喉咙里像是哽了一颗酸果子，晕染得整个胸腔都泛滥着酸涩。

祖孙二人吃过饭之后，也快到闭店的时间了，叶书辞帮着奶奶一起收拾店面。

叶书辞十几岁的时候帮着奶奶干过无数次同样的工作，她将长发拨到脑后，袖口挽起来，干活干净利落。

奶奶笑着看向她："我们小辞真漂亮啊。"

叶书辞从小就被人夸漂亮，不过唐笑对她要求严苛，不怎么让她打扮。

时光对美人最是仁慈，将她雕琢得更加惊艳。

她皮肤莹润白皙，没有一丝瑕疵，在浓密睫毛的遮挡下，好看的杏眼呈现澄澈的琥珀色，干净且灵透，一旦眉眼微垂便显出无限温柔。

不仅如此，她还身材纤瘦高挑，气质自信昂然，永远是人群中瞩目的存在。

"这还不是遗传自奶奶的美貌。"

"你这丫头，"奶奶一边收拾，一边指着她笑了，"你啊，长得一点儿也不像我，也不像你爸爸，你像你妈妈，还是笑笑长得漂亮。"

"可惜啊……"老人悠长地叹了口气。

她的儿子没那个福气。

叶青云如今的妻子工作在外地，因此夫妻二人搬到了外地生活。叶青云想让奶奶跟着过去，可奶奶老了，不想折腾，只想留在家乡。

虽然唐笑与叶青云一刀两断，可唐笑在繁忙工作之余也会买点东西看看奶奶，婆媳二人情分依旧在。

两人从没提伤心事，只聊着过去那些好玩的经历，还有叶书辞小时候的糗事。

"对了，你高中喜欢的那个男孩子……"

闻言，叶书辞的头猛地抬起来。

别说高中了，就是这些年，她唯一喜欢过的人便是沈赐，可奶奶是怎么知道的？

收拾得差不多了，老人洗洗手，慢条斯理地将手擦拭干净，抬头看出叶书辞心中所想："就是经常来我们店里买烤鸭的男孩子，可善良了，帮过奶奶的那个。"

奶奶拍了拍她的肩膀，兀自揶揄地笑了："我们小辞应该比奶奶还清楚吧？"

叶书辞低下头，嘴唇抿紧，没说话。

那年，唐笑选择辞掉工作陪她复读，以防万无一失。叶书辞的QQ被盗号，失去了联系沈赐的途径，上大学之后，她重新找回那个QQ，发现她复读的那一年，其实沈赐给她发过消息。

她想过要回复，可也是那时候，她听说了林蔚和沈赐正式恋爱的消息。

"奶奶……"

这么多年过去，叶书辞好像还是当年那个一旦听到沈赐的任何消息，便心绪起伏的少女。

奶奶说："你复读那一年里，他还来买过几次烤鸭呢，他问我你在不在，我说你复读去了，过年也不回来了。"

叶书辞压下内心的波涛汹涌，轻轻问："还有吗？"

奶奶笑了："还能有什么啊？他笑了笑就走了。"

是啊，还能有什么？人家兴许只是习惯了随口一问，顺便跟奶奶打个招呼，毕竟沈赐对她从没半分暧昧旖旎的想法。

奶奶又唠叨起来："小辞，你还记得你崔阿姨吗？"

叶书辞挠挠头："哪个崔阿姨？"

"就是住在老家的时候，跟我们一条街上的，"奶奶笑着，"你崔阿姨的儿子，长得挺帅气的，现在在市区教高中物理，人很踏实的，前段时间你崔阿姨见了我还说要我给她儿子介绍对象呢。"

这两年，但凡她跟奶奶打电话，奶奶多少都会将话题转移到找对象这件事上，可是她很长时间对沈赐无法释怀，纵使刻意回避他的消息，但每当夜深人静时，少年清隽的身影总会入梦。

如放电影一般，她一遍一遍回忆自己的青春，回忆那个坐在她身旁的少年。

少年侧颜清俊好看，像徐徐的月光蔓延开来。

叶书辞无数次想，是不是没有林蔚，站在他身边的人就会是她？

好像也不是，有些人天生有缘无分，她喜欢沈赐，如同飞蛾扑火，以陨灭换取一瞬的光明。可飞蛾如果不扑火，生命是不会绚烂的。

后来，叶书辞从网上看到了一句话：在追逐月亮的途中，也曾被月亮照亮。

她突然就释怀了。

喜欢沈赐的一路，就像追逐着月亮，于是她变成了更好的自己——勇敢尝试竞赛，勇于挑战，做了很多之前想做但不敢做的事，又有什么好遗憾的？

奶奶走在前，叶书辞走在后，祖孙二人朝着奶奶的老旧小区走去。

世界万籁俱寂，电线将天空切割成六角形，叶书辞望向琥珀色的月亮，润泽的光芒倾泻下来，照亮这片狭窄的、灰扑扑的小巷。

"奶奶，王奶奶呢？"

宋记烤鸭店旁边是王奶奶的卤味小店，王奶奶很勤快，经常开店到半夜。叶书辞还记得高中那会儿，王奶奶总喜欢送她水果吃。

奶奶叹了口气，摸了摸她的脑袋："今年春天突发急症，走了。"

霎时，叶书辞溢出眼泪。人从出生到衰老，看似很长，其实只是一瞬间。

明暗交错的月亮光斑落在奶奶身上，她看着奶奶佝偻的背影，心突然很疼很疼。

中秋假期一共三天，叶书辞一刻也舍不得浪费。

第二天，她早早起来，掀开窗帘，任阳光满灌进来，简单洗漱之后，为奶奶准备了早餐——三明治、豆浆，还有一盘蔬菜沙拉。

奶奶一边说吃不惯这东西，一边却又笑得连皱纹都很温柔，全部吃干净了。

吃过饭后，叶书辞回房间收拾行李，姜晓的视频电话恰好打来了。

这些年，跟她一直保持联系的也就只有姜晓了。

"小辞！"姜晓比过去温柔内敛许多，此刻她躺在沙滩椅上，享受着南加州海滩的落日。

姜晓将手机摄像头翻转，瑰丽的落日余晖将天空染成好看的玫瑰金，夹着点橘色、粉橙色的光影，远处碧海翻涌，弥漫开来。

"真漂亮。"叶书辞由衷感叹道。

屏幕中的姜晓自信又美丽，当年她和周子奇阴错阳差没念同一所大学，异地的情侣争吵变多，再加上周子奇大二那年选择出国留学，二人也就分了手。

每当想起这一茬，叶书辞总会感慨，不是所有的爱情都能有好结果。

她曾以为他们可以永远在一起。

可也是因为分手，姜晓为疏解情绪，写了篇情感小说，哪想到爆红，毕业后也就成了全职作家，如今各地旅游，寻找灵感。

"小辞，我打算回苏城了。"姜晓笑着说，"反正对我来说，一部电脑就够了，在哪里写都是写，还是家乡最舒服。"

叶书辞尊重姜晓的一切决定。

"小辞，你呢？"姜晓抬抬眸，"你那个上司不是很过分吗？你给苏城广电投简历了没？"

叶书辞还没想好要不要辞职。

她目前的公司待遇不错，但是氛围不太行，上司压榨人，同事钩心斗角。她大学学的新闻传播，回苏城也能找一份不错的工作，看到苏城广电招聘记者，便投了简历。

"简历倒是通过了。"叶书辞叹了口气，"但我还没想好要不要辞职，回苏城的话，就是重新再来了。"

"重头开始有什么可怕的啊？咱们还年轻呢！"

可说起来简单，做起来难。

叶书辞这一趟回来得匆忙,再加上路途遥远,她只给奶奶带了点特产,怎么都觉得不够,又背起包,打车去了趟百货大楼,打算给奶奶买几件衣服。

老人的衣服其实很好买,奶奶对样式不挑,但对材质以及舒适度有近乎偏执的要求。

叶书辞买了一下午,等到太阳落山之时,总算拎着大包小包走了出来。

她推开商场的推拉门时,有人叫住了她:"叶书辞?"

她愣了一下。

对方笑哈哈自我介绍:"我是蒋大力啊,你不记得我了?"

叶书辞看着对面黝黑又充满阳刚之气的脸庞,记忆缓慢复苏,想起自己班似乎有这么一号人物。

当初唐笑来学校想为她办理转学,老陈劝告几番才将唐笑劝下,但唐笑要求为叶书辞调换位置。

还记得叶书辞和林雪原就是和蒋大力同桌二人换的位置。

老同学一见面,蒋大力热情得不行,自然免不了一番寒暄。

"一转眼这么多年过去了啊,真怀念那时候,只需要考考试做做题,多好啊。"蒋大力摇着头频频叹气。

"对了,高中那时候挺多人喜欢你的。"蒋大力笑笑,"你成绩好,人也善良。"

蒋大力看着面前漂亮的叶书辞,女孩长鬈发,高鼻梁,殷红的唇,脸蛋白得不像话,没化妆,看着还像个清纯的大学生。

"也不算多吧,就那几个人,我现在都记不清名字了。"

谁高中时候还能没收到过小字条?都是三天打鱼两天晒网,看着她没回应,没几天就放弃了。

蒋大力神秘地笑了笑:"那你知道,沈赐喜欢你吗?"

叶书辞原本闲散地抿了口咖啡,听到这话的第一反应就是他在开玩笑,沈赐怎么会喜欢她?

可见他双眸认真,完全不像开玩笑,叶书辞攥紧的咖啡杯差点掉落下去,脸色煞白:"你说什么?"

她强迫自己平静下来:"你搞错了吧,沈赐和林蔚是一对吧?他们高中那时候关系就好,你忘了吗?那时候表演舞台剧圈了很多粉呢,咱们教室外头全都是来看他们的。"

不止这些。

沈赐还为林蔚补习功课,高考后为她撑伞,同学聚会那天,林蔚在卫生间笑着承认沈赐喜欢她。

叶书辞状似随意地笑着,以掩饰自己的紧张情绪。她手心汗涔涔的,默默攥紧了杯壁，心脏突突狂跳着。

蒋大力笑了："这是后来我见了沈赐，跟他喝了几杯，他告诉我的。高中时代他只喜欢你，所以沈赐去了海大，他跟我说你想去那里。"

叶书辞咬着嘴唇，浑身冰冷。

她怎么也想不到，十年光阴逝去，她居然会得到这么个答案。

她曾以为，她跟沈赐，是最不可能的两个人。

原来，在看不到的时空里，他们曾经如此靠近。

蒋大力又叹了口气："不过啊，林蔚那姑娘也不容易，一直倒追沈赐，这些年也没放弃，虽然有点小心机吧，但是对沈赐绝对认真，我听说他们下个月就要举行婚礼了呢。"

"多年爱情长跑，真不容易。"蒋大力笑容憨厚，挠了挠头，又看向叶书辞，"哎，说了这么多，叶书辞，你最近怎么样了？"

叶书辞仿佛心脏骤停，她都忘记自己怎么回复蒋大力的了。

她浑身上下无力，钝痛的感觉像是铁锈在水中缓慢地化开。老天跟她开了这么大的玩笑啊，她逃避多年，以为多年的暗恋早已画上句点，却不知，在今天的这一刻，才真正写上结局。

一切都是她以为。

原来那时候，沈赐与她若有似无的暧昧都是真的，少年对她的好也并不是出于朋友的关系。与她一样怀揣心事，难枕星光入眠的并非只有她一个。

原来，他也曾喜欢过她。

叶书辞全身弥漫着深入骨髓的痛感，她哽咽着落泪，是灼烧掉皮肤的热度。

如果她演了那场话剧就好了。

如果她的父母没离婚，她压力小一点，能对他主动一些就好了。

如果在聊志愿的时候，她能读懂他的欲言又止就好了。

如果，在高考结束后，她看到他为别人撑伞，能听到他叫住她就好了。

如果，她勇敢送出那封信就好了……

可惜啊，哪有什么如果。

那封信……

叶书辞又想起那个之后就没登录过的邮箱，恍然觉得自己或许错过了什么。

即使密码早就烂熟于心，可十年来，她从未登录过邮箱，寄出那封没署名的信，并非为了结果，只是为了给自己的暗恋生涯画上句点。何况，沈赐怎么会回复一封没署名的信呢？

她颤抖着手打开邮箱，才发现其实沈赐回了信：叶书辞，是你吗？我喜欢你。

叶书辞用了很久才恢复好情绪。

漫漫光阴里，这场暗恋原来并不是单箭头。

叶书辞用冷水洗了把脸，奶奶忙烤鸭店的生意，她也没让自己闲着，收拾起各个房间的卫生。

奶奶房间的抽屉没拉好，叶书辞帮着把抽屉关上，余光注意到满满一抽屉都是药。

白色的瓶瓶罐罐，还有一板又一板的胶囊，堆满整个抽屉，刺激着她的神经。她皱着眉搜索药的名字，发现这都是治疗糖尿病的。

在她的记忆里，奶奶的身子骨一直很硬朗，究竟是什么时候得的糖尿病？居然没告诉她一声。

叶书辞放下药，一刻也待不下去了，赶紧到店里找到奶奶。

奶奶比她想象的淡定多了，笑着说："小辞，到了奶奶这个岁数，有几个身体好的呀？"

奶奶拍着叶书辞的肩膀："再说了，这就是个慢性病，除了吃的药多点，也没别的。"

叶书辞抿紧嘴唇："那您怎么不告诉我？"

奶奶犹豫了一会儿："你在离奶奶那么远的地方上班，又忙压力还大，奶奶都一把老骨头了，不想你为奶奶担心了。"

叶书辞久久没说话，都说父母在，不远游，可对叶书辞来说，奶奶比父母更重要。

叶书辞暗自做了个决定，赶紧给苏城广电打了电话，告诉那边自己决定参加面试。

广电那边似乎很缺人，当天下午就安排了面试。叶书辞综合表现很好，再加上本身学的就是新闻传播，那边的意思是让她尽快入职《会谈民生》节目。

叶书辞将收到的录取通知给奶奶看。

奶奶文化程度高，看懂倒是很简单，却一脸不可置信地看着她："小辞，你以后就在咱们苏城上班了？"

叶书辞甜甜地笑了："对呀。"

奶奶愣了愣，褪去起初的惊讶，缓和下来情绪，才慢悠悠地问："你不会是为了奶奶才换工作的吧？"

叶书辞诚实道："其实我之前那个工作也做不下去了，迟早都要回来的，而且妈妈和您年纪都大了，家里迟早需要我。"

奶奶温柔地抚摸着她的额角，望进她的眼睛："那小辞喜欢这份工作吗？"

叶书辞点头如捣蒜:"奶奶,我大学学的就是这个,肯定喜欢的,只是当时毕业签了个好公司就去了。这几年不知不觉就过去了,我其实一直想,如果能继续从事传媒行业,肯定更开心的。"

"如今也算是美梦成真啦!"叶书辞浑身轻松,抱着奶奶的手臂撒了会儿娇,又凑过去亲了奶奶一口。

"小辞,这工作的事解决了,"奶奶揶揄地看向她,"要不要见一见你崔阿姨的儿子?长得真挺俊秀的。"

她挑挑眉:"有多俊秀?"

奶奶摸着下巴思考了一会儿:"你要说比你高中喜欢的那个男孩子肯定差一点,但也是属于帅气的类型。"

是啊,有谁能比得过沈赐呢?都说年少时不能遇到太惊艳的人,可叶书辞遇到了沈赐。

叶书辞买了机票回宋城,用一天的时间办理好辞职手续,收拾完办公室的东西,找房东退了租,又忙活几个小时,把该扔的东西扔掉,把有用的行李邮寄回奶奶那边。

晚上十点钟,她终于有时间跟姜晓打个视频电话了。

"晓晓,我今天收拾得差不多了,"叶书辞瘫在沙发上,伸了个懒腰,"好累,但是现在莫名有点兴奋。"

"兴奋什么啊?"姜晓眨眨眼,"你总不能因为要回苏城工作而兴奋吧?你要真这么开心还至于现在才回来?"

叶书辞哑口无言:"其实我也不知道,觉得现在好像尘埃落定了,完成了一件很想做,却又一直没做的事情。"

"我大概下个月回去,"姜晓说,"到时候我要找你疯狂约饭。

"对了,小辞,沈赐好像也在苏城。"

叶书辞愣了一下,心跳遽然加速。

姜晓没注意到叶书辞的表情变化,继续道:"你知道的,我分手之后,就基本也断绝了和老同学的联系。

"前几天,我看有同学发了动态,好像是小面积的同学聚餐,里头就有沈赐。沈赐真的优秀啊,好像现在是苏城一个很厉害的律所最知名的律师。"

叶书辞慢条斯理地喝了口水,心态倒也还算平静。

她不明白,沈赐明明被物理专业录取了,怎么又转头当律师去了?

"沈赐肯定很优秀的,他上学那会儿就最厉害,做什么都能做到最好。"

闻言,姜晓小心看了眼叶书辞,小声说:"小辞,其实高中那时候我感觉沈赐好像挺喜欢你的。"

叶书辞"啊"了一声。

姜晓不好意思地笑了:"小辞,你那时候光学习了,哪有空跟我们开这玩笑。"

"可我听说他跟林蔚快结婚了。"

高中那会儿,叶书辞也幻想过,假如有一天听到沈赐和林蔚结婚的消息,她会是怎样的感觉。

光是想想这个问题,她的心就像被丝丝缕缕的细线缠绕包围住,疼到无法呼吸,像是溺毙在深海。

"可我那天看QQ空间,还有人调侃沈赐单身呢。"姜晓皱皱眉,"不过说实话,沈赐这个优秀程度,应该不至于单身。"

叶书辞没听进姜晓的话。

她搭乘远离宋城的飞机回到了苏城,很快办理好入职手续,正式成为《会谈民生》节目组的一名记者。

这档节目如其名好理解,包含世间万象,讲述生活与民生,节目收视率在本地还是很不错的,特别受中老年观众的喜欢,比如叶奶奶就是这档节目的忠实观众。

叶书辞打算在市中心租个房子。

过往的经验告诉她,租房子需要警惕的事情多了去了,不是一天两天能处理好的,这几天就暂且住奶奶家里。

电视台的同事都很年轻,大多都三十岁上下,看起来充满活力,干劲十足。

"欢迎你呀,我叫葛林真。"隔壁桌一个精致漂亮的女孩跟叶书辞打招呼,指甲油红艳鲜亮,"最近可累死了,光等新同事了。"

"开会啦!"一个戴眼镜的圆脸姑娘从会议室走出来,通知大家。

大家拿着纸笔进了会议室,叶书辞听得格外认真,领导先是对加入的新人表示了欢迎,然后又简单规划了下最近一周的工作。

叶书辞主要的工作任务是新闻采编、写稿、偶尔需要出境,像剪辑、做后期这种事情不归她负责。

一上午匆匆而逝,叶书辞还挺喜欢这里的氛围,忙忙碌碌,分工明确,没有太多摸鱼时间。

缺点也很明显,太忙了,工作时间不太灵活,一整天都耗在台里,晚上还可能需要加班。

忙完一上午,叶书辞去食堂打了份饭,一边看手机一边吃。

隔壁几个不熟的同事在讨论前段时间热门的一个案子,说是某位律师犯下了诈骗罪。

"还挺可笑呢,律师最懂法律,还能犯罪,是觉得好日子过到头了啊。"

"我看过内部采访,那个律师看起来脑子不太好使,也不知道怎么拿到的资格证。"

律师。

一听到这个职业,叶书辞下意识想到了沈赐,如今沈赐也是律师。

她随便扒了几口米饭,打开搜索引擎,输入"沈赐"两个字。

还记得最喜欢沈赐的那会儿,她经常在百度上搜他——沈赐毕竟不是名人,百度出来的资料很少,也没照片,只能在一些竞赛得奖名单上找到他。

可叶书辞看到那些都觉得与有荣焉。

资料页面跳转很快。

——沈赐,男,二十七岁,沈周律师事务所合伙人,业界顶级律师。

没有照片,只列举了一些他负责的案子。

叶书辞又顺势点进沈周律师事务所的官网,布置得简洁明了,将荣誉列举出来。

——获得"全国最优秀律所"称号。

——在李纪明发布的《大中华区2022律政榜单》中,沈周律师事务所以二十九个业务领域荣登第一名。

——获得了《商法》杂志"飞跃律所"称号。

此类荣誉,不胜枚举。

叶书辞准备点进介绍沈赐的个人页面看看,没想到有人在她身后重重拍了她的肩膀一下,吓得她一个激灵,赶紧把手机藏了起来。

葛林真笑着说:"组长叫你呢,喊你去苏城大学采访。"

叶书辞赶紧拿纸巾擦了擦嘴,连餐盒都来不及整理了。

葛林真笑着:"你刚才看什么呢?这么紧张,该不会是心上人吧?"

苏城大学距离电视台不远,一行人坐着车前往。

组长李文清不太爱讲话,其他人都叽叽喳喳聊个没完,最后将八卦话题扯到了叶书辞身上。

叶书辞干巴巴地笑了笑,又默不作声将话题扯到了今天的案子上——

苏城大学一名男大学生补考没过,害怕延期毕业,找到了网上一名黑客,汇款一万元人民币,据说能帮忙利用网络漏洞进入学校的系统修改成绩。这件事公安机关已经处理完毕,《会谈民生》节目组征求了男生的同意,进行一些后续的采访。

"好,今天的任务完成,大家可以提前下班了。"

叶书辞中午还没吃饱,这又忙活几个小时,肚子有点饿,告别大家之后,跑去苏大的食堂买了份炸酱面,她这些年口味也发生了一些变化,不过变动不大。

吃完饭,叶书辞发现不少同学都往一个方向走,像是怕错过什么好事似的,一个比一个跑得快,还都是女同学。

"真的超帅的，我超想见本人，今天终于有机会了。"

"沈教授平时都不怎么来学校的，"一个女生兴奋地说，"不过人家愿意来咱们学校就不错了，这颜值当个律师真可惜了。"

叶书辞对这种活动没兴趣，正准备打车离开，哪想到一个女生拦住了她。

女生看着她的胸牌："姐姐，你是记者吗？"

这才上班第一天，叶书辞不太好意思承认自己的身份，但还是点了点头。

女生长相很乖，拿着一台摄像机，一脸的期待："那姐姐肯定会用摄像机了！会长给我布置任务拍照录像，姐姐，你能教教我吗？"

记者也不代表就能熟练掌握拍摄技巧，但叶书辞好歹受过专业训练，她大学也是传媒中心的会长，便点点头。

"姐姐，你能跟我过去吗？"女生小心翼翼地请求她，"就在前面，讲座马上开始了，也就浪费姐姐十几分钟。"

看着面前稚嫩的脸庞，叶书辞也想起了自己的二十岁，谁还不是从没经验的小新人走过来的？

这会儿她也没什么事，便走了过去，一时匆忙，没注意到胸牌悄悄脱落了。

阳光透过树叶的缝隙打下来，跳跃在校园的红砖格子小道上，阳光充裕，小花园里开着不少花，像是烧得正烈的小太阳。

一行男人往大礼堂的方向走。

戴眼镜的中年男人言语之中是满满的敬佩："沈教授，百忙之中，谢谢您愿意来我们学校啊。"

"客气了。"

年轻男人嗓音低沉，吐字清晰，有种漫不经心的倦懒。

"您上次开展的两次讲座在我们学生中评价真的很高啊，不少没听过的同学都很遗憾呢，总算是又将您盼来了。"

沈赐低笑一声。

斑驳迷离的光晕打下来，男人侧颜流畅，一身板正的西装，鼻梁高挺，轮廓深邃，微抿起唇讲话，有种淡淡的疏离感。

沈赐来过这边几次，早就熟悉大礼堂的方向，再说了，他是苏大的签约教授，校领导没必要一次次主动迎接，无奈他们太过热情。

男人脚步微微一停，弯下腰，捡起一个东西——

准确来说，是一个很小的长方形的胸牌——叶书辞，《会谈民生》节目专栏记者。

沈赐呼吸微微一滞，面容有几分失神。

"沈教授，您怎么了？"

177

沈赐将胸牌收起来:"没什么。"

大礼堂。

叶书辞又教了女生几次,女生终于学会了,试图拍摄了几次,连续说了好几次"谢谢姐姐",还说要请叶书辞喝奶茶。

叶书辞客气地笑笑,正准备从后门溜走,哪想到原本就不安静的礼堂变得更加喧闹,像是彻底炸开锅一般。

女生们桃花满面,一个个激动无比:"我终于等来了!沈律师真人啊!"

似乎听到了某个熟悉的名字,叶书辞皱皱眉头,掠过几分不敢置信。

随后——

院长在台上拿起话筒:"接下来欢迎今天的主讲科普人,沈赐沈教授!沈教授也是我们沈周律师事务所的合伙人。"

沈赐。

叶书辞捂住嘴,心跳快到无以复加。

十年未见。

叶书辞想象过无数次他们见面的场景,却怎么都没想到是今天。她站在台下,是误入礼堂的一员,而风姿卓绝的男人站在台上,眉目英俊,神采飞扬。

沈赐缓缓走上讲台,身型高瘦,白衬衫,黑西裤,衬衫袖口微微卷起来,露出一截筋络分明的手臂。曾经的沈赐五官带着浓浓的少年气,如今青涩褪去,浑身写满被岁月雕琢的成熟。

沈赐微微俯下身调好PPT,抬起头,淡淡的嗓音从话筒中响起:"大家好,我是沈赐。"

他有种例行公事的漫不经心,可那股自信与淡然又是从骨子里透出来的。

男人微微低头,眉目线条清俊优越,举手投足都是疏离感,领口扣子一丝不苟,又平添了几分禁欲气质。

他微微偏头的时候,所有人都能清晰地看到他线条利落、鼻梁高挺的侧脸,是那样的出类拔萃。

叶书辞早就知道,沈赐一直是人群中最耀眼的。

她最熟悉的,除了他的背影,就是他的侧脸。

那些年青葱的记忆自脑中重新上演——

初秋时节,她趁着中午休息时间对着窗户的方向趴下,双眸偷偷睁开,看他眉头微微蹙起,看他修长漂亮的手指写下一行又一行算式,怎么看都看不够。

窗外有白鸽展翅掠过粼粼大海,少女悄悄种下爱慕,如热火燎原。

大礼堂人山人海,站在台上的沈赐一定看不到她,哪怕看到了,也未必认识她了。

毕竟这么多年过去了。

叶书辞突然很难过。

这种难过无关爱情，可毕竟是她喜欢了一整个青春的人，一见到他，心脏下意识的隐痛感提醒她——

他们曾经离得那么近，现在却这么远。

叶书辞很快调整好情绪，她没有听讲座的打算，准备出门。可后门关闭得严严实实，她无奈地重新坐下，在不知不觉间，听完了整场讲座，竟然不觉丝毫厌烦。

沈赐逻辑清晰，虽然很多专业名词她听不懂，可男人低沉动听的嗓音，也不失为好的享受。

她学到了不少法律知识。

两个小时的讲座倏忽而逝，不少热情洋溢的同学走向讲台，问沈赐一些法律问题，还有的问到私人问题，沈赐没有回答。

叶书辞背好包，走向后门。

虽然曾经跟沈赐是很不错的同学关系，可她并不打算跟沈赐叙旧，毕竟人家马上就要结婚了。

叶书辞接了个电话，在香樟树下站了一小会儿。

初秋的阳光映照下来，光影缱绻，照映得她眉眼亮晶晶的。

她将一绺碎发捋到耳后，哪里想到，身后会传来那道熟悉、慵懒的好听嗓音，在这幽静的傍晚，如梦境一样美好，也像梦境一样遥远。

"好久不见，叶书辞，我是沈赐。"

叶书辞霎时好像听到了血液冻结的声音。

她还以为自己在做梦，缓慢地转身，对上男人英俊的脸庞。

这么多年过去，虽然她五官没发生大的改变，可毕竟是成熟了，想不到沈赐这样都能认出她来。

台下人山人海，男人到底什么时候看到她的？

"沈赐，好久不见。"叶书辞勾起唇笑了笑。

"什么时候来这边的？"

阳光是最为灵巧的剪刀，将男人的身影衬托得笔直修长，沈赐西装板正，站姿挺拔，褪去少年气的他多了些成熟和深沉。

"今天有个采访。"

"你如今当记者了？"

叶书辞点头："就在苏城广电，今天刚刚入职。"

沈赐轻缓地笑了声，似乎在笑她所说的第一天，低缓好听的笑声荡漾开，弄得叶书辞有点不好意思。

"一会儿还去工作吗?"

叶书辞摇摇头:"我们工作弹性还挺大的,刚才完成了今天的任务,就不需要再去了。"

"今天学校是有什么新闻吗?"

"之前有个大学生被网络诈骗,不过我们约定的今天采访,"叶书辞指了指不远处的宿舍楼,"刚采访完不久。"

沈赐长长地"嗯"一声,漆黑的双眸落在她脸上,扬扬眉笑了笑:"我还以为你到大礼堂采访。"

叶书辞脸上的笑容立刻止住了。

不知道是不是她的错觉,怎么觉得沈赐这话怪怪的,就好像她是为了见他故意去的大礼堂?

叶书辞对上男人揶揄的目光,抿抿唇,耐下心来把怎么遇到的那个女生,又怎么来到的大礼堂说得清楚明白。

沈赐笑了笑:"这么多年没见了,我请你吃个饭吧。"

叶书辞尴尬地摸了摸肚子,她正想说自己刚刚吃过,可这样似乎不太礼貌,再怎么当年也是同桌,人家还给了她那么多帮助。

她点点头:"好啊。"

两个人也没去太远的地方,就在大学城附近找了家口碑还不错的餐厅。

两人找了个位置坐下了,光影是暧昧的暖黄色,泛起暖融融的光芒,照在沈赐那张出类拔萃的脸上。

服务员主动上前为他们介绍菜品,沈赐点了几道,又看向叶书辞:"你还有什么想吃的吗?"

叶书辞弯唇笑笑:"没有了,你点的都是我爱吃的。

"没想到你还记得。"

"毕竟当过同桌,"男人淡淡笑了声,"哪能这么容易就忘记了。"

叶书辞定定地望着沈赐。

视线略过男人深邃的眉眼,划过高挺的鼻梁,再往下,是薄削的唇,凸起的喉结。魅力更胜从前,电视上那些明星都没有他惊艳。

还记得那时候的她,尽管跟沈赐当了同桌,成了朋友,关系越发靠近,可每次独处的时候,沈赐稍微说一点除学习之外的话题,就会把她弄得脸颊潮热。

她知道自己没出息,可面对他,只能甘为败将。

"这些年过去,我见过口味最好记的就是你,"沈赐无奈一笑,"爱吃的都是咸的、辣的,再不就是油炸过的,几乎都是口味重的。"

叶书辞赧然一笑:"现在为了健康,吃那些也少些了,不过口味还是没怎么变。

"我记得你那时候爱吃清淡的。"

"现在也是。"沈赐抬眸,"我对吃不太讲究。"

确实是这样。当年他们那群人中,最爱吃的是周子奇,他时常从晨读就开始计划中午的餐食。沈赐明明是家庭条件最好的一个,却对吃什么一点都不在乎,口味就如性格一样清淡。

两人闲聊了几句,菜就上齐了,筷子却少了一双,沈赐起身找服务生要筷子:"等我一下。"

"小姐姐,你也是苏大的吗?"

叶书辞刚喝了口水,抬起头发现身旁站了个大学生模样的男生,戴着眼镜,身形高大,长相干净。

"不是,我来这边吃饭的。"叶书辞将水杯放下,两秒就想明白为什么男生以为她是苏大的。

这家餐厅开在大学城,男生自然就觉得来这边吃饭的都是大学生。

男生抿了抿唇,耳根飞过一抹红。

叶书辞皱皱眉:"怎么了?"

"不知道你有没有男朋友?想加个微信可以吗?"男生的手不自然地垂在身侧,有些不好意思。

原来是来搭讪的。

叶书辞今天穿了件米色长袖和浅蓝色宽松牛仔裤,很随性的打扮,长发垂在身后,她往后捋了捋,露出小巧而莹润的耳垂,笑容甜美,皮肤通透,看着就像个大学生。

她不闪不避地对上男生的视线:"不好意思呀,我暂时没有这个打算。"

男生更加不好意思,说了声"打扰了",几乎落荒而逃。

"小同桌如今这么受欢迎啊。"

清冷低淡的嗓音徐徐传来,如汨汨清泉流淌在耳畔,叶书辞愣愣地抬眸看向身后。

沈赐居然叫她小同桌,熟悉又陌生的称号,自他之后,再也没人叫过她小同桌了。

仿佛又回到了那年。

影影绰绰的灯光下,穿着西装的男人正微微挑着眉,微笑地看着她。

沈赐身形高挑,黑眸轻轻扫过来,无形之中多了些压迫感。

叶书辞咽了咽口水,她明明没做什么,此刻却有种被抓包一样的尴尬。

叶书辞笑着迎向男人:"哪有你受欢迎啊,当年情书都一捆一捆的。"

"还打趣起我了。"沈赐坐回沙发上,嗓音夹杂了几分清冷。

两人说起学生时代的经历,她笑了笑:"对了,前几天,我还碰见蒋大力了。"

沈赐身体微微一顿,表情也有些微微的不自然,过了两秒才恢复。

男人手指轻叩桌面，状似随意地问道："都聊了什么？"

"当然聊过去呀。"叶书辞继续吃饭，"大家都很怀念过去的时光。"

叶书辞没多说蒋大力告诉了她什么，毕竟这都是陈年旧事了。何况沈赐如今都快结婚了，再提过去那些事只是庸人自扰罢了。

沈赐"嗯"了一声，没再多说什么。

叶书辞看了好几套房子，都不太满意，要么地理位置不行，要么就是租金太贵。她虽然还有部分积蓄，可毕竟打算在苏城长居下去，还是尽量省着点花为好。

回来一周，如果非说有什么变化，那就是奶奶从原本的温柔关怀，变成了三令五申要求她去相亲，甚至下达了死命令："周六下午三点半，亚蓝猫咖，必须去，听到了没？"

在奶奶的逼迫下，叶书辞梳洗打扮一番，按时来到亚蓝猫咖。

林南已经到那里了，男人坐姿端正，穿了身灰色西装，模样倒很正经。

林南的身份是高中老师，其实在普通男人中，他的长相已经算是不错的了，身高一米八，身材匀称，脸上稍微有点痘印，皮肤稍微黑了点，不过倒很健康。

叶书辞想到了前几天跟沈赐吃的那顿饭。

沈赐坐在她对面，清隽的气质，超高的颜值，不失为一种视觉享受。

"叶小姐？"林南微扬一点声调，伸手在她面前晃了晃。

叶书辞这才意识到自己走神了："叫我本名就好。"

两人随便闲聊了几句，意外地发现，他们都是林宋大学毕业的，林南比她大三届。

他们又聊起学校的食堂，还有校外的小吃街，林南列举了不少好吃的，他说自己是个妥妥的吃货。

叶书辞一旦提到哪个小吃店没有经营了，他脸上还流露出沮丧的神情。

林南性格谦卑也真诚，叶书辞觉得两人虽然没有来电，但是做个朋友也蛮不错。

第一次见面两人聊了一个多小时，林南说什么都要送叶书辞回去。叶书辞也没推托，报了奶奶小区的名字。

"你这个位置距离苏城广电挺远的吧？"

"对，我坐地铁接近一个小时，最近想着租房呢。"叶书辞随口道。

"租房？"林南摸了摸下巴，"我一哥们正打算把房子租出去呢，就在广电那边，我要不帮你问问？"

"那片地理位置挺好的，在市中心，"叶书辞抿抿唇，"如果太贵，我可能预算不够。"

林南笑起来的时候眼角浮现几道细纹，显得格外温和："我这朋友有洁癖，宁愿价格低点，也得交给爱干净的人才行。

"我看你就挺合适的,要不我问问吧,也就一句话的事,万一就帮你解决了这个麻烦呢。"

叶书辞客气地笑了笑:"那就谢谢林大哥了。"

同样的傍晚。

沈赐和周益凌办完案子出来,总算解决完了一个大心思。

晚风徐徐,律所的车停在街道拐角处,周围车水马龙,周益凌感慨着:"沈赐,还是你厉害,不愧是咱们律所的当家人,三言两语就把当事人说动了,要不是你,我都不知道怎么处理。"

沈赐轻笑一声,没说话。

"你看前面那一对,"周益凌没事喜欢乱看,指了指前方走在一起的男女,"男人温和高大,女人气质靓丽,还挺配啊。"

沈赐抬眸看向前方。

女人身姿婀娜,一头长发堆在雪白颈窝里,衣服质地轻柔像云朵,随风轻轻摆动着,虽然是最简单的打扮,却挡不住女人骨子里的温雅气质。

不是前几天刚跟他吃过饭的叶书辞还能是谁?

男人蹙眉。

"你走那么快干什么?"周益凌只得默默加快步伐,"沈大律师,慢一点行吗?"

第十二章
你可以永远相信我

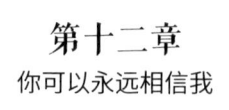

叶书辞回到家之后,面临着奶奶的几重盘问。

"奶奶跟你说了吧,这个林南真挺不错的,靠谱实在的小伙子。"奶奶沾沾自喜,"真是越想越觉得好,不比你高中喜欢的那个男孩差。"

叶书辞狠狠心打碎了奶奶的幻梦,正经道:"虽然林南挺不错,但是比沈赐差远了。"

奶奶惊讶地张大嘴巴:"小辞,你不会是还喜欢他吧?"

叶书辞轻扯下唇,抬手捏了捏奶奶松软的脸,突然想起了发送的那封匿名邮件。

沈赐的回复——**叶书辞,是你吗?我喜欢你。**

工作一周,叶书辞习惯了《会谈民生》节目组的节奏,每天扛着摄像机去往各个场所,采访各类不同的人,偶尔也会受点冷眼。

这天,叶书辞忙完一个烂尾楼的采访,回到广电大楼,刚喝了口水,正准备写稿子,葛林真跑过来:"你这会儿忙吗?"

"不忙。"

稿子可以一会儿再写,大不了继续加班。

葛林真压低声音,在叶书辞耳边说道:"我姐妹是隔壁《霓虹夜行》节目的编导,这不是咱们台新加的一档综艺吗?马上就到录制时间了,临时缺了两个素人嘉宾。"

"我顶一个,还缺一个,"葛林真腼腆地笑笑,"这不是就想起来你了嘛。"

叶书辞将杯子里剩下的水喝干净,直接站了起来:"行,走吧。"

"对了,还需要露脸吗?"

葛林真拍拍她的头:"肯定要保护隐私的,放心啦。"

《霓虹夜行》是一档以明星娱乐互动、做游戏为主的综艺,每一期都有个不同的主题。

第一期的主题是"青春"。

叶书辞和葛林真穿好了嘉宾的特制服——高中校服，戴上了绿色恐龙面罩。

看到主题，叶书辞双眸中有几分怔然，思维一瞬间飘忽。

明星嘉宾和素人嘉宾各列一排，全程主持人耍宝，幽默语录频出，虽然节目流程不太新奇，但是总体互动还挺好玩。

一个主持人随机抽题："提到青春，你想到的第一个人是谁？"

这个问题恰好轮到叶书辞回答，她扶了扶自己的恐龙面罩，诚实道："想到的是高中时候暗恋的男孩子。"

提起青春，叶书辞想到的不是四季常青的校园，不是和善可亲的老师和同学，也不是做不完的一张又一张卷子，而是那个最熟悉也最陌生的名字——沈赐。

沈赐几乎占据了她整个青春。

她大学四年还常常无端地一次一次想起跟他经历过的事、说过的话。

要她如何能忘记？那就是她最赤诚、无法重来的青春。

"恐龙小姐姐也暗恋过呀，能给我们描述一下暗恋的感受吗？"

回想喜欢沈赐的日子，叶书辞的心脏仿佛按了骤停键，密密麻麻的酸涩感蔓延全身。

她闭了闭眼，勉强回过神来。

静了三秒，叶书辞说："我之前在网上回答过一个问题，就用我当时敲的字来回答吧——大概就是想让他知道，又害怕他知道。你对他说的话，耗尽了全部力气，每个字都要细细斟酌，每句话都要深深考量。

"你在心里默默为他搭了一座桥，日思夜想盼着他从桥上走过。后来他终于从桥上走过，却不曾为你停留一秒。"

女孩浅淡的嗓音如月下溪流。

叶书辞说完之后，现场安静了几秒，然后爆发出热烈的掌声。

出来之后，葛林真上下打量她好几圈："不是吧，叶书辞，你这么漂亮，居然还玩暗恋？看不出来啊。"

葛林真化身好奇宝宝："你喜欢的，到底是个怎样的人啊？"

"他啊，"叶书辞弯唇笑了，"是全校最优秀的男孩子。"

接下来几天，林南又找叶书辞闲聊了几次，她能感觉到林南对她的好感。

叶书辞有一搭没一搭地跟他闲聊，但一旦忙起来，面对林南的消息，她心底会升起浓浓的逃避。

林南效率确实快，很快将房子的地址发给了叶书辞，还帮着约了房东，带领叶书辞去看房。

家具不多，房子面积很大，很干净，只是太久没人进来，有股浓浓的陈旧气味。

叶书辞将窗帘完全拉开，落地窗崭新明亮，高楼鳞次栉比，整个城市的繁华尽收眼底。

房东给了个友情价，她很喜欢这里，立刻就签了合同，并发布了合租帖。

这个房子地理位置好，帖子刚发出去，就有不少网友前来咨询。

当天下午就来了一个姑娘看房，姑娘名叫路佳恩，长相韩系，打扮时尚，娃娃脸娇柔可爱，个子格外高，叶书辞目测得有一米七几。

路佳恩在房间内晃了一圈，没问几个问题。

下一秒，路佳恩向叶书辞转账房租。

路佳恩一笑就会露出可爱的虎牙："我相信你，一看就是好人。"

她的职业是模特，很多拍摄都在夜晚，她说偶尔回来得晚一些，不过动作会放轻，还希望叶书辞不要介意。

叶书辞睡眠质量相当不错，哪怕跟奶奶一个床，都能忍受奶奶的呼噜声，对此，她不觉得有问题。

"对了，"叶书辞突然想到一个致命问题，"你有男朋友吗？"

小情侣腻在一起，难免卿卿我我，共处一个空间，想想就尴尬，叶书辞得提前问清楚这个问题。

路佳恩露齿一笑："我单身。"

叶书辞彻底放心了。

路佳恩似乎不着急，叶书辞搬进来一周，精心设计好自己的房间，还弄了个唯美的飘窗，她那边还没动静。

一天下午，叶书辞煮了一壶桂圆红枣茶，坐在飘窗前看书，突然接到了路佳恩的电话："书辞姐，你在家吗？"

"在啊，怎么了？"

"我现在在外地出差呢，但我表姐家里有点事，在我们这边约了一个律师，就在今天下午。可是我表姐一直在当住家保姆，没怎么出过远门，"路佳恩嗓音甜美，听她讲话特别舒服，"我不太放心，你能帮我跟着她去看看吗？"

叶书辞立刻答应下来。她换了身衣服，来到汽车南站，根据路佳恩给的照片，成功接到了陈美秀。

陈美秀稍微有点驼背，皮肤也偏黑，手指粗粝，虽然年龄不大，但看起来得接近四十岁了。

叶书辞提前买了两杯奶茶，见陈美秀额角沁出密密麻麻的汗，赶紧递给她一杯。

陈美秀拿着奶茶万分不好意思，她为人质朴，连续说了好几声"谢谢"。

"恩恩有你这个朋友真好！"陈美秀费了一番力气，从黑色帆布包里拿出手机，翻啊翻，总算找到了预约页面，"我看网上都推这个律所，就是贵，费了好大功夫呢。"

叶书辞抿了一口奶茶，看到律所名字的那一刻，心跳暂停了一下。

沈周律师事务所，预约的张林月律师。

叶书辞打了辆车，和陈美秀一同来到沈周律师事务所。

前台小姐露出标志的甜美笑容："有预约吗？"

沈赐中午没休息，连续开了两个会，刚喘口气，到茶水间接了杯水，一转身就看到了一道熟悉的身影。

他愣神的工夫，连水接满了都没注意到。

沈赐迈着大步，走到办公室，站在周益凌面前，单刀直入："门外那案子是谁负责的？"

周益凌满脸不解，耸了耸肩，一脸懒得动的模样，可到底还是乖乖站起来，溜到门外看了看，又打开平台查了查预约记录。

"是张林月的案子。"

沈赐淡淡瞥他一眼，拿起文件夹走了出去，清冷的嗓音响起来："给小张说一声，这个案子我接了。"

看着男人身姿颀长的背影，周益凌张大嘴，像是生吞了一个鸡蛋。

"啊，你想清楚啊，你可是大律师，"周益凌皱起眉，"这个案子很简单，你没必要抢小张她们新律师的活啊。"

沈赐懒得多说，薄削的唇缓缓勾起一个弧度。

叶书辞和陈美秀坐在接待室等了一小会儿。敲门声响了起来，陈美秀立刻站起来，准备迎接张律师。

可映入眼帘的是一双骨节分明的手，指骨修长如竹，又掺了些玉的冷白，手腕上戴着一只腕表，衬得整个手背越发冷感好看。

这手有点眼熟……

叶书辞往后看去。

男人脸型立体流畅，身姿笔挺，西装包裹下的身躯瘦高挺拔，手臂内侧夹着文件夹，他微微侧着头，却有种漫不经心的气质。

是沈赐。

男人微微颔首，朝她们点点头，算是打过招呼。

陈美秀意识到不对劲，挠着头小声说："哎呀，不对啊，我记得平台上我预约的是个女律师啊。"

沈赐面不改色地坐下，随即拿出名片交给陈美秀："你好，我是沈赐，这是我的名片。"

陈美秀看着名片上密密麻麻的字,上面都是一些获奖或者荣誉,再加上面前男人一身精英气质,觉得沈赐似乎比张律师厉害得多,只是她还是迷迷糊糊的。

陈美秀小声说:"叶小姐,这个律师好像更厉害?"

叶书辞对上男人清隽的脸庞,微微发愣。陈美秀的问题问得突然,叶书辞也没思考,直接脱口而出:"是超级厉害,打官司就不会输的那种。"

不管什么时候,沈赐在她这里都能得到最高水平的赞誉。

说完之后,她才意识到似乎有点尴尬。

沈赐眼尾微扬地看着她,微微带笑,还有些探寻意味。

"这么厉害啊!"陈美秀脸上肉眼可见多了些崇拜。

沈赐轻咳一声,正色道:"接待您的张律师临时有些事,此案由我负责。"

顿了顿,他又补充了句:"当然,您这边如果有意见的话……"

陈美秀拉了拉叶书辞的手,赶紧说:"没意见,我相信叶小姐的判断。"

叶书辞莞尔一笑。

沈赐点点头也没再多说什么。

陈美秀简单地介绍了下自己的事情。

"是这样,我跟我前夫七年前结婚,生了个男孩,后来他经常喝酒打人,我就跟他离婚了,约定好房子归我。

"我们离婚好几年了,上个月我突然收到法院传票,说我欠钱,我一脸蒙啊,问了才知道是前夫借的钱,还被申请什么财产保全了,但是房子已经给我了啊,现在却被查封了,可急死人了。"

提起这些,陈美秀一脸愁容,差点就哭出来了。

叶书辞拍了拍陈美秀的肩膀,帮她顺顺气。

"陈女士,您先别急,"沈赐淡声问,"房产证现在是谁的名字?"

提起这个,陈美秀就恨不得拍死自己,叹着气悔不当初:"当时也没人提醒我得办理过户啊,现在还是我们俩的名。"

"您有没有查过,您前夫这笔借贷发生在哪一年?"

陈美秀挠头:"哎呀,这个我不知道呀。"

"如果您前夫的借贷发生在离婚之后,那么这笔借贷跟您一点关系都没有,您现在写一封保全异议申请书给法院就可以。"沈赐说,"如果借贷发生在离婚之前,那么我们就得从长计议了。"

"谢谢您了沈律师,那么之后这个案子由您负责对吗?"

"是的。"

"我家离这里很远,过来一趟挺麻烦的,"陈美秀愁容满面,"我打算找个宾馆先住着。沈律师，我如果有什么疑问就咨询您。"

"没问题。"

第一次过来，就是简单的咨询，现在咨询完了，沈赐却没有半点要离开的意思。

叶书辞将头转向了陈美秀："美秀姐，佳恩暂时还没搬过来，她的房间还没收拾，倒是有床有柜子，你要是不嫌弃的话，可以暂住几天。"

陈美秀更加不好意思了："叶小姐，你也太善良了吧，我这么住过去会不会打扰你啊？"

"没事的，那房子佳恩也付了租金的。"

沈赐掀了掀眼皮，打量着叶书辞，勾了勾唇："还是叶小姐心地善良。"

男人的嗓音有几分揶揄，慢条斯理的目光挪过来，似乎有些漫不经心。

他们明明很熟，他却故意跟着陈美秀叫她"叶小姐"。

叶书辞尴尬地整理了下头发，没接沈赐的话，反而是陈美秀笑着接了话："叶小姐真的是好人啊，本来应该是恩恩陪我过来的，外头这么大太阳，叶小姐在车站接我，还给我准备了饮料，这又把房子让给我住。"

这一番话下来，叶书辞更加不好意思了。

沈赐指尖轻轻叩击着桌面，站起身："我还有案子，先走一步，你们继续聊。"

陈美秀起身送沈赐："沈律师慢走，以后还得麻烦您。"

两人也没多待，陈美秀说自己还得回去一趟，把前夫欠钱的事情弄明白，明天直接住到叶书辞那边。

叶书辞也拎上包，刚离开接待室，身后轻淡的嗓音响起："叶书辞，这都快傍晚了，要一起吃个饭吗？"

是沈赐。

叶书辞转身，倏地抬起头："你不是还有案子吗？"

"当然有一堆案子，"男人眉眼舒展开来，"但得看跟谁一起吃饭。"

叶书辞却不太开心，他快结婚了，出去吃饭并不是个好主意。

"不用了，我晚上还有点事。"

周益凌明显发现沈赐心情似乎不太好。

两人一起去食堂吃饭，沈赐吃东西的模样很文雅，不急不躁，可是脸色有点臭。

周益凌已经结婚了，吃饭之前先跟老婆拍了张图报备，嘴角一直挂着幸福的微笑，回复了好一会儿消息之后，他将主意打到了沈赐身上。

"我说沈大律师，是不是等我请吃喜面了，你还没脱单？"

沈赐轻呵："吃饭的时候少说话。"

旁边有几个实习生经过，正小声议论着什么——

"我亲眼看到沈律师主动约当事人吃饭。"

"那个女孩居然拒绝了沈律师。"

"我真是第一次见到沈律师被拒绝，当时还以为是在做梦。"

周益凌"哟呵"一声，上下打量着沈赐："总算明白为什么沈大律师今天浑身气压这么低了。"

"上班时间，"沈赐面无表情地将餐盘端起，居高临下看他一眼，淡声说完后半句话，"禁止八卦。"

叶书辞这份工作最大的优点便是双休，偶尔有紧急新闻得加班，加班费还挺高。

周六晚上，叶书辞收到了林南的微信，看着对话框，她突然不知道回复什么了。

第一次见面后，林南又约了她一次，可她恰好有采访任务。不过坦白说，她不太想继续见面了，哪怕第一次聊得还算愉快。

为着林南介绍了这个房子，叶书辞发了个感谢的表情包过去。

林南：既然不知道如何谢我，干脆请我吃顿饭吧。

不知不觉又提起了见面的事情，可租房的事毕竟欠了人情，饭局就这么约定好了。

星期天晚上，叶书辞简单化了妆便前往约定好的餐厅。

这次是叶书辞请客，她特地早到了一会儿。

林南倒是卡着点到的，神色有几分匆忙，见到她便笑了："刚出小区，我就碰见我外甥女了，小姑娘才三岁，真可爱，抱着我的腿死活不让我走。"

说罢，林南从包里拿出来一捧糖果，无奈道："我买了好些糖果才勉强放过我。"

旺仔牛奶糖，鲜艳的红色包装刺目，叶书辞想到了久远的记忆。

光风霁月的少年曾经满带笑意地说——

"小孩才吃糖。"

"叶书辞你吃吧。"

再后来，他给了她五颗糖，全部被她收纳在锦盒里。那年复读，她带走的东西很少，其中就有沈赐给她的笔、奶糖，还有她的日记本。

后来她终于将他忘记，那些跟他有关的物件也被她丢弃在记忆的长河中。只是偶尔想起过往，她会有点唏嘘。

"书辞？"林南叫她，"你要不要吃颗糖？"

"不用了。"

"对了，你喜欢小孩吗？"林南摸了摸下巴，笑着说，"我外甥女太可爱了，咱们国家三胎政策不是放开了吗，感觉响应国家政策蛮好的。"

叶书辞抿了抿唇，没说话。

周益凌代理的大案子胜诉，请律所全部员工吃饭。

沈周律所都是些年轻人，大家喜欢的也都是一些新鲜菜式，不知是谁提议来一家评分高达满分的粤菜馆吃饭。

大家要了个包厢，气氛热闹。

沈赐吃了几口就不太有胃口，去了趟洗手间。

回包厢的时候，一对年轻男女吸引了他的注意力。

他们的桌子上摆满了牛奶糖。

"书辞，你是不太喜欢小孩吗？"

叶书辞点头："我喜欢听话的小孩，有些小孩我会觉得太吵了，如果让我安排未来的话，我可能选择不生育或者生育一个。"

林南嘴角往下扯了扯，皱了皱眉："你看小孩多可爱啊，说不定你以后就喜欢了呢？"

"那也是以后的事情了。"

林南释然地笑笑："也是，得尊重一切有不同想法的人。"

服务员很快上齐了菜式，叶书辞点了六菜一汤，都是这家的招牌，价格并不低。

林南尝到那道白切鸡的时候，眉头深深皱起来："书辞，你尝尝，是不是味道不太对？"

叶书辞夹了一块，刚开始咀嚼就有点想吐，明显坏掉了，鸡肉透着股腥味，还特别咸。

"确实坏掉了，难吃。"

林南直接放下筷子："这个菜可不便宜啊，这么点卖八十八块钱，还给了我们一盘坏的。"

"服务员！"林南脸上染上几分愠怒。

年轻的男服务生很快走了过来，林南将白切鸡往服务生面前一放，语气并不和善："你尝尝看，你们家的白切鸡是坏掉的。"

林南嗓门不低，还有点爆发力，不少人看了过来。

所有人的视线来回打量着他们两个，叶书辞有如芒刺在背，低声跟林南说，要不私下解决这件事，可林南摇了摇头，坚持在大厅内解决。

服务生拿了双筷子，夹了一块尝了尝。

林南双眸充斥着自信，抱着手臂，等待服务生给出评价。让人意外的是，服务生将筷子放下，说："不好意思，这位先生，我们家的食材都由总部严格控制，确保每日新鲜的。"

林南"啧"了一声:"你就品尝不出来它已经坏掉了?"

"不好意思,我个人认为这道菜完全没问题。"

服务生风雨不动安如山,甚至把大堂经理找出来了,大堂经理也坚持菜品没问题。

林南气得不轻,直接掏出手机拨了一个号码,气呼呼地说:"既然你们是这个解决问题的态度,那我只能找消费者协会了。"

大堂经理一见他动真格的,赶紧阻止:"您别着急,我们有问题慢慢解决。"

"你们这像是解决问题该有的态度吗?"

大堂经理跟服务生交换了一个眼神,服务生赶紧上前一步:"应该是我们的主厨错把昨天的食材给您了,我们一定会严厉惩罚主厨,也会在未来加强对菜品的监管。这样,我们再给您上一盘,这道菜给您免单怎么样?"

既然真诚道歉,叶书辞也不是死咬着不放的人,正要答应下来,谁知林南冷笑一声:"这才知道错?晚了。"

林南抱着手臂,慢悠悠说道:"你以为我不懂法律吗?你们得按照食物价格的十倍给我们赔偿,否则我们就去法院提起诉讼了。"

大堂经理态度也不太好了,挺直腰,耐心尽失:"这位先生,十倍有点扯啊,我们这生意还能不能做了?只是芝麻大点的事情,您有必要扩大化吗?

"这位小姐,您是不是该劝劝这位先生?"

叶书辞不像林南那么较真,店家的态度更让她费解,她站起身:"这菜有问题你们也承认了,我们也不是真的想纠结,你们起码有个承认错误的态度吧?说了半天了,连句道歉都没有。"

"道什么歉啊?"经理冷声说,"我在这里待的时间不多,但是很明显你们两个人是来找事的,是不是想吃霸王餐?"

这是倒打一耙?林南气得下巴都在抖。

"有些人啊,穿得倒是好,"大堂经理垂眸打量叶书辞,"项链衣服都是假的吧?还好意思来我们这里吃饭。"

自己不占理反而人身攻击起来了。

林南站起来,抡起拳头一副要打架的架势:"你……"

身后突然传来一道淡淡的男声:"住手,我是这位小姐的律师。"

叶书辞转过身,对上一道冰凉的视线,像一碗凉水泼在她脸上,带着丝丝凉意。

沈赐面容沉静,仍旧穿着惯常的白衬衫,精英气质挡都挡不住。他微微侧着头,面无表情地看着她。

"针对叶小姐对你们菜品的指控,我方已保留证据。"

叶书辞这才注意到,沈赐手中攥着一支录音笔。

还是沈赐想得周到,他们二人在这里辩论半天,愣是一点证据都没留,万一闹大了人家不承认菜品确实变质了怎么办?

大堂经理明显不信,对面这女人什么来头,还能请个律师?

沈赐嗤笑一声,拿出名片递给大堂经理。

大堂经理看后明显蔫掉了,像他们这种经商人士,都知道沈赐是很厉害的律师。

经理干巴巴说道:"我们也不想把事情闹大,这样,我们甘愿十倍赔偿好吧?"

"请您向这位小姐道歉。"沈赐的嗓音不怒自威。

"啊,我们都愿意赔偿了,为什么还要道歉?"

沈赐嗤笑:"叶小姐身为受害者,对你们以礼相待,可您却辱骂叶小姐,已经构成了侵犯名誉罪。您若执意不道歉,那我们只能法院见了。"

其实那句辱骂的话叶书辞没放在心上,只是想要好的解决问题的态度,哪想到沈赐竟然这么在乎道歉。

叶书辞看向沈赐。不知是不是错觉,尽管沈赐主动帮了她,可他的情绪似乎并不怎么好,仿佛自带低气压。

她没惹他生气吧?

经理到底道了歉,也当场赔付了十倍金额,这件事就这么解决了。

见事情解决,沈赐也没多说什么,转身大步离开。

"哎!"叶书辞想叫住他。

可他的身形只是微微一顿,随即快速走到了外面。

叶书辞迅速追了出去。

夜风飒飒地吹,一轮明月高悬在天空,像一面明亮的镜子。

"沈赐,"叶书辞几乎小跑着才勉强追上他,笑着说,"刚才谢谢你啊,要不然我们都不知道怎么处理这件事了。"

"不客气。"

两人的距离稍微近了些,他身上低调的木质香味徐徐飘入叶书辞的鼻息,深沉内敛,很符合他的气质。

"你来这边干什么啊?"

沈赐单手插着口袋,淡淡道:"团队聚餐。"

"这样啊,"叶书辞不知道该说些什么,想到刚才多亏了沈赐,"那我下次请你吃饭吧。"

"不用了,"男人很快说道,低沉的嗓音有种摩挲的质感,"我倒是有个建议。"

叶书辞挑挑眉:"什么?"

沈赐深眸一眯,面无表情地说道:"建议让你男朋友多学一些法律知识。"

叶书辞愣住了,又听见男人淡声补充一句:"并不是吃到变质的食物就必须十倍赔偿，即使十倍，也是在退了原价的基础上赔偿十倍。"

叶书辞在心里算了算，那就是十一倍？

她又抬起头，却只看到那道修长的身影离她越来越远。

叶书辞挠挠头，怎么沈赐刚才的态度有点儿奇怪。

林南什么时候成她男朋友了？

沈周律所。

又一桩新闻传遍了整个律所。

"你们知道吗？一向高冷，眼中零异性的沈大律师，居然主动上门给一个女人当律师。"传谣者模仿得惟妙惟肖，语气拿捏到位，"你们不知道沈律师的表情，看似高冷实则满脸醋意——您好，我是这位小姐的律师。"

沈赐居高临下地看着周益凌，嘴角往下扯，满脸写着两个字：不悦。

周益凌便是此事的传播者，他乐此不疲，逢人就说。大家见大律师主动八卦，更是带起一波八卦热潮。

"周益凌，"男人十指轻轻叩击着桌面，"解释一下。"

整个律所就属沈赐名声最响，也因为沈赐，律所的地位才在全国数一数二。

周益凌不敢得罪沈赐，艰难地咽了咽口水，很是心虚。

见食堂大屏幕正转播着最近热播的一档综艺《霓虹夜行》，他迅速转移话题："沈赐，你看电视上，这个女孩子好让人心疼。"

主持人笑盈盈地问道："恐龙小姐姐也暗恋过呀，能给我们描述一下暗恋的感受吗？"

主持人对面站着一个穿着高中校服，戴着恐龙面具的女孩，女孩扎着马尾，身材纤瘦，讲述自己的暗恋体会。

女孩声音轻灵好听，缓缓荡漾开来，似乎踩在每个人的心上。

"大概就是想让他知道，又害怕他知道。你对他说的话，耗尽了全部力气，每个字都要细细斟酌，每句话都要深深考量……"

"这个恐龙女孩真的很不容易啊。"周益凌感叹，"沈赐，你看你现在心有所属了，得有多少个恐龙女孩心碎啊。"

沈赐的视线直直盯着屏幕中的女孩，眸色深深，如若寒潭。

节目中的嘉宾都戴了耳麦，因此声音有点失真。

可屏幕中的女孩让他觉得万分熟悉。

第十三章
肌肤微微滚烫

"给你说个好消息,"趁着中午休息的工夫,葛林真凑过来找到叶书辞,"《霓虹夜行》收视破三了。"

叶书辞眨眨眼:"恭喜恭喜,这么厉害啊。"

"要说最厉害的还是你,"葛林真笑着说,"大家都在讨论恐龙小姐姐。"

叶书辞笑了笑,有这么好玩吗,大家居然讨论她?

叶书辞放下餐盒,打开手机,搜索这档节目。

亲自经历了一遍综艺节目的制作,再在手机上看一遍,感受完全不同。虽然不少笑点她已经提前知道,可再看,还是会笑出来。

她洗了点水果,一边吃一边看,直到看到自己谈暗恋的体会才回过神来。

弹幕刷屏速度非常快:

△暗恋就是这种感觉啊,想让他知道,又怕他知道。

△我也想到了高中暗恋的男孩子。

△恐龙小姐姐应该很漂亮吧,看起来超有气质的,好喜欢恐龙小姐姐。

让叶书辞惊讶的是,提到恐龙小姐姐的观众还真不少。这期节目播完之后,官博设置了一个投票,投最支持的嘉宾是谁,选项都是明星嘉宾。

可评论区里,她的呼声却格外高:

△很喜欢这一期的恐龙小姐姐,感觉是个腹有诗书气自华的女孩,想让小姐姐常驻。

△恐龙小姐姐声音好听又温柔。

△让这个素人姐姐常驻吧。

因为叶书辞在节目中提过,她的这句话来自于自己在知乎的回答,想起这一点,她赶紧打开自己的知乎账号。

她点开 App 便看到了九百九十九条消息,涨粉一万多。

而她的这条回复也彻底红了，十万多点赞，几千条评论，大家都在评论区说起自己暗恋的小故事，还有人发暖心的表情包安慰她。

当然，更多人问她年少时喜欢的人怎么样了。

叶书辞更新了回答：他现在很好，和我想象中一样优秀。他快结婚啦，和年少一起走过的女孩子，祝福他。

回答发出去之后，立刻收到了不少私信及新评论：

△暗恋本来就是见不得光的，我们能看着他发光发亮就很好了。

△突然泪奔。

△恐龙小姐姐是苏城的吗？会不会是苏城一中的？

叶书辞翻看着评论，突然心间一凛，怎么还扯上城市了？她赶紧打开个人资料页面，设置成隐私账号。

让叶书辞没想到的是，《霓虹夜行》节目组又找到了她，节目组综合了网友的建议，打算让她常驻这个节目。

"叶老师，我们之后还有几期青春的主题，打算弄一个素人常驻席位，第一位常驻嘉宾打算请您，薪资的话合同上有写，您意见如何？"

叶书辞打开合同，暂定录制十期，薪资非常可观。

"我这边倒是没问题，但是录制时间有时和我上班时间相撞了……"

编导扶扶眼镜，笑了："您不用担心，我已经跟您领导沟通过了，大家都是一个电视台的，没问题的。"

"恭喜啊，叶书辞。"葛林真羡慕地笑了，"你看还是你有才华吧，随便参加个节目都能火，话说你不如露脸呢，你长得漂亮，直接引流，慢慢就是明星了。"

看出叶书辞的犹豫，葛林真又道："你是怕自己暴露？"

叶书辞点头。

"你那暗恋都是几百年前的事情了，何况你跟你暗恋的人估计很多年不联系了吧？"

不巧，最近见了好几次。

提起暗恋，葛林真显得激动无比："话说，我也没想过，我都二十五岁了，居然还会暗恋别人。"

叶书辞眉毛挑了挑。

葛林真叹了口气："就上周的事，我逛超市碰见一男人，心动得不行，我找人打听了一下，那男人是个很有名的律师。

"本来我以为就是看上人家的脸了，谁知道自从遇到他之后，我天天做梦，天天想。人家这还不认识我，我都快得相思病了。"

陈美秀又跟叶书辞说起过几次案子的进展，确认借贷发生在离婚之前。

这笔钱并没有用于夫妻共同生活，陈美秀没有帮着偿还的义务，可房子约定好了给陈美秀母子，却迟迟没过户，现在前夫反悔了，想要走房子。

"沈律师真是个好人，"陈美秀握着叶书辞的手，反复感叹了好几次，"还给我申请了援助通道，几乎都花不着我的钱了。"

陈美秀声音里满满都是赞许。

"对了，书辞啊，你是不是跟沈律师认识啊？"

叶书辞有点尴尬："为什么这么说啊？"

"前几天我见了沈律师，他向我打听了你。"

叶书辞的心猛地一跳："打听我干什么？"

陈美秀挠了挠头，晕乎乎的："书辞，等我想起来再给你说吧。"

叶书辞还挺好奇，沈赐到底问了什么。

"我跟沈律师是高中同学，短暂地当过同桌，"叶书辞觉得那些过往似乎一句话就能概括清楚，"当年算是好朋友吧，后来大家长大了，好多年不联系，这又偶然遇到了。"

"那你们现在的关系怎样？"

这问题还真把叶书辞难倒了。

说是好朋友的话，她手机上都没有沈赐的微信，更没私下联系过。可若说只是陌生人，沈赐又主动请她吃饭，还帮她解围。

她最后也没回答这个问题。

下午，叶书辞切了点水果，和陈美秀坐在沙发上看电视。

"叮咚"一声，门铃响了。

陈美秀站起来，赶紧搓搓手，脸上浮现出几分慌乱，将桌面整理好："书辞，我忘了给你说了，今天律师会过来送份文件，就是我申请法律援助的合同单。"

她说着便起身开门去了。

叶书辞站在门后，一抬头，就对上沈赐挑起的眼尾。男人似笑非笑地看着她，眼底平添几分开心。

送文件不应该是助理的事吗？

沈赐将整理好的文件给了陈美秀，微微颔首。

陈美秀不停地表达着感谢："谢谢沈律师，您都为我这个案子忙活这么久了，百忙之中还要送这个文件。我可以自己取的。"

沈赐嗓音格外平静："顺道办点事情，您跑一趟也不容易。"

"哪有哪有，"陈美秀黝黑的皮肤泛了点不好意思的红晕，"肯定是我上次说我坐错了地铁,您听到心里去了。这两天书辞一直给我说路线,我现在不会迷路啦,书辞真的是个超级善良的姑娘啊。"

"其实任何路都是这样,多走走总会好的。"

提起叶书辞的名字,沈赐悠悠的目光看向她,礼貌又有度。

叶书辞却莫名其妙有点心虚。

明明什么都没做。

陈美秀屡次三番夸她,叶书辞莫名有种爱立人设的错觉。

"沈律师,别在门口站着了,进来坐啊。"陈美秀热情地招待着,"你们律所的招待态度真好,这次该我好好招待一下您了。"

叶书辞也打量起沈赐,清透的阳光照在男人的白衬衫上,衬托得男人的身形越发干净落拓,浓浓的精英气质,有种干脆利落之美。

沈赐轻咳一声:"那就坐坐吧。"

陈美秀引领沈赐来到沙发前。

电视还开着,演着爆炸欢乐的综艺节目,叶书辞赶紧将电视关闭了。

几人又说回案子。

陈美秀说:"沈律师,我后来又上网看了看,大家都说您这个咖位的律师不是普通人能请得起的,还说能找到您这样的律师就是祖上冒青烟了。"

沈赐淡淡笑了笑:"哪有那么夸张。"

叶书辞陷入了思忖。

沈周律所有多厉害她清楚,而沈赐又是全国出名的律师,能请他打官司的人也都非富即贵,委托费就不是一般人能承担得起的。

虽然沈赐解释说负责陈美秀案子的张律师有事不能过来,可这样简单的案子,再怎么也不需要最厉害的律师上场吧?

总有点大材小用了。

叶书辞大脑运转着,却什么都没说,默默咽下心中的疑惑,毕竟律所的安排她不清楚,有什么意外也说不定。

"沈律师,要不是您为我申请了所里的法律援助项目,我可能只能付得起最基本的咨询费,"陈美秀的感激之情溢于言表,立刻起了身,"我给您洗点水果。"

陈美秀往厨房方向去了。

叶书辞和沈赐面对面坐着,后者静静打量着她,薄唇紧抿,一句话也没说。

影影绰绰的光线打下来,沈赐的五官英俊得像是雕刻一般。

沈赐轻启薄唇,正要说什么,陈美秀的声音从厨房内传了出来:"书辞,我怎么没找到蓝莓啊,早上我都洗好了啊。"

叶书辞立刻起起身:"我帮美秀姐找点水果。"

她早上把水果放到冰箱冷藏室了,还有些别的东西,可能堆到一起了,陈美秀没找到。

叶书辞将一大盒蓝莓从冷藏室拿出来。

陈美秀将西瓜、橙子切好,装到果盘里,突然一激灵,拍了拍脑门:"书辞,我想起来了。"

"想起什么了?"

"想起沈律师问的关于你的问题了!"陈美秀显得格外兴奋,几乎拍着掌说道,"他问我你有没有男朋友。"

她突如其来的大嗓门划破了一室宁静。

叶书辞转身,恰好对上沈赐那张面无表情的脸庞。

沈赐只是起身接个电话,是周益凌打来的:"沈大律师,你跑哪里去了?"

"有事?"男人轻轻抿唇,口气不咸不淡地说道。

周益凌还以为自己耳朵坏掉了,哼哼道:"现在是工作时间啊,我们这边开会呢,就等你主持大局了。"

"你们开吧。"

"啊?"周益凌跟不上节奏了,"你到底干什么去了?"

沈赐耐心即将用尽,但还是言简意赅道:"送份文件。"

"哦!"周益凌哼笑,"咱们所那么多小助理,到底多重要的文件才会让沈律师亲自送呢?"

"没事了,"沈赐淡淡道,"挂了。"

叶书辞与沈赐对视着。

一人眼睛稍圆,一旦瞪大显得有一种稚气和轻灵的可爱,另一人眼形狭长,眸色黝黑而深邃,男人眼底无波无澜地盯着她,如古井无波。

她秉承着一个原则:只要我不尴尬,尴尬的就是别人。这些年她深谙此道,脸皮也比早些年厚了许多。

她不清楚沈赐问这个问题的目的是什么。

叶书辞更倾向于他是随口一问,毕竟他都是快结婚的人了,还关心高中时候喜欢过的女生干什么?

再或者,陈美秀记错了。

沈赐挑了挑眉梢,淡定地咳了一声。

尴尬的话题到此为止。

沈赐吃了点水果,又跟陈美秀谈论起案子来,叶书辞在旁边百无聊赖玩着手机。

叶书辞微信电话响了,是奶奶。

199

叶书辞接起来，恰好开了免提，奶奶温柔慈爱的声音响起来："小辞啊，这几天你也没联系奶奶，奶奶也不知道你跟那个林南发展到什么地步了呀。"

"我对他目前没那方面的想法。"想起相亲对象，叶书辞内心就有种无力感。明明林南没做什么，可她就是提不起来恋爱的兴致。

沈赐的眼皮掀了掀，薄唇扯出一道浅淡的弧度。

叶书辞边说边往阳台方向走。

"小辞，奶奶真觉得林南是很合适的结婚对象，踏实，长得也不错。你们还是再多聊一下吧，聊着聊着感情就出来了。"

"感情哪里是聊出来的呀。"叶书辞叹了口气。

虽然她只喜欢过一个人，但是至今清晰地记得喜欢一个人的感受，是心脏的切实感受，肋骨的位置隐隐作痛。

"好啦奶奶，我先挂啦，晚上我去看您。"

沈赐和陈美秀还在说话，他微微侧头，神色有些漫不经心的惫懒。

"沈律师，我看今晚您不如留下吃饭吧？"

沈赐没直接答复，深沉的眸子转了一圈，看向叶书辞，眼尾微微上挑："叶书辞，你不是要请我吃饭吗？"

过了几秒，叶书辞才想起上次在粤菜餐厅遇到赖皮经理，是沈赐帮她解围，当时她说以后请沈赐吃饭。

不对，沈赐当时就拒绝她了。

可如果提起人家已经拒绝的事，又显得自己格局太小，她干脆点点头，笑着说："成，今天我好好招待我们伟大的沈律师。"

今天天气不好，刮风下雨，吹得树枝乱颤，几个人也不想再折腾了，叶书辞给一家常吃的饭店打了电话，要了几道菜。

陈美秀想着露一手，做一份她擅长的海鲜疙瘩汤。

"我雇主一家最喜欢我做的海鲜疙瘩汤了，基本次次招待客人都指明做这个，"陈美秀笑着起身，"你们等等，兴许菜还没送上门，我就煮好汤了呢。"

陈美秀去厨房忙活了。

沈赐双手随意放在身体两侧，姿态慵懒闲散，他手指非常好看，修长白皙，就像精美的艺术品。

"叶书辞，我们还挺有缘分。"

叶书辞干巴巴地笑了："还行吧。"

沈赐拿起手机，点了几下，挑了挑眉："不如加个微信吧？"

话题跳转如此之快，叶书辞都没反应过来，下意识抿抿唇。

到底该不该加？

如果按照老同学的关系看,这微信必须加,可如果考虑到两人之前还彼此喜欢过,而且沈赐现在已经有未婚妻了,为了避免任何暧昧,微信不该加。

可沈赐已经将手机调到自己的微信二维码页面,叶书辞只好拿出手机,扫了一下。

沈赐笑了笑。

叶书辞扫完之后就将手机放下了,她到底觉得不该加。

沈赐也没继续碰手机,或许他认为叶书辞已经扫完了,等他回去再通过。

"对了,沈赐,"叶书辞随口问道,"你怎么会成为律师啊?"

沈赐最擅长的科目是物理,大学的录取专业也是物理。

闻言,沈赐身体有一瞬间的僵硬,他眉眼微敛,顿了几秒,目光细细扫过她清丽的眉眼,嗓音低下来:"大一那年,我父亲进了监狱。"

叶书辞彻底惊住了。

是那个在病房仍旧呼风唤雨,偏心陈清润,能力很强的男人?

沈赐的一句话唤起叶书辞久远的记忆。

她想起了过去的很多事。

"我父亲被判刑,"沈赐淡声开口,"那时候我心里很乱,光处理他的事情,一点也学不进去。"

"说来可笑,"沈赐轻扯下唇,"我为他跑前跑后,学习了不少法律知识,那时候觉得,当个律师也挺不错的。"

"后来就转了专业,这一路倒也算顺风顺水。"

他话说得轻巧,可叶书辞能想象到,他在背后付出了多少努力。

重逢以来,叶书辞一直觉得他变了,却又说不出来到底是哪里变了,光是时光将他雕琢得更加成熟?好像也不尽然。

原本的沈赐是个有脾气、充满喜怒哀乐的少年,可大山一样的父亲轰然倒下,爱恨也随之消散。

从此,沈赐敛了情绪,性情越发内敛深沉。

叶书辞的手不自觉握紧了。

她突然有点心疼他——母亲在他幼年离去,父亲与他不和,又锒铛入狱,这些年他究竟如何度过的?

后来一连几天,叶书辞都没再遇到沈赐。

倒是陈美秀一直跟沈赐对接案子的事,叶书辞时不时问几句案子进展如何,陈美秀都回复挺顺利的。

叶书辞一想也是,沈赐接手的案子,还能做不好吗?

这天，陈美秀打了通电话，叶书辞隐隐约约听见了几句，大概还是沟通案子有了新进展。

"现在人都不怎么打电话了，"陈美秀笑了笑，"我这电话套餐还是我雇主给我办的，平时套餐里的通话时长都用不到。

"这个月还可以，跟沈律师联系全靠打电话，时长都快用干净了。"

陈美秀随意地聊着天，叶书辞吃着冰激凌也随意地听。

她突然意识到一个问题，将冰激凌放下，舌尖辗转了下，慢悠悠地问："美秀姐，你不喜欢发微信吗？"

陈美秀没理解叶书辞的意思，愣了一下："喜欢呀。"

叶书辞吸了口气，这才说："我是说你怎么不和沈律师用微信联系？"

"沈律师他们不加微信的，都是直接打电话，说是这样效率更高。"陈美秀拿起橘子剥开，丢进嘴里一瓣。

叶书辞想起沈赐那天想加她微信的话术，抬起头，陷入了沉思。

晚上，叶书辞是被浓烟的味道呛醒的。

她睡眠质量还算不错，夜里做了场梦，迷迷糊糊地觉得自己被困在了一间漆黑的房间里，伸手不见五指，吓得她不轻。

紧接着，呛人的烟雾席卷而来，她呼吸都不顺畅了，咳嗽个不停。

画面越来越黑暗，叶书辞猛然从梦中醒来。

清冷的月光照进来，她似乎看到了烟雾似的东西，好像还有广播的声音，有些缥缈。

叶书辞揉了揉眼睛，意识到原来不是梦境。

她连忙打开窗户，星星月亮不再明亮，透着雾蒙蒙的光，漆黑的天幕模模糊糊的，仿佛罩了一层阴翳。

呛人的味道再次席卷了她的鼻息。

楼下的广播在喊："南胜名德小区三号楼的住户请注意，突发火灾，请立刻撤离！"

广播一遍一遍地重复。

之前她睡得很沉，没看到巨大的火舌。

楼下停着几辆巨大的消防车，闪烁着红色的光，在夜色中格外明亮。

不少邻居撤退到了楼下，大家聚集在一起，不知道在说些什么。

此刻仍旧浓烟滚滚，叶书辞推开窗户几秒钟，就觉得快不能呼吸了。

她赶紧跑到陈美秀的房间，把呼噜声震天响的陈美秀推醒："美秀姐，外面着火了，我们快点撤离。"

陈美秀猛然醒来，赶紧套了件衣服就和叶书辞下楼去了。

因为火灾，叶书辞没敢上电梯，好在她住五楼，没一会儿就跑下去了。

原来，火灾是八楼的住户引起的，该住户偷摸将电动车推上去充电，充电器老旧，发热发烫，可正处深夜，住户完全不知晓，就引发了火灾。

陈美秀感慨道："幸好人没事啊。"

叶书辞看着天空中的浓烟发呆，这是她第一次这么近距离观察火灾，好在消防员到得快，除了八楼住户的财产受了些损失，没有人身安全损害。

邻居都在议论这次火灾，都是劫后余生的口吻。

"叶书辞，你没事吧？"身后突然响起一道熟悉的男声，流露出浓浓的关切。

叶书辞缓慢转过身，见沈赐穿着灰色的家居服，像是从床上爬起匆忙赶来的，难道沈赐也住这个小区？

叶书辞满脑子疑惑，又看到沈赐身后停着辆车。

他是开车赶来的。

"我没事的。"叶书辞诧异道，"沈赐，你该不会是担心我吧？"

沈赐长相优越，是人群中最出众的那个，哪怕只是穿了一身灰色的家居服，可斯文气息未减，反而多了些亲和力。

看着面前毫发无伤的姑娘，沈赐的心总算放了下来。男人轻轻移开视线，耳根染上几分红晕，他面无表情地走过去，恢复了往日的做派。

"没，"沈赐不自然地轻咳一声，"我只是担心我的当事人发生意外。"

陈美秀毕竟是过来人，早就看出二人之间有点猫腻了。

她意味深长地笑了声，明显不相信沈赐的话。

"沈赐，"叶书辞慢悠悠地问，"你怎么会来这边？"

沈赐淡淡道："恰好来这边办事。"

叶书辞故作恍然地"哦"了一声，佯装不经意地问："你办事还穿家居服？"

她的目光从沈赐棱角分明的脸下移，男人喉结凸起，锁骨平直，肌肤冷白。

再往下，男人穿着一身灰色的家居服，样式简单，可偏偏穿在他身上看起来与众不同，像是懒散的模特。

沈赐强装镇定地点头："个人癖好。"

男人扬了扬尾音，慢条斯理地问："有意见？"

"不敢不敢。"叶书辞干巴巴地笑了，直勾勾地盯着他，看了半晌又说道，"沈律师好雅兴，半夜出来办事。"

这话说完之后，其实她自己也有些后悔，为什么莫名其妙要刺挠沈赐？

明明应该感动的。

或许因为他快结婚了吧，嘴里说自己不在乎，过去的事情真的已经成为过去，可心底的某些角落仍然肆意叫嚣。

沈赐的脸色沉了沉,却也没跟她计较。

没一会儿,物业那边过来统计房屋损坏情况,叶书辞汇报了房子的情况。

物业的人走了之后,陈美秀感慨道:"刚才那烟真吓人,我看着都后怕,幸好咱那房子没事,不然这损失可大了。"

陈美秀跟沈赐道了再见,才和叶书辞上了电梯,电梯门徐徐关闭。

但凡是女人,就没有不八卦的,陈美秀满脸好奇,兴奋地问道:"书辞,你跟这个沈律师是不是有故事啊?"

"算是过去有过故事吧。"

"啊,我感觉沈律师对你好像真的不一样啊。"

叶书辞皱皱眉:"怎么说?"

"我最近跟沈律师接触比较多,沈律师很严肃,不怎么爱笑,也不爱多说话,冷冰冰的,可每次面对你,他就好像多了点孩子气,也生动起来了。"

闻言,叶书辞紧紧抿着唇,碎发落下来几捋,衬托得整张脸只有巴掌大,笑容恍惚得像做梦一样:"他有未婚妻了,是我们以前高中的一个同学。"

所以,一切都是错觉。

国庆节放假七天,姜晓回来了。叶书辞在家没事,直接到机场迎接她,这几年,二人一直没断联系。

姜晓穿着一条黑色蕾丝长裙,戴着墨镜,黑发红唇,拉着行李箱,走姿飒爽,美艳不可方物。

她从高中时那个普通的女生,蜕变成美艳惊人的成熟女人。

"大小姐可算是回来了。"

姜晓咧嘴笑了,张开双臂给了叶书辞一个大大的拥抱,语气中不乏激动:"小辞,我可想死你了。"

姜晓打算回父母那边暂住,她在市中心买了房,不过还没交房。

朋友之间叙旧,需要一点单独的空间,姜晓径直开车去了叶书辞家里。

女孩伸了个懒腰,一路劳顿,直接在沙发上躺下了。

"哎,你这房子真不错啊,"看着叶书辞拉开窗帘,姜晓赞叹道,"采光好,楼层合适,价格还不贵,去哪里租的这么合适的房子啊?"

叶书辞将跟林南相亲的事情告诉了姜晓。

姜晓突然想起一事:"对了,小辞,我前段时间在加州碰见陈清润了。"

提起这个久远的名字,叶书辞想到了不太愉快的往事,下意识皱皱眉头。

姜晓定定地看着她,突然笑着捏了捏她的脸蛋:"你那么烦他啊?"

叶书辞不假思索地点点头，又摇了摇头。

姜晓继续道："他一眼就认出我来了，我一开始倒是没认出来他。他把眼镜摘了，一身西装，个子还高，倒是很帅，我那个小助理花痴他一路呢。

"陈清润问你的现状来着。"

叶书辞眼皮跳了跳："那你怎么回答的？"

姜晓用看白痴似的眼神看她："还能怎么说，怎么好就怎么说呗，我反正是一顿猛夸，说你多么多么幸福。"

叶书辞被姜晓的表情弄得乐呵呵的。

姜晓又补充了句："不过还别说，陈清润挺为你开心的。"

姜晓也回忆起当年的事情，不免有点唏嘘："我记得当初他转学可匆忙了，我还没反应过来，他的位置就已经搬空了。说起来，到底怎么回事啊？"

叶书辞抿了抿唇，到底将当年发生的事情告诉了姜晓。

毕竟这么多年过去，大家都已经是成年人，谁也不会对当初不成熟的往事耿耿于怀。

沈赐和陈清润的父亲入狱，家族企业倒闭，陈清润原本就是为了钱才谄媚讨好沈父，估计那之后更没什么联系了。

姜晓听得一愣一愣的，她是真没想到，在她眼皮子底下，居然埋藏着这么多秘密。

叶书辞有点不好意思："晓晓，当时我们都很小，不太成熟，这又是人家的家事，我也是不小心听到的，所以就没告诉你，你别介意。"

姜晓丝毫不把这个放心上，她本来就是大度的人，眼珠子转了转，只注意到一个问题，恍然大悟似的："小辞，陈清润当年喜欢你，他没做过任何对不起你的事情，可是你却那么讨厌他，我只能想到一个原因了……"

二人都屏住呼吸。

姜晓定定地看着她，突然笑了："是因为沈赐。

"你当年喜欢沈赐对不对？"

叶书辞点了点头。

看着叶书辞镇定自若点头的模样，姜晓几乎语无伦次了："小辞居然在姐姐眼皮子底下玩暗恋，我竟然毫不知情。"

"暗恋之所以是暗恋，就是不能让别人看出来啊。"叶书辞无奈道。

姜晓还没从这个重大秘密中反应过来："藏得太深了，太深了。"

"我之前倒是觉得沈赐喜欢你，但是想不到你也会喜欢他。"姜晓感叹道，"不过像沈赐这样的男人，会喜欢他再正常不过了，不论家世、外表，还是才华，他都是一等一的优秀。"

"我前两年还听说，沈赐一个案子上百万呢。"姜晓"啧啧"道，"不是我等凡人能比较的。"

第二天去上班的时候,叶书辞还在思考姜晓的话。

两年前的沈赐就非常厉害,接一个案子就有上百万收入,现在的沈赐名声更响亮了,委托费更是无法估计。

这样厉害的人,怎么会接陈美秀的案子呢?

陈美秀的案子,沈赐还专门走了律所特有的援助通道,等同于陈美秀不用花一分钱,沈赐还要帮着陈美秀跟赖皮前夫扯皮。

叶书辞想不透彻。

如果自恋点想,因为她吧,显然也不可能,毕竟当事人是陈美秀,不是她。

当时沈赐是接手案子之后才知道她跟陈美秀认识。

叶书辞拿出手机,下意识点进搜索页面,搜索起沈赐的名字。

她再次点击沈周律所的官网,点进沈赐的页面,里面有他的个人介绍——沈周律所创始人,知名律师,担任多家知名企业法律顾问,擅长民事以及刑事案件,言语犀利,反应敏锐,思维缜密……

用语很官方,叶书辞看了几行没耐心看下去了,又重新回到原本的网页。她竟然发现有一个小小的论坛是为了沈赐而建,活跃用户居然有一万多人,人气都超过小明星了。

叶书辞还以为这些人都是听过沈律师的名声,寻找法律帮助的。

首页飘着不少帖子:

△求求求沈律师的联系方式,沈律师长得真好看啊,不知道还缺不缺女朋友。

△当然缺啊,沈周律所万年高岭之花,不过没人有水平让沈律师为你弯腰。

叶书辞哭笑不得,也有些奇怪,沈赐都是快结婚的人了,这么多小迷妹居然不知道吗?

这里头不少人是沈赐当事人的家属,那么多少会对沈赐有一点了解,既然这样,居然不知道他有女朋友?

等等,万一蒋大力说的是假的呢?

叶书辞拍了拍脸,怎么可能,好歹是高中同学,应该不会骗人吧。

她到底在想什么?

"书辞,不知道为什么,我感觉你眼光很高。"

叶书辞摸摸下巴,坦诚道:"是挺高的。"

因为年少时遇到了太惊艳的人,哪怕不再喜欢,可心理阈值一旦提高,就再也回不去了。

"说起来，我眼光也很高。"葛林真说，"对了，书辞，我给你说的我喜欢的那个律师，可帅了，他经常在距离咱们台不远的咖啡厅见客户，下次我非得领着你看看去。"

"对了，我还拍了他的照片呢，我给你找找哈……"

葛林真掏出手机来，哪想到组长李文清喊她们："苏城大学又有新闻需要采访了，小叶，你带队过去吧，稿子你负责写。"

入职一个月以来，叶书辞的工作能力已经获得了组长的认可。

采访完毕也才下午三点多，叶书辞没回台里，想着反正也没别的工作，干脆晚上加班把稿子写出来。

叶书辞去了一趟唐笑的新家。

唐笑再婚，嫁了个还不错的男人，对方带了个儿子，叫张小川。

"小辞，你都回来多久了，这才来看妈妈？"

叶书辞抿抿唇，有些不好意思，主要是因为这是张叔叔的家，她总觉得自己是个外人，进来吃吃喝喝有点尴尬。

加上唐笑这两年升职，工作正繁忙。

她在微信上总是催促叶书辞回家看看，今天叶书辞终于回来，可把她开心坏了。

唐笑做了好些饭菜招待叶书辞，都是叶书辞喜欢吃的。

做完了一道鲍鱼捞饭，唐笑随口感慨了一句："你弟弟最爱吃这个捞饭了，他现在在律所实习吃不好睡不好的，都饿瘦了……可惜还得加班。"

弟弟？

叶书辞最开始都没反应过来，等明白过来唐笑口中的弟弟指的是张小川后，她眸色暗淡了一瞬。

曾经唐笑说过，当年之所以选择只生叶书辞一个，就是为了给她最好的爱。

可如今，看唐笑眼角眉梢的担忧，她知晓，不知不觉间，唐笑也把张小川当成了自己的儿子。

也许她在外工作的几年，不曾给唐笑多少陪伴，是张小川填补了她在天伦之乐方面的空白吧。

叶书辞脱口而出："妈妈，您要不给我打包一份，我给小川送去？"

站在沈周律所的门前时，叶书辞心有万分感慨，怎么又到这里来了？

叶书辞之前想不明白自己为什么莫名抗拒沈赐。

——明明那是自己用尽青春喜欢的人。

她现在明白了，因为沈赐有未婚妻，既然感情藏不起，那就躲起来。

"这位小姐，您好，有预约吗？"

叶书辞不好意思地摇摇头:"你们这里有个叫张小川的实习生吗?我是他姐姐,来给他送份晚饭。"

"那您先去那边的休息室等一下,我打内线电话给张律师。"

"好的,麻烦您了。"

叶书辞轻车熟路来到休息室,刚坐下两分钟,就听见了"噔噔噔"的走路声。

张小川兴奋地笑了:"姐姐,你真好,还给我送饭来了。"

"这不是律所的饭菜没营养嘛。"叶书辞将餐盒打开,捞饭的香味飘满了整个休息室,"我猜肯定也不好吃,毕竟都是大锅饭,哪有妈妈做的好吃啊,所以给你送一份。"

说着,她调皮地眨眨眼睛:"可别太感动啊。"

张小川伸出两根食指,放在眼下扯了扯眼部皮肤:"我的好姐姐,我都快感动哭了呢!"

"这味道还挺大,在这儿吃没问题吗?"

张小川已经开开心心干饭了,囫囵着说:"没问题的,我一会儿通通风就行。"

"那行,你吃吧,我先走了。"

叶书辞背上包往外走,哪想到走到前台处,前台小姐叫住了她:"小姐,您等一下。"

她有点纳闷:"有什么事吗?"

"我们沈律师马上就过来了。"

十分钟前。

周益凌从法院回到办公室,看到沈赐手里摩挲着一个东西发呆,嘴角挂着若有似无的笑意。

周益凌揉了揉自己的眼,才确认自己没看错。

其实周益凌格外佩服沈赐,沈赐是他见过最具天赋的人,偏偏还很努力,所以说人家一个案子上千万是应该的,成为业内顶级律师也是应该的。

可沈赐此刻在走神。

男人手中摩挲的东西类似于胸针,像是珍宝般被抚摸着。

周益凌悄无声息地走过去,沈赐都未曾发觉。沈赐手中的并不是胸针,而是一枚胸牌,上面写着"叶书辞,《会谈民生》栏目组记者"。

"啧啧啧,我们沈大律师思春了?"

沈赐嘴唇抿起,没说话,直接将胸牌放到了抽屉里。

周益凌一边上下打量着他,一边笑:"这么多年了,我总算看到沈大律师有脱单的苗头了,好奇是何方神圣能吸引我们的沈大律师?"

沈赐勾了勾唇:"很快你就能见到了。"

周益凌挠着头,嘴里念念有词:"叶书辞,叶书辞……这个名字怎么这么熟悉?"

过了三秒钟,周益凌总算想起来了:"哎,叶书辞是咱们律所张小川的姐姐,我刚才在楼下看到一个女人在登记,说自己叫叶书辞。

"啊,就刚刚,居然这么巧啊,我经过休息室还听见姐弟俩吐槽咱们律所的饭菜呢,说没营养还难吃,啧啧啧……"

周益凌正想大肆感慨一番这世界如此之小,抬起头却发现沈赐已经不见了。

叶书辞等了五分钟还没等到沈赐,想着要不先走算了。

如果沈赐真有什么事情,肯定后续还会联系她的。

她不太想跟沈赐有过密的联系,如果让林蔚知道了该有多么尴尬。

叶书辞站了起来,正准备下台阶,哪想到只是一个转身的工夫,一不小心贴到一个温热的胸膛上,空气中泛着丝丝的清淡香味,不像是浓烈的香水,更像是自然留香的洗衣液。

男人垂眸便瞧见她,嘴角微勾,无奈地笑了声:"撞到了吗?"

熟悉又清朗的嗓音,是沈赐。

她尴尬地快速起身,与男人保持礼貌的社交距离,佯装没事:"沈赐,你找我什么事?"

男人穿着简单的白衬衫,最上面的扣子解开了。

傍晚的阳光打在男人的侧脸,蓬松而柔软,衬得整个人温暖起来。可沈赐本人气质有点儿冷,笑容也寡淡,冷然与温暖搅和在一起,风马牛不相及,却有种奇异的和谐。

或许这就是沈赐吧。

与旁人不同的、出类拔萃的沈赐。

也是林蔚的沈赐。

不知道为什么,想到这里,叶书辞的心底弥漫着淡淡的失落感,可沈赐明明从一开始就不属于她。

沈赐挑了挑眉,薄唇扯出一个弧度:"没事就不能找你?"

"我很忙的,相信你也很忙。"叶书辞目光笔直地看向他,表情有点僵硬,"大家都这么忙,无谓的寒暄就免了吧,不如做点有意义的事。"

沈赐眸色深了深,嗓音有点沉:"那你觉得什么事情有意义?"

叶书辞抿了抿唇,没说话。

男人好听的声线再度响起,嗓音却低哑至极:"我觉得跟你相处就很有意义。"

叶书辞呼吸一滞,不可思议地看向沈赐。

她不知道沈赐为什么要讲这样的话，心脏剧烈地跳动起来。

"你……"

叶书辞才说了一个字，脚没站稳，不小心崴了一下，趔趄着到了第二个台阶。

沈赐皱了皱眉，轻轻叹了口气。

阳光倾洒进来，光芒太过旺盛，将律所的每个角落都映射得亮堂堂的，崭新如洗。

叶书辞没想到的是，沈赐居然上前一步，将她打横抱起。叶书辞并不重，沈赐力气也大，抱起她来并不费劲。

"你……你别抱我啊。"她紧张得不知道说什么好，耳根悄悄红透了。

沈赐抿着唇："谁让你这么不小心？"

女孩的胸膛剧烈起伏着，紧贴在他的胸膛。

沈赐勾了勾唇，宠溺地笑了。

只有一层台阶，叶书辞也就没抗拒，不到一分钟，沈赐就将她放了下来。

经过刚才的接触，叶书辞更加尴尬了，脸颊热腾腾的。

"有没有崴到？"沈赐蹙眉开了口。

叶书辞摇摇头。

"还疼吗？"

沈赐蹲下身，正想看一看叶书辞脚踝的伤势，她却如大梦初醒一般，迅速往后退了一步："不疼，我没事的。"

沈赐无奈地叹了口气。

叶书辞犹豫几番，到底开了口："沈赐，我有一个建议，你该注意一下分寸。"

男人扬扬眉："什么分寸？"

"就男女交往的分寸啊，"叶书辞咽了咽口水，"虽然我知道你人很好，我们曾经也是很好的朋友，但是你毕竟是快结婚的人了，是不是应该……"

她话还没说完，就被沈赐截住了，男人静默着观察她的表情，薄唇紧紧抿成一条直线："我快结婚了？"

"就是你跟林蔚结婚啊……"叶书辞下意识道，说了一半，才看出沈赐脸色不太对。

男人郑重又低沉的嗓音响起："叶书辞，我没有要跟任何人结婚，更没有女朋友，也没有未婚妻。"

叶书辞转转眼珠，傻掉了："这还是蒋大力告诉我的。"

说罢，她将刚回苏城怎么碰到的蒋大力，蒋大力又跟她讲了什么，原原本本地告诉了沈赐。

沈赐脸色越来越沉，最后气极反笑："你竟然相信蒋大力的话，他的嘴向来没把门的，你不知道吗？"

气氛顿时安静下来,像是连微风都静止了,阳光凝结成光束打过来,叶书辞清晰地看见每一寸微尘飞扬的形状,也听得清自己清晰的心跳声。

像是攀越千山万岭,似钟声一样永无止息。

"毕竟是老同学,那我可以相信谁?"

叶书辞抬起眸子,对上男人笃定又深沉的视线。

他用动听清澈的嗓音说道:"你可以永远相信我。"

第十四章
是情难自禁

这话怎么那么熟悉?

还记得高三那年,陈清润曾经问过叶书辞,如果沈赐作弊怎么办?

她说沈赐永远不会作弊。

她还说——"我相信沈赐,比信我自己还要信他。"

此刻,沈赐将这话还给了她。

当年,他也听见了她说的这句话。

这些往事到底成了泛黄的记忆,成为午夜梦回之际想要回去却永远回不去的乐园。

叶书辞仿佛听到凛冽的风声响起。

她弯了弯唇,像是回到了高中那年:"嗯,我相信你,沈赐。"

——因为你是全世界最好的少年,沈赐。

沈赐嘴角翘起来,淡淡瞥她一眼,问道:"吃饭了没?"

这种事情叶书辞不会撒谎,直接说:"还没。"

说完,叶书辞有点尴尬,补充了句:"我妈做好了饭等着我呢,我回去吃吧。"

沈赐不咸不淡地睨她一眼,挑了挑眉,淡定开口:"留在这里吃吧。"

叶书辞还没反应过来,男人的后半句话紧跟着响起:"来,尝一尝律所难吃的饭菜。"

他特地加重了"难吃"两个字。

啊,怎么这么熟悉?沈赐身为律所管理者,也知道律所伙食不行?

叶书辞捂住嘴,突然反应过来。她跟张小川在休息室吐槽了律所的饭菜,原来沈赐听到了啊。太尴尬了!

叶书辞有点儿难为情:"其实我也没别的意思。"

沈赐笑着看她:"走吧,尝尝看。"

沈周律所规模大，有执业律师，还有一些实习律师、小助理、保洁阿姨，人特别多。这一路上，不少人对他们行注目礼，尤其女性居多。

叶书辞还听到女生窃窃私语。

"有生之年居然能看到沈律师领着女生来律所吃饭。"

"我还注意到一个细节，平时沈律师走路可快了，风驰电掣的，可是现在放慢了脚步。"

叶书辞一脸蒙地眨了眨眼，看着前方男人挺括的身影，心想：有吗？

沈赐体育成绩很好，跑步很快她知道，但是跟人一起走路的速度其实还好吧？

她回忆起高中时候的小细节，沈赐跟她一起走的时候，似乎真的比他单独走要慢一些。

似乎是在等她。

叶书辞下意识弯了弯唇。

不知不觉，两人到了食堂门口。食堂面积不算大，有三层，沈赐直接带领她去二楼。上台阶的时候，沈赐突然转身。

叶书辞紧跟在他身后，他猝不及防地转身，她的脸差点埋到他怀里，好在她反应比较快，直接抱住了楼梯扶手。

沈赐那张俊颜近在咫尺，五官优越到无可挑剔，往下，是男人凸起的喉结、平直的肩线，还有清淡好闻的气息。

叶书辞的心跳迅间加速。

男人微微俯下身来，悠长的尾音就像带着小勾子似的，勾得人的心痒痒的。

"注意安全，"沈赐笑了声，"叶书辞。"

"我知道啊。"

不过是上个楼梯，有必要特别提醒？

她挠挠头，恍然间明白，沈赐其实是嘲笑她刚刚崴脚的行为。

叶书辞呼吸顿了顿，不明白自己为什么要跟着他上来吃饭，就好像腿脚不听使唤似的，莫名其妙就跟来了。

明明可以拒绝的。

明明妈妈在家做了饭。

沈赐点了几道菜，又将菜单给了叶书辞，让她再点两个，她看了半天发现好吃的都被沈赐点了。

他一如既往了解她的口味。

"这些就可以了，咱们俩也吃不了太多。"

沈赐点点头："这家的炸酱面很好吃，你要尝尝看吗？"

叶书辞最爱吃拌面以及炸酱面了，沈赐都夸好吃了，味道必然差不了，她心动了。

213

沈赐扬了扬眉，默默加了一份炸酱面。

她明明什么都没说，可沈赐完全猜到了她在想什么。

叶书辞的心越跳越快，莫名有点局促和慌乱。

叶书辞突然想起一事："我得给我妈妈发个消息，她现在估计还等我回家吃饭呢。"

"阿姨现在还管你那么严格吗？"

"没有了，"叶书辞无奈一笑，"我妈和我爸离婚了，我大学那会儿她再婚，张小川就是我继父带来的弟弟，他们人都挺不错的。"

"你跟他们住一起？"

"当然没有，那是他们的新家，我过去多不方便。我大学时寒暑假就很少回家了，要么住奶奶那边，要么就在外实习。"

叶书辞今天穿了件浅灰色衬衫，化着淡妆，衬得她皮肤洁白，像是淋漓的月光悉数洒到脸上，长发扎得很高，更加显得清丽无双。

明明提的是伤心事，但她脸上看不出来一点悲哀的情绪，岁月让她更加宽容，也更加淡然。

沈赐神思恍惚，仿佛回到了高中那年。

明明那时的她还是个会哭鼻子的小姑娘。

到底是什么淬炼她成长？生活又是怎样给她施加枷锁，才迫使她成为大人的模样。

沈赐没说话，只静静看她。

叶书辞抬起眸子，竟然从他眼里捕捉到一丝心疼的情绪。

沈赐是在心疼她？

喧闹的食堂恍然间变得安静无比，叶书辞听见自己咚咚的心跳声，她佯装淡定地抿了抿唇。

"我这不是刚回苏城吗，租了房，然后就碰到你了，"叶书辞瞄了一眼沈赐，淡定一笑，"后面的事情你都知道了。

"你呢，沈赐，这些年你怎么样？"

他闭了闭眼，轻叹一口气："不太好。"

"啊？"

叶书辞想深入问一问究竟是怎么个不好法，可几米之外的一个男人朝着他们走了过来。

那男人个子很高，身材健壮，看起来比沈赐年长几岁。

"沈大律师，你重色轻友啊！"周益凌端着份面条嘻嘻哈哈地走了过来，意味深长道，"你之前天天都跟我一起吃，这会儿跑得可真快。"

话语中是满满的埋怨。

"这是我们律所的老周,周益凌。"沈赐给叶书辞介绍完,又将她介绍给周益凌,"这是叶书辞,我高中同学。"

周益凌"啧啧"好半天,然后端着那份面条坐在沈赐旁边,吸溜吸溜,吃得极快,光听动静就知道吃得有多香。

"律所食堂的饭菜怎么样?"沈赐温和地笑了笑。

叶书辞只觉得脸颊滚烫:"很好吃……我不该随意评价律所饭菜不行的。"

她声音好听,表情也乖,看着惹人怜惜。

沈赐笑道:"我知道不是你说的。"

顿了顿,他又淡淡吐出几个字:"是张小川谎报军情。"

"嗯。"

沈赐淡淡瞥了一眼周益凌,周益凌大大咧咧地将筷子一放,直接把张小川卖了:"是这样,张小川呢,他最近追我们所里一个妹妹,那个妹妹很瘦,觉得张小川胖了点,不同意,所以张小川想减肥。"

叶书辞张张嘴,心想:老实巴交的张小川还挺勇啊。

"这跟律所饭菜难吃有什么关系?"

周益凌嘴角往下:"这家伙自己不吃饭,就嫁祸我们食堂呗。"

男人语气无比认真:"妹妹,我跟你说,我们食堂的厨师你完全可以放心,都是精心选择的。沈赐最开始就说,想让员工好好上班,就必须保证他们的福利,所以食堂必须好好安排。"

叶书辞无比赞许地点头。

"对了妹妹,"说着,周益凌打开微信,"能加个好友吗?"

"当然可以。"叶书辞一边吃,一边回答。

一道修长的手臂挡在了二人中间。

沈赐看着叶书辞,意味不明地哂笑:"怎么,你想加?"

一见情况似乎不太对,周益凌端起吃得精光的碗,一溜烟跑走了。

沈赐依旧面无表情地看着叶书辞。

他定定盯了她几秒,忽地扯了扯嘴角:"叶书辞,如果我没记错,咱们俩上次加了微信。"

叶书辞心跳速度又加快了。

她扫了码,却没完全加。

她搞了小动作。

叶书辞有点心虚,该不该承认呢?

她秉承着"只要我不尴尬,尴尬的就是别人"的原则,直接大大方方地笑了:

"你没记错,如果不出意外,你五十年之内记忆也不会出错,毕竟咱们还年轻,没那么容易得老年痴呆。"

沈赐不咸不淡道:"哦,真会说话。"

叶书辞低头抿了口疙瘩汤,刚要放松,却又感受到他灼灼的视线,不由得睁大了眼睛。

沈赐好整以暇地坐着,慢悠悠地问:"那为什么我这边没收到好友验证呢?"

叶书辞淡定地咽下最后一口汤,将碗底都喝干净了,才抬起头,目光坦荡:"那可能是微信系统出故障了吧?"

沈赐轻笑一声,又伸出骨节分明的手,拿起汤匙,重新为她盛了一碗汤,悠悠然道:"好一个出故障了。"口吻里是满满的不信任。

叶书辞只是眨眨眼,完全不放心上。

"是啊,微信坏了呢,"叶书辞无辜地将责任都推到 App 上,又打开微信,"咱们只能再加一次了呢。"

沈赐眯了眯眼,下颌线条有些紧绷,却到底还是打开微信。这次,他扫了她,等到确实通过了才将手机放下。

没多久,两人饱了,沈赐负责将剩下的食物处理掉,然后两人往外走。

沈周律所的食堂格外热闹,这会儿是傍晚休息时间,不少人在大屏幕前看综艺。

叶书辞不由自主地走了过去,电视上播放的综艺恰好是《霓虹夜行》第二期。

"想看?"沈赐见她看得入迷,自问自答道,"那就看一会儿再走。"

说罢,他直接拉开一张椅子坐下了。

叶书辞看着他行云流水般的动作,蒙了一瞬,也在旁边坐下了。

叶书辞听见身后几个小姑娘在聊天,尽管她们压低了声音,可还是能听到几句八卦。

她如坐针毡,总觉得一举一动都有人盯着。根据她的记忆,节目马上该她出场了,这段时间工作忙,她没来得及看直播,更没看回放。

偶尔听见几句对自己的议论,叶书辞心跳得飞快,可看着旁边的沈赐,他风雨不动安如山,非常淡定。

叶书辞右边的一个圆脸姑娘敲了敲她:"小姐姐,我想问你几个问题可以吗?"

她蒙蒙地点头。

"我们沈律师高中的时候是个怎样的人呀?"

圆脸姑娘压低了声音,小心翼翼看了沈赐一眼。

沈赐接纳了视线,但为了尊重,也不看过去,只无奈地勾了勾唇。

叶书辞也悄悄看了眼沈赐。他似乎轻笑了声，慢条斯理地松了松领口。

"很优秀，无人能及，一骑绝尘的那种，不光学习好，各方面都很厉害的，不管男生还是女生都很崇拜他。"

听起来很夸张，可沈赐的确是这样的人。

圆脸女生满脸崇拜，又说："那还真是很厉害啊，现在对我们要求可严格了。其实之前我是苏大毕业的，跟着沈律师上过课，当时罚我们抄法条，可烦了呢。"

男人拿了份报纸在手上翻动着，面容清隽，侧脸干净利落，看起来没什么情绪。

没一会儿，沈赐起身买水去了。

她们更加明目张胆地八卦他。

"小姐姐，真羡慕你高中跟他是同学，我见到的沈律师很严肃，高中的他应该活泼多了吧？"

叶书辞托着下巴想了一会儿："其实一直都算不上活泼的。"

圆脸女生又凑了过来："那么沈律师高中有喜欢的女生吗？"

叶书辞有点尴尬，在之前，她一直以为沈赐喜欢林蔚，前不久又得知沈赐喜欢过她，这该怎么回答呢？

叶书辞抿了抿唇："应该吧。"

圆脸女生开心得不行，正要继续八卦，哪想到沈赐不知道什么时候回来了。男人蓦地转过脸，清淡的视线飘了过来，慢悠悠地笑了声："小同桌，什么叫应该？"

"我有没有喜欢的人你不清楚？"男人眼睫微动，内里莫徜徉着无限笑意。

这一瞬间，叶书辞仿佛看到了记忆中的那个少年。

圆脸女生当场被抓包，脸蛋红一阵白一阵，赶紧找了个借口离开了。

电视恰好到了恐龙小姐的镜头，依旧是熟悉的恐龙头套，还有一身蓝白相间的校服。

主持人跟大家互动："大家在青春期，喜欢那个人的过程中，有什么变化？"

嘉宾纷纷站起来回答："应该是多了几分勇气吧。"

"我恰恰相反，因为喜欢的过程中得不到回馈，导致我现在追求爱情更加没有勇气了。"

恐龙小姐站了起来，干净清亮的嗓音响彻整个舞台：

"如果要我说的话，那大概就是——追逐月亮的过程中，或许我们无数次想要变成月亮，可即使无法成为月亮，我们也深处星河之中。"

"爱让我们成为了更好的人，我不后悔喜欢他。"

叶书辞身旁的人听完恐龙小姐的话，纷纷议论起来。

"不愧是恐龙小姐啊，一张口就不平凡。"

"肯定是腹有诗书气自华的姑娘。"

217

叶书辞格外紧张，还有什么比在掉马的边缘疯狂试探更加刺激的？

应该没人能想到吧，她就是恐龙小姐。

比起旁人，叶书辞更好奇的是沈赐的反应。她微微侧过头，偷看了沈赐一眼。

清风拂过，吹起男人的碎发，他脸上的笑容敛去了些，非常认真地看节目，紧收的下巴多了些禁欲冷感。

"叶小姐，你是不是也觉得恐龙小姐格外招人心疼啊？"

叶书辞平淡的嗓音响起："还行吧。"

回到家，面临唐笑的几重盘问，叶书辞干脆实话实说了，本来就是无意间遇到了沈赐，曾经是好朋友，必然会吃顿饭。

"沈赐确实不错，"唐笑摸着下巴，思忖道，"不过林南也不差啊，沈赐长相跟明星似的，我感觉这种不太好征服，我一看林南就知道他感情经历很少。"

叶书辞没跟唐笑争执。

叶书辞这晚没回家，张叔叔加班，她干脆留下来了。

唐笑给她在这个家留了一个小小的房间，不过她不常住。

晚上十点，张小川加班回来，叶书辞正在沙发上吃着水果看电视。

"姐，我跟你说，今天我们律所好热闹，大家都在讨论我们沈律师有喜欢的人了。都说那姑娘很漂亮，穿衬衫和牛仔裤，还扎着头发，又白又美。"

"怎么感觉跟你长得挺像的？"张小川拖长声音。

叶书辞脸颊红了，以为他马上要"破案"了。

没想到这家伙脸上浮现恍然大悟的表情："姐，你今天去给我送饭，有没有看到那姑娘？"

叶书辞"扑哧"笑了，小川的智商还是一如既往的令人着急。

两人聊了一会儿，叶书辞打起哈欠，跟张小川说了晚安，简单洗了个澡，回到了房间。

她睡前习惯玩一会儿手机。

叶书辞看了会儿微博，又回归微信页面，恰好看到沈赐加她好友的界面，她点开，愣了一会儿，觉得白天发生的一切就像做梦一样。

这时，沈赐的消息发了过来。

沈赐：之前怎么不加我？

叶书辞抿抿唇，怎么说呢？

沈赐：是以为我有未婚妻，不方便？

叶书辞：嗯。

她白天找理由说微信坏了，其实双方都明白她胡诌的，只是为了掩饰没加好友的尴尬。

本以为聊天到此结束,没想到沈赐一本正经发过来一段语音:

"小同桌,我想我需要跟你解释一下——

"我高中到现在从没喜欢过林蔚,大一那年或许传出过我们恋爱的消息,但只是谣传,我没有一分一秒喜欢过她。"

沈赐为什么要解释这个?又是以什么身份向她解释?

叶书辞心头有热浪翻滚,呼吸几乎跟不上节奏。

想起这几天沈赐的所作所为,事情的发展似乎超出了自己的预料。

周日休息,姜晓约叶书辞出去玩。

姜晓在国外待久了,很馋国内传统小吃,拉着叶书辞往小吃一条街走。

苏城这几年力争宣扬传统文化,保留古城原貌,在古城周边设置了不少小吃街,小吃街两边诸多常见的路边摊都价格低廉,品类繁多。

两个人之所以能当这么多年好友,有一大原因就是能吃到一起去。

她们重油重辣,喜好油炸、烧烤,喜欢拌面,不喜欢一切汤面。

姜晓吃完了一份炸酱面,又拉着叶书辞买了一份臭豆腐。

这里有家臭豆腐店口味做得非常经典,鲜嫩多汁,辣白菜也是特地腌制过的,鲜香爽口,再配上一点小咸菜,别提多好吃了。

"哎,你看,那不是沈赐吗?"姜晓疯狂拍了拍叶书辞的肩膀。

叶书辞抬眸看了过去。

沈赐穿着一身西装,和另外一个西装男走在对面的街上,拐弯之后,进了一家咖啡厅。

两人都提着公文包,估计是出来处理事情的。

叶书辞的目光紧紧定位在沈赐身上,男人身材颀长,步伐坚定有力,纵然看不清脸庞,也能感受到挡不住的精英气质。

沈赐的长相,在颜值超高的人群里,也依然是最出挑的那一个。

岁月赋予他如玉的风度,将当年略微青涩的少年打造成沉稳冷静的男人,他光是站在那里,一身卓然的气质就让人无法忽视。

男人走路时手臂摆动幅度不大,叶书辞看向他修长的手臂,又想起前几天在律所,便是这样劲瘦有力的手臂将她捞起……

想到这儿,叶书辞脸颊微微一热。

"是沈赐。"姜晓直接站了起来,"咱们要不要打个招呼?"

"不用了吧,"叶书辞低下头淡定地继续吃饭,"他在工作。"

"既然你当初喜欢沈赐,"姜晓眯了眯眼,促狭地问,"要不要考虑再续前缘啊?"

陈美秀的案子彻底处理完了，搬走之前，她想感谢一下沈赐这段时间的帮助，主动约了沈赐过来吃饭。

沈赐答应了。

陈美秀早上五点起床，去菜市场买了最新鲜的食材回来。

叶书辞处理活鱼，陈美秀收拾客厅。

叶书辞太过投入，导致沈赐进了门，她都浑然不觉。

隔着玻璃门，沈赐凝视着那道瘦长漂亮的身影。

叶书辞处理鱼的每一个动作细节都是好看的，她做事情认真细心，白皙的脸蛋未施脂粉，肌肤通透，具有牛奶般的莹润，还有修长的天鹅颈和清晰流畅的锁骨，微微弯下腰，显得体态格外轻盈。

男人薄唇缓缓勾起，看着厨房内的女孩。

陈美秀走来，想喊叶书辞一声，哪想到沈赐伸出手指，轻轻"嘘"了一下，像是不愿打扰这片刻的安宁。

陈美秀脸上笑容更盛，也更加笃定。

叶书辞转身拿调料包时才看到沈赐。

"啊，沈赐你到了呀？"

男人颔首："嗯，约好的下午五点。"

叶书辞笑了笑，见玄关处放了几个箱子，有补品，还有几提水果。明明是她们感谢沈赐，可沈赐还买了这么多东西。

"你来就来，还带什么东西啊？"

"给小同桌买点好吃的，不是应该的吗？"

"我来帮你吧。"沈赐迈动长腿，进了厨房。

陈美秀准备的菜式太多，还有不少青菜以及肉类没有处理。

沈赐扯了扯衬衫领口，动作轻微。叶书辞看到男人白皙的肌肤，还有干净的肌理，锁骨也好看。

非礼勿视，叶书辞小心翼翼挪开视线。

"叶书辞，"男人转过脸看她，眸色幽深，"你知道我的口味吗？"

叶书辞耸耸肩，不以为意道："当然知道啊，你爱吃虾，爱吃鱼，爱吃青菜，不喜欢油腻，总之，一切清淡的你都喜欢。"

她笑意盈盈地看向放在菜板上的处理好的鱼肉，继续说道："其实我跟美秀姐都不爱吃鱼，但是想到你喜欢，美秀姐专门去市场买了最新鲜的。"

沈赐眸色一动："你告诉她的？"

"不然呢？"叶书辞有点奇怪，"美秀姐跟你又不熟悉，怎么知道你的口味？"

沈赐牵了牵唇,露出一个淡淡的笑,眸子也垂下来,显得温柔无限。

"叶书辞,挺好的。"男人突然这样说。

她丈二和尚摸不着头脑:"什么挺好?"

沈赐目光笃定:"就是挺好。"

叶书辞抿了抿唇,决定不跟他计较。

他们将食材准备得差不多了,到了陈美秀做菜的时间,二人被赶到了客厅里。

叶书辞的手摩挲着膝盖,一偏头就能看到男人凸起的喉结,还有修长的脖颈。

"沈赐,美秀姐可喜欢夸你了呢,她今天还给我说你的人生很圆满,年纪轻轻,前途无量。"

男人淡淡道:"算不上圆满。"

"啊,为什么?"

沈赐面不改色地看向她,慢悠悠的语调响起:"还有些重要的人生大事没完成。"

紧接着,电视台派叶书辞出差一周。

行程特别赶,组长没带队,将采访的重头任务交给了叶书辞和葛林真。

葛林真每天光顾着逛淘宝购物、化妆,心思压根儿不在工作上,因此,叶书辞格外忙碌。

姜晓发来的微信消息她只是草草回复几句。

还有沈赐,倒是给她发了不少消息。

沈赐:什么时候回来?

叶书辞:应该还需要蛮久吧,这次采访比较麻烦。

然而回复完这条消息的第二天,叶书辞就回到了苏城,路佳恩终于搬进来了。

她依旧是那个元气满满的女孩子,张开双臂,给了叶书辞一个大大的拥抱:"书辞!"

路佳恩前段时间一直在外拍摄,给叶书辞带了不少礼物,有护肤品,还有一些发饰。

"我姐给我打电话了,你不知道她多喜欢你,夸你就能夸半个小时。"

叶书辞完全相信。

"对了,书辞,你工作累不累?"

"还行,"叶书辞将行李拿出来,一件一件整理好,放回该放的位置,"连续工作一周多,所以台里给我们放了三天假。"

路佳恩突然从身后拿出两张闪闪亮亮的门票,语气兴奋道:"要不要陪我去看音乐节?"

"当然可以呀。"

这次的音乐节规格很大，最近气温没降下来，所以现场规划了两个三百平方米的遮阳区，还有四百平方米的餐饮休息区，以及两个三百平方米的空调房。

一共有十个乐队，其中两个是叶书辞格外喜欢的。

她在现场都快叫疯了。

从音乐节出来已经晚上九点多了，两人饿得不行，准备去小摊上吃点东西。

"对不起哈。"

一个中年男人从人潮中穿来，不小心碰到了路佳恩的肩膀，赶紧道了歉。

路佳恩低头等着自己的串串烤好，也没转过脸去，说了声："没关系。"

兴许是记者的直觉敏锐，叶书辞立刻察觉到了不对劲，她猛然将头转过去，发现路佳恩的小背包不见了。

路佳恩是模特，吃穿用度都是一流，背的那个包就价值两万多，更别说里面还有不少现金以及卡了。

"佳恩，你的包！"

路佳恩这才意识到发生了什么，可她从没遇到过这样的事，格外慌张，急得跳起来大叫："啊，小偷，我的包！抓小偷啊！"

周围人倒是不少，可大家都一脸疑惑地看向她，没人去抓小偷。

叶书辞当机立断，往小偷的方向拔腿追了上去。

她身体素质好，遗传了叶青云，小学运动会短跑还破过记录，可惜到了初高中，唐笑对她要求越来越高，她再也没参加过运动会，渐渐地，知道她在体育方面有优势的人越来越少了。

叶书辞屏住呼吸，双臂大幅度地摆动着，好似变成了一只飞燕，双腿蜕变成翅膀，以地为天，自由地翱翔。

她越跑越快。

小偷身高也就一米七，年迈，跑起来动作稍显笨拙，时不时往后看看。

叶书辞与他的差距越来越小了。

可再过五百米就到了地铁站，小偷一旦上了地铁，路佳恩的包真就找不到了。

叶书辞已经使出了浑身力气，脚下几乎生了风。

好在在小偷即将迈进地铁站的时候，突然被一个骑自行车的少年绊倒了。

他先是踉跄了一下，紧接着没站稳，摔倒了。

叶书辞快速上前，在小偷爬起来之前，将他彻底扑倒。

毕竟男女力气差别不小，小偷奋力抗争着，想将叶书辞推到一边。

好在路佳恩刚才报了警，警察到了。

两人去了警察局做笔录，警察问的都是比较常规的问题。

警察最后交代道："叶小姐，您真是太勇敢了，可以后遇到这种情况真不能直接上，你没看到吗？那个小偷带了刀的。"

叶书辞呼吸一窒。

跟小偷搏斗了半天，她压根儿就没注意看，好在小偷没有动手。

毕竟动了刀子性质就不同了。

包是路佳恩的，所以路佳恩领回包又做了些登记。

路佳恩说："书辞，你跑步好快啊，我还没反应过来，你一溜烟人就不见了。你跑步这么快，高中还不得是长跑冠军呀？"

"还真不是，我那时候都忙着学习了，哪有时间参加运动会。"

路佳恩满脸揶揄地看着她："书辞姐，那时候你有喜欢的人吗？"

"当然。"

也是这时候，叶书辞敏锐地感觉到，空气静寂了一瞬。

路佳恩轻轻推了她一下："书辞，旁边那个律师好帅啊。"

律师……

叶书辞听到这个词语几乎是条件反射一般想到了一个人。

就在叶书辞旁边的窗口，沈赐坐在椅子上，男人袖口微微挽起，将资料从公文包里取出来。

"张警官，这边是我的委托授权书、律师执业证书，还有法律援助公函。"

男人清朗的嗓音如汩汩泉水。

"沈律师，您都来过我们这边多少次了，就算证件带不齐，我们也会把资料给您的。"

沈赐淡淡笑了："该走的流程总是要走的。"

警官夸赞道："您啊，办事情就是认真负责，我们这边对接过那么多律师，就属您办事情最仔细了。"

叶书辞的指尖蜷缩起来，想不到在这个场合能碰到沈赐。

男人将视线转过来，深邃的目光定位在她脸上，似乎饱含深意一般："好久不见，叶书辞。"

确实好久不见了。

大概有一周了。

沈赐微微挑了挑眉，笑容夹杂着几分玩味。

她跟他那么熟悉，当然能读懂他的目光——她刚刚说的话全被他听到了，还不知道要做怎样一番解读。

在男人揶揄目光的注视下，叶书辞缩了缩下巴，耳根逐渐变得通红："沈赐。"

她轻轻唤了他的名字，也算是打了招呼。

路佳恩又扯扯她的袖口："可以啊，书辞，你居然认识这么帅的律师。"

"美秀姐也认识。"她简短道。

路佳恩拍了拍脑门，很快地串联起来，恍然大悟："啊，我知道了，这就是我姐跟我说的，你的正缘。"

偏偏路佳恩嗓音并不低，这话又被沈赐听了个正着，男人的目光紧紧将叶书辞笼住，笑意浅浅。

丢脸丢到家了。

叶书辞只好强迫自己移开视线。

"辛苦沈律师跑这一趟了，"一个警察说，"我们这边本来要派人送过去的。"

"没事，"沈赐客气道，"应该的。"

警察见他们认识，在沈赐临走之前，又多说了句话："沈律师，这个姑娘是你朋友啊？"

沈赐睨叶书辞一眼："当然。"

警察继续道："你这个朋友可厉害了呢，沈律师你可得好好交代交代她，见义勇为是好事，但那个歹徒都带刀了，幸好小偷胆子小没动手，不然后果不堪设想啊。"

沈赐的目光在她身上来回，叶书辞被他盯得浑身发毛，心也忐忑不安。

"行。"

沈赐取完资料就先出去了，叶书辞目送着他的身影。

原本她以为，沈赐会像警察叮嘱的那样，对她简单进行一番思想教育，哪想到人家压根儿就没理她。

她莫名有点失落。

路佳恩晚上有点事就先走了，警察又对叶书辞进行了一番提醒，才肯让她离开。

叶书辞推开大门，来到了警察局大院。

这片是老城区，不知道建了多少年，似乎在她很小的时候就有关于这边的记忆。

院子里的灯也不明亮了，暗黄的光映照出她长长的影子。树影婆娑，叶子在空中摇摇摆摆，空气却安静得过分。

风声不止，夜晚不冷不热，倒是蛮舒适。

面前突然闪过一道人影。

沈赐背着光，阴影将她整个人笼罩住，男人的目光没有一丝松动，面容也无比严肃，像是掺和了万年的冰雪。

上次见面还是陈美秀请他上家里吃饭，那时的他比现在看起来放松多了，讲话也活泼。

叶书辞被他盯得呼吸快要停滞，心跳速度也更快了。她只想挖个地洞躲起来，然而避无可避。

"不是还有很久才能回来？"

——什么时候回来？

——应该还需要蛮久吧，这次采访比较麻烦。

微信上刚刚有过的对话，可此刻她就出现在了他面前，真是跳进黄河也洗不清。

偏偏这时，警察局保安家的小朋友跑着玩耍，恰好撞到了叶书辞，叶书辞一个踉跄跌到了沈赐的胸膛前。

隔着薄薄的衣服布料，她感受到男人胸膛的温度，蓬勃的生命力似乎要突破胸腔。

叶书辞飞速往后退，脸颊烧红，整个人的肌肤都灼热起来。

仿佛着了火。

沈赐扯了下唇笑了。

他视线捕捉到了一切，却偏偏不放过她，步步逼近，声音有几分沙哑，是迫人的力度："小同桌，还不打算回答我吗？"

第十五章
宛若羽毛扫荡心间

"这没什么不能回答的,"叶书辞说,"那天回消息的时候还以为采访没结束,我也没想到第二天效率那么高啊。"

"暂且相信你。"沈赐勾了勾她的鼻梁。

叶书辞再次往后退了退。

沉默在二人之间蔓延着。

两人一周没见,不知道为什么,叶书辞再次跟他说话,竟然有点不自在。

"以后得注意安全,"沈赐突然说,"见义勇为是好事,可也得看看自身情况,万一东西没找回来反而伤了自己怎么办?"

男人眉毛皱起,浓浓的关切写在脸上。

沈赐的嗓音有点严肃,却依旧含着淡淡的无奈,双眸深深。

"我又不是小孩了。"

闻言,沈赐低下头,看到女孩低着头露出白嫩的耳垂,浅浅勾了勾唇:"小同桌,难道不是小朋友吗?"

叶书辞从没告诉过别人,其实她很喜欢"小同桌"这个称呼,每当男人眉眼含笑这么叫她的时候,她的心都宛若春风过境。

"沈赐,你经常来这边办事吗?"

她看他跟警察们彼此很熟悉的样子。

"嗯,当然。"

"那还蛮辛苦的。"

"算不上辛苦。"沈赐瞥了她一眼,漆黑双眸里浮起浅淡的笑意。

叶书辞将原本想说的话全部咽了下去,心跳加速,她一遍一遍告诉自己:淡定啊,你不再是那个小姑娘了。

女孩的手指蜷缩在一起,沈赐将她的小动作尽收眼底,双眸弯了弯,却不多说什么。

"对了,"沈赐挑了下眉,"饿不饿?"

其实叶书辞不饿。

音乐节之前她简单吃了点东西垫了垫肚子,再后来发生这些事,早将吃饭的事抛之脑后了。

"不饿。"

沈赐"哦"了一声,笑了笑,双眸深了深:"可是我最近刚发现这附近有一家超好吃的面馆。"

忍住。

她要忍住。

哪想到男人双臂环抱,又淡定补充了句:"还专做拌面。"

叶书辞挠挠头,俏皮道:"欸,好像还真的觉得有点饿了呢。"

沈赐开了车,两人一起到了面馆,沈赐点了两份双椒拌面,又加了几份小菜。

"好不好吃?"

叶书辞吃了几大口,辣度刚刚好,心满意足道:"非常好吃。"

沈赐定定地看着她,忽然笑了:"那以后我还带你来吃。"

吃过饭后,沈赐送她回家。一路上,沈赐都开得很慢,本来半个小时的车程,接近一个小时才到。

到了小区楼下,叶书辞推开车门,随口说了句:"今天回家还挺慢的。"

沈赐帮她解开安全带,动作轻柔,轻笑一声:"得看是跟谁。"

叶书辞还没反应过来沈赐话里的意思,就已经下了车。哪想到沈赐也下来了,男人长身玉立,在夜色中格外好看。

叶书辞深吸一口气,往外走了几步,笑着跟他说:"好啦,晚安,沈赐。"

"谢谢你今天的招待,"叶书辞抿抿唇,"面很好吃。"

沈赐英俊的脸庞在夜色中看不真切,叶书辞正要离开,不料沈赐突然上前,攥住了她的手腕。

力度并不大。

可叶书辞的心狂跳起来,她都能听到自己心跳的声音,甚至还能感觉到沈赐手心的灼热。

月色温煦,风缓缓吹过,一秒钟的工夫,却像经过了几个世纪一样漫长。

"你今天说的,以前喜欢的人是谁?"

沈赐一向淡定沉稳,可此刻多了几分紧张,手心的濡湿透露了他的心思。男人薄唇紧抿,呼吸也放轻了。

叶书辞原本想老老实实地承认，她高中喜欢的人就是面前的这个人。

可她又想到，假如沈赐真的喜欢她，也应该由他主动，而不是因为她先喜欢了他，所以他才肯弯下腰，主动看看她。

"都多久的事情了，我都不记得了。"叶书辞装作不紧张的模样，随口说道，"你快回去吧，都这么晚了。"

毕竟是撒了谎，她没敢看沈赐的表情，也不敢多说什么，拎着包匆匆忙忙进了电梯。

也是这时，电梯里映照出她通红的脸，像是敷了一层红妆，心脏像是被妥帖安放在柔软的云朵之上，整个人都变得软乎乎的。

晚上，林南发来消息。

这两周林南出差，所以没约叶书辞见面，今天他刚回来。

林南：书辞，最近工作累不累？

叶书辞：一直都这个工作频率，都习惯了。

林南：最近有没有发生什么好玩的事情呀？

叶书辞想了一下，回复道：光扛着相机来回跑了，哪有什么好玩的呀。

不是这样的，真正喜欢一个人不是这样。

她记得自己喜欢沈赐的感受——遇到什么事情都想跟他分享，偶然看到镶着金边的云朵、路边的小猫野狗，甚至路上遇到了班主任，当年的她都渴望分享给沈赐。

可当时又不能分享。

她总觉得他们的感情到达不了真正亲密的阶段，生怕暴露自己太多惹人厌恶。

即使是现在，她跟沈赐坐在一起吃顿饭，她也会聊起自己工作时的趣事，沈赐也总是饶有兴致地听。

分享欲是最高级别的喜欢。

恍然间，叶书辞的大脑仿佛闪过一道光，有什么记忆在脑海中复苏了。

前不久，清隽英俊的他说过——"跟你相处就很有意义。"

还有今天的对话。

——"今天回家还挺慢的。"

——"这得看跟谁。"

叶书辞突然明白了沈赐想说什么，他是想说，跟她一起走的路，更长一些才好，所以特地将车开慢了。

是这样吗？

是错觉吗？

这么多巧合加在一起，当然不是。

叶书辞的心以更快的速度跳动起来，脸颊微微滚烫，可林南的消息还在持续发来。

有些事情确实该说清楚了,她一向不喜欢拖拖拉拉,于是回复道:林大哥,这次我请你吧,我们吃川菜怎么样?

第二天下班后,叶书辞准时抵达川菜馆,林南也一向守时。

林南主动站起来帮她挪了挪凳子,让她坐下,两人点了几道菜。

这家店一直以上菜速度快作为吸引顾客的噱头,果然十分钟内就将菜上齐了。

林南瘦了些,毕竟这段时间一直在忙,营养没跟上,脸颊更瘦削了,眼睛里也隐隐有点红血丝。

"书辞……"林南搓着手,眼神有几分躲闪。

叶书辞看到林南旁边的位置上放着一束玫瑰花,还有一个暗红色的首饰盒,便有了预感。

"林大哥,"她温柔地笑了笑,"其实我想说,跟你断断续续聊了这些天,我觉得你人非常好,也很实诚,但是我感觉我们可能更适合当朋友。"

林南愣住了,嘴唇哆嗦着,好半天才平复好情绪:"书辞,我本以为你也对我有意思的。"

"我觉得你是个很好的哥哥,乐于助人,心地善良。"叶书辞只能言尽于此,"但是感情的事,你知道……"

林南咬了咬嘴唇:"是那天那个男人吗?"

"哪个男人?"

"就那天我们吃粤菜,帮了我们的男人,"林南问,"你喜欢他对不对?"

叶书辞轻笑道:"我跟沈赐是高中同学,曾经是非常好的朋友,他在那里吃饭看到我们有情况就顺便帮了。"

其实那天沈赐帮过他们之后,林南就频频想起他,不管是长相还是气质,那个男人都是一流,尽管林南不想认输。

沈赐看起来寡言少语,但温沉守礼,行事风格又稳重。

林南不得不承认,不管是工作还是择偶,这种风格的男人最受欢迎,也是他穷极一生羡慕不来的。

"书辞,你真的不能再考虑一下吗?"林南目光中有悲哀的祈求,"我对你非常认真。"

"可能你不相信,我之前有个谈了五年的女朋友,我对她的感情都没有对你的浓烈。可能我们也不是完全相同的两类人,但我真的愿意为了你改变。"

叶书辞低下头:"对不起了,林大哥。"

叶书辞解了一桩心事，整个人畅快多了。

回到家，姜晓正好打来电话，叶书辞便将这件事告诉了她。

不过说起来，叶书辞真没想到林南之前居然有个谈了五年的女朋友，毕竟谈了五年还能分手的男人，多少都是有点问题的。

"我说，"姜晓口气变得揶揄，"你是不是因为跟沈赐重逢之后，就觉得林南索然无味了？"

"毕竟我可记得某人夸过林南憨厚老实呢。"

叶书辞皱皱眉头。林南给她的第一印象确实憨厚老实，这个无可厚非，后来经过粤菜馆那件事，她感觉林南行事冲动，得理不饶人，不是一个适合结婚的对象。

"跟沈赐可没关系。"

毕竟世界上只有一个沈赐。蹉跎这些年，她似乎都失去了当年的勇气。

聊到了沈赐，姜晓就多说了几句。

"沈赐这些年真的挺努力的，我也是后来听人说的，他爸爸公司倒闭之后，他背了一身债，一边打工还债，一边还得赚学费……"

"很长一段时间沈赐都是吃咸菜度日，当然这个也是我最近听来的，不保真，不过他很苦就是了，也没找人抱怨过，一个人就扛过来了。"

"太不容易了。"

"还有，沈赐父亲出事之后，跑得最快的就是陈清润娘俩，无语。"

叶书辞从没往深层次思考过，只知道沈赐父亲入狱，公司倒闭，意味着沈赐失去了靠山，却从未考虑过，一身孤傲的少年面临的竟然是此生从未有过的窘迫。

"不过啊，"姜晓嘿嘿嘿笑起来，八卦之魂燃起，"我还听说有几个年纪大的女人喜欢他，愿意帮他还债，他拒绝了，硬是自己扛起责任，大学期间便把巨额债务还清了，被称为海大的传奇。"

挂断电话之后，叶书辞的心跳久久无法平息。

这晚，她做了个奇怪的梦。

她梦见去律所给张小川送饭，又碰到了沈赐，不过这次沈赐跟一个陌生女人在一起卿卿我我，看到她也不理，反而轻视地瞄了她一眼。

男人嗓音冷淡，几乎丛生出了寒气，令人脊背发凉："叶书辞，这里不欢迎你。"

叶书辞抓狂着醒来，被子踢到了地上，满是抓痕的枕头也暴露了她的愤怒，要知道她睡觉还算老实，从没做过踢掉被子的事情。

叶书辞挠挠头，心痛的余温仍在。

怎么会这么在乎沈赐？为什么就连一个虚假的梦都能让她如此崩溃？她无法接受这个事实。

叶书辞深吸一口气，打开微信。

姜晓昨晚发来的消息她还没回复。

姜晓：你真的不喜欢沈赐吗？

盯着对话框好半晌，她缓缓敲下两个字：喜欢。

她很确定自己对沈赐的心意，也清楚沈赐对自己的与众不同，还有他那些独一无二的好都不是装出来的，可她依旧不敢笃定，沈赐喜欢她吗？

叶书辞不知道，沈赐也陷入了困惑之中。

男人打开搜索软件，输入一行字：怎么追女生？

五花八门的答案映入眼帘。

第一个回答：根据我看的言情小说经验，霸道一点绝对可以成功。

第二个回答：还是要看长相工作学历吧，如果你是吴彦祖，别说追了，保证女生倒贴啊。

第三个回答：我感觉女生都喜欢温柔一点的男生，润物细无声那种，用体贴和关心渗透她生活的每一个角落，比如带早餐、接她上下班，等她习惯了就离不开你。

沈赐看了半天，似乎学到了什么，又似乎什么都没学到。

下午，葛林真请大家喝奶茶，突然神秘兮兮地找到叶书辞，附耳说："一会儿你跟我出去一趟呗。"

"去哪儿？"

"我喜欢的那个律师你还记得吗？"葛林真说，"我偷偷找人打听了他的行程，下午他要在咱们大楼对面那个咖啡馆见当事人，大概三点半见完，你跟我过去看看呗。"

"行。"

两个人出去也不会太久，何况组长交代的工作都已经做完了。

"你是准备表白还是……"

葛林真想了想："先主动要联系方式吧，视情况表白呗，反正我不怯场。"

下午三点二十分，两个人准时出发，葛林真走在前面，径直进了咖啡馆。

她性格直率，做什么都不藏着掖着。

坐在窗边的男人吸引了叶书辞的注意，男人穿着挺括的黑色西装，坐姿笔挺，影影绰绰的阳光打进来，衬托得男人更加英俊了。

怎么是沈赐？

别告诉她，葛林真喜欢的人是沈赐？

就在这时，沈赐抿了口咖啡，随后，幽深的目光落在她身上。

叶书辞不由得缩了缩肩膀。

葛林真也看向沈赐的方向，拉着叶书辞就往他那边走，还低声道："书辞，这就是我跟你说的那个人。"

太尴尬了。

葛林真正准备拿出手机加微信的时候，沈赐忽然勾了勾唇，朝叶书辞挥了挥手："女朋友。"

叶书辞几乎原地石化，沈赐叫她什么？

葛林真也讶异不已。

叶书辞原本以为她会不开心，哪想到葛林真脸上除了惊讶，就没别的情绪了。

周益凌也站起来招呼她："叶小姐，过来坐啊。"

周益凌原本和沈赐面对面坐着，见两个女生过来，周益凌将自己的位置让了出来，坐到了沈赐旁边。

叶书辞尴尬地坐下了。

周益凌说："我去给你们点小蛋糕还有咖啡，你们爱吃什么口味？"

"黑森林就可以，"葛林真笑容灿烂，"咖啡要甜一点的，加奶。"

沈赐松了松领带，笑容多了几分散漫："女朋友，怎么到这边来了？饿不饿？喝完了咖啡我请你们吃饭吧？"

葛林真咬了咬唇："帅哥，你真的是书辞的男朋友啊？"

葛林真又将疑惑的目光转向了叶书辞。

叶书辞对上沈赐的视线，喉咙莫名有点发干，见男人朝着她眨眨眼，她突然明白过来——

葛林真经常偷摸盯沈赐，男人的反侦查能力这么强，肯定早就发现了，或许他故意拿她当挡箭牌，躲过这次追求。

沈赐干咳一声，清俊的容颜像是被云雾遮挡的青山，点点头："嗯。"

葛林真小声问叶书辞："你脱单了怎么不告诉我？"

这里的小声，仅仅指的是对葛林真来说的小声，实则她的声音非常具有穿透力。

沈赐自然也听见了，他闷笑了一声，慢条斯理地喝了口咖啡："小辞脸皮薄，怕生。"

葛林真低下头悄悄跟叶书辞说了句话，叶书辞瞳孔都要被震碎了。

葛林真还在继续发问，喋喋不休："对了，你们什么时候在一起的？"

"怎么认识的？"

"沈律师你多大了，看看跟我们小辞年龄是否合适？"

"沈律师你住哪里呀，方便接送小辞上下班吗？"

一连串的问题，沈赐都不知道从哪里开始回答。

叶书辞实在忍受不了了，干脆给沈赐发了条消息。

叶书辞：一前一后，卫生间。

没几分钟，周益凌点完餐，回到了原本的位置上，叶书辞和沈赐也就借机一前一后出去了。

刚才短暂的十分钟相处，叶书辞像是滞留在岸上无法呼吸的鱼，紧张得喘不过气来。

男人身姿笔挺，走廊灯光很亮，衬托得他的五官更加干净清俊。

沈赐眼睫很长，微垂似鸦羽，一旦掀起眼皮看人，就有种缱绻温柔的错觉。

"沈赐，你干吗那么说？"叶书辞抱着手臂，眼睛直勾勾地盯着他，"你是不是想拿我当挡箭牌？你觉得她喜欢你对不对？"

沈赐抿了下唇，不置可否。

"你这样其实不太好啊，你可能不知道，葛林真是我同事，如果她生气了我该怎么办？同事关系怎么相处？"

沈赐是她老同学，也是她过去和现在喜欢的人，她不想惹他不开心。可葛林真又是自己的同事，如果谎言拆穿了该有多尴尬？

沈赐身体也僵硬了下，薄唇紧紧抿起，深深看了她一会儿："对不起，是我失算了。"

他没想那么多，他经常看到葛林真在咖啡厅外面偷看，也渐渐了解了她的心意，刚才叶书辞和葛林真一起进来时动作也不亲密，他以为她们并不熟悉。

至少，叶书辞身边有哪些朋友他都清楚。

听完男人的道歉，叶书辞惊讶住了。

沈赐脾气很好，性格也能屈能伸，可叶书辞压根儿就没见过他做错事，换句话说，天之骄子一样的沈赐，是不可能做错任何事情的。

叶书辞性格大方，不会在乎那么多，她眨眨眼睛，说道："没事儿，下不为例，毕竟那么多年的同学了。"

沈赐张了张嘴，嗓音压得有点低："只是同学吗？"

恰好有两个女人说说笑笑从他们旁边走过，叶书辞没听清沈赐的话，她疑惑地看向他："你刚才说的什么？"

这句话刚问完，她才想起一件重要的事情。

"沈赐，其实你搞错了，"叶书辞说，"葛林真喜欢的是周益凌。"

男人的脸色肉眼可见地沉下来，这么大个乌龙，可真是闹了笑话，虽然这笑话只有他们二人知道。

其实沈赐误解了也很正常。

毕竟平时出门谈案子，他都是和周益凌走在一起，一般来说，招蜂引蝶的都是他，从小到大被人追求习惯了，更何况葛林真经常躲在门口偷看他们。

他和周益凌一起工作那么久,就没有一个异性主动勾搭过周益凌,主要这人一身搞笑气质,谁承想葛林真偏偏喜欢这一类。

男人歪歪头,淡声笑了笑:"那也没关系。"

叶书辞"啧啧"感叹着:"不过你也真够自恋的。"

"自恋也有好处。"

叶书辞洗耳恭听:"什么?"

"自恋点能让某位反应慢的小同桌注意到我。"沈赐轻咳一声,面不改色。

乱七八糟的情绪涌入脑中,叶书辞的心乱成了一团麻,又根然又惊喜。

她心底却还有一道声音响起——"沈赐如果喜欢你,不早跟你表白了?"

多年的暗恋经历让她在情感方面总是下意识处于自卑的状态。

沈赐抿了抿唇,似乎在酝酿着什么。

叶书辞突然上前一步,说:"沈赐,我们回去吧,要不然他们该等急了。"

一个吵闹的小孩从他们身边走过,差点撞到叶书辞。沈赐飞速将她拉过来,用温热的手心贴着她的手腕,熨帖的温度一路灼烧到她心底。

他低沉的嗓音响起:"小心点。"

两人离得太近了,几乎呼吸相闻。

叶书辞抿抿唇,赶紧躲开了,随意道:"没事的,只是小孩子,撞不到我。"

"小孩子力气也大,"沈赐低声道,清俊的脸上写满了担心,"我会担心你。"

再次回到咖啡馆,两人还没吃几口蛋糕,葛林真就接到了组长的电话,她们迅速离开了咖啡馆。

刚才去卫生间的工夫,叶书辞悄悄给葛林真发了消息,告诉她周益凌已经结婚了。

葛林真暗恋他的时间还不算长,这段心动肯定要掐灭的。

两人回到台里,组长也没布置任务,只交代了第二天的工作内容。

叶书辞复盘了下今天下午发生的事情,觉得好像有哪里不太对劲。

毕竟是多年同学,沈赐的性格她再了解不过,男人性格冷静沉稳,向来不做冲动的事情。

尤其是今天直接拉着她说她是他的女朋友,实在是不符合沈赐的性格。

再加上沈赐今天那几句旖旎的话,不让人多想都难。

沈赐还喜欢她吗?

叶书辞飞速摇了摇头,她目前确定了自己的心意,剩下的就看沈赐了。

她当然想圆自己十年前的梦,可毕竟感情向来不讲道理。

微信响了。

林南的消息突然发了过来，很长的一段话——书辞，我真的喜欢你，希望你再给我一次机会吧，昨天我一夜没睡，我在想是我哪里没做好，哪里没做对，我愿意改正，只求你能给我一次机会。

我知道好的缘分可遇不可求，可是我很珍惜你。

实不相瞒，除了你，我也聊过五六个相亲对象，可是她们身上都没有你给我的那种感觉。你简单、干净纯粹，是我想用一生珍惜的女孩，请你给我个机会好吗？

叶书辞抿了抿唇，每次遇到这种情况，她都不知道如何应对。

她没给过林南丝毫暧昧信号，本想早点说开的，可后来林南出差的那段时间没联系她，她默认不再联系了，毕竟这是相亲的套路，哪想到林南只是因为全封闭无法与她联系。

她叹口气，敲字：林大哥，该说的我都说了，希望你早日找到自己的幸福。

叶书辞的心还是有点堵闷，揉了揉眉心。

明明没做错什么，可她好像还是伤害了别人。

窗外，不知不觉下起了雨，雨声磅礴，夹杂着闷雷声，轰隆轰隆，黑云席卷了这座城市。

叶书辞在办公室加班写稿子，对外面的天气浑然不觉。她工作起来格外卖力，也因此频频得到李文清的表扬，上个月的绩效奖金也是组里最高的。

加完班，她下了楼，准备往地铁站的方向走，结果抬头一看，天空宛如铺上了墨汁一般，黑得彻彻底底……糟糕，忘记带伞了。

这时，她发现不远的地方停了一辆熟悉的黑车，车身流畅低调，沈赐就站在车门处，修长手指执伞，肩膀宽阔，身材颀长。

他依旧是白天的那身黑色西装，版型挺括，衬衫纽扣一丝不苟地扣到喉结处。

男人面容清隽，气质斯文又清冷，在幢幢的人影中，在丝丝缕缕雨珠连成的雨幕中，他向她走来，如同神祇。

不少人注意到这个出类拔萃、外形优越的男人，可沈赐眉眼深邃，世界虽大，似乎只能容得下一个她。

"小同桌，下雨了，"沈赐清冷的嗓音在她耳畔响起，"是不是没带伞？"

叶书辞的心怦怦跳动，她努力抑制自己，不让惊喜表现得太过明显。

只是对面是让她心动了十年的人，要有多强大的心智才能保持冷静？

叶书辞忍不住问出了声："沈赐，你为什么要对我这么好？不是一次两次了，有些事情我想弄明白。"

叶书辞实在是太紧张了，讲话有些语无伦次。

男人的目光从她清明的眼睛，移到她殷红的唇上，勾了勾唇笑了。

沈赐低眸，坦坦荡荡的目光中夹杂着温柔，与她越靠越近，从外人的角度看，叶书辞几乎整个人被他抱在了怀中。

他低沉又沉稳的嗓音回响在她耳旁："看不出来吗？"

"叶书辞，我喜欢你，不知有没有这个荣幸？"

第十六章
"多多指教,女朋友。"

叶书辞耳畔如烟花炸裂。

这句话她渴望太多年了,当真正听到的这一刻,她发自内心地想哭。她心跳跌跌撞撞,伴随着沈赐清朗好听的声音,起伏不断。

就好像长途跋涉多年,跨山越海,终于到达了心之所向之处。

最让她心动的男人就在她面前,只要伸出手就能碰触到。

忽明忽暗的光影下,连绵不断的雨幕中,身姿挺拔的男人清瘦指骨执伞,深邃的双眸泻开无限温柔。

原来,温柔的沈赐她也能随时见到。

天边的月亮冷清、遥远、孤傲。

此时此刻的沈赐温柔、宠溺,好看到无可挑剔。

如今再想想,喜欢他好像是昨天发生的事情。

过往的记忆再次飘入脑海。

重逢以来,他们经历了那么多故事。

从最开始在苏大校园猝不及防的相遇,到后来的暧昧试探。

还有那么那么多美好的往事。

叶书辞想起他们刚刚成为同桌的时候,少年将书往她那边挪了挪。

晚风轻拂的夜,少年笑容璀璨,慢悠悠开口:"或许我并不难追。"

那个无助到只能等到放学后哭泣的晚上,少年也曾一字一顿地说:"叶书辞,我相信你不会输。"

被人误解的时候,也是沈赐为她解围。

她被母亲谩骂的时候,沈赐接过电话,不卑不亢地说:"阿姨,叶书辞她很好。"

他鼓励她参加竞赛,积极为她辅导,给她划重点。

她缺乏勇气举手时,也是少年帮她将发颤的小手举起。

在寒冷的冬日，他送过她一条暖融融的围巾……

少年笑起来嘴角微弯，蓬勃的朝气仿佛要溢出，他也曾自信满满地说："包在我身上。"

他亦说过："我会无条件帮助叶书辞。"

他们彼此信任，像共生的植物，像并肩而立的战友。

沈赐是她最好的少年。

是她的心上人。

沈赐微微低头，双眸定位在她脸上，一眨一眨，就这么静静地看着她。

见女孩已经愣在原地，生怕她不懂自己的心意，男人干脆更进一步地表白："叶书辞，我喜欢你。"

他没有叫她"小同桌"，而是叫她的大名。

在这样郑重的时刻，他必须格外认真地呼唤她的名字。

旁边有撑着伞准备打车或者去坐地铁的同事经过，都是同一个电视台的，未必知道名字，可大家都脸熟，小声地议论着。

沈赐还在期待着她的答案。

叶书辞喉咙无比干涩，想说什么却不知道从何说起。她捂住脸，有晶莹的热泪从眼角溢出，是灼伤皮肤的温度。

那些不确定的情绪、隐隐约约的试探，在这一刻，终于拨云见日。

那些可以藏匿的情感，也终于结束在这一句——"我喜欢你。"

"沈赐，我也喜欢你。"

此刻的场景就像是十七岁的叶书辞最美好的幻境，她小心掐了一把手腕，才意识到真的不是梦。

她心中的月亮啊，高高在上的太阳啊，这一刻终于为她陨落。

叶书辞的眼泪"唰唰唰"落了下来，她长相干净漂亮，哭起来也是极美的。

清明的杏眸干净无辜，睫毛又长又密，泪从眼角溢出来，滑落，连续不断。

有点委屈，又有点惊喜。

沈赐无奈地叹口气，伸手将她搂入怀中："小同桌，哭什么呀，今天是我们值得铭记的好日子。"

"我只是太开心了。"

叶书辞在心里说——我喜欢你，沈赐，我真的好喜欢你。

比十七岁那年还要喜欢。

她喜欢的人经历了岁月，比陈年的酒还要迷人，她早就放弃了那段执着的喜欢，却不想美梦终究落在了她的掌心。

"我没想到会这么突然……"叶书辞有点语无伦次。

她一直觉得自己很普通，可沈赐不一样，他是天之骄子，纵使老天打断了他的脊梁，他也能涅槃重生，所以她从来不奢望他们能在一起。

可沈赐一步一步主动走向了她。

或许十七岁那年她的暗恋是见不得光的，可十年后的今天，沈赐的喜欢每一步都徜徉在阳光之下。

坦坦荡荡。

明目张胆。

"其实我想慢慢来的，"沈赐无奈地笑了笑，"可小同桌既然怀疑了，那不如坦荡承认。"

叶书辞仍旧不解："慢慢来？"

沈赐握住她的手，低沉动听的嗓音在她耳边响起："因为你是值得用心一辈子的人。"

心中蔓延着无边无际的感动，像是坠落到一片柔软的棉花糖上，叶书辞无法精准形容此刻的开心。

如果这注定是一场梦，她情绪迷醉在梦中，希望再也不要醒来。

风声雨声仍不停歇，还好雨势不算大。

两人在屋檐之下站了这么久，叶书辞笑了出来："沈赐，咱们明明可以去车里说话的，站在这里干什么呀？你累不累？刚才撑伞等半天了吧？"

男人微微笑道："哪里会累，我等的是全世界最好的姑娘。"

她有点不好意思，脸颊烫热："真会说话。"

"走吧，我们去车里。"沈赐的手朝着她伸了过去，青筋凸起，指节分明，是非常好看的如艺术品一样的手。

男人握了握她柔嫩的小手，笑着说："以后请多多指教了，女朋友。"

沈赐带叶书辞去吃西餐，在装饰浪漫的落地窗前，两人吃着牛排，品着红酒，蜡烛徐徐燃烧着。

沈赐吃东西总是干净斯文，这家的牛排做得有些硬，叶书辞需要多使点力气才能切开，可沈赐仿佛丝毫不费力似的。

沈赐无奈地轻笑一声，主动将她的牛排切成小块小块的。

"谢谢。"

男人抬了抬眸，揶揄似的："不客气。"

叶书辞很喜欢看沈赐吃东西的模样，可这一次，她破天荒地没怎么看，因为她发现沈赐时不时掀起眼皮看自己几眼。

"你看我做什么？"几次之后，她实在忍不住问了出来。

沈赐慢条斯理地将刀叉放下,他喜欢看她小巧红润的嘴唇、精巧高挺的鼻梁,还有炯炯有神的杏眸。

"我女朋友真可爱,"男人认真地看着她,"怎么看都不够。"

他们吃完之后,雨也停了,两人回到车上。

车缓缓汇入车流,窗外华灯初上,处处可见繁华。

沈赐没跟叶书辞说,就下了趟车,等再回来的时候,他手里捧着一束红色玫瑰。

"你去买花了呀。"

沈赐扬扬眉,笑了:"该有的仪式感一点都不能少。"

叶书辞开心地抱起玫瑰嗅了嗅,闻到了馨香淡雅的味道,是极其舒服的香味。

她很喜欢,因为是沈赐送的。

男人看向她的目光充满宠溺,含了些淡淡的笑意:"谢谢你,小辞。"

叶书辞抱着那束玫瑰花,心像是吃了蜜一样甜。

大一的时候遇到过一个学长,对方第一次郑重告白也送了玫瑰花,她看了后心里没有一点感觉,甚至皱了皱眉,无趣地想,是谁发明的告白要买花,俗套死了。

叶书辞眨眨眼睛:"谢我干什么?"

明明是他送自己花,这人反过来谢谢她?

沈赐唇边漾开一抹轻笑:"谢谢你愿意答应我的表白,愿意做我的女朋友,给我一个机会让我疼你。"

他这话说得情真意切,叶书辞的耳根晕开一抹红晕。

她一直不喜欢花言巧语的男人,最招架不住的就是沈赐的坦率和真诚。

叶书辞有点不太好意思:"老实说,沈赐,应该没有女孩能拒绝你吧?"

"小同桌不一样,"沈赐的视线定位在她脸上,笑容如春风和煦,"小同桌不会仅仅因为我的长相能力而仓促答应,是与众不同的女孩子。"

叶书辞不好意思地抿抿唇,她最开始喜欢的是他的善良,再后来是颜值,到如今什么都喜欢。

"其实沈赐,我有点后悔。"

"后悔什么?"

"后悔答应得太快了,"叶书辞抿了抿唇,"我看别人谈恋爱都有暧昧期,我们就很短啊。"

好像不知不觉就在一起了。

网上都说其实恋爱之后的生活会渐渐趋于平淡,暧昧期才是最有意思的,火花四射,激情迸发。

提出这个问题之后,沈赐眼睛一眨不眨地盯着她。男人薄削的唇、英挺的鼻、深邃的眸近在迟尺,全都是最踏实的存在。

叶书辞赧然地摸了摸鼻子。

男人的眼中倾泻着温柔，他最喜欢看她害羞的模样，看了一遍还看不够，想放在心底珍藏。

沈赐掀了掀眼皮，伸出骨节分明的手指，勾了勾她挺翘的鼻子："可不许反悔了。"

叶书辞甜甜一笑。

她怎么舍得反悔啊，到底是喜欢了那么多年的人啊。

车行至楼下，沈赐先下来为叶书辞开了车门。车内昏暗，叶书辞一时有些慌乱，没找到安全带的按钮。

沈赐俯下身，距离她越发近了，轻轻松松按下按钮，安全带"啪"的一声解开了。

生怕她尴尬，沈赐还特地说了声："这小区哪里都好，就是光线太暗了。"

叶书辞点点头。

可纵使光线昏暗，却依然勾勒出男人清隽英俊的轮廓，她心跳速度快了些，一个念头也越发强烈，想说的话脱口而出："沈赐，我想抱你一下可以吗？"

她说完，沈赐上前一步，来到她面前。男人比她高不少，两人距离很近，她能清晰地闻见他身上淡淡的香气，将她密密层层地包围住。

沈赐的下巴在女孩馨香的发顶蹭了蹭，缱绻而小心珍重。

这一晚，叶书辞很晚都没睡着，反复回想着今天晚上发生的事情，只觉得太梦幻了。

她翻来覆去，想着第二天还有一场重要的采访，必须保证足够的睡眠。

可睡眠也由不得她控制。

叶书辞脑子晕乎乎的，折腾到凌晨三点多钟才睡着，早上七点的闹钟准时将她叫醒。

她一打开手机，就看到沈赐发来的消息：我做梦了，梦到我们读高中的时候，坐在一起。

她笑了笑，简单洗漱之后，一边去厨房简单做了点饭，一边回复沈赐的消息。

真好啊。

过去的她只是一个自卑的少女，如今的她或许也没想象中的那么优秀，可是她完成了少女时代的梦想。

今早的采访照旧是叶书辞和葛林真负责。

两人去采访的路上，葛林真一直问她沈赐的情况，炮语连珠。

"书辞，你藏得够深的啊！"

"每天跟你一起工作都没发现你悄无声息脱单了。"

"我经常跟你说我暗恋一个律师,你怎么不告诉我你对象也是律师啊?"

葛林真嘟着嘴戳戳叶书辞的肩膀:"说实话,你们到底是什么时候在一起的?"

叶书辞的脑袋发涨,她是真的不知道该怎么回答这些问题。毕竟昨天在卫生间里,她还疯狂头脑风暴该怎么跟葛林真解释她跟沈赐并不是男女朋友的事实。

可一个晚上过去,两个人真在一起了。

叶书辞的太阳穴突突直跳:"就是昨天晚上。"

"啊!"葛林真掰着手指也算不清楚,"可是昨天在咖啡厅,沈律师明明就喊你女朋友了啊?"

沈赐眼神中的宠溺不是假的,叶书辞更没必要说假话。

葛林真风中凌乱了半天,才哆哆嗦嗦地说出自己的猜测:"大概就是之前你们在暧昧,沈律师喜欢你就情不自禁宣示主权了,但是正式的表白是昨晚才有?"

叶书辞疯狂点头。

两人采访完出来,葛林真对着天空感慨:"书辞,你真好。"

"怎么了?"

"恋爱的女人就是好,"葛林真抱着叶书辞的手臂摇晃,"你不知道你今天干活多卖力,一直面带微笑。刚才我们出来,当事人还问我你是不是有什么喜事呢。"

叶书辞不好意思地笑了笑。

这天,叶书辞明明没睡好却精力充沛,稿子一遍通过,还顺便帮着葛林真把任务完成了。

下午没什么事,李文清来到叶书辞的工位,说:"书辞,你一会儿把这沓文件送到律所。"

叶书辞眨眨眼睛:"组长,哪个律所呀?"

李文清道:"沈周律所,咱们台一直跟沈周合作。"

叶书辞的心胡乱蹦跳起来。

葛林真喝了口水,在一旁揶揄地问:"不公平,为什么不叫我去呀?"

"台里谁不知道你的心上人是沈周律所的律师?"

李文清这话太过直白,葛林真的眼睛眯了眯,露出些泫然欲泣的意味:"呜呜呜,组长你欺负我。"

叶书辞打了辆车,没一会儿就到了沈周律所。

她一进去就对前台小姐说:"你好,我是苏城广电《会谈民生》栏目派来送文件的,这是更新的合作协议,还请交给你们所的周律师。"

收完文件之后,前台小姐问道:"叶小姐,您口渴了吗?"

叶书辞正准备离开，有点奇怪："不渴呢。"

前台小姐直接上前挡住了她，笑容过分热情："叶小姐，您还是喝口水吧，我们律所这边的茶水非常有特色。"

前台小姐脸上笑容很甜，热情得让人难以招架，她直接牵着叶书辞往茶水间走。

盛情难却，叶书辞只好拿起一次性杯子。

她接完水转身，发现前台小姐已经消失得无影无踪了。

叶书辞眨了眨眼睛。

她不知道，前台小姐早就躲起来给沈赐发了消息：沈律师，您的心上人来啦！就在茶水间，请速速赶来！

收到消息的沈赐正低头敲字，工作起来一丝不苟，严肃正经。

看完消息后，男人将手机放回桌上，迅速整理了下领带，照了照镜子，将衬衣下摆稍微理了理，漆黑的眸子灼灼有光，这才抬脚迈步往外走。

叶书辞完全没留意到热水已经漫过了杯壁，烫到她白皙的皮肤，疼得要命。

"怎么了？"

男人好听低沉的嗓音在耳边响起。

叶书辞还没回过神来，沈赐就已经将她的身体扳正，冷白的手掌紧紧握住了她的手腕，细细察看。

男人蹙眉，低声叹了口气："怎么这么不小心？"

叶书辞抿了抿唇，想解释说自己只是没注意。

她还没来得及开口，沈赐就已经不由分说牵引着她来到水池前，一遍一遍冲洗着。好在烫伤的面积不大，她反应及时，没造成大面积的伤害。

湍急的凉水冲刷在肌肤上，带来一阵阵沁凉与舒适，可比起凉水的感触，沈赐握着她的手，给她带来的感觉更深。

一个是浇在肌肤上，另外一个是直接熨帖到了心底，带来细细密密的酥麻感。

"现在好点了吗？"

叶书辞点点头："好多了。"

沈赐紧蹙的眉依旧没松开，淡淡瞥她一眼："以后接水的时候一定要注意，不要看手机，更不要分心，知道吗？"

"我哪有看手机……"叶书辞咬了咬唇，有几分委屈。

沈赐又将她的手冲洗了一遍，捋了捋她散落的发丝，将女孩莹白的脸庞露出来。

"这才刚在一起第一天，你就凶我。"叶书辞的唇轻轻嘟起，抬起另外一只没受伤的手扯了扯他的领带，语气有点嗔怪。

沈赐牵着她往他办公室的方向走，一路上碰到不少穿着白衬衫黑西裤的工作人员，年龄都不大，大家纷纷行注目礼。

看到两人手牵着手时，大家羡慕不已，原来"高岭之花"沈律师终于被拿下了呀。

大家小声议论着，有些话传到了叶书辞的耳朵里。

叶书辞的手往后缩了缩，如此堂而皇之走在一起，还是沈赐的工作场合，她怎么也不习惯，尽管她性格大方不做作，可毕竟太亲密。

可沈赐牵着她的力度更大了。

进电梯之后，叶书辞揪紧衣角，轻轻舒了口气："刚才好多人在看我们。"

"很紧张？"

叶书辞眼睫颤了颤："是有点。"

沈赐单手插着口袋，低低地轻笑一声，深邃的目光从上到下打量着她。

叶书辞紧张不已，往后退了退，很快身后就没有退路了。

沈赐将她圈住，只留给她一个小小的角落，深沉的目光看得她心里打鼓，耳根逐渐染上淡淡的红晕。

他清朗的嗓音里含着清透的笑意："小同桌，你要从现在开始习惯。"

见叶书辞张了张嘴，沈赐勾了勾薄唇，眉眼之间晕染开无限的温柔，好听的嗓音突然变得格外郑重——

"我们是相爱的人，以后做什么事情都要手牵手，出双入对。"

沈赐带着叶书辞进了办公室，打开抽屉低头翻找起来。

他的东西收拾得很整齐，放在一个六宫格的收纳盒里。

见他拿出来一管烫伤膏，叶书辞才意识到男人要做什么。

"刚才冲洗过后我觉得没什么事了。"她觉得自己并不娇贵，这一点小伤算不了什么。

可沈赐坚持，口气透露着笃定："听话，坐下。"

叶书辞眼睫颤了颤，干脆就坐下了。

沈赐蹙眉，动作轻柔地帮她上药。

叶书辞的视线全然定格在认真帮她上药的人身上。

沈赐格外认真，薄唇紧紧抿着，动作放到最轻，仿佛对待的是最珍贵的宝贝。

她抬了抬眼，恰好男人低眸，两人视线相撞，沈赐身上清淡的香气徐徐飘入她的鼻息。

时间仿佛停滞了一瞬间。

"疼不疼？"

叶书辞之前的注意力全部在沈赐清俊的脸庞上，这会儿这个问题一抛出，她才意识到这药膏确实让她有点疼。她的身体微微颤抖了下，嗓音也低低的："有点儿疼。"

可她的小脸已经皱成了一团。

沈赐的眉头皱得更深，放轻了动作，好像那股子疼痛像是钻了他的心似的。

好在药膏很快就涂抹完了，沈赐赶紧拿出纱布和医用胶带，帮她缠好。

他弄得倒是有模有样，可药膏渗入皮肤中，疼痛只增不减。

沈赐揉了揉叶书辞的长发，俯下身，朝她受伤的地方吹了吹气。

热气拂过来，给纱布处带了点温和湿润。

男人的眉眼浮现出清淡的温柔："吹一吹就不疼了。"

叶书辞的眼睫蓦地震颤了一下。

她想起很小很小的时候，也曾因为调皮被开水烫伤过，奶奶将她抱在怀里，一边上药一边吹气。

而如今，也有人将同样的温柔给了她。

叶书辞心脏最柔软的地方轰然塌陷，是温柔的墙。

"谢谢你啊。"

"这么客气？"沈赐的嗓音中透着点沙哑，"为你，应该的。"

将伤口处理完之后，沈赐又将药膏收了回去。

叶书辞无意间发现，男人抽屉里放了不少护手霜，还是那种各种水果或者动物形状的，花花绿绿的，很有少女心。

不会是女生送的吧？

人一旦开始脑补，就会停不下来，叶书辞的心酸酸涩涩的，像是生吞了一颗柠檬。坏情绪来得太快，叶书辞自己都无从反应。

"你这里这么多护手霜啊，"她悄悄攥紧了手，状似俏皮又无意地问，"女生送的吗？"

沈赐毕竟是个大男人，即使买护手霜也不会买这一款。

男人听出了她嗓音中的僵硬，意识到她的坏情绪："是律所统一采购的，员工福利。"

原来如此。

也是这时候，叶书辞才了解，自己那颗冰封的心正逐渐复苏，会因为喜欢的人而忐忑，也会因为喜欢的人而快乐。

爱一个人，总是有这样的魔力，只有沈赐才能赋予她这样的力量。

看着面前喜笑颜开的女孩，沈赐也发自内心地笑了。

十几岁的叶书辞幻想过无数次沈赐谈恋爱的情形，也幻想过他未来会喜欢什么样的姑娘。

可她想不到，沈赐居然这么会，而且是和她！

叶书辞坐在办公室玩了一会儿手机，等着沈赐将工作处理完，然后带她去食堂吃饭。

经过上次用餐，叶书辞还挺喜欢律所的食堂的，而且这样回到家她也不需要自己做饭了。

叶书辞弯了弯唇，继续玩手机，突然想起一件大事。

她居然还没告诉姜晓自己谈恋爱的消息。

叶书辞赶紧打开微信页面，告诉姜晓这个消息。

姜晓：恭喜小辞得偿所愿！

姜晓：沈赐知道你之前暗恋他的事情了没？

她暗恋的事情实在是隐蔽，沈赐也无从发觉啊，她暂时不想说太多。

姜晓：那你们接吻了没？

叶书辞愣了几秒钟，好像情侣决定在一起都要接吻的，他们昨天没接吻呢。

她眨了眨眼睛，大脑宕机了一般。

姜晓：是不是太羞耻了？

叶书辞想了想那个画面，还是算了吧，长这么大也没跟哪个异性这样接触过啊。

说罢，她打开搜索引擎——开始恋爱却没接吻是什么情况？

这一天，沈周律所可以说比过年还热闹，大家都在讨论沈赐的恋情。

张小川被外派出去做法律宣讲，没回律所，他趁着上厕所的工夫看了会儿群消息，就听到这么劲爆的消息。

男人的八卦之魂一旦燃起，完全不输女人，他到处找人要沈律师女朋友的照片，奈何谁都没有。

只有一个好心人描述了一下沈律师女朋友的长相。

张小川听完之后：哦？怎么莫名有点眼熟？

沈赐领着叶书辞来到食堂，在上次点菜的基础上，又添了两道新的菜。

叶书辞吃得津津有味，尤其是卷饼格外美味。

沈赐的目光时不时定位在她脸上。

"你又在看我。"她被看得有点不好意思。

叶书辞皮肤白，像是泼了层牛奶，看不到一丝瑕疵，市面上的粉底液最白色号还不如她原本的皮肤白，因为她很少用底妆，只简单涂一点低调的口红。

"你吃东西的模样真可爱。"沈赐低笑了声，透着点温柔。

叶书辞戴着手套又吃了一个京酱肉丝卷饼，手机突然亮了。

被沈赐这么一夸，她有点不好意思，干脆转移了话题："沈赐，你帮我看看手机谁来的消息。"

在沈赐按亮手机的瞬间，叶书辞后悔了。

非常后悔。

她很想扇自己一把，可惜已经晚了。

刚才的搜索记录还没删，打开手机就是那个页面——开始恋爱却没接吻是什么情况？

叶书辞闭了闭眼。

沈赐看清了页面后，薄唇缓缓勾起来，很给面子地没读出声。

男人那张禁欲系的脸上浮现出清淡笑意，他扬了扬眉，旋即笑了笑，说："小辞，或许你可以直接找你男朋友。"

第十七章
想亲你可以吗？

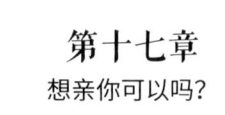

如擂鼓的心跳不断敲击着、震颤着，叶书辞久久都不能平静下来。

她疯狂摇头，脸颊红成了虾子。

"我现在说这个搜索记录不是我的，你会信吗？"

沈赐笑了笑："晚了。"

叶书辞咬了咬唇，赶紧起身，眼睛眨也不眨地说："我去拿一点餐巾纸。"

其实她包里有纸巾，只是为了躲避一下尴尬的情形。

叶书辞去了趟卫生间，回来却见到沈赐身旁站了个女生。

她往前走了几步，发现那个女生很面生，估计是律所新来的实习生，女生手里拿着一个文件夹，正向沈赐请教什么东西。

虽然是请教，女生的眼睛却直勾勾地盯着沈赐。

"沈律师，您太厉害了，我一直对这些法条有困惑，但是找不到人解答，您这么一说，我真是豁然开朗啊。您不愧是像大家传的那样，长相帅，能力还强。"

女生的喜欢溢于言表。

叶书辞的脚步顿住了，她倒是好奇沈赐会怎么回应。

男人脸上无波无澜，干净清冽的嗓音响起："这些都是法学院的必修课，如果大学好好学习，是不该有困惑的。"

女生脸上有点挂不住，咽了咽口水，又说道："那时候是没有太用功啦，所以有许多没弄明白的地方，还需要沈律师多帮帮我，可以留个联系方式吗？"

沈赐修长的指节敲击着桌面，笑容敛了些，嗓音格外冷淡："不好意思，恕不方便。"

他说完之后，女生便有些尴尬地离开了。

叶书辞看着男人挺括的背影，勾了勾唇。沈赐能给足自己安全感，将一切暧昧拒之门外。

叶书辞重新回到了座位上，沈赐也吃得差不多了，她假装没看到刚才的事情，他也就没说什么。

"小辞，我送你回去吧！"

"会不会不方便？"刚才周益凌说过他们几个晚上加班的事情。

"没事，"沈赐声调缓慢了些，"不然你一个人回去，我不放心。"

车子行驶到小区附近，沈赐突然停下车，去了趟超市，没两分钟就回来了。

他手上拎着一个袋子，里面装了不少东西。

沈赐将袋子交到叶书辞手中。

叶书辞看了看，里头有牛奶，还有水果，以及一些小零食，塞得满满当当的。

"小辞，我希望你晚上也可以想我。"说罢，沈赐将她搂入怀中。

叶书辞明显感觉到，有什么柔软的东西碰触了下自己的额头。

是沈赐的吻。

他的唇温热，又像热火燎原，将属于他的烙印打在她额头之上。力道很轻，像是对待稀世的珍宝。

虽然只是浅浅淡淡的一小下，一秒钟的工夫，可叶书辞的心都快要蹦出来了。

男人清淡的呼吸如羽毛一般掠过她软嫩的皮肤，扰乱了她的心跳。

叶书辞眼睫缓慢地动了动，用力地抿了下唇，不知该作何反应，到底是被亲了啊。

叶书辞下午采访完之后就回家了，原本想着去看看奶奶，晚上回家再写稿子，刚坐上地铁，却不想手机响了。

是葛林真打来的电话。

"书辞，有个男人来台里找咱们组长了，说是让她劝劝你。"

叶书辞丈二和尚摸不着头脑，她没有感情经历，平时感情纠纷的事情压根儿找不到她。

"我看着还挺偏执老实的，一米八几的大高个，说自己是个高中物理老师。"葛林真叹口气，"我看这个事没完没了了，你要是现在方便，就过来一下，不然组长那边也不好办。"

叶书辞耳边"轰"的一声。

林南。

林南如果有事情找她就得了，找去台里做什么？

她二话不说下车，又打车往回赶。

叶书辞回到公司，葛林真朝她使了使眼色，示意了下李文清的办公室。

她赶紧敲敲门。

林南坐在李文清的对面，眼神有几分浑浊，看起来不太有精神，或许是最近没休息好，可他坐姿淡定自若，言辞恳切地跟组长说着话。

"原本呢我真以为叶书辞喜欢我，可是她突然把我拒绝了，可真是猝不及防。可是我又觉得，如果她对我没好感，为什么前几次愿意跟我出去吃饭？

"我到现在也还是莫名其妙。组长啊，叶书辞现在租的房子也是我帮她找的，我们双方年纪都不小了，那就好好相处呗，我也是一颗真心掏出去了。

"我对她付出的可真不少。"

叶书辞眉头越皱越深，嗓音拔高了些："林大哥，您如果有事情想要找我，直接打我电话就可以，请不要影响我的工作行不行？"

强烈的羞耻感如滔天巨浪淹没了她。

她长这么大，最不喜欢的事情就是麻烦别人，组长处处提携她，对她相当不错，现在她还没为台里付出什么，她的那些破事竟然影响到工作。

叶书辞鞠了一躬："组长，对不起。"

"林大哥，有什么事情出来说吧。"

林南看出叶书辞眼底的不情愿和薄凉，嘴唇抿得紧了些，语气也不算好："书辞，这不就是你的领导吗，凭什么要卑躬屈膝的？"

"林大哥，您也知道这是我领导，她很忙，任务是处理工作，而不是处理手底下成员的感情生活。"

林南不咸不淡地嗤笑一声："我们领导成天说，工作与生活不能分家。

"书辞，我也没坏心眼，你知道，我做人最实诚了，就是真心想跟你处对象，也是想让你领导劝劝你。

"我看了一下你的工作环境，也就这样，记者这个工作看似有面子，其实跑东跑西的，也不顾家，你工资也不高，我都不在乎……"

叶书辞掀起眼皮，冷冷地反驳："那请问林大哥，您看上我什么了？"

"比较有眼缘吧，"林南继续说，"我工资比你多一倍，还有副业，平时出去拍摄赚钱也不少，我是愿意接受你的。"

赶来的一路，叶书辞一直压抑着情绪，此时听到这些话，她轻轻呼了口气。

"林大哥，很抱歉，请不要打扰我的生活了，我有男朋友了。"叶书辞一字一句，笃定有力。

林南诧异:"所以我是备胎?"

"并没有,"叶书辞笑了笑,"是在我们说开之后我才谈的。"

随后,叶书辞打开微信,给林南转了两千块钱,干脆利落道:"林大哥,我们一共吃了三顿饭,前两顿是您请的,我把饭钱付过去了,剩下的部分算是您给我介绍房子的感谢费了。

"我想我们见面期间,我从没有说过一句暧昧让人误会的话,可您一直脑补我们的关系,让我也很无奈。

"您付出的部分,我也偿还给您了,也希望您不要打扰我的生活。"

见完林南之后,叶书辞的情绪格外低落。

她不觉得自己做错了什么,可莫名其妙林南就惹出这些幺蛾子,尤其还牵扯到工作中,是最让她忍受不了的。

叶书辞回家喝了瓶冰水,才勉强将负面情绪压下去。她没胃口吃饭,简单洗了个澡准备躺下休息一会儿。

也是这时,她才看了眼手机,发现沈赐发来了消息。

沈赐:下班了没,要一起吃饭吗?

叶书辞赶忙回复:下午有点事儿,才看手机,不好意思。

沈赐:没关系。

男人发了条语音过来,嗓音慢悠悠的,却透着低沉缱绻的温柔:"我只是有一点儿想你了。"

哪怕隔着电流,沈赐的嗓音也好听到一塌糊涂。叶书辞的心倏然间被勾得软乎乎的,好像顷刻之间置身在一个柔软的空间里。

叶书辞:我也蛮想你的,可是今天好像有点晚呢,我已经到家了……

她还没处理好自己的情绪,生怕影响到沈赐,也不打算将林南的事情告诉沈赐,她相信自己可以处理好。

沈赐:我就在你家门口。

叶书辞的心突突突跳动起来。

她几乎是从床上弹了起来,条件反射一般赶紧换了身漂亮衣服,又将头发梳理整齐,高高地绑了个马尾。

就不化妆了,叶书辞简单涂了点豆沙色口红,生怕沈赐等急了,趿拉着拖鞋去开门时又突然想到一件事情,回到梳妆台前又喷了几下香水。

沈赐换下了平素的黑色西装,穿了身灰色的休闲服,领口微微扯开,露出一半锁骨，引人遐想。

门内闪亮的灯光倾泻开，晕开一抹冷色的光芒，沈赐勾唇一笑，显得更加温柔。

男人手中拎着两个袋子，是打包的某知名小吃店的食物，叶书辞无意间说过很好吃。

先前因为排队问题，两人没去成，此刻沈赐将它们打包过来了。

叶书辞心中弥漫开无限感动。

尽管叶书辞将自己收拾得妥帖，可沈赐仔细观察着她，一眼就看出她眼底的疲惫。

男人皱皱眉："小辞，是发生什么了吗？"

叶书辞摇了摇头，将门开得大了些，示意他进来。

沈赐刚刚迈进来，东西还没放下，女孩馨香的身体就已经埋到了他的胸膛间。

她身体瘦瘦的，也软乎乎的，轻盈得像一朵云、一滴雨。

沈赐长期锻炼身体，胸膛宽阔，肌肉紧实，肌理分明，身上的味道也清淡好闻。叶书辞深深嗅着，只觉得整个人都温暖起来了。

"沈赐，有你真好。"她感叹着，小孩般死活不肯撒手，抱着他的力道逐渐收紧。

沈赐一只手拎着东西，只能用另一只手拍了拍她的后背，是温柔的力度，嗓音有点无奈："喜欢那就抱着。"

叶书辞哼笑一声："怎么说得好像你成了玩具？"

男人长长地"嗯"了一声，嗓音有几分低哑，却包含着浓重的宠溺意味："沈赐只做小辞一个人的玩具。"

尽管有了沈赐的陪伴，但叶书辞的心依旧没放下来，她总觉得林南还会找她。

又过了一周，林南的消息果真发来了。

是一张抑郁症的诊断证明。

越害怕什么事情，什么事情就抢着来。

她不太放心，把这件事告诉了姜晓，姜晓的意见跟她相同——不用理会。

姜晓还建议她把这件事情告诉沈赐，让沈赐帮忙想想办法，毕竟众人拾柴火焰高。

叶书辞打开与沈赐的对话框，几番犹豫，到底没发出去消息。

相亲的事情太私人了，尽管沈赐知道有林南这么个相亲对象的存在，可叶书辞还是不想将林南带到沈赐面前。

叶书辞去了趟奶奶的烤鸭店。

奶奶欢喜道："我们小辞来了呀。"

为了不让奶奶操劳，叶书辞打包了两份饭去找的奶奶，祖孙二人坐在小桌前吃着饭。

"对了，小辞，"奶奶拍了拍她的肩膀，关切道，"你跟林南怎么样了？"

叶书辞便将发生的事情都给奶奶说了。

原本以为会得到奶奶的斥责，哪想到奶奶点点头，甚至有些赞许。

"分开了好，那孩子条件再好，也不一定适合你。"

"对了，奶奶，"叶书辞弯弯唇："我有男朋友了……"

叶书辞脸颊热了热，奶奶眼睛里也充满了惊喜。

叶书辞正要说沈赐的名字时，突然来了顾客——

"你好，要一只烤鸭。"

叶书辞猛地灌下最后一口汤，匆忙擦擦嘴，迅速站了起来。

站在柜台前的男人穿着灰色的休闲衬衫，最上面的扣子解开了，锁骨性感平直，往上看，脸庞更是英俊，就连下巴的弧度都是流畅好看的。

"沈赐，你怎么在这儿？"

男人扬了扬眉："买只烤鸭。"

想到刚才还没跟奶奶讲完的话，叶书辞清了清嗓子，想要介绍一下沈赐的身份。

哪想到男人低沉磁性的嗓音已经响了起来："奶奶，您好，我叫沈赐，今年二十七岁，毕业于中海大学，读的是法律专业，毕业后从事律师工作。"

"奶奶，我也是小辞的男朋友。"说到这句话，沈赐也有点微微的不好意思，耳根泛着点红晕。

不知道为什么，沈赐讲这句话的时候，叶书辞竟然也害羞了，与害羞一同浮现心头的，还有浓浓的甜蜜。

沈赐将带给奶奶的一些补品拿了出来，奶奶激动地邀请他进来坐。

"孩子呀，奶奶知道你，你就是当年那个善良的孩子，还给奶奶指路来着。后来奶奶见过那么多的男孩子，也没有一个比你好看的呀，我们家小辞真有福气。"

沈赐笑容谦和大方："奶奶，是您过奖了。"

"能跟小辞在一起才是我的幸运。"

"沈赐，你不知道吧，我们小辞高中的时候……"奶奶脸上笑盈盈的，就连皱纹都温柔了许多。

叶书辞立刻意识到奶奶要说什么，赶紧扯了下奶奶的手，奶奶便知道她害羞了。

她不想将高中那段卑微的暗恋告诉他。

或者，等到沈赐主动提起自己高中喜欢她的时候，或许她才会说出来。

"你怎么来这边买烤鸭了？"叶书辞问。

沈赐笑着看向她："其实我一直都有买。"

奶奶也笑了："人家可是我这里的熟客了呢，都比你这个亲孙女来我老太太这里的频率高。"

"毕竟在奶奶这里混脸熟了，好日后当老人家的孙女婿。"

男人的嗓音有些低沉散漫，一字一句砸到叶书辞心上，充溢着满满的温柔。

叶书辞弯了弯唇，忍不住笑了。

"我呀，"奶奶的笑容直抵内心，眼睛也笑弯了，"就喜欢你这样的孩子，优秀，性格也好，一看就知道疼我们小辞。"

"一定会的，奶奶。"

就在这时，叶书辞的电话响了。

一个陌生的号码。

叶书辞接了起来，对面很快说道："您好，我是临城人民医院的预约中心，您上个月预约了我们医院的专家号，记得及时就诊。"

"好的，谢谢您。"

转眼一个多月过去了，当初她看到奶奶抽屉里的药，也是她留在苏城的催化剂。哪想到不仅工作顺利，还找到了男朋友。

放下电话，叶书辞发现沈赐和奶奶聊得很来，沈赐很会逗老人家开心。

她说道："奶奶，这周末您得闭店了，我带您去省里看一看。"

沈赐也听到了叶书辞打电话的内容，担忧地问道："奶奶身体是出现什么问题了吗？"

叶书辞说了下奶奶的身体情况，也并不严重，只是觉得这边的医疗条件毕竟比不上省里，还是想去看一看。

沈赐说道："这样吧，到时候我开车带你们去。"

"会不会不太方便？"

苏城离临城不远，坐火车可以直达，可奶奶毕竟年龄大了，也不太喜欢人挤人的公共交通，有人肯开车带她们当然更好。

"没事的，"男人清淡好听的嗓音落入叶书辞的耳畔，"为奶奶和小辞效劳，我只觉得幸福。"

过了一会儿，来了个大客户，奶奶又忙活起来了。

叶书辞和沈赐出来转一转。

千万盏路灯都亮了起来,万家灯火燃在他们眼底,像是一缕缕璀璨扩散开来。

"这些年过去了,这里还是没变。"叶书辞感慨着。

"没变,依旧是老街,还是之前的店铺。"沈赐这几年倒是有时间就会来这边逛一逛,哪怕不买东西,也喜欢看看这些陈旧的店铺。

这些老旧的回忆,也构成了他的青春。

叶书辞呼了口气:"不知道未来还会不会变。"

"我不在乎别的东西变不变了,"他们走到一个背光的地方,沈赐黑色碎发垂落在额头前,面容在不甚明晰的光线下半明半暗,"我只希望,未来站在这里的依旧是我们。"

"对了,沈赐,你怎么会这么快就来看奶奶呀?"

男人勾了勾她挺翘的鼻梁,嗓音清朗:"我想跟小辞好好过一辈子,奶奶是小辞最重要的家人,也是我的。"

沈赐一字一顿,嗓音中含着轻笑。

叶书辞的心脏怦怦跳动着:"是的,奶奶就是我最重要的人了。"

沈赐摸摸她的头,低眸浅笑着:"所以我也会帮你一起照顾好奶奶。"

第二天上午,《霓虹夜行》节目录制。

还是熟悉的节目流程,叶书辞这个恐龙小姐的角色也依旧非常重要,她陆陆续续分享了不少自己的暗恋经历,网络上不少小姑娘很有共鸣。

主持人笑着问:"我觉得我们恐龙小姐姐身上的气质有了些改变,不知道是不是最近发生了什么开心的事情呢?"

叶书辞恍然地扯了扯唇,没想到连这个都能被看出来,真是让人意外。

"是的,我恋爱了。"戴着恐龙头套的叶书辞笑了笑说,"最近不久的事情。"

主持人夸张地捂住嘴巴:"是跟您之前暗恋的男孩子,还是最新认识的人呢?"

叶书辞犹豫了几秒钟,还是实话实说了:"是跟我暗恋了很多年的男孩子。

"其实我也从未想过我能跟他在一起,可我们重逢了,相爱了,也许是这个节目带给我的运气吧,我特别幸福,也想将幸福分享给所有的女孩。

"我想告诉大家,只要你坚持,勇敢,永不言败,遥远的月亮终将会心甘情愿坠落到你的手心。"

叶书辞嗓音轻灵,好听,具有音乐般汩汩流淌的美感。

台下不少有同样暗恋经历的女孩流了泪,大家都羡慕恐龙小姐,希望借着她的好运,也能追逐到自己的月亮。

出录制厅的时候已经中午十二点了,叶书辞看了眼手机,不少消息都是沈赐发来的。

叶书辞赶紧回复了一条:刚在忙工作。

沈赐的电话立刻打了过来,叶书辞一边往食堂方向走,一边按下了接通键。

男人本就低沉好听的嗓音,在电话里显得更加缱绻暧昧:"当然有正事了。"

叶书辞小声地"嗯"了一声,静静等待他的答案。

男人意味不明地笑了一声,慢悠悠的尾音仿佛带了自动撩人的小钩子:"我想我家小辞了,这难道不是最大的正事?"

叶书辞的心被撩拨得扑通扑通直跳,脸也红了起来:"好啦,沈赐,我们见面的频率其实挺高的了。"

基本她只要不加班,两人都会见面。

沈赐叹了口气:"那也见不够。"

"小辞,"顿了顿,男人又问,"晚上想吃什么?"

"我想一想微信告诉你吧,"叶书辞笑了笑,"如果没什么特别想吃的,我们就回家随便做一点吃。"

只要是跟喜欢的人在一起,哪怕吃泡面都心甘情愿。

今天的食堂依旧没有好吃的,还是最常见的几道菜,一点花样都没有,员工总是吐槽,就算是免费的饭菜也不能如此敷衍。

叶书辞要了一份西红柿炒鸡蛋,还有一份清炒竹笋。这顿饭吃得健康极了,只能饱腹,舌尖更是一点都享受不到美味。

她打开对话框,敲字:晚上去你们律所食堂怎么样?

过了几秒钟,沈赐发了条语音过来,男人清越好听的声线从听筒位置徐徐传了过来。

"好,我今天提前下班去接你,电视台门口见。"

叶书辞弯了弯唇:"好。"

"我说沈大律师,您最近提前走的频率是不是高了点?"周益凌坐在自己位置上,眉目紧锁。

毕竟沈赐是律所最强大的律师,可以说律所离了他就没法运转了。

沈赐双腿交叠,坐姿随意,喉间溢出一声轻笑:"还行吧。"

"什么叫还行?"周益凌气呼呼道,"你今天是不是又要早走?"

西装革履的男人起身,迈动大长腿,一边往外走,一边似笑非笑道:"放心,我的任务已经做完了。

"至于周大律师的那份,还得自己动手了。"

看着男人潇洒的背影,周益凌只有叹气的份。

这工作都堆成小山了,沈赐还能挤时间完成,这得是深夜下了多大的劲啊,都没见他大学这么勤快过。

如此冷静理智的男人,遇到一个"情"字,照样也会栽啊。

叶书辞下了班,刚出广电大楼,就看到身姿笔挺的男人。

叶书辞已经褪去了最初的紧张情绪,不过她有一点比较奇怪——

张小川这么爱八卦的人,怎么还没私下问她和沈赐恋爱的事情?

叶书辞暂时还没打算告诉唐笑自己恋爱的事情,她对唐笑依旧没办法太过亲近,做不到像别的女孩那样,遇到最欢喜的人和事,第一时间就想给自己的母亲分享。

以后有机会再说吧。

看样子张小川工作太忙,她跟沈赐恋爱的消息还没传到他那里。

"在想什么?"

车子不知不觉行驶到了律所,沈赐弯下腰替她解开安全带,扯了下唇,眸子里晕开浅淡笑意。

"没想什么。"

安全带解开了,叶书辞正要推门下车,哪想到一双手将她拉进一个温热的怀抱中。

沈赐将下巴搁在她肩头,伸手摸了摸她蓬松的发顶,笑容多了几分温柔。

"无论什么事,都不要太担心。"

第十八章
心痒痒的

这个时间正是用餐人数最多的时候,沈赐牵着叶书辞的手进食堂的时候,大家都在吃着饭,目光齐刷刷地看向他们。

大屏幕上播着综艺,依旧是《霓虹夜行》。

叶书辞小口吃着饭,听到经过的女生讨论着节目:"我跟你讲,我知道恐龙小姐姐的内幕!"

叶书辞吃进去的饭差点儿要吐出来,她就在这里,还有什么内幕是她不知道的?

"什么啊?"

"我妹妹是这个节目新进去的编辑,说恐龙小姐姐跟自己暗恋十年的人在一起啦。"

"暗恋成真?长大了跟年少喜欢的人在一起,这是童话吧?我不相信现实有这样的事情。"

"信不信由你啦,你等着看下一期节目吧。"

"小辞,"男人伸出漂亮修长的手在她面前晃了晃,嗓音含着几分散漫,"在想什么?"

叶书辞抿抿唇:"没想什么。"

"总感觉你有心事。"

"要非说有心事的话,"叶书辞笑了笑,望进男人眼底,"那我的心事就是身边多了你吧。

"不过是甜蜜的心事。"

沈赐弯了弯唇,笑着打量她:"小辞真会哄我开心……"

"啊!"面前突然传来一声尖叫。

这叫声怎么这么熟悉?

叶书辞将奶茶放下，抬起头，恰好看到张小川站在他们面前。

张小川捂着嘴，惊叹不已："我的天！姐，你居然是沈律师的女朋友！"

"姐，我是谁？我在哪里？到底发生了什么？我要疯掉了！"

张小川的表情有点蠢，又捂住了眼睛，简直不敢相信这个事实了。

"是的，我还没想好怎么跟你说，但是你迟早会知道的。"叶书辞双手撑在桌子上看着他，浅笑着说道，"我们在一起也没多久。"

"沈律师，"张小川嘴巴张得很大，面容浮现几分紧张，"最近一直传沈律师谈恋爱了，但是一张照片都没流传出去，原来沈律师的女朋友是我姐。"

沈赐微微颔首，面容舒展开来，清隽好听的声音如清泉："你现在得叫我姐夫。"

吃完饭后，沈赐将叶书辞送回家，又重新回到律所加班。

叶书辞回到家中，将这几天穿脏的衣服扔到洗衣机里，又简单收拾了下客厅卫生。她做事情很有计划，毕竟晚上的时间另有安排，还有两个稿子需要修改。

她正修改着采访稿，手机突然响了。

发消息的是林南，叶书辞的眉头深深皱起来。

林南发了张照片过来，正是她跟沈赐一起去餐厅吃饭的照片，看样子应该是昨天的。

林南：原来你跟这个沈律师在一起了？

林南：还敢说没欺骗我的感情。

她忍受着不耐烦拨通了林南的电话。

"林大哥，这应该是我最后一次跟您通话了，基于我对自己人品的保证，尽管您只是一个相亲对象，我感觉我还是有必要跟您说清楚。

"我跟我男朋友是高中同学，但之前只是普通同学关系，而且这些年都没有联系。我们吃粤菜那天，我男朋友出面解围，是出于善良的本心，那时候我跟他并没有在一起。

"我跟我男朋友正式在一起，是跟您彻底说开之后。"叶书辞叹口气，"您在我之前曾经一次性跟两三个女生接触，我都没说什么，何况我跟您联系期间并没有接触其他的男生。"

"我认为自己是合格的相亲对象，但总不能因为我不喜欢您，您就恼羞成怒，成天打扰我正常的生活吧？"叶书辞只觉得心累，微微严肃起来，"如果您再这样下去，我只能报警处理了。"

说完这番话，叶书辞挂断了电话，将林南拉进黑名单。

明天就要陪奶奶去临城看病，叶书辞提前请了两天假，这才想起来行李还没收拾。

收拾了一会儿，她拍了张收拾行李的照片发给沈赐。

叶书辞：沈赐，你有没有开始收拾？

沈赐立刻发了张照片，是一个装好的行李箱，立在橱柜前。

叶书辞：这么快？你今天不是去律所加班了吗？居然提前收拾好了。

沈赐发了条语音过来，嗓音慢悠悠的，还得意地轻哼一声："女朋友交代的任务，自然要提前完成。"

被人用心对待的感觉可真好啊。

第二天早上六点。

叶书辞早早就起来了，换好了干净整洁的衣服，将房间打扫得干干净净，窗明几净，明亮的阳光扫进来。

沈赐穿着一身正经的西装，眉目清隽，有种低调内敛的矜贵气息，是最成熟英俊的男人。

"准时来接你了。"

沈赐一只手牵着叶书辞，另一只手帮她拉着行李箱。

男人的大手握着她的小手，叶书辞只觉得心里甜滋滋的。

两人上了车之后，叶书辞发现位置上有一份早餐。

阳光照射进来，男人扬了扬下巴，眉眼间金灿灿的，格外好看。

沈赐笑着说："给你准备的。

"这么早就起来了，小懒虫肯定来不及吃早餐。"

叶书辞抿抿唇，有点不好意思，可也感动于沈赐的细心。今天出发得早，她压根就没准备早餐，想着开车到临城也快，干脆等奶奶检查完了一起吃就行了。

没想到沈赐连这种小细节都充分考虑到了。

"真好啊，谢谢你，沈赐。"叶书辞嘴角弧度张开了些。

沈赐买了她爱吃的三明治，还有一杯热牛奶。

沈赐很熟悉通往奶奶家的路，很快就到了。

奶奶最利索，早就将东西收拾好了。

沈赐将奶奶的行李箱装进车里，又替奶奶拉开车门。

一路上，沈赐都在关心奶奶的身体，他生怕奶奶年纪大了，坐一个多小时车受不了,还专门准备了最软的坐垫和靠垫。

奶奶笑了:"小辞,你瞧瞧,你还是我亲孙女呢,都没我孙女婿疼我关心我。"

叶书辞撒娇地抱着奶奶,挤眉弄眼笑着说道:"这不是因为沈赐够疼你了,省了我不少功夫吗?"

奶奶勾勾叶书辞的鼻子,笑了:"你呀你,就是这张嘴最会说了。"

不知不觉就到了医院,停好车后,三个人到了医院大楼。

叶书辞突然想起一件重要的事情,她扯了扯男人的手臂:"沈赐,你们律所最近是不是很忙?"

"还可以。"

"你就这么出来了,我怕多余的工作再压到周大哥身上。"她都好几次看到周益凌委屈地喊累,说沈赐经常早退,这下好了,直接不去了。

"我说小辞,"沈赐垂眸看她,揶揄地笑着,摸了摸她的头,"你是不是太小看你男朋友了?"

沈赐排队帮奶奶挂号,队伍挺长的,男人的身材挺括,气质好,五官还精致得不行,在人群中格外出众。

叶书辞和奶奶坐在长椅上等着。

"小辞啊,你可真有福气,能看出来,沈赐对你是真心的。"奶奶笑着,"奶奶一把岁数了,见的人比你吃的米都多,什么样的孩子没见过啊,像沈赐这种气质长相的,真的是少数。"

"我也觉得我很有福气。"

本来是十七八岁踮起脚尖仰望的人,不知不觉落到了她的手心上,将她当成了心尖上的人。

手机屏幕突然亮了,是个陌生号码。叶书辞没有接陌生号码的习惯,就干脆挂断了,哪想到这个号码不断打过来,她只得接通。

对方一开口她就听出了声音,是林南,她干脆拉黑了。

她脸色瞬间一沉,奶奶一眼就看出来了,关心地问道:"是谁啊?"

叶书辞咬咬唇:"林南。"

她简单说了下最近和林南之间发生的事情。

问诊的流程倒是走得很快,医生按照惯例给奶奶开了几种检查,两个人领着奶奶去往各个功能室。

叶书辞领着奶奶抽完血,突然发现沈赐不见了。

奶奶也不知道沈赐去了哪里。

可能去外面坐坐了吧！叶书辞这样想，哪想到和奶奶刚走出抽血室，就看到男人拎着早餐朝她们走过来了。

男人清朗的眉目浮现出淡淡笑意："奶奶肯定饿了吧，赶紧坐下来吃饭。"

"你居然把饭买回来了？"

"这家医院的食堂距离检查中心还挺远的，奶奶坐了那么久的车，又没吃饭，我担心受不住，就想着干脆把饭买来吃。"

叶书辞有些惊叹，她只想着等抽完了血，再领着奶奶出去吃，却没考虑奶奶的实际情况。

检查结果下午才能出来，沈赐提前订好了宾馆，休息过后就可以来取检查报告。

医生说奶奶的病情控制得还不错，得了这种病只能好好养护，虽然没办法根治，但是好好保养是能控制住的。

再次回到宾馆已经是晚上了，奶奶想吃蟹黄蒸包，叶书辞点好了外卖，送到了宾馆里。

沈赐不太放心，又去酒店后厨买了份粥。

他刚一拎进来，帮着奶奶将粥倒到碗里，奶奶就故意皱着眉头说："哎呀，这奔波一天了，我好累。"

沈赐说："奶奶，您晚上好好休息。"

奶奶捶着自己的腿，坐在沙发上故作疲惫地说道："你们俩啊，在我面前晃来晃去，可真是晃得我眼睛疼。"

叶书辞跟了奶奶一辈子，哪能不了解奶奶的想法，她无奈地低声笑着："奶奶，那我们俩出去行了吧？"

老人家也是一番好意，毕竟好不容易出来一趟，就想让年轻人好好玩玩，不想让他们一颗心都耗在她身上。

叶书辞摊了摊手，眉眼浮起几分无奈："沈赐，咱们要不出去吃个饭？"

两人上了车，叶书辞却为吃什么发愁。临城距离苏城很近，口味类似，再加上奔波了一天，吃什么都没兴趣。

沈赐低头帮她系好安全带。

"既然你不知道吃什么，那就跟我走吧。"他扬眉笑笑，低沉温柔的嗓音响起。

沈赐带着叶书辞来到一家西餐厅，服务生引领二人进去。餐厅富丽堂皇，每一个角落都是精心布置过的，悠扬的音乐声汩汩流淌，仿佛置身在风情浪漫的世界。

"先生女士，你们请坐。"

"这里是菜单，你们可以先看一看。"

沈赐又将菜单给了叶书辞。叶书辞点了两份牛排，又点了几份餐点，将菜单交给了服务生。

沈赐这时站了起来："我先去趟洗手间。"

哪想到，沈赐刚出去两分钟，一个服务生就推着蛋糕走了过来，脸上挂着礼貌的微笑："女士您好，这是您的蛋糕。"

叶书辞惊讶道："我没点蛋糕呀。"

何况这是一家西餐厅，眼前的明显就是传统的中式蛋糕，上面点缀着玫瑰花瓣，暖黄色的灯光映照得糖霜晶莹可爱。

蛋糕车上还放着一束红玫瑰，上面闪现着露珠，娇嫩又美丽。

"这确实是您的。"

服务生还要忙，没多说什么就走了。

叶书辞一脸无奈地看着蛋糕和玫瑰，想着等沈赐回来了再处理。

突然，大厅暖黄色的灯光消失了，窗外明亮的光芒透进来，有点暗，却也多了点浪漫。

舞台的灯光倏忽亮起，叶书辞一脸诧异地站起来。

沈赐缓缓走到舞台中央，依旧是一身一丝不苟的西装，清隽斯文的脸上挂了点浅淡的笑意，低磁清冽的嗓音响起来——

"《非你莫属》，送给我爱的女孩，祝福她生日快乐。"

今天是她的生日？

叶书辞看了看手机日历，果真如此，十一月二十八日，她的生日。

就连她自己都忘记了。

其实也不能怪她。

小时候，父母倒是年年给她过生日，买生日蛋糕，送她喜欢的玩具。后来唐笑紧抓她的学习，干脆说以后生日都不过了，还说送那么多礼物很容易让她养成铺张浪费的习惯。

虽然她不太理解这二者的关联，但是唐笑说一不二，她只能执行。

后来上了高中，她会在姜晓生日的时候送姜晓礼物，但是当她过生日了，她会格外认真地说："我不过生日的，你不用送我礼物。"

等到大学，她总算自由了，但是过生日这个习惯也就在岁月的长河中被忘掉了。

以至于今天到了她的生日，她自己完全想不起来。

叶书辞抬眸望向舞台。

英俊的男人拿着话筒，眉头微微蹙起，低磁清冽的嗓音缓缓在室内流淌起来——

  那么多相遇 / 偏偏只和你

  天造地设般产生奇迹 / 哦 / 我心的缝隙

  我想出了你 / 任谁也无法填补这空虚

  爱我非你莫属 / 我只愿守护……

沈赐的声音本就好听，唱的又是一首深情的歌曲，男人微微垂着眉眼，嗓音低沉，带着说不清道不明的蛊惑意味，显得更加缱绻深情。

明明暗暗的灯光打在男人身上，衬托得那张清俊的脸庞更加流畅立体。

叶书辞张了张嘴，远远看着，心跳的速度更加快了。

餐厅内的人并不算多，隔着尘埃与光阴的距离，沈赐深情的目光向她投来，叶书辞心跳如擂鼓，仿佛回到了十七岁那年。

那个光一样的少年朝着她走来，从此她赤足深陷，恍然十年已过，她最爱的还是那个人。

什么都没有变过。

唱完之后，沈赐从台上走下来，手捧着一束花，眉眼深邃，缓声开口："小辞，生日快乐。"

台下不少人议论起来，女孩子们捂住了嘴，满脸激动。

服务生也将菜上齐了。

叶书辞一边切着牛排，一边问道："什么时候准备的呀？"

沈赐把蛋糕摆到桌子上，低沉的嗓音响起："下午。"

"可是下午我们一直在陪着奶奶看病。"叶书辞弯了弯唇，"你一直在忙奶奶的事情，哪有时间？"

沈赐摊摊手，眸色深了深："小辞，该有的仪式也不能少。"

他动听的嗓音钻入叶书辞的耳畔，她只觉得自己整颗心都被撩动了，耳朵也热乎乎的，紧张得不能自已。

"沈赐，这是我最难忘的一次生日。"

沈赐插上蜡烛，粉色的，做出了气球造型，格外有少女心。

"许个愿吧。"沈赐嘴角上扬了几许，嗓音中的温柔几乎要满溢出来。

叶书辞双手合十，笑眯眯地闭上了眼睛。三秒钟之后，心愿许完了。

男人定定地看着她，抱着手臂问道："许的什么心愿？"

"大家不都说，心愿说出来就不灵吗？"

沈赐凝视着她："或许说出来我可以帮你实现。"

叶书辞睁大了像玻璃珠一样通透漂亮的眼睛，女孩脸颊很小，肌肤白得几乎透明，淡淡笑着："不过我可以告诉你，我的心愿跟你有关系。"

也只能说到这里，否则她很害怕心愿不灵了。

"那我知道了，"沈赐勾了勾唇，嗓音低沉温柔，"你一定会如愿以偿。"

吃完饭后，两人上了车，沈赐帮叶书辞系好安全带，车子还没发动，男人低声问道："为什么把自己的生日忘记了？"

沈赐虽然在台上，但是也注意到了叶书辞眼底的惊诧，很显然，她忘记了今天是自己的生日。

这么重要的日子都能忘，这也是沈赐意想不到的。

沈赐因为母亲的去世，也没有过生日的习惯，却不代表他不记得自己的生日。

叶书辞垂下眸，告诉他，其实这些年她都没庆祝过生日。

沈赐静默了会儿，眉目温柔下来，动作一顿，随即将她搂入怀中，目光温柔："小辞，以后，每年生日都要过，知道吗？"

这一刻的沈赐太过温柔了，叶书辞心尖微微发颤。

叶书辞轻轻地"嗯"了一声："其实生日不生日的我倒是也不在乎，没有什么比跟你在一起更重要的了。"

沈赐搂着她的手臂收紧了些，温声说："十一月二十八日，我爱的人来到这个世上，最值得被纪念。"

他的声线笃定又温柔，轻缓得像一阵温柔的风："叶书辞，相信我，以后你每年都有好运气。"

只要他说，她就愿意相信。

从十七岁那年开始，叶书辞的心就完完全全属于沈赐了。

三个人没在临城待多久，毕竟都还有工作，第二天一大早，沈赐便带着她们回去了。

奶奶收拾得最快。

沈赐拎着奶奶和叶书辞的行李箱出去时，恰好看到奶奶在跟门口的保安聊天。

见沈赐出来，奶奶笑着说道："看到了吧，这就是我孙女婿，很帅气吧！"

保安眼前一亮，笑容扩散开了些："老人家，你这孙女孙女婿都很出众啊，我这一看还以为是明星呢！"

叶书辞有点不好意思地抿了抿唇。

沈赐握着她手的力度大了些，揉揉她的脑袋，眼底满溢着的爱意最骗不得人呀。

保安问："老人家，您这孙女孙女婿什么时候结婚啊？

"颜值这么高，不得早点让你抱上小重孙？"

奶奶转过头，笑盈盈地看向他们，揶揄地笑着说："这个呀，得看年轻人的意思，我这一大把年纪，当不了家的。"

叶书辞的脸红得更彻底了。

坦白说，跟沈赐在一起也有一段时间了，她从来没考虑过结婚的事情，总觉得距离这件事还很远。

可如果对方是沈赐的话——

如果对方是沈赐，那么她愿意期待一下。

只是不知道沈赐的意思。

沈赐早就将行李放到了车里，牵着叶书辞的手上前一步，脸上浮起清淡笑意："小辞什么时候想了，我随时奉陪。"

这话就像是一针强有力的定心剂。

回到家之后，叶书辞也没闲着，这两天的工作堆积成小山，组长还在线催稿。她赶紧打开电脑处理工作。

忙活了三四个小时，她才发觉微信上堆满了唐笑的消息。

唐笑：小辞，最近你干什么呢？怎么也不回家看看了？

唐笑：今晚妈妈做了你喜欢的糖醋鱼，还包了鲅鱼馅水饺，今晚回来吃饭吧。

尽管唐笑一句话也没提叶书辞恋爱的事情，可叶书辞知道，唐笑叫她回去肯定是为了这件事情。

张小川肯定将这个事情告诉妈妈了。

叶书辞：行，妈妈，我今晚回去吃饭。

正好组长那边也回了消息，说她写的稿子很不错，只需要修改几个小的措辞。

晚上，叶书辞彻底清闲了，打了辆车，提着水果和牛奶去看望唐笑。

张叔叔照样不在家，张小川在律所加班也不在家，不知是不是有意为之，反正家里只剩下母女二人。唐笑专门做了一桌子菜，果不其然，唐笑一边吃饭，一边问起她恋爱的事情。

"小辞,你跟你高中的同桌在一起了?"

"嗯,本来想着要告诉您的,但这几天有点忙。"叶书辞有点不自在地挠了挠头。

"沈赐真的是很优秀的男孩子啊!"唐笑一边感慨着,一边笑着看向叶书辞,笑容中带了点半真半假的疑惑。

叶书辞有点发闷:难道我不值得被喜欢?

她不由得说道:"妈妈,我们俩是认真谈恋爱的,都这个年龄了,不是小孩子过家家。"

"妈妈不是这个意思啦,"唐笑皱皱眉,"妈妈就是觉得,无路哪个方面,那个孩子都比你优秀得多,我担心你会被骗。"

叶书辞更不开心了:"沈赐怎么会是骗子呢?"

唐笑握着叶书辞的手,好半晌才说:"小辞,你是妈妈唯一的女儿,无论任何时候,都是真心为你好,你不要怀疑妈妈的用心。"

叶书辞没多说什么,可心里依旧不太愉快。

奶奶知道她跟沈赐恋爱,二话不说就表示祝福,直接将沈赐当成了自己的孙女婿,更是将他当作亲孙子疼爱。

可是唐笑呢?直接怀疑起沈赐的用心。明明全世界都有可能是坏人,唯独沈赐不可能。

唐笑这番话直接弄得叶书辞心情不太好了。

叶书辞本打算吃完晚饭就回家的,唐笑兴许意识到自己说错话了,热情得要命,非得让她留下来睡觉。

叶书辞也不想做得太绝,只好留下了,但是她拒绝了和唐笑一起睡的要求,去书房睡了。

叶书辞刚洗完澡,手机突然响了。她拿起来一看,是沈赐发来了视频通话。

她这才洗完澡,还没穿衣服,门锁上了,倒是没人进来,脸上也没化妆,不过她底子好,化不化妆无所谓。

手机拿在手里像个烫手山芋似的,叶书辞丢到一边,用最快速度穿戴整齐,紧张得脸颊红扑扑的。

她又赶紧对着镜子整理了下头发,这才接起电话。

叶书辞意想不到的是,在屏幕里,她并没有看到沈赐。

"沈赐,你在吗?"

回应她的是一阵空寂寂的风声。

男人轻轻地"嘘"了一声。

沈赐的摄像头反转到了窗外,视野中是漆黑又广阔无垠的一片天,片刻的安静之后,天边像是燃烧起来似的,绽放起一簇一簇璀璨的烟火,像是把黑暗撕开了一道裂缝,浩大、恢宏。

光影与色彩交汇,掀起了一场碎金般的雨点。

是盛大的烟火,是凋谢的无数星辰。

尽管屏幕会削弱烟火的效果,可叶书辞依旧感觉到了强烈的震撼。

烟火秀终于结束。

沈赐这才将摄像头转向自己这边,男人脸庞白皙英俊,皮肤没有一丝毛孔。影影绰绰的光线下,斑驳而细碎的光圈萦绕在他脸上,男人抬了抬下巴,露出凸起的喉结。

他浅淡地笑了笑,眉眼氤氲开一抹笑意。

叶书辞看到他背后的白墙和办公桌,疑惑地问:"你这是在律所?"

沈赐低沉地"嗯"了一声:"我在加班。"

沈赐清冽好听的声音通过电流,含着微微的磁性与温柔,传到叶书辞的耳朵中:"刚才老周他们说有烟花秀,我下意识拨通了你的电话。我们从来没视频过,可能有点唐突。"

叶书辞有点不好意思:"是我让你等了那么久,不然能看到更多的烟火了。"

这晚,叶书辞很晚才睡着,梦境里反反复复的都是沈赐。

第二天早上醒来,她就收到了路佳恩的消息。

路佳恩:书辞姐,昨天晚上可玄乎了呢,快把我吓死了!

路佳恩:昨天夜里我两点多回来的,听到门口有一阵一阵规律的敲门声。我感觉半夜应该不会有人找我们啊,所以一开始没当回事,后来敲门声持续不断,我才出去的,却发现门外没人。

路佳恩:真的好邪乎啊,我躺了一会儿,那个声音又响起来了,太吓人了。

路佳恩工作性质特别,因此不常回去住,不过她最近经常夜里拍摄,叶书辞严重怀疑她过于疲劳出现了幻听。

毕竟这小区的安保设施还是比较强大的,而且居民素质也都比较高。

叶书辞:佳恩,会不会是你休息不好导致幻听了?我每天都在家里住,没出现过这个现象。

路佳恩:不会不会,绝对不会。我今天找物业问一下,或者去查一下监控。

叶书辞等了一个小时,路佳恩回复了她,说她们楼道的监控坏掉了,没法调取。

她从小床上爬起来,一边思索着路佳恩的事情,一边穿着睡衣走出房门。

唐笑已经将早饭做好了。

叶书辞看到坐在餐桌上的张小川时,一脸惊讶。

"张小川,你怎么在这儿?"

看着她这一脸见鬼的表情,张小川无语地挠挠头:"姐,你至于这么惊讶吗?我又不是天天睡在律所,昨晚一点到的家,那时你肯定已经睡着了。"

叶书辞眼睫颤抖了下,估计是被路佳恩影响了,她也开始疑神疑鬼。

"对了,姐,我昨晚发现了一个好东西。"张小川挑了挑眉毛,笑得一脸贼精。

叶书辞张了张嘴:"什么东西?"

她等了大概一分钟,张小川拿着个本子出来了:"当当当当,姐,你看吧,这是不是好东西?"

叶书辞瞳孔骤然放大,居然是她高中的日记本。

这个本子当年被她视若珍宝,就连复读都带在身边,再后来,她决心忘掉沈赐,便将本子留在了家里,也不知道怎么回事,本子就消失不见了。

没想到居然被搬运到了这里。

她掀开本子,纸页已经泛黄,字迹干净漂亮,并不显得稚嫩。满满的回忆扑面而来,她心底莫名就泛起了酸涩的情绪。

这个不大不小的本子,记录的全都是她暗恋沈赐的心境。

张小川赶紧说:"姐,这个本子对你来说一定很重要,我看了第一页就收起来了,没敢往后看。"

叶书辞慢条斯理地吃完饭,还看了一会儿日记里的内容。

过去好多年了,她每翻看一篇都要仔细回想,才能想明白到底写的什么内容,原来,这就是她的少女时代。

二十七岁的叶书辞看十七岁的叶书辞写下的稚嫩的文字,只觉得心酸,没有丝毫可笑可言。

她心疼那时候的自己,心疼自己每一次看向沈赐的目光。

也幸好,多年暗恋成真,心动多年的人到底将她放在了心底。

接下来几天,家里没出现有人敲门的奇怪现象,叶书辞也就放下了心。路佳恩倒是每天都在家,这段时间似乎不太忙碌。

据路佳恩透露,她也有个喜欢的人了,是个男模特。路佳恩给叶书辞看了照片,长得格外高大帅气，两人还挺般配。

叶书辞的生活依旧循规蹈矩，上班，下班，休息，再上班。

沈赐依旧经常接她出去吃饭。

十二月，天气陡然寒冷下来，沈赐带着她去商场选了几件羽绒服，才放下心来。

她稿子写得很顺利，交给了组长，一路开着绿灯通过了。

下班时，她和葛林真一起往楼下走，刚走出广电大楼，葛林真就拍了拍她的肩膀："小辞！你看！"

叶书辞这才往外看去。

熟悉的黑色车，穿着黑色西装的英俊男人，光是插着口袋站着的模样就透着满满的精英气质，夕阳西下，一副岁月静好的模样。

叶书辞迅速整理了一下头发。

微卷的头发散开来，被风吹着更显慵懒。

她今天穿了件灰色的羊毛长裙，包裹得身躯玲珑有致，弯眉，红唇，肤色冷白，令人移不开视线。

沈赐深深地看着叶书辞，眉毛微微挑了挑，轻笑起来的模样像是蛊惑。

叶书辞在心底描摹着男人的眉眼，眼睛一眨也不眨："沈赐！"

葛林真笑着捏了把她的手腕，调侃道："书辞，你看看你，看到你男朋友开心得藏都藏不住了。"

叶书辞走向沈赐，男人身上好闻的雪松气息将她团团包围住，她弯着眼睛轻轻吸了一口，笑问："沈赐，你怎么来接我都不告诉我？"

"情难自禁，"他弯了弯腰，在她额头轻轻一弹，笑道，"想你了。"

"我们今晚吃什么？"

影影绰绰的光影下，沈赐勾勾她的鼻梁："小辞想吃什么我都奉陪。"

叶书辞昂起头想了一会儿："我知道时代广场有一家新开的火锅，我们要不要试试？"

"好啊。"他一边说着，一边帮她打开车门。

车子往时代广场的方向开去，冬天天黑得早，窗外霓虹闪烁，像是千万颗坠落人间的星子，汇成了一整片星河。

万家灯火，星河遥遥。

叶书辞只觉得自己那颗空缺已久的心被填补得满满当当的，像是温柔的棉絮抚摸心间。

她曾经也是这样上下班，可总觉得缺了点什么，原来是缺少了最值得珍惜的温柔,只有爱人才能给予的温柔与深情。

回家的路上,照例是烟火满怀,叶书辞填饱了肚子,心情也格外好,哼唱着愉悦的歌曲。

沈赐宠溺地看着身旁的女孩,她的快乐似乎总是这般容易。

"沈赐,你看,外面好热闹!"

闻言,沈赐看向窗外,此时恰好经过一片公园,可以清晰地看到一个男人摆上了心形蜡烛,手捧着鲜花,向一个女孩表白。

周边围满了观众,大家齐声欢呼着"在一起",好不热闹。

女孩捂着脸,这场求爱马上就要成功了。

叶书辞瞧着也挺感动,双腿交叠,坐姿有几分懒散,不过感动之余也有点惆怅。她看了沈赐一眼,调笑着说道:"哎,咱俩可倒好,都没追求,直接在一起了。"

只是表个白,她就直接感动哭了,也承认了自己的心意。

沈赐漆黑的眸子深了深,勾了勾唇,蹭了下叶书辞挺翘的鼻梁:"谁叫小辞喜欢我呢。"

突然,沈赐握住了她的手,将车停下来,动听的嗓音响起:"我想重新追求你,你同意吗?"

男人眉目出众,薄唇,挺鼻,是人群中最耀眼的存在,这张脸纵使看了千百回,也不腻烦。

叶书辞只觉得自己的心跳速度加快,她咬咬唇,控制不了自己的心意,很快说道:"我同意。"

沈赐忽然笑了,深邃的目光紧锁在她身上:"你看吧,我一问你就答应了,还要我怎么追求?"

叶书辞这才发现被男人套路了,她冷哼一声,抱着臂,懒洋洋说道:"那就怪我自己没出息喽?每次都被你的美色迷惑。"

沈赐眉目深邃,看向她的眼神更加温柔,像是含着一片沼泽,拉着人往下深陷。

他低声说:"是我求之不得。"

第十九章
嫁给我

狭小的空间,暧昧丛生。

沈赐和叶书辞都舍不得回家,舍不得这样快乐的夜晚就这么结束。沈赐开着车又在外面绕了几圈,终于将车停在了叶书辞的小区楼下。

两人抱了一会儿,依旧难舍难分。

沈赐说:"要不我去楼上陪你?"

叶书辞摇摇头:"今天佳恩在家,不太方便。"

沈赐抬手蹭了下她的脸颊,勾了勾唇:"这样好不好,我们去看看奶奶?"

或许是马上就要分别,叶书辞原本心情不太愉快,可沈赐这个主意一提出来,她举双手赞同。

沈赐再次发动了车子,来到了奶奶的烤鸭店。

奶奶还在店里忙活着,沈赐将带给奶奶的礼品提上。

东西都是沈赐亲自挑选的,叶书辞只需要当甩手掌柜。

他买的东西不一定最贵,却一定是最好的。叶书辞挽着男人的手臂,一颗心都熨帖下来。

可是今天奶奶的情绪不太对劲。

叶书辞跟奶奶多么熟悉,尽管奶奶有意克制隐藏,可她还是敏锐地注意到了。

"奶奶,您怎么了呀?"

奶奶叹了口气,过了好久才说:"烤鸭店的生意这两年不是很好了。"

最近两年实体经济发展缓慢,再加上奶奶的烤鸭技术都是老工艺了,麻烦不说,配的料都是最好的,因此价格不低。

也有不少老顾客隐晦地说过,宋记烤鸭的味道非常棒,但是价格有点高了。

这几年大家收入变低,生活质量一压再压,可奶奶也没调整价格,主要因为现在基本利润就很低了，只能赚个辛苦钱。

"奶奶，您怎么没告诉我？"叶书辞拍着奶奶的背，帮她顺顺气。

奶奶小声说道："这些糟心事跟你讲什么呀，我就希望我家小辞每天都开开心心的。"

"今天房东给我打电话，说房租要涨，"奶奶摸了摸下巴，"我都不知道这个店该不该开下去了。"

在赚不到钱，身体又一般的情况下，或许闭店才是最好的选择。

在重要的岔路口，奶奶也迷茫了。

沉默在三人之间蔓延着，过了半晌，沈赐尝试着问："奶奶，要不我们把店关了吧？"

"不行的，这可是祖辈传下来的手艺，这个酱料的熬制你不知道多么困难，我一旦停下来，就没人能传承下去了。"

对于老一辈来说，传承和坚守比自己的生命还重要。

叶书辞抱住了奶奶："可是，奶奶，您的身体最重要啊，现在收入减少，您心情也不好，对身体更不好的。"

奶奶只是叹气："可是我又有什么办法呢？"

沈赐沉默许久，突然拿起手机往外走去。

叶书辞本以为他有工作上的事情要处理，哪想到过了十分钟后，男人又进来了。

"奶奶，有办法了。"沈赐视线平静，坚定又无畏。

奶奶眉梢立刻跃上一缕惊喜，只听见男人继续说道："您想，现在实体生意不好做，我们可以做线上。"

叶书辞眉间一喜，向奶奶解释："就是在网上卖。"

奶奶顿了顿，说："我这烤鸭放三天不是问题，但也会影响口感，只是在网上卖，我们有渠道吗？"

沈赐笑了笑："我刚才出去就是给我一个学传媒的朋友打电话，他那边的建议是，我们可以利用短视频平台，拍摄您做烤鸭的视频，将匠人精神传递给大家，到时候引流之后，自然就会有人来买了。"

"这样做我听着倒是靠谱，"可奶奶依旧犹豫，"就是这个视频什么的不好弄啊，运营短视频什么的，我也不会。"

"奶奶，主意既然是我出的，那么自然就由我来想办法，这些都不是问题。"沈赐挑了挑眉梢，"您就只要决定想不想做就行了。"

奶奶笑得开怀："当然想了。"

273

奶奶认真地看着面前的男人。

沈赐从原本十几岁的少年蜕变成一个独立、有担当、成熟稳重的男人，也唯有岁月能赋予他这样的风度。

时间过得真快啊，她的孙女真幸福，能找到这么优秀的人当男朋友。

月上柳梢，夜风沙沙，空气中弥漫着静寂与沉默，岑寂的街道上，一男一女从小店中走了出来。

叶书辞一个趔趄，差点摔倒。

沈赐马上扶了下，用一双担忧的眼睛看着她："小辞，小心一点。"

叶书辞挠挠头，有点不好意思："也不知道怎么回事，一跟你在一起，好像就不怎么认真走路了……"

其实叶书辞有点心事。

刚才趁着沈赐不在，奶奶悄悄跟她说了点事情——林南的重度抑郁是真的，没骗人，十里八乡都知道了，原因是林南前几天闹了次自杀，不过及时抢救回来了，现在还在医院住着。

"会不会真是因为你们的感情？"奶奶小心翼翼地问。

叶书辞不是不负责任的人，可她明显地感觉到林南对她的感情并没有那么深，毕竟只是吃过两三次饭，能有多喜欢？

"奶奶，我觉得跟我没关系，我也没做过对不起他的事情。"她的声音小，却很笃定。

恰好沈赐进来了，奶奶也就没多说什么。

可叶书辞总是时不时想到这件事。

如果林南真的因为她而重度抑郁，尽管并不是她主观意愿，可她依旧愿意做出一些力所能及的补偿。

叶书辞没将心事说出去。

她抿了抿唇，却看到沈赐悠悠地挑眉看她，说："那我背你。"

"啊，我小心一点就是了……"

然而不等她说完，他已经弯下了腰，修长指骨从她腿弯处穿过，不费吹灰之力就将她抱了起来。

沈赐低眸宠溺地笑了笑。

叶书辞晃荡着双腿想要下来："哎，奶奶还在身后看着呢，你把我放下来吧。"

沈赐碰了碰她的脸蛋，喉结轻轻滚动着："我才舍不得。"

叶书辞转过头一看，果不其然，奶奶还站在店门口目送他们离开，老人家挥着双手，脸上笑容欣慰。

"奶奶果真全都看到了。"

沈赐俯下身，深眸扫过她脸颊的每一个角落，神情散漫懒散："抱你还不是应该的？"

"主要是看到了估计下次又要问我了。沈赐，你知不知道，老人家其实也很八卦的？"

沈赐心情却莫名愉悦起来，声线压低："这样也好，兴许奶奶就能同意让你早点嫁给我了。"

叶书辞脸颊一红："你怎么回事，最近开始提这个了……"

她属于比较保守的女孩，总觉得恋爱得谈到一定地步才能谈婚论嫁，他们虽然认识的时间久，可毕竟恋爱的时间还很短。

沈赐笑着："这不是想早点把你娶回家嘛！"

"可是我们在一起的时间也不算长。"

他笑声揶揄，尾音悠长："那你怎么不说我们认识十年了？"

叶书辞牵唇笑笑："也确实，是我狭隘了。"

沈赐眉眼间深情不减，语气真诚又坦荡："你打算什么时候嫁给我？"

叶书辞只觉得喉咙里一噎。

她希望沈赐是真的做好了与她共度余生的准备，而不只是一时的新鲜感作祟。

想到这儿，叶书辞挠挠头，又觉得自己有点多想了。

沈赐是多么理性的男人，光明磊落，坦荡赤诚，说出的每句话，做出的每个行动，必然都是认真思考过的。

上了车，沈赐帮她系好安全带。

他有着上天眷顾的好长相，无须修饰的眉，卷翘的睫，深眸，挺鼻，薄唇。

他做什么都能做好，就连系安全带的动作看起来都游刃有余、干净利落。

叶书辞咽了咽口水，小声地说："谢谢你啊，沈赐。"

沈赐轻笑一声，下巴在女孩馨香的发顶蹭了蹭，寂静的月色蔓延开来，衬托得男人的声线更加低沉："傻姑娘，又谢什么？"

"谢谢你愿意帮奶奶想办法。"

奶奶的心思也不是一天两天了，看似是一个无解的问题，却被沈赐想出了办法，她想替奶奶好好谢谢他。

沈赐揉了揉她的长发："这不是还没帮吗？"

"可是我知道你一定能做到，"叶书辞笑得很甜，"不管是学生时代还是现在，就没有沈赐做不到的事情。"

"所以，谢谢你愿意为奶奶想办法，愿意对奶奶好。"女孩将自己的手与他的手交叠在一起，弯唇轻轻笑着，身体向他那边靠了靠，仿佛慵懒的小猫一般蜷缩在他怀中，找到一片庇佑的安全港湾。

沈赐慢条斯理地把玩着女孩的发丝，极有耐心似的，低低地轻笑一声："是我应该谢谢奶奶。"

"不遗余力照顾我家小辞，"男人勾了勾唇，"把小辞照顾得漂漂亮亮的。"

晚上，叶书辞看了会儿综艺节目便睡觉去了，哪想到半夜突然听见了"沙沙"的声音。

极有节奏感。

缓慢的，舒缓的。

像是某种尖利的爪子抓玻璃的奇怪声音。

轻快有力。

叶书辞一开始还以为是自己的幻觉，可越听越觉得这声音并不是空穴来风。

到后来，房门突然被人大力拍了下。

"嘭"一声过后，又归于宁静。

叶书辞的身体剧烈地抖动了一下，只觉得心头颤抖，毛骨悚然。

路佳恩不在家，如果在家她好歹还有个商量，她突然想起前几天路佳恩给她发的消息。

说也是在夜晚听到了奇怪的声音。

叶书辞惊出一身冷汗，更加坐不住了，可敲门声又断断续续响起来了。

她打开灯，赶快穿着拖鞋蹑手蹑脚走了出去。她生怕惊动外面，沿着墙根走，一直走到客厅门口也没敢开灯。

走到门口，她又突然想起手里没有防身的武器，赶紧小心翼翼到茶几上拿了把水果刀。

尖利物件抓门的声音还在，叶书辞呼吸一窒，闭了闭眼，置之死地而后生一般轻轻打开了门。

门外只有一室的安静。

清透的月光射进来，透着一地的冰凉。

叶书辞穿着单薄的睡衣，影子被拉得很长，头脑也被冷风吹得骤然清醒，却有股奇怪的钝痛感。

她深呼一口气，干脆将身体抵在门上，重重地喘息着。

后半夜，她都没怎么睡着，迷迷糊糊的，做了好多梦，可早上醒来，又什么都不记得了。

眼下的一片乌青提醒她这个夜晚并不愉快。

第二天上班，她精神恍惚，就连字都打错了好多，要不是葛林真帮她检查了一遍，她估计得挨批。

趁着中午休息，叶书辞给物业那边打了电话。

物业那边给的回复非常冰冷："不好意思啊，十号楼的监控目前还没恢复。"

叶书辞皱皱眉："那小区里面呢？有什么异常的人走动吗？"

"您说的这个情况前几天也有住客反应过，但是小区内运转一切正常，是不是您精神压力过大，导致出现的幻觉？"

"而且吧，您是租客，这种情况应该让房东跟我们沟通，毕竟房东交着物业费，有事情也好处理。"

说到这儿，叶书辞便知道没有聊下去的必要了。

可因为这点小事麻烦房东大哥她又不太好意思，毕竟房东还是林南的好朋友，这关系越想越尴尬。

如果报警，警察也不好处理，因为她并没有实质性证据。

要不跟路佳恩沟通一下？

叶书辞这么想着，打开了路佳恩的对话框，哪想到女孩的消息恰好发了过来——因为工作调动原因，她要退租了。

路佳恩最近事业发展得格外顺利，看她朋友圈也能感觉到她风风火火的。不过她交了一年的房租，也才住了三个月，叶书辞也有点不太好意思，干脆把剩下的房租转了过去。

叶书辞：对了，佳恩，你那天晚上听到奇怪动静的事情……

路佳恩：应该没事，后来就没听到有动静了，我去看了心理医生，医生说我最近焦虑，压力大。

叶书辞也就没把这件事放心里了，或许自己压力也大吧，那么大一个小区，怎么会容许坏人进入？再说了，这也是她第一次听到奇怪的声音。

中午，叶书辞趴在工位上舒舒服服地睡了一觉，睡醒之后清醒多了。

下午还有场采访。

采访过程格外不顺利，屡屡遭人白眼。

不过叶书辞极有耐心，毕竟这是她工作的一部分。

原本半个小时的采访硬生生拖到两个小时，叶书辞原本修养好的精神也消失殆尽，精疲力竭地回到电视台。

写完稿子不知不觉就到了晚上九点多，叶书辞揉了揉眉心，发现偌大的办公室只剩下她一人了。

她站起来，扭了扭腰，站在窗前往下看。

这座钢筋水泥的城市格外繁华，灯红酒绿，霓虹闪烁。

可电视台这附近，夜深后，格外静谧，叶书辞陡然想到了昨晚的恐怖。

她抿了抿唇，家原本是她最温暖的港湾，可现在却止不住战栗。

叶书辞赶紧给沈赐打了个电话，她强装镇定："沈赐。"

"小辞，怎么了？"

"你……干什么呢？"叶书辞嗓音轻轻地问。

"当然是加班，"男人语气有些无奈，"你在家吗？"

"没，我也在加班。"

沈赐温柔地笑了笑："那要不我现在去接你？"

"不用了，你好好工作，我现在就得回去了，要是等你接我还不得十点多才到家了。"叶书辞强装镇定地笑了笑，"晚安，男朋友。"

沈赐那边似乎还想再说什么，叶书辞赶紧把电话挂断了，简单收拾了一下桌面，往外走去。

为了早点到家，她小跑着到了地铁站，坐地铁、下地铁一路上都很平静，直到进了小区。

夜色浓稠，风声萧萧，天寒地冻的世界，冷风仿佛冰刀子般一刀一刀割着她娇嫩的皮肤。

叶书辞斜背着包，总觉得背后有人跟踪她。

可当她转过身往后一看，又什么都看不到，她像是有强迫症一样，不停地转身往后看，心头像挂着十斤重的大石头一样，怎么都落不下来。

再次转身往后看了一眼，的确什么人都没有，叶书辞拍了拍头，又觉得自己的精神状态出了问题。

出了电梯门，叶书辞垂着头走出来，从包里掏钥匙的时候，突然看到地上有一道修长的影子。

她一个激灵，吓得不轻，尖叫出声："啊！"

叶书辞没敢看家门口，一边叫着一边想躲，谁知道直接被一双有力的手臂抱住了。

男人无奈地笑着:"怎么连你男朋友都怕了?"

熟悉的嗓音入耳,叶书辞紧紧揪着的心总算落了下来。

沈赐的怀抱温热有力,他手臂修长,将叶书辞紧紧地搂在自己怀中。

叶书辞总算收获了满满的安全感,也回抱住男人,像只小猫似的蜷缩在他怀中,嗓音轻微颤抖着:"你怎么来这里了?"

明明刚刚还在加班。

沈赐叹了口气,嗓音含着几分沙哑:"我听你声音不太对,就赶到这里来了。"

叶书辞拿出钥匙:"我们先进去。"

沈赐揉了揉眉心:"不是有室友不太方便吗?"

叶书辞将钥匙插到锁眼里,随口说道:"佳恩退租了,现在就我一个人住,你进来我们再说。"

也是进门之后,叶书辞才发现沈赐不仅人到了,还给她打包了一份她最爱的炸酱面。

男人从厨房拿出餐具,淡定一笑:"加班这么晚,我猜你肯定没吃饭。"

叶书辞不好意思地咬咬唇。

她将一整份面条吃得干干净净后,才将昨晚发生的事情告诉了沈赐。

沈赐思考了几秒钟,叹了口气,坐到她旁边,将女孩揽入怀中:"怎么昨晚不告诉我?"

"物业那边说是我的错觉,如果真的是我的错觉怎么办?"叶书辞抿抿唇,"再说了,你最近工作也忙,我不想打扰你。"

男人眉头皱得更深了:"你是我的女朋友,是我未来的妻子,怎么能说是打扰?"

"最近有没有得罪什么人?"沈赐认真地问,"你是记者,最近采访的时候有没有遇到什么难处理的事情?"

叶书辞认真地思考了一会儿,笃定道:"没有。"

其实采访的时候遇到难缠的当事人再正常不过,不过她旁敲侧击问了同事,除了她,没人遇到这种奇怪的现象。

而且奇怪的现象不止她遇到,还有路佳恩,所以很明显是冲着她家来的。

"不过我也不确定,"叶书辞想了想,"现在我大概有两种猜测,一个是佳恩遇到了仇家,第二是……"

说到这里,她咬了咬唇,犹豫了几秒钟,不知道该如何说下去。

可沈赐是她的男朋友,她不该有所隐瞒,便鼓足勇气,干脆将林南的事情说了

279

出来。

林南如今得了重度抑郁症,她上网查了一下重度抑郁的症状,再加上林南的所作所为,的确有可能出现精神错乱的行为。

沈赐思考了几秒,面色微微沉了沉:"小辞,这两种情况的确都有可能,我现在很担心你的安危。"

见男人脸上的担忧之色越发明显,叶书辞又有点不太好意思了,她突然觉得自己遇到的好像也不是什么大不了的事情,让忙碌的男人为她担心,自己似乎太小题大作了一点。

叶书辞笑了笑:"我觉得应该也没事的,虽然有奇怪的动静,但确实没人攻击我啊。

"而且其实这段时间,除了这件事,我身边也没发生别的异常。

"沈赐,我现在越想越觉得这个事情没什么,我真的没事,你还是别思考这个事情了。"

沈赐起身倒了杯水给她,看着她全部喝掉才放心,然后轻轻叹了口气:"你这样让我怎么能放心?"

男人点了一下她的鼻子,语气正经又认真:"这样吧,我今晚在这里住,看看夜里有没有异常。"

叶书辞原本准备咽下去最后一口水,闻言呛住了,大声咳嗽起来,小脸憋得通红:"这样是不是不太好?"

沈赐扯扯嘴角笑了,清隽面容掠过几分无奈,摸了摸她的脑袋,说:"小辞,我可以睡沙发或者打地铺。"

原来是这个意思。

她小心翼翼抬眸看了一眼沈赐,男人眼睫很长,根根分明,如同鸦羽,眼皮很薄,皮肤很白,嘴角的弧度轻轻勾起来。

怎么看都让人心动。

她强装镇定地转移话题:"沈赐,我去洗点水果吧?"

男人双腿交叠,眼底浮现出揶揄的笑容:"好啊。"

叶书辞在厨房的动作格外缓慢,洗两个苹果就像过了一个世纪一样漫长,她又慢吞吞地将水果切好后才端出来。

"你尝尝看。"叶书辞说,"时间还早,我们看会儿电视吧?"

叶书辞指了指电视机,电视上播放的恰好是《霓虹夜行》,是恐龙小姐担任嘉宾的最后一期。

此刻，沈赐跟她共处同一个空间。

电视上还有她。

叶书辞拿起遥控器准备转台，可沈赐按住了遥控器："怎么，你不喜欢这个节目吗？"

"没有，就想看看还有没有更好看的。"她佯装随意。

"这是你们台出的新节目吧？"

"嗯，我们组好几个人都过去当嘉宾了……"叶书辞突然捂住了嘴，天啊，她到底在说些什么？说话再这么不经大脑思考就要把自己卖掉了。

叶书辞没再转台，沈赐看起来还挺喜欢这档节目的，聚精会神地看着，双腿交叠，坐姿慵懒随意。

电视声音开得并不大，很快就到了恐龙小姐的互动环节。

沈赐已经看了好多期这个节目了，一次两次发现不了她，可不代表永远不会发现她。

毕竟他们是最亲近的男女朋友关系，虽然放到电视上会经过一些后期处理，可沈赐太熟悉她了。

叶书辞仍旧担心会被发现，赶紧换了个台："我记得番茄卫视有个脱口秀特别好玩，我有个特别喜欢的嘉宾，我们要不要看一看？"

沈赐瞥了她一眼，目光捎带了些疑惑。

男人何等聪明，叶书辞担心马上就要被撞破了，她艰涩地咽了咽口水，想着说点什么缓解此刻的尴尬。

哪想到微信电话响了起来。

来电人是姜晓。

姜晓这是上天派来解救她的吗？

叶书辞给了沈赐一个眼神，然后往沙发旁边挪了挪，立刻接通了电话："喂，晓晓。"

她是姜晓最好的朋友，姜晓经常赶完稿子不知道做什么就找她闲聊，她早就习惯了，她本以为又是一番没什么意义的聊天。

姜晓低低的声音传了过来："小辞，你现在睡觉了吗？"

"还没有，怎么了？"

"我晚上发烧了，打完针刚回来，现在好一点了，不过我觉得肚子好饿啊，你能不能给我送点吃的过来？我超想吃上次跟你吃的炸酱面！外卖不送这么远。"

叶书辞笑了笑："当然可以。"

沈赐正好开了车，两人穿好外套，一起往外走。

原本以为这一晚会很尴尬，刚才切水果的时候叶书辞一直在想，等晚一点洗完澡了怎么办？

总觉得穿上睡衣见到沈赐也很不好意思。

现在一切迎刃而解了。

风声凛凛，安静的夜晚落针可闻，沈赐察觉到叶书辞的情绪，微微笑了笑。

沈赐和叶书辞很快就到了姜晓家里。

见到二人一起进来，姜晓满脸的不可思议，视线在二人之间转来转去，最后直接满沙发扑腾起来，哪有一点病号的样子。

"啊啊啊，这么晚一起出现，别告诉我你们俩已经住一起了！"

叶书辞一愣，该怎么解释？

沈赐扫了她一眼，又看向姜晓，双臂环抱，云淡风轻道："姜晓，如果你没打电话的话，我们今晚就住一起了。"

叶书辞赧然地眨眨眼睛："其实是这样……"

她三言两语将夜晚听到的奇怪声响，以及沈赐想要保护她的事情讲清楚，哪想到原本激动的女孩一下子平静下来。

叶书辞怔怔地看着姜晓："我看你这个表情好像是很遗憾？"

姜晓白她一眼："非常遗憾。"

姜晓一边吃，一边跟他们聊天："对了小辞，我今天碰到你奶奶了，我看着奶奶容光焕发，可开心了呢，是遇到什么开心的事情吗？"

叶书辞一开始还有点诧异，回过神后，看向沈赐，笑着说："奶奶烤鸭店生意不太好，沈赐帮她出了个主意，找了几个玩新媒体的朋友直播宣传，带动了销量。"

这几天老人家都忙不过来了，还让叶书辞帮她招聘了几个员工。

奶奶还说，这么多年，生意从没这么好过。

姜晓捂住了眼睛，笑容从嘴角倾泻，表情羡慕，却又为叶书辞开心："小辞，真好，恭喜你找到了自己的幸福。"

下楼之后，想到姜晓说的话，叶书辞发自内心地笑起来，抱住了身旁的男人："沈赐，有你真好啊。"

男人懒散扬眉："给我发好人卡？"

叶书辞疯狂摇头："当然不是，我从来不发好人卡的，跟你在一起的这段时间，我特别开心。"

沈赐垂下头,捏了捏她的耳垂。

叶书辞在男人耳畔吹了口气,轻轻撩拨着他的肌肤:"沈赐,我好喜欢你,我现在要亲你啦。"

天寒地冻的夜,他们在寒风中接了一个冰凉的吻,满身炽热却如热火燎原。

沈赐满眼深情地勾了下她的下巴,笑着说:"走了,我们回家。"

男人温柔笑着,扯过女孩的手,修长手指在她掌心轻轻地划着,引起一阵阵温柔的战栗。

他总喜欢跟她一起将时间浪费,对他而言,这也是全世界最幸福的事情。

男人轻笑一声:"小辞,我十八岁那年就喜欢你。"

听到这话,叶书辞耳畔如同烟花炸裂。

尽管蒋大力早就说过沈赐很早之前就喜欢她,也看到了那封回信,可她从未从沈赐口中听到过。

听别人说和本人说,意义完全不同。

像沈赐这样的天之骄子、高岭之花,就像遥遥挂在天边的月亮,是最耀眼、高攀不上的存在。

叶书辞从未奢求过他喜欢她,哪怕一分一秒。

她的思绪在游离飘转,仿佛回到了那些泛黄记忆的午后,零星的碎片飘忽着。

沈赐是她青春期最盛大的秘密,同时这份暗恋也是见不得光的。

她小心翼翼将那些心思藏起来,她未曾奢求这份暗恋会有回声,可男人今天亲口告诉她,当年他也喜欢她。

这份暗恋其实早就有了回声,像不见天日的井底纵然空寂,可水下又是另一个精彩的世界。

这份喜欢得到了回馈。

她可以告诉十七岁的叶书辞,你的喜欢没有被浪费,你暗恋的人也暗恋着你。

你们都没辜负青春,没辜负这场盛大的喜欢,你们未来会变成更好的人,终将拥抱幸福。

将来的将来,只会更加辉煌漂亮。

叶书辞抿了抿唇,眸子有点湿润。跟沈赐在一起后,她很少提到自己的青春,也很少回望那段卑微的暗恋时光,沈赐更是向前看,不会回头的人。

这还是沈赐第一次提起过去。

"我那时候也感知不到,可能是太自卑了吧。"

因为自卑，忽略了男人的爱意，忽略了那些浅尝辄止的暧昧与心动，才生生错过这些年。

"以前其实不少人问过我，是不是喜欢你，"沈赐轻笑着回忆过去，眉头微微蹙起，"其实我心里是清楚喜欢你的，但是你好像很避讳谈起这些东西。"

男人抿了抿薄唇，顿了顿，才说："再加上，陈清润告诉我，你不喜欢我。

"你家里的事情也很多，那时候你一心扑在学习上，我在考虑，是不是我的喜欢对你造成了困扰。"

男人扬了扬眉，嗓音轻慢："好在，你终究会成为沈太太。"

"沈赐，其实我……"

叶书辞突然有股冲动，想将自己的暗恋告诉他，告诉他，在他喜欢她的时候，也有个女孩贪婪又卑微地喜欢着他。

然而偏偏在这个时候，叶书辞打了个喷嚏，沈赐无奈地看着她，摸了摸她的头，而后将自己的外套脱下来为她披上，笑着说道："宝贝，回家再说。"

回家之后，叶书辞却找不到说这件事情的时机了。

她穿着小草莓拖鞋走出来，脚趾红润漂亮。

沈赐坐在沙发上看电视，掀了掀眼皮："小辞，我是正人君子，你还用得着捂这么严实？"

叶书辞不好意思地笑了笑："家里毕竟有人在，还是穿得整齐一些好。"

刚才回来的路上，沈赐顺便从家里带来了睡衣和换洗的衣物。

叶书辞躺在床上，竖着耳朵听到浴室里传来的水声，知道是沈赐开始洗澡了。

她将头发吹干，突然想起路佳恩的房间其实可以住人，毕竟睡沙发肯定不舒服。路佳恩的床上用品还是叶书辞买了送她的，她询问了佳恩，佳恩说都不要了。

叶书辞嘴角溢出轻笑，真不错，沈赐有床睡了。

听到浴室门推开的声音，叶书辞下意识颤了一下，紧张又雀跃的情绪盈满内心，看向浴室的方向。

哪想到，沈赐压根儿没穿好衣服！

男人只在腰间围了条浴巾，水珠顺着线条分明的肌理一路向下，延伸到暧昧流畅的曲线弧度里。

薄薄的肌理积蓄着喷薄欲出的能量。

沈赐头发理得极短，还未完全擦干，有几分凌乱，嘴唇薄削，却多了几分显而易见的禁欲气质。

如果仅仅是裸着上身其实也没什么，可沈赐偏偏只围了条浴巾，她"啊"了一声,迅速捂住了眼睛:"你为什么不在里面穿好衣服?"

"你刚才不是在卧室?"男人嗓音中透着点揶揄意味,慢悠悠地笑着,"小辞,你又怎么会出现在这里呢?"

叶书辞依旧死死捂着眼睛,她不敢看向男人,只感觉到自己的脸颊热腾腾的。

"我刚刚打电话给佳恩了,她的房间可以住人,所以我打算住进去,你住我的房间。我出来就是为了告诉你这个好消息,毕竟睡沙发真的很难受。"

然后,她就被误会了。

想到这儿,叶书辞越发觉得自己委屈,像是要哭了似的,嗓音中有点泫然欲泣的意味。

沈赐慢条斯理走到她面前,叶书辞捂着眼睛不敢动,突然觉得脑袋上有一道力度压了下来。

男人在她头上揉了揉:"好了。"

叶书辞有点蒙:"……你快点穿好衣服。"

沈赐无奈地哼笑一声,嘴角勾起一个弧度:"穿好了。"

叶书辞睁开眼睛,男人果真换好了一身灰色睡衣,头发濡湿,双眸干净纯粹,正满带温柔地看着她。

"这么快啊?"她不由得感慨道。

沈赐忽然笑了声,看向女孩温软的眉眼:"听你这语气还有点遗憾?"

叶书辞紧张道:"没有没有。"

她吞咽着口水对上男人的视线。

沈赐弯唇笑着说:"你要是想看的话,随时可以。"

男人伸手碰了下她的唇,滚烫的呼吸浇了下来:"这是给我们小辞的特权。"

说罢,沈赐的身体往下压了压,叶书辞节节败退,男人的薄唇仿佛带着天然的电流,他一点一点往里探寻,舌尖搅动着,带动着节奏,让叶书辞没有丝毫退缩的余地,只全身心沉溺在这个吻中。

经过刚才一番热吻,女孩眼角眉梢风情更盛,漾着亮晶晶的水光,格外惹人喜爱。

"沈赐,我好像又有点饿了。"

"好,我去给你做。"男人无奈地起了身。

叶书辞打开电视机,随便找了个综艺节目,双腿交叠,等待着沈赐将泡面煮好。

厨房里不时传来锅碗瓢盆的动静,然而五分钟过去了,面条还没做好。

叶书辞没好意思催,也幸好综艺节目足够好看。

也不知道等了多久，沈赐终于将面条端了上来。

沈赐竟然做了份拌好的方便面，或者说此刻的丰盛程度，已经不应该再叫作泡面了。

这是一份西红柿牛腩拌面，上面浇着滚烫的卤汁，大块的牛肉，软烂的西红柿，汤汁浓郁，看着就色香味俱全。

叶书辞食欲大开，明明已经吃过一份面条了，此刻仍旧有很想吃干净的冲动。

她夹了一块牛腩放进嘴里，肉块充分吸收了番茄的味道，软嫩鲜香，她吃了一块还想吃，眉眼弯弯的，格外享受，

"沈赐，我觉得还挺神奇的，半夜十二点了，和你一起吃泡面。"叶书辞双眼亮晶晶地看向他，"不对，是高级泡面。"

依旧是简单的泡面，不过上面的食材变了样，瞬间变得健康又美味。

"小辞，我一直觉得，吃什么东西不重要，重要的是跟谁一起吃，比如现在，看你吃东西，我觉得特别幸福。"

男人的声线低磁，嗓音里含着清透的笑意，目光清亮如星子。

空气静默了一瞬，沈赐温柔的目光直直地撞进她眼底："我有没有告诉你，其实我爸爸出事之后，我都不怎么快乐，可自从跟你重逢后，曾经的沈赐似乎回来了。"

遇到了喜欢的女孩，那些希望又回来了。

像是春风回归大地，万物可期。

"沈赐，我会对你好的。"

男人将她搂入怀中，宠溺地笑着："应该是我对你好。"

叶书辞第一次睡路佳恩的房间，格外不习惯，翻来覆去的，怎么都睡不着。

她无奈地看了眼手机，已经凌晨一点半了，奇怪的动静还没传来，估计是平安了。

也不知道为什么，她觉得即使这会儿出现了声音，她也丝毫不会惧怕。

只是明天还得上班，这样失眠也不是办法，叶书辞深吸一口气，小心翼翼地穿了拖鞋起身，敲响了沈赐的房门。

不知道沈赐睡了没有。

她想跟他换个房间，应该回到自己熟悉的小床就好了。

"沈赐，"叶书辞压低声音，"你睡了没？"

没有回声。

"我有点睡不着，那个，我们能不能……"

——能不能换个房间。

门陡然开了,叶书辞还没反应过来,后半句话就被堵在了喉咙里,她只觉得眼前一黑,被人拉进了黑暗之中。

沈赐抓住了她的手腕,将她压在墙边,男人的气息猛然凑近,旖旎又暧昧,荷尔蒙迅速拉满。

昏暗的环境下,叶书辞看到男人高挺的鼻梁几乎要压到她的了,两人呼吸交缠着,她感觉到彼此剧烈起伏的心跳。

无限的暧昧在升腾,男人喉结滚动着。

此时,叶书辞脑海里一片空白。

"既然睡不着,那不如一起?"

第二十章
暗恋终有回声

叶书辞艰难地吞咽着口水,感官在无限放大,也克制不住紧张的情绪。

"那个,沈赐,我只是想说,我想回我的房间睡,你要不去对面?"

男人轻笑一声,埋头在她颈侧,热气不断地呼出:"小辞,这跟你说的并不矛盾,你认床,可我偏偏也喜欢这里。"

沈赐的嗓音慢悠悠的:"所以,我们一起睡。"

分明是歪理,可奇怪的是,叶书辞压根儿找不到任何反驳的话语,愣怔地看着他。男人的深眸像是漩涡,将她深深吸引着。

路佳恩的床不大,而且有点矮,不太舒服。

刚才跟着沈赐回家拿衣服时,她大概观察了一下沈赐的房间,他的床跟她的差不多大,枕头高,路佳恩的床他可能真睡不惯。

何况沈赐也是正人君子。

叶书辞小声说:"你别碰我,我们就在这个床上睡,反正我这房间被子有两床。"

沈赐哼笑了一声,给她让了位置。

整个过程二人都没开灯,仅凭着窗外的月光。

床很大,叶书辞刻意找了旁边的位置,两人躺上去之后,中间还留有不少余地。

房间内实在太安静了,呼吸声听得一清二楚。

叶书辞扯过被子盖过头顶,脸颊热乎乎的,只觉得全身都滚烫,她从十七岁开始喜欢的人,此刻就躺在她身旁。

"睡了没?"

叶书辞原本以为回了自己房间,能顺利入睡,哪想到因为沈赐在身旁,更加精神抖擞了。

她老实回答:"还没有。"

沈赐却没再说话。

叶书辞有点奇怪，小心翼翼掀开被子一角，想看看男人的动静，哪想到沈赐离她极近，男人深邃的眸子在夜色中显得格外亮，嗓音低沉好听。

"那不如做点有意义的事情。"

男人呼吸声越发沉重，灼热的气息浇在她脸上，生出无限旖旎。

叶书辞的心怦怦跳动着，以无法言喻的速度。

她实在想不出，深更半夜还能做什么事情。

"你真可爱。"沈赐摸了摸她的脸蛋，很温柔地说。

"啊？"

男人淡定地补充了句："害羞的模样真可爱。"

"我哪有害羞？"叶书辞下意识否认。

沈赐懒散地笑了声："刚才我还说自己是正人君子来着，可现在……

"我不想做君子了。"

叶书辞早上醒来，揉了揉脸，昨晚发生的事就像一场梦，她怎么会想到自己居然和沈赐同床共枕，还相安无事地睡了一夜。

叶书辞忍不住弯唇笑了笑，爱是克制。

昨晚没出现奇怪的敲门声，叶书辞放心了。

"沈赐，你怎么还不上班？"叶书辞洗完脸之后，看到在厨房里忙活的沈赐，疑惑地问道。

身为沈赐的女朋友，她对沈赐的作息非常熟悉，身为律所的负责人，沈赐一向以身作则，早上几乎第一个过去。

现在已经七点多了，时间不早了。

男人将粥盛出来，是最新鲜的菌菇熬成的瘦肉粥，鲜香扑鼻，色香味俱全。

还有一份蟹黄蒸包。

沈赐将衬衫袖口向上挽了挽，露出精壮白皙的小臂，嘴角勾起一抹笑："当然是为了给女朋友做饭。"

男人将两碗粥端出来，叶书辞也没闲着，连忙走到厨房帮忙将包子以及茶叶蛋拿了出来。

"不过这包子是我买的，原本打算自己做来着，但是这附近买不到新鲜的螃蟹。"沈赐将蒸包递给她，"尝尝看，我觉得应该符合你的口味。"

叶书辞浅笑着接过去，咬了一口，一口爆汁，黄色汁水流到了她的手指间。

289

男人无奈地抽了张纸巾,为她擦拭着:"小心点,没人跟你抢。"

叶书辞一边咬着汤包,脸上洋溢着笑容,挑挑眉,故作霸道地说:"这些粥和包子都是我的。"

男人抬手勾了勾她的鼻梁,缱绻温柔地"嗯"了一声。

"沈赐,这个粥挺难熬吧,我感觉难度还挺大的。"

男人深沉的视线静静掠过她的眉眼,扯了扯领带,笑着说:"只要小辞爱吃,做什么都不难。"

"对了,沈赐,昨晚我好像睡得还挺好的,一觉睡到天亮了,后来还有什么动静吗?"

"没有。"

相安无事的日子过了几天,不过叶书辞跟沈赐不住一个房间,她将路佳恩的房间彻底收拾出来,为他换了一套全新的四件套,那个房间就成了沈赐的单独卧室。

这天早上,她来到电视台,门卫大叔喊住了她:"叶小姐!"

叶书辞疑惑地转过身去,每天上下班,保安大叔早就认识她了,但两人仅仅是点头之交的关系,从没多交流过什么。

"大叔,有什么事情吗?"

保安欲言又止,过了几秒才说:"早上有个男人,鬼鬼祟祟的,说要找你,我说让他留下个联系方式,他却一溜烟就跑了,我觉得很不正常。"

叶书辞心头一凛,她就知道不会结束。

"那人多大年纪?"

保安想了想才说:"看着比你大很多,挺吓人的。"

原本叶书辞还怀疑是不是林南,被大叔这么一说,基本打消了这个念头,林南只比她大一点点,不会显老。

也因为这件事,叶书辞一整天都心神不宁,总觉得有什么大事要发生一样,慌张得不可救药,采访也丢三落四的,幸好组长不在。

中午,叶奶奶打来了电话,想喊她和沈赐回去吃饭。

挂断电话之后,叶书辞揉了揉眉心,想起早上保安大叔说的话,心里仍旧紧绷着一根弦。

下午工作不太多,她忙活完自己的事情,听到葛林真跟新来的实习生闲聊,新来的实习生性格开朗大方,说起自己高中时候暗恋的事情。

"我那时候可喜欢一个男生了,但是又不敢表白,暗戳戳写了几十封表白信,他全都收到了,在班级群问是谁写的,我死活不好意思承认。"

"哈哈哈,你为什么不承认呀,说不定就开启一段美好恋情了呢?"

"不过我感觉,这个年头写表白信的应该很少吧,我还挺喜欢这种老旧的浪漫。"

葛林真笑盈盈地看向叶书辞:"暗恋这种事我没书辞懂得多,她可厉害了呢!"

突然被点名的叶书辞愣愣地眨眨眼,无可奈何地一笑。

"书辞,话说,你写过表白信吗?"

这么一提,叶书辞想起了自己当年发送表白信的邮箱。

这么想着,她干脆下载了邮箱 App,又重新登录了那个账号。

依旧是那封熟悉的信——沈赐,暗恋一个人就好像走独木桥,我瑟瑟缩缩,怯懦又胆战心惊,将你奉为全世界,可我哭、我笑、我喜、我怒,你永远也不知道。毕业了,这场暗恋该结束了,愿你此后岁岁年年,平安无虞。让我再偷偷喜欢你最后一秒。

熟悉的文字,熟悉的心情,熟悉的记忆,还有沈赐的回信——叶书辞,是你吗?我喜欢你。

她闭了闭眼,压抑住翻涌而上的情绪,轻轻开口:"写过。"

不过这些已经是过去式了,伤心的事情不必再提。

下午四点,叶书辞交上稿子就可以下班了,她收拾着东西,正准备下楼,哪想到沈赐的消息突然发了过来,问她几点回去。

叶书辞:马上就可以下班了。

沈赐:你等我十几分钟,我马上过去接你。

叶书辞有点诧异,但也没多问,反正马上就见到他了。她将明天的采访提纲列出来,看着时间差不多了,这才往楼下赶。

沈赐为叶书辞打开车门,她笑着坐了进去,随口问道:"今天怎么来这么早?你不是每天都很忙吗?"

"小辞,我有件事想告诉你。"

沈赐口气严肃又正经,叶书辞的心一沉:"什么?"

"前些天半夜敲房门的是林南,就是你之前那个相亲对象,他精神出现了错乱,所以经常半夜跑过来吓人。我已经报警了,警察出面处理,另外,今早他还来你单位找你了。"

叶书辞呼吸微一滞,恍惚了几秒钟才说:"居然是他,真没想到这人这么丧心病狂啊,今天早上保安还跟我说来着,我慌了一天,没想到居然真的是他。不过他这样会得到惩罚吗?"

"应该不会，他是确诊的精神类疾病，不过家属会带回去好好看管。小辞……"沈赐握紧了她的手，认真道，"这个房子你就不要再住了，我担心你再出什么意外。"

"可是，房租我交了一年的，房东那边可能不太好说。"叶书辞挠挠头，"我觉得我可以的，你不用陪我住，反正我现在知道是林南使坏了，以后就不会害怕了，我可以照顾好自己。"

沈赐摇摇头，轻笑着摸了摸她的脸蛋："这件事弄得你最近紧张兮兮的，就没留下阴影吗？"

"要不这样，你跟我住。"

跟沈赐同居？叶书辞缓慢睁大了眼睛，这几天沈赐跟她住一起，她就非常赧然了，要真住他那边，她真的不知道会多么别扭。

"这样不太好吧……"

沈赐弯了弯唇，无奈地叹息道："小辞，你又想到哪儿去了？我那个房子你看到了，你想住哪里就住哪里，我不会强迫你做不喜欢的事情。"

因为爱的前提是尊重，反正小辞迟早会彻底成为他的女孩，就更不需要急一时半会儿了。

沈赐这番话让叶书辞彻底放心，她想了一下沈赐的房子，虽然只去过那一次，但是装修风格她很喜欢，简约大气，房间还多，住得肯定舒畅，而且距离电视台也不算远。

反正沈赐现在不放心她，跟她一起住在这里也是住，还不如搬到沈赐那里。

叶书辞眨眨眼睛，笑着开玩笑："那我如果想搬到你卧室，把你赶走呢？"

沈赐勾了勾唇，笑容温和宠溺："心甘情愿。"

"我的一切都是小辞的，小辞让我去哪里，我就去哪里。"

"对了沈赐，你怎么发现是林南的？"

男人挑了挑眉："我在你家门口安装了监控，连续看了几天就清楚了。"

"啊，你是什么时候安装的监控，我怎么完全不知道？"

叶书辞每天上下班进进出出的，竟然浑然不觉，她挠挠头，只觉得自己生活在一个魔幻的世界。

沈赐往她那边靠了靠，薄唇凑过去，亲了亲她的额头，嗓音温柔，带了点淡淡的鼻音："我悄悄安装的，不想让这些事情烦扰你。"

"再说了，如果那么容易被发现有监控，林南还怎么会堂而皇之来你家门口？"

叶书辞不好意思地笑了笑，撒娇一般地钩着男人的脖子，笑着说："我男朋友真好呀！真是辛苦你了。"

林南的事情解决之后，叶书辞心头的大石也就彻底落地了。

接下来要解决的事情就是搬家。

沈赐帮着她收拾行李。她在这里也没住多久，东西不多，只有两个行李箱，外加一些零零碎碎的东西。

沈赐一辆车直接帮她把全部家当搬走。到了他家，叶书辞打量着窗明几净的房屋，只觉心动不已。

"沈赐，你家真漂亮！"女孩笑容荡漾开来，眼睛亮晶晶的，像是湖水里落满了星星。

沈赐宠溺地看她一眼，淡声说："难道不是你家？"

"这些毛绒玩具、星星吊灯，是你的吗？"

沈赐一个大男人怎么会买这种明显女孩子才会喜欢的东西啊？

叶书辞一样一样地看过去，发现桌面上还放着一盏橘子样式的小夜灯，萌萌的，还散发着橘子的清香，格外仿真。

房间里这种具有少女气息的小物件有很多。

男人温声笑笑："都是提前买给你的。"

叶书辞张了张嘴，有些惊讶，她想不到沈赐居然会细心到准备这些。无边无际的感动蔓延着，她眼眶有些热："你为什么对我这么好？"

"小辞，这个问题我已经回答了很多遍了，"男人的喉结轻轻滚动着，声线低沉，带着点微微的磁性，缓慢地启唇，"因为你是值得我用一生去爱的女孩。"

被人珍视的感觉可真好，叶书辞眼睛更加湿润了。

她当然不会太过任性，没占领沈赐的房间，自己找了另外一间宽敞明亮的房间。沈赐帮她将行李打开，一样一样东西归置整齐。

叶书辞也将搬家的事情告诉了姜晓，还将新房间拍了张照片发给姜晓。

叶书辞：是不是很漂亮？

叶书辞：我超喜欢的，可比之前住的地方大多了，越看越喜欢。

姜晓：等等！

姜晓：话说你们俩不在一起睡吗？

叶书辞脸如火烧，低头敲字：当然不在一起睡，你知道我很保守的……

沈赐将手里的工作放下，笑吟吟地看向她，清越好听的嗓音响起来："怎么脸红了？

"在看什么？"

她的第一反应就是将手机收起来，可男人已经朝这边走过来了。为避免被他看到微信聊天页面，叶书辞迅速切换 App，故作镇定地扬起手机，给他示意："就随便看看。"

男人动作猛地一顿，眉头蹙起，表情瞬间凝固住了。

叶书辞的心怦怦跳动着——

该不会看到了吧？

她抿了抿唇，尴尬地笑了笑，将手机收回，正想着该如何扭转局面，视线不经意掠过手机页面。

啊！

刚才切换得太快，完全没注意到切换到了白天的邮箱页面。

此刻屏幕上展示着沈赐的回信，一字一句都被男人收进眼底。

沈赐的心像是被锤子使劲敲击着，钝痛感不断传来，就连呼吸都变得困难。

叶书辞也不知道说什么好，本来这件事情早就该告诉他的，只是她一直想要寻找更好的时机，哪想到这么猝不及防被他知道了。

沉默在二人之间蔓延着，也不知道过了多久，沈赐终于开口，喉咙里像是积蓄了尘埃，嗓音缓慢又艰涩："小辞，原来你那时候也喜欢我。"

叶书辞在心底回答道：是一直一直都喜欢，是最难以忘怀，也不想忘怀的存在。

"嗯，那时候我其实喜欢你。"叶书辞的嗓音有几分沙哑。

"当时毕业了，想着再不说就晚了，可我那时候又误会你喜欢别人，只敢写了一封匿名信。"她苦笑一声，"说到底还是我不够勇敢吧。"

莫名的，她想起那些灿烂盛大的夏天，他们次次错过，又重新相遇，在岁月里流泪，又在岁月里重新坚强。

幸好上天厚待她，这场不见天日的暗恋终于窥见天光。

叶书辞永远记得自己写下那封信时的情绪——哀恸与悲伤弥漫着整个胸腔。

准确来说，那封信是一封告别信。

告别自己的整个青春，告别自己用青春深深喜欢的少年。

他们曾经错开了一步，可那一步就是不可逾越的大山和城墙。

后来，她跌跌撞撞向前，克制自己不去想他，可爱情哪里能藏得住？迢迢岁月，终究有人成全了她的圆满。

沈赐目光深深地看着叶书辞，心中翻涌着越发强烈的难过，声音开始颤抖："对不起，小辞，我不知道这封匿名的信真是你写的，如果……"

叶书辞伸出双臂，抱紧了男人，眼中熠熠闪着光："哪有什么如果呀？那时候我们还是高中生,而且无论是你的家庭,还是我的家庭,我们都不适合恋爱。"

她故作轻松地笑着:"即使高中毕业后,我们表白了心意,可那段刚刚萌芽的感情未必走得长远,我始终相信,一切都是最好的安排。"

所以,她很少回望旧时月。

"那时候,很难熬吧?"男人摸了摸她的长发,心头泛滥着刻骨的痛。

沈赐垂下眸子,目光认真地看着她,似乎要将她揉进骨子里,一字一顿缓慢地说:"我发誓,我不会再让你难过了。

"或许我们相爱的时间有点晚,但请你相信我,我会让你成为这世上最幸福的姑娘。"

男人嗓音笃定又一本正经,牵绊着浓浓的温柔。

叶书辞更紧地抱住了他:"我相信你,沈赐,我如今得到的一切就是最好的。

"没有遗憾了,真的。"

心中凛冽的风声终将止息,被温柔替代。

其实叶书辞很少相信誓言,她觉得什么都会变,再好的誓言也像是一团沙尘,看似厚重,不可击退,实则风一吹,什么都留不下。

可只要沈赐开口,她就愿意相信。

二十七岁的沈赐终于毅然走向了二十七岁的叶书辞。

周六那天,沈赐带着叶书辞打卡了好几家她种草已久的网红店,网红店只是装饰布局漂亮,也没什么值得回忆的点。

两人也不知道接下来去哪里。

他们也没开车,手牵手走着。下午的阳光暖洋洋的,最是温柔舒适,天边云卷云舒,枯枝树影被星星点点的阳光拉得很长,筛落了一地的斑驳。

"王老师?"一个戴着眼镜的中年女人吸引了叶书辞的注意。

中年女人提着黑色的包,疑惑地转过头,却一眼就认出了她:"叶书辞?"

"你是沈赐?"女人又看向了沈赐。

王老师确实老了很多,脸上皱纹多了不少,皮肤也不再光滑,只是表情仍旧严肃,走路气宇轩昂,一眼就让人想到那年那个意气风发的老师。

想不到老师还记得他们,沈赐上前一步,弯了弯唇:"老师好。"

无论什么时候,无论怎样的光景与岁月,王老师仍旧是最值得尊重的老师。

师生一碰面,免不得一顿寒暄,原本叶书辞不想打扰王老师太久,可王老师竟然主动邀请他们到隔壁的咖啡厅坐一坐。

"说起来，老师还得谢谢你们两个。"

闻言，叶书辞抿了抿唇，眸色掠过一丝不解。

"当年我被人挂到网上批评，老师知道是你们俩在背后帮的忙，"王老师抿了口咖啡，笑着，"是叶书辞找的沈赐帮忙，对吗？"

如风一般的记忆闪过脑海，叶书辞想起那年的少年，眉眼缱绻，一字一句温情地说——"沈赐永远无条件相信叶书辞。"

他真的做到了，也守护在了她的身边。

沈赐与叶书辞默契地相视一笑。

"老师，您怎么知道的？"

王老师将咖啡杯放下，看向了窗外婆娑的树影，笑着说道："后来林雪原跟我道歉了，这件事也是她告诉我的。"

"我当时还奇怪，怎么突然间我就洗清冤屈了，老师真幸运有你们两个这么好的学生。"

叶书辞笑着说："老师，您虽然严厉，但我们知道你完全是为了我们好，是我们很幸运有您这么好的老师。"

"不过老师，您真的很大度，我原本就敬佩您，后来您原谅了林雪原，我对您的佩服更深一层了。其实她当初做得太绝了，我还以为您会报警呢。"

王老师无奈地笑了笑："我好歹从教那么多年，什么样的学生没见过？我知道她就是脾气差，一时走错了路，孩子长大了都会变好的。"

叶书辞点了点头。

"你们俩在一起了？"王老师挑了挑眉毛，总算露出一点与她气质不符的玩味，"我记得你们上我的课的时候，偶尔也开小差、说话。"

"啊？老师您都知道？"叶书辞低下头。

王老师无奈地说："你们去讲台上站一会儿就知道了，没有任何小动作能躲得过老师的眼睛。"

"不过说实话，老师很看好你们，所以也就睁一只眼闭一只眼。"王老师诚恳说道，"看到你们幸福，老师比谁都开心。"

阔别了王老师，叶书辞突然有了一个想法："沈赐，要不我们过几天回母校看看吧？"

男人勾了勾唇："正好过几天我有个演讲。"

她眨眨眼睛："什么演讲？"

"咱们母校组织的优秀校友的演讲，邀请我收到好几天了，我还没回复。"

"为什么还没答应啊？"

沈赐笑着勾勾她的鼻梁："你知道，我不太喜欢参加这种活动。"

叶书辞点点头。

也是，他一向低调惯了。

若让他讲如何拥有的今日的成功，如何成为全国赫赫有名的律师，他恐怕真的不知道怎么讲。

叶书辞轻轻笑了笑，弯弯的眼睛里全都是憧憬和期待："可是我想看你穿着西装在学生面前演讲的样子。"

沈赐的视线缓缓落在她身上，声音像是玉石坠地，有种干净的清朗："那就去，只要小辞喜欢。"

一眨眼，毕业十年了，叶书辞还从没有回过一次母校。

沈赐答应了校方，校长亲自致电感谢，沈赐客套了几句，视线却始终落在坐在沙发上吃薯片的叶书辞身上。他勾了勾唇，笑得揶揄。

叶书辞其实也有点心虚，若不是她，沈赐必然不会答应。

演讲的时间定在了下午，不止沈赐，还有十余位其他校友。

十年光阴纷沓更迭，校园翻新重建过，依旧是之前的设计风格，楼宇却宽阔亮堂许多，多了些科技感，那些老旧的回忆都湮没在了时光的深处。

校门口屹立着一块大石碑，优秀校友亲自题字的校训洋洋洒洒，遒劲有力。

下午三点多钟，阳光还尚且浓烈，投射在男人身上，像是给他镀上了一层金边。

沈赐穿着白衬衫，清贵冷然的气质尽显，手腕扣着一只银色腕表，越发衬托得他指骨修长冷白，夺目璀璨如明珠。

热烈的阳光吻过男人的侧脸，纤长的睫毛根根分明，鼻梁高挺，皮肤白皙，嘴唇总是微微抿起。

他气质干净得就像春风。

叶书辞弯唇笑着看向男人，想起了少年时代的沈赐。她好喜欢年少的他，现在想起也满是心动。

沈赐一向不怎么爱笑，可这个清越内敛的少年成了她最深的念想，成就那么多年的念念难忘。

如今，高高在上的男人甘愿为她跌落，他说自己臣服于叶书辞一辈子。

想至此，叶书辞蹦蹦跳跳地向前一步，正想说点什么，沈赐转过头牵住了她的手："手牵手才能走。"

"幼稚鬼。"叶书辞吐了吐舌头,笑着点评道。

沈赐性格低调,本不愿意让校领导亲自接待,哪想到二人刚来学校,领导团队便亲自迎接了。

"欢迎沈律师,您这么忙,还亲自赶过来为我们学生做演讲,真是太感谢您了。"

沈赐颔首算是打了招呼,淡声笑了笑:"本来我也是一中毕业的,来做演讲也理所应当。"

校长笑得热情:"谁不知道您沈大律师忙啊,能来我们学校,真是与有荣焉了。这位是?"

沈赐轻启薄唇笑了笑:"我未婚妻。"

叶书辞的眼神猛地扫过男人,意外地睁大了眼睛,原本以为沈赐会正常介绍,哪想到男人直接越级了。

沈赐性格向来清淡,不太喜欢过分热情的招待,客气地拒绝了校长他们的陪同之后,牵着叶书辞在校园里逛了逛,打算等时间差不多了直接去大礼堂。

"为什么说我是你的未婚妻?"叶书辞不满地嘟嘟嘴,"明明还没到那一步。"

男人宠溺地笑笑,他长相英俊,只淡淡一笑也有种别样的雅致。

"难道不是吗?"

沈赐扬了扬眉毛,碎发被吹落额前,面容在光影下明明暗暗。

男人身材颀长笔挺,穿着板正的西装,气质却透着淡淡的疏离感与冷淡。

也不知道为什么,谈恋爱的时间明明很久了,叶书辞还是很容易不好意思,似乎永远都是十几岁的小姑娘。

两人站在教学楼前时,铃声突然响起,那般清晰地传入耳畔。叶书辞有种错觉,隔着时间的长河,她仿佛回到了高中那会儿。

穿着蓝白相间校服的学生不断地向外拥来,像拥挤的沙丁鱼,都争着抢着往大礼堂的方向挤。

"时间差不多了,我们也过去吧。"

沈赐顺手揉揉她的长发:"走。"

两人步伐不快,不疾不徐,沈赐一手轻轻揽着她的腰,为了配合她,脚步放慢了些。

前面有两个学生,男生身材挺拔,个子很高,女孩身材娇小玲珑,笑容清纯可爱。

男孩声线里透着不解:"怎么大家都走得那么快啊?之前也举行过这种活动,也没见大家都抢着过去。"

女孩翻了个白眼:"这就是你不懂了,今天有我们学校最出名的校友沈赐沈律师过来！我只看过他高中的照片，超级帅呢，可比明星帅多了。"

"啊，我不信。"

女孩无所谓地笑笑，脱离了与男孩同样的步调，小跑起来："不信就算了，人家就是无敌帅，至少比你帅。我先去了，免得没有位置。"

男孩不悦地皱起眉，却还是追上了女孩，口气中带着点讨好："那个沈律师最帅还不行吗？别生气了。"

等男孩女孩进了大礼堂之后，叶书辞笑着看向了沈赐，半开玩笑地说："我们沈大律师，人气不减当年。"

男人磁性清越的嗓音一字一顿传入她的耳中，如此清晰——

"那又如何，我还不是小同桌一个人的？"

沈赐低声笑了，力度很轻地拍了下叶书辞的头："走吧，小辞，我们进去。"

校方为他们准备的是第一排位置，绝佳的好位置，礼堂也重建了，足够容纳高一到高三的全部学生。叶书辞刚一进去，只觉得人山人海。感觉到一束束视线打量着他们，她有点不好意思。

沈赐面容清淡，仿佛不被任何事情影响，清姿卓绝，清冷孤傲。

这场演讲会类似于叶书辞看过的每一场，没有新颖出挑的地方，第一个环节是领导冗长又无聊的讲话，漫长的铺垫过后，总算到了优秀校友的演讲。

如她所料，沈赐的演讲被安排在了最后一个。

男人上台时，全场爆发出最热烈的掌声，女孩子们个个兴奋得不行，小声议论着——

"沈学长好帅啊！"

"天啊，比律所官网上的照片帅多了，皮肤还白，而且还很英挺！"

"瞧见了没？第一排左边那个是沈律师的女朋友，也好漂亮啊。"

叶书辞哭笑不得，眉眼里掠过几分无奈。

沈赐站在台上，手持话筒，面容清冷沉静，岁月将曾经的少年打磨得更加沉稳。他不需要开口，只是站在那里，就让人移不开视线。

"大家好，我是苏城一中二〇一三届学生沈赐。"男人低磁好听的嗓音响了起来。

演讲稿倒是没什么特别的，叶书辞原本也熟悉沈赐的稿子，她全程只顾欣赏自己男朋友的俊颜。

男人眉骨偏高，面庞清俊，没有刻意与拘谨，站姿慵懒随意，却有种难以言喻的矜贵气质。

五分钟之后，演讲完毕，全场爆发出雷鸣般的掌声，女孩子们拿出手机不停拍照。

沈赐演讲完之后便下台了。

主持人上了台，洪亮又甜美的嗓音响起："接下来是自由问答时间，大家可以自由提问，我们会请出校友为我们回答。"

大多数问题都是提给沈赐的，有正经的问题，自然也有不正经的，现场气氛活跃，只要不是太过分的问题，校长也就没管大家。

"沈学长，想问问您的择偶标准是什么？"

站在台上西装革履的男人勾了勾唇，他细细打量着第一排女孩清丽干净的眉眼，轻笑着开了口："我女朋友就是我的择偶标准。"

全场氛围拉满，大家更加兴奋了，尖叫着，犹如排山倒海之势。

又有一个女生接过了话筒，笑着提问："沈学长，这么多年来，您觉得自己最大的成就是什么？"

沈赐深邃的视线投射过去，对上了叶书辞的，她的心跳莫名开始加速，错了错脸颊，深吸一口气，脑海中的回忆如雪花飞絮，她不由得想起了很多个瞬间。

经常接她上下班的沈赐。

为她上药的沈赐。

把方便面做出花样的沈赐。

默默守护在她身后、处理麻烦的沈赐。

愿意跌落神坛，为她洗手做羹汤的沈赐……

几秒的寂静之后，男人站在白昼烈日之下，勾了勾唇，用异常认真的语气宣告了他的喜欢：

"追到了自己一直喜欢的女孩，这就是我最大的成就。"

叶书辞捂住眼睛，热泪从眼角溢出。

演讲终于结束。

学生们去上晚自习，喧闹的校园逐渐恢复了往日的宁静。

沈赐牵着叶书辞的手往校门走去，也或许今晚有什么节目，小道上人潮拥挤，他紧紧地牵住她，像是生怕她走丢。

叶书辞眉眼弯弯地笑着，两人有一定的身高差，她的头刚好轻轻靠在他的肩膀上，唇边的笑容更加动人了。

男人臂膀宽厚，轻柔地护住她："小辞，小心一点。"

叶书辞抬眸看他，就像看向一轮明月，漆黑的眸子亮晶晶的，笑容自然大方，笑着反驳："这不是有你吗？"

因为有你,所以我什么都不怕。

不惧岁月的洪流,不惧眼角的细纹,亦无须忧惧年华老去。

云卷云舒,黄昏苍茫如暮。

叶书辞看向四周,甜甜地笑了,多幸运啊,一样的夕阳,一样的楼宇,一样活泼洋溢的青春。

身边站着的还是当年的人。

沸反盈天的小道上,叶书辞抬眸,掀了掀唇,像是喃喃自语:"沈赐,你会一直喜欢我吗?"

英俊的男人与她十指相扣,看向她的目光那样温柔:"除了你,我不会再爱别人。"

无论何时,他都会陪在她身边。

陪她看天,看云,看树,看日落西山,看漫天星斗。

慢慢变老,到暮雪白头。

十七岁的他们邂逅彼此,将缘分浪费,没能听到暗恋的回声。二十七岁的他们终得以拥抱,不负至终老——

这世上再也没有如此契合而浪漫的灵魂。

我爱你,因为你是你。

番外一
那些遗憾

叶奶奶的烤鸭店生意蒸蒸日上，这回真正做到了将宋记烤鸭店的生意发扬光大。

沈赐找了个团队注册了短视频账号，专门为奶奶做宣传，他甚至想着再将生意做大一些，联系大型工厂，将短保扩展为长保，扩大规模销售。

奶奶拒绝了。

"对了，还没告诉你们，我拿到了政府颁发的传承工匠奖牌。"

奶奶像个小孩子似的，从抽屉里拿出奖牌，仔细擦拭着，给他们显摆。

"小赐，其实从很多年前，奶奶第一次见你，就觉得你是个很好的孩子。那时候奶奶心里还想啊，如果这个孩子能当我孙女婿就好了，没想到，美梦成真了。"

叶书辞抿了抿唇，有些不好意思，撒娇一般地说："奶奶。"

"小赐，"奶奶继续说道，"不管是小辞还是奶奶，能遇到你，都是福分。"

"奶奶，可别那么说，能跟小辞在一起，是我的福气。"沈赐敛了敛眉，异常认真，"我会一辈子对小辞好的，绝对不会辜负您。"

男人一字一顿，嗓音一本正经。

认识沈赐多年，叶书辞自认为了解沈赐，也知道他是个内敛的男人，绝不会轻易许诺，可一旦许下承诺，便一定会实现。

从奶奶家里出去之后，沈赐笑了笑："在奶奶面前，原本我想请求奶奶把你嫁给我来着。"

叶书辞"扑哧"一声笑了出来。

这个无时无刻不在催婚的男人，果真是每分每秒都不错过啊。

"那你怎么没说？"

沈赐神色淡然："我不想让你迫于老人的压力答应，毕竟奶奶一直想让你早点结婚。"

之前她接奶奶催婚的电话，男人无意间听到过。

因此，就更不能在奶奶面前说什么了，他想让他的小辞心甘情愿地嫁给他，而不是因为旁人。

叶书辞听了很感动，她抬手揉揉男人的头，笑得眉眼弯弯的："那你这样做得很对。"

"不得奖励一下？"

"怎么奖励？"

沈赐慢条斯理地笑了笑，勾了勾她的鼻子："领证表示一下。"

"你还是打的这个主意啊。"叶书辞叹口气。

沈赐扬了扬眉梢，存了戏谑她的心思，捏了捏她挺翘的鼻尖："条条大路通罗马，所以小辞，你迟早要嫁给我。"

叶书辞去见唐笑了。

唐笑包了水饺，还简单做了几道小菜。

唐笑计算好了时间，叶书辞刚一进门，她也刚刚将水饺盛好，还调制了蘸料，里头放了蒜蓉、麻酱、小米辣，还有一点蚝油，是叶书辞常用的配方。

叶书辞吃水饺一般都配蘸料，唐笑不喜欢，叶书辞没想到她还是清清楚楚地记得她的喜好。

母女俩坐在餐桌前，家中无比安静，几乎落针可闻，挂钟"嘀嘀嗒嗒"地摆动着。

叶书辞张了张嘴，喉咙有些艰涩，喊了声："妈妈。"

"小辞，吃水饺，"唐笑也尴尬地笑了笑，"这是你最爱吃的馅。"

唐笑将叶书辞的碗往她那边推了推，水饺还冒着热气，不大不小的个头，她手工灵巧，馅料调得好，香味扑鼻而来。

想到之前的不愉快，叶书辞仍旧不太自在："谢谢妈妈。"

"小辞，妈妈给你道个歉。"也不知道过去多久，在叶书辞的水饺已经吃掉一半的时候，唐笑突然开口道歉，令叶书辞猝不及防。

"妈妈，怎么了？"

"上次你来家里，我说了你男朋友的坏话，我不信任那个孩子，是我的错。"

叶书辞愣了愣，还没太反应过来。

回神后，她很快说道："没事的，妈妈，可能是你不了解他。以后了解了，你会很喜欢他的。"

唐笑苦笑一声："我哪能不知道那孩子的人品，那孩子高中有多么优秀妈妈最清楚了。"

　　沈赐是典型的别人家的孩子,是所有同龄人高攀不起、比不得的存在。

　　叶书辞这次是真的诧异了:"那……"

　　唐笑闭了闭眼,有些难以开口,她骄傲了一辈子,却也得面对过去的那些不堪,人总要为自己的过去买单赎罪。

　　"小辞,妈妈知道你们是认真的,其实上次妈妈之所以阻拦,并不是因为沈赐不好,而是因为妈妈对不起你们……"

　　叶书辞放下筷子,认真听唐笑说完。

　　"到现在妈妈还记得,你高考出成绩的那天晚上,沈赐其实来找过你。"

　　叶书辞只觉得胸腔被人重重地敲击着,眼角一片迷蒙,似乎什么都看不到了。

　　唐笑垂下眼睛,似乎不敢看叶书辞,她很慢地将这番话说完,声音逐渐变弱:"他当时提着礼物,还拿着一封信。那是个多么自信的孩子呀,可那时候,我看到他紧张得不轻,在我们楼下走来走去,嘴里念叨着,似乎在预演什么。"

　　"我是过来人,一眼就看出来了,他喜欢你,"唐笑苦笑一声,"小辞,妈妈当时说了很多难听的话,将那个孩子拒绝掉了。

　　"现在想想,我说的话真的挺难听的,我说你不喜欢他,你喜欢的是别人。我还说,你跟他不是一个世界的人,未来也会分手,即使不分,我这个母亲也不会同意你们在一起的。"

　　唐笑始终记得那个十八岁少年眼中的坚定。

　　晚风猎猎,将少年的衣角吹起,像是海上鼓起的一片白帆。

　　少年穿着白衬衫,眉目纯净,声线笃定,却又有着少年人独有的羞赧。

　　——"阿姨,我是真心喜欢叶书辞,想好好跟她在一起。"

　　——"我想跟她念同一所大学。"

　　——"我这辈子都会好好对她。"

　　——"阿姨,让我见一眼叶书辞吧。"

　　唐笑双手抱臂,她也年轻过,知道冲动的爱意带来的后果,想到自己落榜还在家里哭泣的女儿,她觉得平凡的家庭更是容不得出一点错。

　　她狠狠心,走上前,嗓音不低,如同滔滔烈火,用大人的压迫、所谓的经验击垮了少年的爱意,让他的情感变得苦楚与难堪,将他燃起的星火扑灭在黑暗的矿山之下。

　　沈赐是何等懂事,唐笑相信,叶书辞复读的这一年,他不会打扰她了。

叶书辞打了车，跌跌撞撞地回到家中，脑中如同一团乱麻。

今天要不是唐笑主动提起，她压根儿不知道沈赐居然在高考结束就找过她。

她以为他们的交集仅仅只有那一封信。

叶书辞按开门锁密码，恰好看到男人站在玄关处换鞋，大概是看她太久不回来，准备去接她了。

叶书辞跟跄着跌进沈赐的怀中。

她紧紧地抱着他，像是双腿发软一般，急需找到一道力度来支撑。

沈赐看出她的不对劲，不由得双眸漆黑，微微皱着眉，声线带了几分关切："小辞，怎么了？"

"你怎么从没告诉过我，高考结束后，其实你去找我了？"

叶书辞将下巴搁在男人的肩头，整个人也压在了男人身上。

沈赐喉结上下翻滚着，没想到她会这么问。

男人喉间溢出几不可闻的叹息声，抬起手，将她凌乱的发丝捋到了耳后。

"你知道，我不喜欢纠结过去的事情，过去都已经过去，再多的遗憾也于事无补，不如将眼光放到未来，只有我一个人能给你幸福。"

灯光光芒浅淡，男人侧颜线条柔和下来。

叶书辞抬眸看着男人英俊的脸庞，轻轻摇着头。

沈赐愣了下，无奈地笑了，这才说了实话："小辞，其实我知道你和你妈妈关系不好。

"更不想因为我，再徒增你对母亲的厌恶。当年的事情我不怪阿姨，身为母亲，想保护自己的孩子无可厚非。"

叶书辞更紧地抱住了男人。

她是上辈子拯救了银河系才遇到了沈赐吧，就连这种关头，沈赐都在为别人考虑。

她思考了一路，为什么在一起以来，沈赐从来不提当年他尝试表白的事情，想了千万种可能，也只有一个猜测最准确。

是因为当年唐笑的故意阻拦，他们才生生错过这些年，叶书辞跟母亲的关系一直处于僵局，他不想让她们的关系更僵化了。

叶书辞只觉得丝丝缕缕的感动蔓延开来，眼角湿润了些，环抱住男人精壮的腰身，将视线定在男人线条分明的脸上，声音撒娇一般，瓮声瓮气的。

"沈赐，谢谢你，这世上除了你，再也没人对我这么好了。"

没有人会如此设身处地为她考虑。

再也没有一个人，能像沈赐一样，毫无顾忌、毫无考量地爱她。

沈赐低下头，在她光洁的额头落下一吻，像风一样轻，嗓音宛若诱哄一般："我爱叶书辞，爱她的全部。"

他也甘愿付出他的全部，守候女孩的爱意。

番外二
领证

决定了领证之后,两人很快选好了领证日期。

两人提前去拍了证件照。

找的是苏城最出名的一家照相馆。

拍照预约的时间是上午十点,可沈赐早上六点就醒来了,他在厨房忙活着早餐,刻意放轻了动静。兴许是窗外孩子吵闹的原因,叶书辞七点就揉揉眼睛醒了过来,洗漱之后,走到了客厅。

往常,沈赐差不多七点多才做好早餐,可现在热腾腾的早餐已经摆在桌子上了,丰盛健康又美味。

"早安,老婆。"沈赐掀唇笑了笑。

这是沈赐第一次这么称呼叶书辞。

她的脸不由得红了。

想到今天要完成一件大事,叶书辞的心跳速度更加快了,表情也多了些不自然,有些生硬地转移了话题:"你怎么起这么早?"

"今天心情格外好。"沈赐挑了挑眉梢,慢条斯理地笑着说,"你说,还能因为什么?"

叶书辞挠挠头,没再多说什么。

沈赐把粥盛好,端到她面前。

同居之后,她似乎越来越幸福了,几乎是饭来张口,衣来伸手。沈赐不仅仅事业成功,还将她照顾得无微不至。

男人坐到她旁边,伸出长臂抱住了她,把温热的呼吸落在她耳畔,留下一片暧昧的情致。

见她没推开自己,沈赐又继续往下吻。

她其实有点不太自在，干脆将身体往旁边挪了挪："大清早的，等会儿还要去拍照，万一留下痕迹了多不好看啊。"

沈赐到底忍不住，又亲了亲她，嗓音温柔又克制："小辞，我当然想到这些了，你没发现吗？动作比之前还要轻。"

吃过早饭，两人换好提前买好的同款白衬衫，叶书辞打理好长发，将头发高高扎起来，露出饱满的额头，充满了朝气，看着就像个大学生。

沈赐从身后抱住了她，低下头亲吻她的脖颈，带去一片酥酥麻麻的触感："宝贝真漂亮。"

叶书辞侧眸看向男人，沈赐一身板正的西装，是最惯常的装扮，可今天比起之前，显得更加俊朗挺拔，眉目微敛，更是温柔如风。

十年时光倏忽而过，可面前的男人怎么看怎么心动，她恍惚觉得，他依旧是当年那个让她无数次心动、想忘也忘不掉的少年。

两人走到照相馆，本来还预约了妆造，包含化妆和服装，可妆造师见到二人，笑了笑："先生，太太，你们完全没必要多花钱做造型的，普通拍个照，甚至都不需要修图。"

妆造师在这一行干了多年，像他们这个颜值水平的夫妻很少见，故而真心提出建议。

叶书辞的肤色很白，只是简单地化了淡妆，她笑了笑："真的不需要吗？会不会再弄一下比较好？"

"真的不需要，"妆造师笑容热情，"我每天给那么多人化妆，像你们这种优秀的底子真的不常见。"

叶书辞对此半信半疑，最后到底按照妆造师的想法，简单地拍了照片。

拿到照片的那一刻，她也愣怔了——

二人看着就和谐幸福，整张照片可以称之为完美，男人身形高大，眉目端方，矜贵又英俊，而她笑容恬静，落落大方。

原本照片只给了一份，也就是六张，哪想到沈赐拿到之后，直接告诉接待员："麻烦再给我们洗两份。"

叶书辞丈二和尚摸不着头脑，低声问他："沈赐，要那么多照片做什么呀？"

男人摸了摸她的头，薄唇缓缓吐出两个字："珍藏。"

叶书辞白了他一眼。

好一个珍藏。

幼稚鬼。

拿到照片之后，沈赐恨不得立刻就去民政局领证，不过叶书辞还是要求按照约定好的日期过去。

以前她一直觉得沈赐是个慢性子，可只有领证这件事，她深深体会到了男人的急性子。

领证这天，天气晴好，云卷云舒，天气虽然冷，却挡不住耀眼刺目的阳光。

沈赐开着车，带着叶书辞来到民政局。

本以为这个时节人不会太多，可叶书辞惊讶地发现，他们前面竟然排了十对情侣，还以为来得够早了，没想到还是需要排队。

沈赐预约之后，两人坐在长椅上，等着滚动的屏幕叫他们的名字。

"啊，还要等蛮久的。"

闻言，沈赐笑了笑，看向她的目光含了几分揶揄，沉慢的嗓音响起："不久。"
叶书辞能明白他为什么这么说——

沈赐从一开始就想跟她结婚，过去这么久她才同意，他有耐心得很，又怎么会在乎在这里等待的区区几十分钟呢？

他们又等了大概十几分钟，工作人员叫他们审核证件、填表。

他们将填写的表格交了上去，两个人字体都很工整，尤其是沈赐，字迹遒劲有力，像是书法家的手笔，工作人员也是眼前一亮。

填完之后，二人来到登记处。工作人员将照片贴好，又盖章。叶书辞看着那台神奇的机器为两个人的结婚证打上钢印，咬住嘴唇，突然心中涌起无穷无尽的感动。

沈赐深深看着她，将她的手握紧。

"先生，太太，你们好，后面还有宣誓环节，如果方便的话可以过来一下。"

两人互相看了对方一眼，不约而同道："可以的。"

他们被带到了一个空旷的房间，干净整洁，透着股庄严，身后是一面庄重的五星红旗，面前有一张宣誓台，台上摆放着几份文件。

工作人员将宣誓词交给他们，面带微笑道："请你们对着五星红旗宣誓吧。"

沈赐看向叶书辞的目光温柔。

两道声线同时响起，一道清冽深沉，另一道柔和似水：

"我们自愿结为夫妻，从今天开始，我们将共同肩负起婚姻赋予我们的责任和义务，上孝父母，下教子女，衷心相爱，相濡以沫，钟爱一生。"

他们的声音都很好听，工作人员也被这浓浓的情意吸引了，多看了他们几眼，看向他们的眼神充满祝福。

"宣誓人,叶书辞。"

"宣誓人,沈赐。"

念完自己的名字之后,领证的步骤才算是真正走完。

"祝你们恩恩爱爱,白头到老。"工作人员将结婚证交给他们,"新婚快乐。"

"谢谢。"沈赐眉目谦和地笑了笑,挽上叶书辞的手臂。

走出民政局,晴空万里,云朵像是镶嵌了金边,闪烁着星星点点的微光。

二人一人拿着一个红本本,叶书辞抿着嘴唇笑了,金灿灿的阳光洒在女孩漂亮的眉眼上,柔和又温暖。

沈赐宠溺地看她一眼:"这会儿又开心了?怎么之前领证不积极呢?"

叶书辞昂起头,将红本本放到包里,眨眨眼睛,说:"这不是突然想开了吗?"

她抱着手臂又看向沈赐:"那你呢,你不是也挺开心吗?"

男人面冠如玉,看向她的眼神柔和又深情,顺势将她搂入怀中,唇边的笑意挡都挡不住:"当然开心了。

"我娶到了我最爱的女孩。"

叶书辞抬眸看向他,眉眼生动柔和,嘴角的笑容比梦还甜:"那么,沈先生,请多多指教啦。"

番外三
怀孕

Antian Huisheng

叶书辞和沈赐本打算结婚三年后再备孕，哪想到在领证的第二年，小天使就悄悄到来了。

某段时间，叶书辞突然觉得头晕、乏力、食欲不振，甚至一向精神很好的她开始嗜睡。

她原本也没当回事，只是有一次无意间跟姜晓吐槽的时候，姜晓蓦地睁大了眼睛，探了探她的额头："宝贝，你不会是怀孕了吧？"

叶书辞张大了嘴，缓了好一会儿才说："应该不会吧？"

她跟沈赐都很谨慎，一直都有做保护措施。

不过……这个月的生理期好像还没来。

最近工作忙，她没怎么当回事。

叶书辞打开记录生理期的 App，发现居然推迟将近十天了。

叶书辞紧张得不行，一瞬间思绪纷飞，思考了很多种可能。

姜晓离开之后，她捂着胸口下单了验孕棒，大概十分钟后骑手给她送到。

结婚也挺久了，很多比叶书辞晚结婚的同事也都生了宝宝，可叶书辞一心沉浸在二人世界里，从未思考过如果上天赐给她一个宝宝，生活又该发生怎样的变化。

这会儿，她不得不思考。

冥冥之中，叶书辞觉得自己一定是怀孕了。

果不其然，看着验孕棒上显示的两条杠，她陷入深深的沉思。

叶书辞在沙发上坐了一会儿，半响后起身，开车去了沈周律所。

这一年，沈周律师事务所的业绩蒸蒸日上，公司换了地址，租了一栋更新更大的楼，又拓宽了业务。

叶书辞经常来沈周律所，因此这一路也是轻车熟路，前台招待换了人，大家都过分熟悉，不需要过于热情的招待。

所有人都知道，高岭之花沈律师是当之无愧的宠妻狂魔。

叶书辞敲了敲门。

或许是有心事的缘故，她嘴唇颤了颤，还思考着一会儿该如何开口，哪想到一道清隽好听的声音已经传来："小辞，进来。"

叶书辞恍恍惚惚看了看周围，没有监控吧？沈赐怎么听敲门声就知道是她？

她打开门，大脑还处于懵懂状态，哪想到身材颀长的男人已经出现在她面前，勾唇笑着将门一带，顺便锁住了。

"小辞。"

沈赐将叶书辞带到沙发上，缓缓低头凑近她耳畔，薄削的唇在她耳垂上蹭了蹭，缓慢又磨人地亲吻着。男人的嗓音低沉喑哑，仿佛带着天然的蛊惑魔力，叶书辞不知不觉就上了套。

空气滚烫，叶书辞的心"咚咚"直跳，越发紧张。

"你关门做什么？"好半晌，叶书辞才想起来问他这个问题。

男人脸上酝酿着丝丝缕缕的笑意，勾了勾她的下巴："不想让人看到我太太害羞的模样。"

"你怎么知道我会害羞？"

沈赐视线下垂，盯着叶书辞白嫩的脸蛋，笑着说："小辞，你哪次来找我，我们没接吻？"

叶书辞无语。

沈赐眸色渐深，瞳孔在阳光的照射下越发深沉。叶书辞趁他不注意赶紧起身，坐到他办公椅上，脊背笔直，要多正经有多正经。

沈赐的桌面格外整洁，摆着文件夹、电脑，还有几本专业书籍，有一瞬间，叶书辞想到了很久远的过去，那时候，他们是同桌，他桌面整洁漂亮，少年写字的姿势也好看，就连手腕都修长骨感，筋络分明。

那么多年过去，岁月终究将他雕琢成更成熟英俊的男人。

桌面上的东西几乎都是冷色调，一丝不苟，显示着坐在这里的男人庄重严肃。

然而，桌上却又摆着一个与环境极其不适配的相框，里面放着他们的结婚照。

蓝天白云之下，阳光普照大地，年轻男女笑容灿烂，他们穿着婚纱与西装，幸福美好。

记得前段时间，她还听张小川说，沈赐是他见过的唯一一个在办公桌摆自己结婚照的男人。

想到这里,叶书辞抿了抿唇,不自觉轻笑起来。

"沈赐,我有话对你说。"

男人双腿交叠,笑了声,眼尾微微上挑:"怎么了?"

叶书辞做足了心理建设:"我好像怀孕了。"

沈赐立刻起身,将人抱在怀里:"怀孕了?"

"我今天刚测了,两道杠,大概率是怀孕了。"

主要是从未想过小生命会降临得如此之快,叶书辞还没有做好心理准备,她小心翼翼地观察沈赐的神色,惊讶地发现,男人的脸上出现了抑制不住的欢喜,跟她的忐忑、紧张截然不同。

"你很想生宝宝?"

沈赐摸了摸她的头,嗓音温柔到了极致,也低哑到了极致:"嗯,一直都想要,但是我们小辞一直更喜欢过二人世界,所以我就没提过。"

干脆等着她,等他的宝贝小辞再长大一点,等到心甘情愿当妈妈的一天。

沈赐伸出宽厚的手掌,慢条斯理地摸着叶书辞的小腹,低眉笑了一会儿。

她看着男人的动作,心头也漾满暖意。

沈赐的嗓音低沉好听:"宝宝,你要和我一起爱妈妈。"

晚风轻拂。

男人在她肚子上落下一吻。

番外四
宝宝

沈远洲小朋友的名字,是在出生前取好的。

出自《楚辞》的"搴汀洲兮杜若,将以遗兮远者"。

小名,洲洲。

叶书辞更喜欢香香软软的小女孩。怀孕之后,她迷信了许多,看着网上各种生女儿的症状,还以为自己怀的是个小女孩,哪想到是个男孩。

洲洲小朋友从出生开始就颜值爆表,护士姐姐们纷纷表示没见过颜值这么高的宝贝。

小家伙眉清目秀,眨着一双黑葡萄似的眼珠子,好奇地打量这个世界。

过了一段时间,洲洲长大了些,皮肤越发白嫩,每次出去,都有人想抱抱他。

"好萌呀,香香软软的小婴儿,真的好可爱。"

"哇,父母颜值都很高,怪不得生出来这么可爱的小宝贝。"

每次听到这些话,叶书辞都是浅浅地笑着。

还好洲洲很听话,再加上长相过分精致,也算是弥补了她没生女孩的遗憾。

沈赐倒是对宝宝的性别无所谓,用他的话来说,只要是他的宝宝,不管男孩女孩,他都一样喜欢。

一听到这话,叶书辞尽管是当妈的人了,还是会嘟着嘴巴,像个小女孩一样撒娇:"沈赐,难道我就不喜欢我的宝宝吗?"

沈赐勾勾她的鼻子:"喜欢。"

男人温柔笑着补充一句:"我更爱宝宝的妈妈。"

听到这里,叶书辞勉强算是满意。

沈远洲小朋友智商格外高,遇事镇定,很小的时候,叶书辞就发现自家儿子天赋异禀，他喜欢玩乐高，一个人能玩一下午，专注力很强，还喜欢思考问题，经常问一些奇奇怪怪的问题。

当然，这些问题叶书辞时常解答不出来，还需要从网上搜索。

沈赐便会低低笑着说出答案。他抱着洲洲，一笑起来，眼角生了点皱纹，却衬得男人更加深沉温柔了。

所以洲洲更喜欢跟爸爸讲话，觉得爸爸的脑袋就像个百科全书。

"爸爸，为什么妈妈回答不了洲洲的问题呀？"

沈赐蹲下身，与宝宝平视，眉眼沉静温柔："爸爸和妈妈擅长的领域不同，而宝宝喜欢问的，恰好是爸爸知道的。"

洲洲小朋友长长地"哦"了一声。

家里请了阿姨带宝宝，还请了外教，从小就培养洲洲小朋友的外文水平。

他学得格外快，还不亦乐乎，老师们都说，这个孩子是个很好的苗子，一定要好好培养。

叶书辞却觉得，只要洲洲能快快乐乐、平平安安地长大，她别无所求了。

沈赐偶尔会出差。

虽然家里有阿姨，可叶书辞仍旧坚持亲力亲为，工作之余，她几乎将所有的时间都给了洲洲。她累得不轻，跟沈赐抱怨。

也是这个时候，她才知道沈赐分担了多少育儿的压力，养个宝宝真不是一件容易的事情。

就比如洲洲刚出生的时候，睡觉不安稳，总是睡一会儿就醒了，可叶书辞从未被洲洲吵醒过。偶尔她半夜醒来，发现沈赐动作轻柔地抱着孩子，唱着摇篮曲将宝宝哄睡。洲洲笑容恬静，似乎沉醉在了美梦之中。

沈赐将洲洲放在摇篮里，米黄色的灯光将男人的脸映照得更加柔和："宝宝，晚安，不要吵到妈妈。"

这次沈赐出差最久，不过他每天都会报备行程，晚上回了酒店之后就会给叶书辞打视频电话。

一到这个时候，叶书辞就会招呼玩乐高的洲洲过来。

"宝宝过来，爸爸打电话来啦。"

洲洲玩得太过痴迷，没听到，叶书辞无奈地笑了笑，正想再喊一声，哪想到沈赐轻笑道："小辞，我想看看你。"

两个人结婚许久，却仍然保持着激情，感情好到极致。

沈赐拥有一张上天眷顾的好长相，皮相骨相俱佳，眉眼之间深情不减，全是满满的温柔与爱。

"想我了吗？"

不说还好，一说到这个问题，叶书辞就觉得委屈到极致，喋喋不休起来："呜呜呜，我以为我们洲洲已经是最听话的了，可是也要拉着我玩，问东问西，好累哦。小孩子精力真是好，我每次都好困还要陪宝宝。"

"沈赐你什么时候才能回来呀？宝宝需要你，"叶书辞有点害羞，小声补充了一句，"我和宝宝都很想你。"

沈赐眸色深深地看着她，目光不偏不倚。

在一起好多年，在他心里，她依旧是当年的小姑娘，值得他追寻好多年的女孩。

"小辞，我也格外想你。"

男人低低的声音一字一顿响起，低沉声线蕴藏着万千温柔，天上的星星仿佛落在了他的眸中。

闪耀无双的是星星，抚平人心的是爱人温沉的嗓音。云朵与星辰无法触摸，可沈赐是她可以踏踏实实爱着的人。

在沈赐面前，她可以肆无忌惮做个小孩子，哪怕天塌下来，也有他顶着。

洲洲在幼儿园最受老师喜欢，也是小朋友羡慕敬佩的对象，他做什么都能做到最好。

叶书辞如果下班早，会走着过来接洲洲放学。小朋友可开心了，一路上牵着叶书辞的手，讲很多在学校的趣事，宝宝话不少，眉目生动，像是跳跃着光。

"妈妈，今天老师问我们最爱谁。"

老掉牙的问题了，叶书辞笑了笑，但还是摸了摸宝宝的脑袋，宠溺道："那你是怎么说的呢？"

洲洲眨眨眼睛，一板一眼地回答："我当然回答最爱妈妈了。"

意料之内的答案，叶书辞温柔笑着："你怎么不回答最爱爸爸妈妈呢？"

"老师也是这么问的，我就说，因为爸爸最爱妈妈，所以我也最爱妈妈。"

洲洲笑着，小嘴角牵起一个可爱的弧度："老师表扬我了呢，说我长在一个有爱的家庭。"

宝宝的手软软的，像是可爱的棉花糖，叶书辞牵着宝宝的手，觉得自己的心被填塞得满满当当的，全然是温馨。

"妈妈，爸爸出差不在家，我要替爸爸照顾妈妈。"

叶书辞"嗯"了一声,揉了揉宝宝的脸颊:"嗯,我们小洲洲是男子汉。"

草木葳蕤,长势正茂,夕阳西下,为万物镀上一层温柔的光,整个世界美丽得像是加了滤镜。

原本她以为宝宝来得太过突然,却没想到,会让她的人生更加圆满。

回家的路并不远,叶书辞牵着小朋友慢条斯理地走着,突然,洲洲惊喜地叫了一声:"爸爸!"

叶书辞猛地抬眸,仿佛所有的感官都被弱化了。站在面前的正是沈赐,他原本还有一周才能回来,怎么提前回来了?

巨大的惊喜令人眩晕。

整条街道仿佛都静谧下来,街上人流不在,浩旷的世界赫然只剩下了他们。

影影绰绰的光线下,沈赐穿着剪裁合体的黑色西装,平整的深色系一丝不苟,气质矜贵又清冷,深邃英俊的眉眼里全然是她。男人淡淡笑着,温柔开口:"小辞,想你们就想办法提前回来了。"

曾经意气风发的少年,后来成为事业有成的男人,如今是她可以倚靠的丈夫,孩子的爸爸。

是陪伴她一生的男人。

她突然想起喜欢他的日日夜夜。

她曾经贪心地追逐着一轮明月,像是夸父追日,日夜漫步,不眠不休,永无止息。

后来呢?

后来,她的心终于被月亮照亮。

我见明月是你,处处皆是你。

暗恋回声
(短篇 BE)

城市被抛弃在夜色里，深夜沉寂，雪落无声，在路灯下飞成蚊虫的模样，虚虚打着转儿。

叶书辞加班到晚上十点，赶上了最后一班地铁。

同事叹着气说："小辞，你想回学生时代吗？"

叶书辞轻轻说："不想。"

也不知是不是这个问题的缘故，睡觉时，叶书辞频频想起学生时代，闭上眼睛便觉得那人的温度停在了她身侧，带着干燥又好闻的洗衣粉味，声嘶力竭的蝉鸣声惊扰了夏天，那是属于他们共同的青春。

一向好眠的她久久都没睡着，打开网页，恰好翻到了一个热门话题：暗恋一个人是什么感受？

叶书辞舒了口气，打下几行字：大概就是想让他知道，又害怕他知道。你对他说的每句话，耗尽了全部的力气，每个字都要细细斟酌，每句话都要深深考量。

你在心里默默为他搭了一座桥，日思夜想盼着他从桥上走过，后来他终于从桥上走过，却不曾为你停留一秒。

二〇一一年，叶书辞念高一，念的是苏城最好的学校。

苏城一年四季潮湿多雨，空气中总干缠绵着裹挟凉意的水汽，透过教室的窗户，可以看到伸展着的郁郁葱葱的梧桐树枝丫，在阳光下疏影淡淡。

叶书辞是这年认识沈赐的。

沈赐在一中特别出名，校草级别的人物，白衬衫穿在他身上有模有样，眉眼轮廓干净，就像年轻时候的吴彦祖。

可叶书辞满心想的都是怎么超过沈赐，沈赐成绩全班第一，而叶书辞全班第二，同学都笑她万年老二。

后来高二分科，她想终于有机会离开沈赐了吧，然而两人又分在一个班，沈赐依旧全班第一，而叶书辞……沦落到了全班第三。

叶书辞拼了全身的劲，下课猛刷题，才勉强进到第二名，可就是超过不了沈赐。大概，人的天分是有上限的。

坦白说，叶书辞并不怎么喜欢沈赐。

因为英语老师老是叫错两人的名字："叶书赐，你来回答。"

"哈哈哈。"全班同学哄堂大笑。

"沈辞呢？"

"老师，是沈赐！"

叶书辞神情恹恹，瘫倒在桌子上，下课了都还没恢复气力。这都多少次了，老师还分不清楚，她跟同桌吐槽："名字有那么像吗？好烦，每次都叫错。"

同桌抿着嘴，突然神色一凝。

叶书辞还没反应过来，就听到身后一道好听的男声响起："不像吗？我觉得挺像的。"语气不疾不徐，不急不躁。

是穿着校服、眉眼干净落拓的沈赐。

少年扬了扬眉梢，眼神里蕴着一点淡淡的笑意。

两人目光相接，叶书辞就像被抓包一样，脸色红一阵白一阵，羞愧得想要钻到地洞里。

有什么比背后说人坏话更让人尴尬的？

同桌后来说："沈赐脾气还挺好，都没生气，还跟你开玩笑。"

是啊，叶书辞也没想到，可她宁愿他跟她生气，这样更没风度的就是他了。

从那之后，叶书辞再也不敢背后说人了，只会在老师提问沈赐的时候，大胆地看过去。

咦，沈赐好像真的挺好看。

咦，沈赐声音也挺好听的。

后来，老师让沈赐办黑板报，她又注意到沈赐的手也好看，指节如竹，白皙修长。

他似乎哪哪都好，哪哪都讨人喜欢。

但是叶书辞真正喜欢上沈赐，却是因为另外一件小事。

那天晚自习之前，叶书辞文科班的闺密方悠然买了好吃的来找叶书辞分享。

教室里有男生开着玩笑："叶书辞，你闺密身材真好，啧啧。"

方悠然性格内向，遇到这种事情不知道怎么回击。叶书辞转着脑筋，正想着如何骂回去，沈赐恰好经过，淡淡发问："卢新，你一顿饭三个汉堡都没吃饱吗？"

沈赐在班里向来有威信，卢新也不敢得罪他："……吃饱了。"

沈赐冷嗤一声："既然吃饱了，就给自己找点事做，别在别人身上找存在感。"

然后，少年冷冷瞥了卢新一眼，便迈步走开了。

叶书辞的脸突然红了，这一刻，沈赐就像从天而降的英雄。十七岁的少女，对于英雄救美的故事，看过千遍也心动。

晚霞绮艳，她满心都是欢喜，将头探出窗外，天边淡淡的胭脂红为她的脸颊上了一层妆。直到闺密提醒，她才知道自己脸红了。

她自此沦陷，多年无法自拔。

从这天起，两人的交集渐渐多了些。

老师非常看重叶书辞，知道她很聪明，潜力无限，便让她遇到不懂的题目就请教沈赐。

沈赐也非常有耐心，抽丝剥茧地分析，丝毫不含糊。

叶书辞成绩毕竟不差，难题也渐渐解决了，可叶书辞还是想找他，便圈了一些题目去问，沈赐笑道："叶书辞，你确定要问我这个吗？"

叶书辞傻眼了，她太晕了，竟然圈了个套公式就能解决的题目。

从那之后，她消停了很长时间。

她笨拙地藏起自己的小心思，怕自己的喜欢露出马脚。

她觉得自卑，以前还骄傲自己皮肤白，没有瑕疵，现在又觉得眉毛不够精致，后来去美容店修出漂亮的眉毛后，又觉得鼻子不够翘。

方悠然都无语了："你这么完美的鼻子还不满意？非要像座小山似的戳死人？"

叶书辞想，她长得是还可以，可沈赐更好看啊，人家在学校赫赫有名，成绩还一骑绝尘。

她忍耐着心意，每次跟他讲一句很随意的话，都要经过千回百转地思考，总怕哪句话说得不对。

沈赐对她笑一声，她心底便会掀起一场飓风。

沈赐对她皱一下眉，她便会紧张得不知如何是好。

可沈赐若不跟她说话，她又会抓耳挠腮，绞尽脑汁，拼凑出一个没营养的话题，却又担心沈赐觉得她是个没内涵的姑娘。

她想塑造温柔可爱的样子，又害怕沈赐喜欢活泼明艳的，想装明艳大胆，又害怕沈赐心动小家碧玉。

十七岁的叶书辞，遇到最难的问题便是如何喜欢一个人，何况这喜欢还是无人知晓的暗恋。

一转眼就到了高三，叶书辞和沈赐算得上彼此熟悉，见了面会寒暄几句。沈赐为人亲和，性格也好，其实叶书辞有很多机会跟他亲近，可她不敢再靠近了。

一中向来的传统是在元旦之前举办一场舞台剧大赛。班主任修改了无数次的剧本《罗密欧与朱丽叶》，终于敲定下来。

这天，他找来了叶书辞："我觉得你的形象挺符合朱丽叶的，要不要试试看？"

那时候的叶书辞，满心沉浸在学习与暗恋之中，哪有心思表演话剧，便拒绝了。

过了几天，话剧人选敲定下来了，沈赐扮演罗密欧，林蔚扮演朱丽叶。

林蔚长得很漂亮，人缘也好，尤其是男生很喜欢跟她交朋友。

叶书辞的世界几乎天塌地陷，赶紧找班主任尝试补救。

班主任说："林蔚主动请缨要的这个角色，她很积极，而且我看了，演得挺不错，老师也很为难……"

叶书辞咬了咬唇，这一刻，她莫名有种预感，她可能会弄丢全世界。

元旦节前的那个下午，舞台剧比赛准时开始，沈赐和林蔚的演出获得满堂喝彩。

叶书辞的心刺痛极了，看也不是，不看也不是，手脚都不知道往哪里放。尤其是演到后来，罗密欧在葬礼之上看到了死亡的朱丽叶，含恨哭泣，让天地都为之震动，就好像林蔚真的是沈赐爱极了的女孩似的。

叶书辞心里酸酸胀胀的，起初也只是一点点怪异情绪作祟，后来像是往她心口丢了颗泡腾片，缓慢地发酵开来，整个人都染上苦楚与酸涩。

身旁的女同学感慨着："两个人真的很配，你觉得呢？"

叶书辞咬着嘴唇不肯说话，似乎只要她不承认，那么最坏的结果就永远不会发生。

她清楚，她是在自欺欺人，她不过是人家世界里的路人甲罢了。

最终，《罗密欧与朱丽叶》得了第一名。

林蔚和沈赐站在舞台的中心，两人离得很近，校领导为他们颁奖。二人一人伸出一只手，将奖杯高高举起来，下面快门声不断，少男少女笑容张扬明媚，眼角眉梢都闪着光。

叶书辞快要落下泪来。

寒假里，叶书辞出去买书，碰到过他们一次。

两人站在教辅书书架前，沈赐低声帮林蔚推荐图书，少年皱着眉头，一本一本帮她挑选，耐心极了。

林蔚笑着说："你真好，要是没有你，我都不知道怎么提升成绩。"

沈赐客气一笑："没什么的，咱们是朋友。"

林蔚的笑容更加羞赧了，赧然得刺目。

叶书辞本想过去打声招呼，脚步却怎么都迈不开，最终落荒而逃。她在路上买了九朵玫瑰花，回家之后全部揪光了。

人家都说了是朋友，怎么有些人还笑得这么自恋，烦死人了。

叶书辞很讨厌林蔚，身为女生，她当然能看出林蔚的小心思，她讨厌林蔚将那些小心思用到沈赐身上，更害怕沈赐真的因此沦陷。

可有些事情并不是她防得了的。

高三下学期，班里便有传闻说林蔚开始追求沈赐了，传得有模有样，但就是抓不到一点实质性证据，也有人问过林蔚到底怎么回事。

林蔚不置可否："现在学习最重要，咱们得奋战高考，讨论这些闲事有什么意义。"

他们身在高考大省，千军万马过独木桥，一分一秒都不能松懈。

叶书辞的父母在这年闹离婚，但是碍于叶书辞高考，便忍着没分开住，还在她面前强装出恩爱的样子。

她知道父母为了她放弃了很多，也能体会父母的难处，她只会在夜深人静的时候听《孤单心事》，默默流着眼泪。

爱你是孤单的心事，不懂你微笑的意思。

一直爱着你，用我自己的方式。

她想再熬几个月，一定要鼓起勇气说出自己的心意。

两个人在高三这年，除了正常的问题讲题，并不是没有别的交集。高考之前，学校为了鼓舞人心，开了一场优秀毕业生宣讲大会，那天叶书辞因为上厕所，晚去了一步，恰好只有沈赐旁边还有位置。

她忐忑地坐了过去。

学长学姐在台上讲得眉飞色舞，意气风发，叶书辞却一点都听不进去，不时借着整理头发偷看沈赐几眼，心跳如擂鼓。

她不停地做小动作，又害怕沈赐觉得她性格不稳当。

喜欢一个人真的好难，击垮了她原本的自信心，似乎怎么做都不对。

沈赐坐姿端正，清俊如玉，脸上挂着淡淡的笑容，仿佛任何时候都不受旁人影响。

他无论什么时候都同样好看。

好看到她不敢光明正大地看他。

叶书辞索性收回视线,脸颊上泛着淡淡的红晕。

中间休息的时候,沈赐问:"你想考哪个学校啊?"

"海大吧。"她佯装随意地笑笑,"你呢?"

沈赐思忖:"还没想好。"

简短的对话到此结束。

叶书辞绝望地想,沈赐应该只是找她闲聊吧,毕竟沈赐另一边坐着的不是自己班同学,现在这么无聊,他也就只能跟她闲聊了。

没一会儿,林蔚巧笑倩兮地过来了:"叶书辞,我能和你商量个事吗?"

林蔚今天化了淡妆,显得格外成熟漂亮。

"什么啊?"

"咱俩换个座位呗,我有点事情想跟沈赐讲。"

叶书辞很想做一次恶人,可她不敢,她害怕沈赐会因此觉得她小气,于是便装作大度地说:"行,你那位置好,我去前面也可以。"

沈赐无奈一笑:"叶书辞,你讲实话,你是不是压根儿就不愿意挨着我?"

叶书辞立刻慌了,脸红了红,语无伦次起来:"啊,不是,我……"

她之前也是辩论小能手啊,怎么变成这样了呢?

来到林蔚的位置之后,她又回过头看了一眼。二人低头聊得很开心,林蔚频频把沈赐逗笑,而林蔚落落大方,丝毫也不紧张。

叶书辞咬着嘴唇,攥紧了衣服的下摆。

高考很快就到来了,叶书辞在高考前夕突发高烧,第一天考完之后才退烧,再加上父母爆发了一场争吵,她直觉自己考得并不好。

最后一场英语考完之后,叶书辞舒了口气,管它结果如何,这一遭她算是平安熬过来了。

她一心做卷子,竟没注意到窗外下了雨,下得还不小,如同大珠小珠落玉盘,还好妈妈细心,给她准备了伞。

叶书辞下了楼,无数考生蜂拥而至,她撑开伞,正准备走下台阶,却恰好撞见了一个人,是她朝思暮想的沈赐。

她格外惊喜:"沈赐,你怎么在这儿?"

她不会记错,沈赐在对面的教学楼考试,怎么到这边来了?

其实也只是随口的搭话，叶书辞想着，反正迟早都要说，不如现在主动一点，这样将喜欢宣之于口的那一刻也不至于太尴尬。

然而沈赐说："我等林蔚，她没带伞。"

叶书辞垂眸看向脚下湿漉漉的地面，想要掩饰自己的失落与难过："好，那我走了啊。"

她撑着伞，一小步一小步，似乎要走到自己既定的命运里去，逃不掉，也挣脱不开。

似乎谁在背后喊了她一声，叶书辞的心早已乱作一团，也没理会。

出成绩之前，班里举行了同学聚会。

这可能是两人最后一次相见了，叶书辞只想着抓好这次机会，反正沈赐和林蔚还没有在一起。

该说出来的就一定要说出来，于是她手写了一封信，准备在同学聚会结束时交给沈赐。

饭桌上，大家说着再见的话，其实内心都知道，这是最后一次全班聚齐的机会了。

班主任举起酒杯："寒窗苦读十余载，祝大家梦想成真，前途无量！"

一个男生又看向沈赐："沈赐，等你和林蔚修成正果的时候别忘了邀请我们大家啊！"

沈赐皱了皱眉："别胡说八道！"

所有复杂的情绪在叶书辞心底倾泻开来，有难过与不解，有委屈与心酸，还有弥漫着的无穷无尽的失落。

热闹是别人的，快乐是别人的，留给叶书辞的只剩一腔孤寂。她眼眶又酸又疼，找了借口去洗手间。

两个女生正在闲谈，是林蔚和她的朋友。

林蔚的朋友说："林蔚，你跟沈赐关系那么好，我好羡慕啊。"

林蔚嗓音里流淌着笑意："这有什么啊。"

叶书辞默默攥紧了包，这一刻再也忍不下去了，眼泪像是开了闸的洪水，流个不停。她紧紧攥着的包里还有一封她写给沈赐的信，少女的心意在情书上一笔一画铺展。

如今看来，是送不出去了。

叶书辞将情书撕碎，丢在马桶里冲了下去。她也没再回包厢，而是哭着跑回了家。

兴许是路上跑得太急着凉了，她又发了一场高烧，在家躺了好几天，心口始终闷闷的，沉睡在混沌之中。

高考成绩没过几天就出来了，她果真没考好，其实她早就做好了心理准备，最坏的结果就是复读，她可以承受。

反正已经失去了最重要的人，其他又有什么要紧的呢？

复读班八月份就开课了，她背起行囊来到偏僻的小镇复读，走之前的晚上，仍觉得心有不甘。让她辗转反侧的暗恋，难道就这么仓促结束了吗？她喜欢的第一个少年，难道就这样不复相见了吗？

叶书辞想起马桶里的那封信，斑白的纸片纷纷扰扰，多像少女无疾而终的爱慕。

她想，最起码要告诉沈赐一声吧，哪怕只是最简单也最寻常的"我喜欢你"。

叶书辞也不愿意当第三者，便去网上新注册了一个邮箱，写了简短的几句话，没有署名：沈赐，暗恋一个人就好像走独木桥，我瑟瑟缩缩，怯懦又胆战心惊，将你奉为全世界，可我哭、我笑、我喜、我怒，你永远也不知道。毕业了，这场暗恋该结束了，愿你此后岁岁年年，平安无虞。让我再偷偷喜欢你最后一秒。

叶书辞心一横，点击了发送。

两年的暗恋，她只身一人在彼岸寻觅，等着渡她的那叶小舟，可她熬尽时光、散尽春光，才发现原来她一直在机场等一艘船。

叶书辞害怕沈赐不回复，又不想看到他冰冷的回复，便再也没登录过这个邮箱。

叶书辞大学毕业之后留在了宋城，在一家外资企业当了小白领，领着不低的薪水，住在二居室的出租屋里，养了一只猫一只狗，日子倒是踏实。

她有次跟闺密吐槽："男人有什么意思，我都打算一个人度过余生了。"

"所有男人都没意思吗？你高中喜欢的那个呢？"闺密直勾勾地看着她。

叶书辞心虚得不敢说话。

关于沈赐，她这些年只知道他念的海大，其他就什么都不知道了。

反正沈赐和别人在一起了，她了解再多都只是庸人自扰。

大学四年，她没有一刻忘记过沈赐，工作以后，才慢慢淡忘他。有时候她都分不清楚，她忘不了的究竟是沈赐这个人，还是那段无疾而终的暗恋。

不过现在一提起学生时代，她就会辗转反侧，难以入眠。

真正喜欢一个人的感觉，她都陌生到想不起来了。

二十六岁那年，叶书辞去百货大楼给奶奶买几件新衣服过年，出门时，有人叫住了她："叶书辞？"

她愣了一下。

对方笑哈哈自我介绍:"我是蒋大力啊,你不记得我了?"

怎么会不记得?

跟沈赐有关的一切她都记得,鲜活得好像就发生在昨天。

"我现在都觉得高中时候发生的那些事就好像在昨天似的,好像睁开眼睛,身边还是你们这些同学。"蒋大力捧着杯咖啡叹气,"可这一转眼就这么老了,岁月不饶人啊。"

昔日同学相聚,聊的肯定都是过去的事。

叶书辞有种预感,蒋大力会聊起沈赐。

"叶书辞,你知道吗?高中时候蛮多人喜欢你的。"

叶书辞点点头:"也不算多吧,就那几个人,我现在都记不清名字了。"

"我知道你说的那几个,但肯定不止那几个。"蒋大力神秘地笑了笑,"那你知道,沈赐喜欢你吗?"

沈赐?

叶书辞的咖啡杯差点掉落下去,脸色煞白一片:"你说什么?"

意识到自己失态了,她抿了抿唇,又状似无意地说:"沈赐不是和林蔚在一起了吗?我记得毕业那天大家都开他们的玩笑。"

"那玩意儿能信?你都说了是开玩笑。"蒋大力笑了,"高中时代,沈赐只喜欢过一个人,那就是你,所以沈赐去了海大。他跟我说,你找他问题的样子傻愣愣的,很可爱……"

冬日的寒凉像是浸到了骨子里,叶书辞的嘴唇也失了血色:"我记得高考那天,沈赐还撑着伞等林蔚。"

"因为林蔚一直倒追沈赐啊,女孩子没带伞,让沈赐等着她,其实也没什么问题吧。

"我也觉得你俩挺配的,一个第一,一个第二,不过可惜了,大家都看得出来,你对沈赐没那方面的意思。林蔚这些年一直没放弃沈赐,也去了海城读大学,这姑娘真挺努力,下个月沈赐和林蔚就要举行婚礼了。"

叶书辞不知道自己怎么回的家,眼前像蒙着一片阴翳,一路跌跌撞撞。她以为多年的暗恋早已画上句点,却不知,在今天的这一刻,才真正写上结局。

一切都是她以为。

全身弥漫着深入骨髓的痛感,她哽咽着,想起跟沈赐一次次的交集,滚烫的眼泪落下来,似乎要灼伤皮肤。

究竟是哪一步错了?

如果她演了那场话剧就好了。

如果她在话剧之后肯主动走向他就好了。

如果她的父母没离婚，她压力小一点，能对他主动一些就好了。

如果在聊志愿的时候，她能读懂他的欲言又止就好了。

如果，在高考结束后，她看到他为别人撑伞，能听到他叫住她就好了。

如果，她勇敢送出那封信就好了……

成年人的世界，哪有什么如果？

暗恋让她变得迟疑、敏感、纠结，她反反复复在自己的世界里折腾，一点风吹草动就折磨得她痛不欲生。然而也是因为这些，她失去了鲜活的自己，也失去了沈赐，葬送了全部的心动和喜欢。可她没有机会认错重来了。

她一直以为他们是两条从未相交过的平行线，却不知，在某个节点，也曾短暂地相遇过。可是后来啊，两条线各自延伸到了远方……此生不见。

时隔十年，叶书辞终于登录了那个临时注册的邮箱。

密码早就烂熟于心。

其实沈赐回了信：

叶书辞，是你吗？我喜欢你。

后记
这份独一无二的喜欢

Antian Huizheng

* * *

说起来，《暗恋回声》是我几年之前的作品了，当时写完了不太满意，也觉得字数太少，没有发表到网络平台，就此搁置。

直到去年，我无意间翻开这个故事，本想认真修改一番再放到网络平台，可我坐在电脑前，浪费了两天时间，到底没有进行删改。

冥冥之中，我觉得《暗恋回声》就该是这样的，它应该有这样的发展过程，如此遗憾的结局也并非我刻意塑造。

然而我没想到的是，这个我几年前随手写的故事意外得到了很多很多人的喜欢。

那段时间，好多小读者发微博私信我，有的表达喜欢，也有的跟我分享他们的暗恋故事，那时候我每天最大的乐趣就是打开微博私信，一条一条地来读。

作者和读者的关系非常奇妙——我们是身处同一时空性格截然不同的人，不出意外，我们的人生不会出现任何交集，可偏偏，我写故事，你读故事，我们发射着同样赫兹的频率，就这样，心灵共振，我们成为了朋友。

那段时间，我收到最多的私信便是：泱泱，你可以写个喜剧版本的《暗恋回声》吗？

我的回答当然是：不可以！

我很少翻看自己之前写过的东西，每个故事都代表那段时间的心境，也算是一种情绪的释放。

在我看来，叶书辞与沈赐的故事已经结束了，结束在了叶书辞的怯懦与退缩里，也结束在了沈赐在感情方面的不自信里，何况在文学表达中，缺憾又何尝不是一种美呢？

所有小说的题材中，我最喜欢的莫过于暗恋，也正因为如此，我也创作了几本关于暗恋的作品。

我喜欢青春期的懵懂不自知，喜欢小心翼翼的情感，喜欢保护着、宠溺着，却让我们缄默无言。

暗恋是最隐晦的，那些至死不渝的爱意只能说给风声与大海。

当你身处暗恋者的位置，这段故事的结局大概率是悲剧。

直到有一天，我做了一个梦。

明明是昏黄的梦境，画质特别清晰，一帧一帧闪现而过的竟然是《暗恋回声》的故事，我只觉得不可思议，这个在我眼中已经是悲剧的故事，却以一种最特别的方式上演了美好的结局。

瞧，老天都在帮叶书辞，你的暗恋被听到啦！

那天早上，一向赖床的我立刻起身，噼里啪啦敲字，写下了这个故事的大纲。

我开开心心地在微博说：我打算写喜剧版本啦！

这就是《暗恋回声》长篇小说背后的故事。

其实，我的少女时代也暗恋过一个男生，直至现在我也清晰地记得那个男生的模样、声音、谈吐，记得他早上七点十分总会斜挎着黑色书包从窗前走过，记得他上台演讲的声音很好听。他瘦瘦高高，穿着松松垮垮的校服，微垂着眼睛看人时，总会显出几分不入世的温柔。

他家境好，成绩好，性格也好。他是父母眼中最优秀的男孩子，老师们喜欢他，同学们也羡慕他。

我的暗恋自然也跟这世界上大部分女孩的经历一样，随着长大和升学，无疾而终。

只是至今谈起，仍有几分怅然。

我并不遗憾故事的结局，我只是难过，原来我的青春已经溜走那么远啦。我变成了一个大人，会考虑结果、自视谨慎的大人。

再也不会那样热烈、义无反顾、不撞南墙不回头地喜欢一个人——哪怕全世界都不知道，可这份独一无二的喜欢盛大、喧嚣、震耳欲聋。

曾经的热忱和小心翼翼的喜欢，我都不后悔。

从此音尘各悄然，春山如黛草如烟。

总有一些人猝不及防地出现在你的生命中，又悄然离场，就像盛夏时节的骤雨，草率地开始，猛烈地结束。

我们不怪盛夏，也不怪暴雨，无论悲喜，人总要为自己的心动买单。

经历过，邂逅过，就无须在意故事的结局，水中捞月注定徒劳一场，所以还有什么可遗憾的呢？

此刻，我不知道读这篇后记的你，是否也有一个深藏在心底的人？

不必执着，也不必徘徊，你总要独自走过这段寂寞的光阴，或许前路崎岖，千难万难，可你要相信，险峰过后尽是风光。

总有一天，你也会成为他人的至宝。

本书由碗泱委托长沙大鱼文化传媒有限公司正式授权江苏凤凰文艺出版社，在中国大陆地区独家出版中文简体版本。未经书面同意，本书的任何部分不得以图表、电子、影印、缩拍、录音和其他手段进行复制和转载，违者必究。